세구: 흙의 장벽 1

세구: 흙의 장벽 1

마리즈 콩데

정혜용 옮김

은행나무세계문학 에세 · 5

은행나무

차례

일러두기

* 본문 하단의 각주는 모두 옮긴이의 것이다.

밤바라족, 나의 선조에게

서지 사항을 알려주거나 소장한 자료를 열람하게 해준 이들을
일일이 열거할 수 없어서 아쉽다.
그래도 인문학과 역사를 전공하고 내게 도움을 준 친구들에게는
따로 고마움을 전하고 싶다.
그들 덕분에 이 소설이 실제로부터 마냥 벗어나지 않을 수 있었다.
친구들의 이름을 이곳에 밝혀둔다.
아무주비 아칵포, 아다메 바 코나레, 이브라히마 바바 카케,
릴리언 케스틀루트, 엘리키아 음보콜로, 마디나 리 탈,
올라비이 야이, 로베르 파자르, 올리베이라 두스 산투스.

1부

밤에 내려오는 말

1

세구는 술책이 자라나는 정원이다. 세구는 배신 위에 세워진다. 세구 바깥에서 세구에 대해 말하라. 하지만 세구 안에서는 세구에 대해 말하지 마라.

그리오*들이 부르는 그 노래에 두지카가 별다른 관심을 기울이지 않고 들어 넘겼던 적이 수도 없이 많은데, 왜 그 노래가 뇌리에서 떠나지 않는 걸까? 왜 이런 불안감이 임신한 여자의 입덧처럼 끈질기게 달라붙을까? 왜 동터오는 이때 이렇게 두려울까? 두지카는 자신을 기다리고 있는지도 모를 그것이 무엇인지 알려줄 하나의 징조, 하나의 징후라도 발견해보려고 밤에 꾼 꿈을 샅샅이

---

* 아프리카의 구송시인.

뒤졌다. 짚이는 게 전혀 없다. 그는 깊은 잠을 잤고, 그동안 그에게 말을 걸어온 조상은 아무도 없었다. 두지카는 개인채* 입구에 깔아놓은 짚자리에 앉아, 그가 아침 식사로 들기를 좋아하는, 응유(凝乳)와 꿀을 넣은 기장죽인 데게를 한 입 먹었다. 그런데 데게가 그의 입맛에는 너무 묽어서 두지카는 짜증이 났고, 닦달질을 하려고 니아를 소리쳐 불렀다. 기다리는 동안 은토미** 나뭇가지로 만든 이쑤시개를 뾰족하게 갈아 잘 관리한 이 사이에 끼웠는데, 그 수액이 침과 섞이며 체력과 정력을 북돋는 효과를 내기 때문이었다.

니아의 대답이 없자, 그가 몸을 일으켜 개인채에서 나가 아내들이 생활하는 구역의 첫 번째 안뜰로 들어갔다.

인기척 하나 없다. 텅 비다니?

깨끗한 모래 위에, 곡물에서 쭉정이를 골라내는 데 쓰이는 키 몇 개만이 나지막한 간이 나무 의자들 옆에서 굴러다녔다.

두지카는 귀족, 즉 예레월로이며, 왕실 각료이자 만사***의 친우이고, 10여 명에 달하는 적자들의 아버지이며, 자신의 가족을 비롯해 그를 중심으로 모여 사는 남동생들 가족까지 아울러 도합

---

* 밤바라족의 주거 형태는 독특하다. 가문의 영지 안에 개인이 사용하는 독채들이 줄지어 있다.
** 밤바라어로 '타마린드 나무'를 뜻한다.
*** 왕.

다섯 가족을 파, 즉 가부장의 자격으로 다스렸다. 두지카의 영지는 그가 세구 사회에서 차지하고 있는 지위를 반영했다. 우뚝 솟은 건물 전면이 거리를 굽어보고, 점토 벽은 직접 새겨 넣은 조각들과 세모꼴 문양으로 장식되어 있으며, 높낮이가 제각각이어서 더 근사한 효과를 자아내는 망루들이 양 끝에 포진하고 있었다. 안으로 들어가면 점토로 지은 개인채들이 죽 이어졌고, 이 흙집들 전부 다 테라스에 처마를 이고 있으며, 서로 이어진 뜰들을 통해 오갈 수 있었다. 첫 번째 뜰에는 웅장한 신수(神樹) 뒤발이 한 그루 솟아 있는데, 그 윗부분은 초록의 잎사귀들이 어우러진 모습이 진짜 둥근 지붕을 씌워놓은 것 같았고, 원(原)몸통에서부터 자라난 50여 개의 뿌리들이 한데 어우러져 기둥처럼 그 지붕을 떠받들고 있었다.

어찌 보면 신수는 트라오레 가문의 삶을 지켜보고 수호하는 존재였다. 무사히 분만이 이루어지고 난 뒤 수많은 조상들의 태반을 묻었던 곳도 바로 그 거대한 뿌리 아래였다. 여자들과 아이들이 앉아 이야기를 나누고 남자들이 가문의 삶과 직결된 결정을 내리는 곳도 그 그늘 아래였다. 또한 건기에는 태양으로부터 보호해주고, 우기에는 땔감을 제공해줬다. 밤이 오면 조상들의 혼령이 잎사귀 사이로 숨어들어 산 자들의 잠을 지켜봤다. 그들은 불만스러울 때면 신비로우면서도 투명한 소리를 암호처럼 연달아 가볍게 내어 자신들의 심기를 알려왔다. 그러면 경험을 통해 그 소리의 의미를 해독할 능력을 갖게 된 이들은 고개를 끄덕였다.

"조심해. 우리 조상들이 오늘 저녁에 말씀을 하셨어!"

트라오레 가문이 다스리는 영지의 문턱을 넘는 자는 누구나 자신이 어떤 이들을 상대하는지 깨달았다. 그곳의 거주자들은 수백 명의 노예와 포로가 재배하는 기장과 목화와 바랭이가 자라나는 상당한 면적의 비옥한 토지를 소유하고 있었고, 그러한 사실은 그 누구라도 즉각 눈치챌 수밖에 없었다. 창고에는 만사가 넉넉하게 베푼 자패화(紫貝貨)와 사금이 담긴 포대 자루들이 쌓여 있고, 집 뒤쪽의 목축장에는 무어족에게서 구입한 아라비아산 말들이 투레질을 하고 있었다. 수천 가지 징후에서 풍요로움이 짐작됐다. 첫 번째 뜰이 비었다니. 평소라면 사람으로 우글거릴 텐데? 너나없이 벌거벗은 계집아이들과 사내아이들로. 구슬이나 조개 껍데기를 엮어 만든 장식 줄만 허리에 두른 계집아이들과 무명실만 허리에 두른 사내아이들로. 그리오가 토* 한 접시를 얻어먹는 대신 불러주는 서사적인 노래 한 자락을 듣거나 광대의 재미난 이야기를 들으면서 기장을 빻거나 키질을 하거나 무명실을 잣느라 바쁜 여자들로. 사냥용 화살을 준비하거나 농기구 날을 갈면서 이야기를 나누는 남자들로. 점점 더 짜증이 치민 두지카가 세

* 곡물 가루를 반죽해 만드는 기본 음식.

14

명의 아내들과 첩인 시라가 기거하는 개인채들에 면해 있는 두 번째 뜰로 들어섰다.

그의 눈에 기진해서 짚자리에 누워 있는 시라가 들어왔다. 아름다운 얼굴이 땀으로 번들거렸고 고통으로 일그러졌다. 그가 불쑥 말을 건넸다.

"전부 다 어디 있나?"

시라가 애써 몸을 일으키더니 형편없는 밤바라어로 중얼거렸다.

"강가에요, 코케**."

그가 거의 고함을 지르다시피 했다.

"강가라고? 전부 다 무얼 하러 강가로 갔는데?"

시라가 가까스로 말소리를 냈다.

"흰둥이요! 졸리바강*** 가에 흰둥이가 한 명 있대요."

흰둥이라고? 이 여자가 헛소리를 하나? 두지카의 눈길이 헐겁게 묶은 파뉴**** 밑의 어마어마한 시라의 배까지 내려갔다가 겁에 질려서, 개인채들의 고령토가 섞인 점토 벽으로 다시 올라갔다. 출산이 임박한 여자와 혼자 마주하고 있다니……!

** 남편의 이름을 부르는 게 금지되어 있어서 아내가 남편을 부를 때 사용하는 호칭.
*** 밤바라어로 '니제르강'을 뜻한다.
**** 허리에 두르는 간단한 옷.

그가 두려움을 감추려고 퉁명스럽게 말했다.

"자넨 무슨 일인가?"

시라가 미안해하는 어조로 더듬대며 답했다.

"때가 된 것 같아요……."

시라가 두 번째로 임신을 하자, 그녀가 배 속에 품은 생명을 고려하여 두지카가 곁에 가까이 가지 않은 지 이미 여러 달째였다. 마찬가지로, 분만 과정이 진행되는 동안 내내 멀리 떨어져 있다가 출산이 끝나고 나서야, 그녀가 두 팔에 갓난아이를 안고 있을 때쯤에야 주물사(呪物師) 신관을 대동하고 나타나야 하는 거다. 산통을 겪고 있는데 그가 나타나서 조상들이 화를 내는 건 아닐까? 그녀를 홀로 내버려두고 물러나야 할지 망설이고 있을 때, 니아가 아이 하나는 등에 업고 나머지 아이 둘은 허리에 두른 쪽빛 파뉴 자락 양쪽에 매달고 나타났다. 그가 폭발했다.

"어디 있었나? 이곳 사람 전부 다 머리가 돌았다는 건 알겠네. 그런데 당신까지!"

니아가 한마디 설명도 없이, 사과는 더더욱 없이 그의 앞을 지나치더니 시라를 굽어보며 살폈다.

"산통이 온 지 오래됐나?"

시라가 숨을 몰아쉬며 답했다.

"아니에요! 조금 전부터 시작됐어요!"

니아가 아닌 다른 여자였더라면 두지카는 무례하다고까지 할

16

수 있는 그런 건방진 태도를 봐주지 않았을 거다. 하지만 그녀는 첫째 아내, 즉 바라 무소였고, 그가 자신의 권한 일부를 이미 넘겨줬기에, 그녀는 그와 대등하게 말할 수 있었다. 또한 니아는 쿨리발리 가문에서 태어났으니 세구를 통치한 그 오래된 가문의 일원이어서, 두지카가 아무리 귀족 신분이라 할지라도 그만큼 영예로운 혈통을 자랑할 수는 없었다. 바로 니아의 선조들이 졸리바강가에 이 도시를 세웠고, 이 도시는 빠르게 광대한 왕국의 중심이 되었다. 카르타 왕국의 통치자들 또한 바로 그녀 선조의 형제였다. 따라서 두지카가 니아에게 품은 사랑 안에는 존경이, 거의 두려움이라고 할 만한 감정이 상당 부분 들어 있었다. 그는 돌아 나오다가 첫 번째 뜰에서 왕실에서 보낸 사신과 맞닥뜨렸다. 사신은 존경을 표하기 위해 흙바닥에 몸을 던지고, 엎드린 채로 그에게 인사를 올렸다.

"귀하와 빛!"

그러더니 트라오레 가문의 좌우명을 외쳤다.

"트라오레, 트라오레, 트라오레, 장구한 이름의 소유자는 도강 비용을 지불하지 않는다*."

드디어 사신이 전갈을 내놨다.

"트라오레, 만사께서 급히 궁으로 드시랍니다……!"

---

* 트라오레 가문의 권세를 암시하는 표현.

두지카는 놀랐다.

"궁으로? 오늘은 각료회의가 있는 날이 아닌데!"

사신이 고개를 들었다.

"회의 때문이 아닙니다. 강가에 흰둥이 한 명이 나타나서 만사를 알현하겠다고 요구하고 있습니다……."

"흰둥이가?"

그러니까 시라가 헛소리를 한 게 아니었나? 사실 두지카가 흰둥이에 대한 이야기를 듣는 게 이번이 처음은 아니었다. 카르타에서 온 기병들이 말을 탄 흰둥이를 만났는데, 말도 사람도 기진맥진한 상태더라고 말을 해준 적이 있었다. 하지만 그는 여자들이 저녁에 아이들을 즐겁게 해주려고 늘어놓는 그런 이야기들로 치부해버리고는 전혀 주의를 기울이지 않았다. 두지카는 태양이 이미 솟아오르기 시작했기에 원추형 모자를 쓰고, 영지에서 나와 궁으로 향했다.

1797년의 세구는 창조의 신 펨바의 현신(現身)인 신수 발란자가 1444그루나 있는 도시이자, 밤바라족이 건국하고 세구라는 동일한 명칭을 부여한 왕국의 수도로서, 네 개의 구역으로 이루어진 거대한 인구 밀집 지역이 이 지역에 이르면 300미터의 폭에 달하는 졸리바강을 따라 자리 잡고 있었다. 세구-코로에 건국의 아버지 비통 쿨리발리의 묘지가 있다면, 세구-시코로에는 만사 몽종 디아라의 궁이 우뚝 솟아 있었다. 주위에 시장이 서는 날이면 그보다 더 활기찬 장소를 발견하기 힘들 정도였다. 정방형 광장에 중앙 시장이 섰는데, 광장 주위로 나무판자나 짚자리로 칸을 지르고 점토로 지붕을 덮은 막사들이 즐비했고, 그 지붕 아래에서 여자들은 기장, 양파, 쌀, 고구마, 훈연 생선, 싱싱한 생선, 고추, 카리테 버터, 닭 등 팔 수 있는 거라면 전부 다 팔았고, 장인들은 자신들의 거래 품목을, 그러니까 둘둘 만 무명천, 샌들, 말안장, 섬세한 장식이 돋보이는 박 그릇들을 줄에 매달아놓았다. 중앙 시장 왼편에는 노예시장이 열려서, 어린나무에서 잘라낸 낭창낭창한 가지들로 서로 엮어놓은 전쟁 포로들이 빽빽하게 몰려 있었다. 두지카는 너무나도 친숙한 이런 광경에는 아무런 관심도 보이지 않고, 위엄에 손상이 갈 위험을 무릅쓰고 발걸음을 서둘렀고, 길에서 늘 노리고 있다가 훌륭한 가문의 남자들을 만나면 찬양가를 뽑을 준비가 되어 있는 그리오들을 단호한 손짓으로 제지했다.

세구는 영광의 최정점에 있었다. 그 지배력이 바니강* 유역에 위치한 대규모 교역 도시인 제네의 무역에까지 미쳤다. 사하라사막의 경계에 위치한 통북투에서조차 세구를 두려워했다. 페울족의 마시나 왕국 역시 속국이어서, 매년 세구 왕국에 가축과 금 등 상당한 조공을 바쳤다. 사실 늘 이랬던 건 아니었다. 100년,

---

* 졸리바강의 지류.

150년 전만 하더라도 세구는 수단의 도시들 축에 끼지도 못했다. 니앙골로 쿨리발리가 몸을 숨겼던 마을에 불과했고, 그의 동생 바랑골로는 그보다 좀 더 북쪽에 자리 잡았다. 그 뒤, 니앙골로 쿨리발리의 아들 비통이 물의 주인이자 지식의 주인인 파로 신과 친구가 되었고, 그 덕택에 벽토 집들이 잡다하게 서 있던 곳을 위풍당당한 건축물이 즐비한 도시로 탈바꿈시켰으며, 이제 세구라는 이름만 들어도 소모노, 보조, 도공, 투아레그, 페울, 사라콜레 등 여러 부족들은 벌벌 떨게 되었다. 세구는 이 부족들 모두를 상대로 전쟁을 벌였고, 그렇게 획득한 전쟁 포로들을 시장에 팔거나 밭을 경작하는 인력으로 돌렸다. 전쟁이 세구의 지배력과 영광의 원동력이었다.

두지카가 이다지도 걸음을 재촉하는 까닭은 만사의 호출에 안도감이 들어서였는데, 그의 총애를 잃은 게 아닐까 두려워했으나 그런 일이 벌어지지 않았음이 확인되어서였다. 궁에서는 그와 만사 몽종 디아라 사이의 지나치게 친밀한 관계에 대해, 그 둘 사이에 존재하는 특별한 관계, 우정과 농담과 상부상조의 협약에 대해 질투하는 사람들이 없지 않았다. 그리하여 시기하는 자들은 두지카가 전쟁에 대해 보이는 태도에서 꼬투리를 잡았다. 그들이 몽종의 귀에 속살거렸다. "두지카 트라오레는 전하의 영광에 반대하는 유일한 자입니다. 그자는 우리 밤바라족이 싸움질에 신물이 났다고 말하지요. 그자가 마음속으로 전하를 질투하는 겁니다. 전하의 재물을 질투하는 거지요. 그자의 아내가 쿨리발리 가문임을 잊으시면 아니 되옵니다!"

서서히, 두지카는 몽종의 시선에서 불신이 생겨나는 것을, 그 시선이 자신에게 머물 때마다 의문이 싹트는 것을 보았다.

'저자는 친구인가, 적인가?'

두지카가 궁정으로 들어갔다. 제네에서 온 벽돌공들이 지은 웅장한 건조물로서, 점토 벽돌로 쌓은 담으로 둘러싸여 있었다. 도시를 둘러싼 장벽만큼이나 두툼한 담에는 문을 하나만 냈고, 무장한 호위병들이 항시 그 앞에서 보초를 서고 있는데, 노예무역상을 통해 해안 도시에서 들어온 총을 들고 있었다. 두지카가 통디옹*으로 가득한 일곱 개의 관문을 통과해 각료회의장에 도달해 보니, 주물사들은 그 앞에서 콜라 열매와 자패화를 활용해 앞날을 읽어내고 있는가 하면, 아첨꾼들은 만사 곁에 다가가려고 그리오들이 나서 분위기를 띄워줄 때를 기다리고 있었다.

몽종 디아라는 단 위에 깔아놓은 황소 가죽 위에 길게 앉아 왼쪽 팔꿈치를 아라베스크 장식으로 꾸민 염소 가죽 베개로 괴고 있었다. 근심이 있어 보였다. 한 손으로는 정수리에서부터 출발해 턱 밑에서 교차되는 굵직하게 땋은 머리 두 가닥 중 한 가닥을 쓰다듬고 있었다. 다른 한 손으로는 왼쪽 귓불을 장식한 고리를

---

* 세구 왕국을 건립한 비통 쿨리발리가 창설한 부대.

굴리고 있었다. 세 명의 노예가 부채질 중이었다. 다른 두 명은 멀지 않은 곳에 쭈그리고 앉아서 작은 막자사발에 담뱃잎을 빻아, 묵직한 황금 담뱃대에 담아 건넬 준비를 하고 있었다.

각료들이 빠짐없이 참석했고, 두지카는 자신이 회의장에 마지막으로 들어온 걸 확인하고 분노를 느꼈다. 관례에 따라 가슴을 치면서 깊숙이 허리를 굽혔고, 무릎걸음으로 숙적 사마케의 옆자리인 자기 자리로 갔다.

몽종 디아라는 그리오들이 여전히 추모하는 대상인 어머니 마코로의 아름다움을 물려받았다. 아버지 응골로가 비통 쿨리발리의 후손들에게서 왕권을 찬탈했고, 그 정당성이 아들에게서 찾아지기라도 한 듯, 몽종 디아라는 온몸으로 존경심과 공포심을 불러일으켰다. 그는 세구에서 가장 성능 좋은 베틀로 짠 흰색 무명 윗도리와 넓은 허리띠로 졸라맨 같은 색 바지를 입고 있었다. 이마에는 무명 띠를 둘렀고, 근육이 불거진 팔은 그를 보호해줄 동물의 뿔과 이빨, 그리고 마라부*들이 만든 부적들, 그러니까 코란 구절이 들어 있는 섬세하게 세공된 소형 가죽 주머니들로 장식되었다. 그가 두지카를 내려다보며 놀리듯 말했다.

"어이, 두지카, 자네 아내들 중 누가 지금까지 자네를 붙잡아뒀나?"

---

* 이슬람교의 원로, 술사.

22

거기 모여 있던 야비한 아첨꾼들이 웃음을 터뜨리는 사이, 두 지카는 분노를 억누르며 변명조로 말했다.

"천지간 기운의 주인이시여, 조금 전에서야 사신에게서 전언을 받았습니다. 보시다시피, 하도 빨리 걸었더니 아직도 땀이 나는군요……."

이렇게 잠시 회의가 중단되었다가, 각료들에게 만사의 말을 전달하는 직책을 맡은, 그리오들의 우두머리 티에티기바 당테가 일어났다.

"신과 인간의 주인이시며 보좌에 앉으신 자, 위대한 만사 몽종께서 여러분을 소집한 이유를 말씀드리겠습니다. 어떤 흰둥이가, 깜부기불처럼 벌건 귀를 달고 있는 흰둥이가 졸리바강 건너편에서 만사께 알현을 요청하고 있답니다. 그자가 원하는 게 뭘까요?"

그 말을 끝으로 티에티기바는 다시 자리에 앉았고, 의전에 따라 또 다른 그리오가 몸을 일으켰다. 티에티기바는 왕과의 두터운 친분 때문에 모두가 두려워하는 인물이었다. 그는 쪽빛과 흰색의 무명천으로 지은 윗도리를 걸쳐 상당히 강렬한 인상을 남겼고, 맹수의 털과 자패화로 꾸민 머리 장식을 쓰고 있었다. 그는 비밀 정보원의 역할 또한 담당하고 있어서, 그의 눈길은 각료들 개개인을 평가하고 보고하려는 듯이 쉼 없이 좌중을 훑었다. 두 번째 그리오가 발언을 마치자 그가 다시 일어섰다.

"그 흰둥이 말로는, 자신은 무어족과는 다르다고 합니다. 그 어떤 것도 사거나 팔려는 게 아니랍니다. 그저 졸리바강을 보러 왔다고 하는데…….”

그러자 웃음이 터져 나왔다. 그러니까 그 흰둥이의 나라에는 강이 없단 말인가? 이 강이나 저 강이나 다 그게 그거 아닌가? 그래, 이 일에는 뭔가 함정이 숨어 있고, 그 흰둥이는 방문의 진짜 목적을 알리고 싶지 않은 거다.

두지카가 발언을 요청한 뒤 입을 열었다.

“흙점사들과 이슬람 마라부들의 의견은 물었소?”

사마케가 나지막하게 비웃었다.

“그런 말이나 듣겠다고 그대를 기다린 건 아니었는데…….”

두지카가 한 번 더 분노를 다스리고, 질문을 되풀이했다. 티에티기바가 대답했다.

“아무런 의견이 나오고 있지 않습니다!”

의견이 나오지 않는다고? 그렇다면 상황이 몹시 위중하다는 신호였다! 티에티기바가 말을 이어갔다.

“그들 말로는, 이번에 이 흰둥이를 어찌 처분하든, 또 다른 흰둥이들이 줄을 이어 들이닥칠 테고, 우리 가운데에서 그 수를 불려 갈 거라네요.”

각료들이 대경실색하여 서로를 바라봤다. 흰둥이들이 세구에 정착해서 밤바라족과 함께 살아갈 거라고? 적이든 친구든 간에 그런 일은 불가능하다! 두지카가 몸을 수그리더니, 이번에는 조금 떨어져 앉아 있는 친우 코네에게 중얼거렸다.

"자넨 봤나? 그 흰둥이?"

이런 발언은 사실 상당히 미숙했는데, 운 나쁘게도 좌중에 내려앉은 침묵 속에서 모두에게 들리고 말았다. 만사가 몸을 일으켜 세우더니 빈정거렸다.

"보고 싶다면, 그자는 졸리바강 저편에 있다네. 거기 가면 여자들, 아이들, 평민들이 우글거릴 거야……."

이번에도 역시 좌중은 아첨기 가득한 웃음을 터뜨렸다. 다시 한번 두지카는 놀림과 조롱의 한복판에 섰다. 사람들이 그에게서 비난하는 건 진정 무엇인가? 어떤 면에서는 한 입으로 두말을 해서였다. 공공연히 전쟁을 싫어한다고 하면서도, 드물게 참전하니 고생 없이 자기 몫의 전리품은 챙기고, 그렇게 재물은 축적하고, 또한 만사와의 친분과 아내가 왕실 혈통임에 취해 모두를 멸시하듯 대하니, 한마디로 오만하고 건방지다는 거였다. 어떤 이들은 그가 아버지 팔레를 닮았다고 말했는데, 그 인물은 세구 땅을 밟았던 예레월로들 중 가장 오만했던 인물이었다. 너무 오만해서 신들이 벌하는 바람에 그는 치욕스러운 죽음을 맞게 됐는데, 말이 그를 늪 한가운데 내동댕이쳐서 여러 시간에 걸쳐 죽어갔다.

사람들이 두지카에게 그 정도를 바라기까지 하는 건 아니었다. 하지만 궁정 사람들 전부 다 한번 호되게 혼이 나는 게 그에게는 나쁘지 않으리라는 생각이었다.

그동안 니아는 몸을 숙여 시라를 살피고 있었다.

이제 집 안에 두 여자만 있는 건 아니었다. 흰둥이를 보려는 사람들이 몰려드는 바람에, 졸리바강을 오가는 통목선들이 동이 나버렸다. 그래서 수많은 노예들이 여러 시간을 기다리다가, 죽기보다 싫지만 자신들의 할 일을 다하기 위해 영지로 돌아와야만 했다.

니아는 서둘러 수카를 데려오라고 사람을 보냈다. 그 산파는 두지카의 아내들 전부의 출산을 도맡아왔고, 가시(可視) 세계로 들어올까 말까 망설이는 신생아의 목숨을 능숙한 손길로 살려냈더랬다. 니아는 기다리는 동안 미리, 나쁜 혼령들을 몰아내고 젖이 돌게 하는 데 도움이 되는 약초들을 태워 연기를 내라고 지시했다. 그러고는 아이가 쉽게 나오라고 웅크린 자세를 취한 시라에게로 되돌아왔다.

시라는 집안에서 위치가 특별했다. 밤바라족 여인이 아니라 페울족 여인이었다. 페울족의 아르도*들에게서 세금을 내려는 기미가 보이지 않자, 만사 몽종이 속국인 마시나 왕국의 페울족을 상대로 원정에 나섰고, 보복으로 수도 테넨쿠의 명문가에서 골라낸 열두어 명의 남녀 아이들을 포로로 데리고 왔더랬다. 왕은 받아야 할 조공을 받자마자 포로들을 돌려보낼 생각이었다. 그런데

---

* 페울족의 전사 가문 족장.

어느 날, 각료회의에 참석하기 위해서 궁정을 지나가던 두지카가 시라를 보고서 첩실로 삼기를 원했다. 몽종은 썩 내키지는 않았지만 두지카와의 인연을 봐서 그 청을 거절할 수 없었다. 그 뒤, 시라의 가문에서는 조공을 지불하자마자 시라를 데려가려고 대표단을 파견했다. 하지만 두지카는 거절했다. 게다가 이미 너무 늦기도 한 것이, 시라가 아이를 가진 뒤였다. 두지카는 그녀와 혼인을 할 수는 없었는데, 시라가 타지인이자 포로여서였다. 그가 다른 정실들보다도, 자신과 언어와 신들을 공유하는 다른 여자들보다도 시라를 더 좋아한다는 건 분명했다.

처음에 니아는 시라를 싫어했더랬다. 물론 두지카가 첩실을 들인 게 그때가 처음은 아니었다. 밤에 그의 거처에 줄줄이 들어갔던 노예들은 이미 셀 수도 없었다. 하지만 그는 그 노예들 중 그 누구에게도 그토록 많은 중요성을 부여하지는 않았더랬다. 니아는 잘못 보지 않았고, 다른 사람들에게는 보이지 않는 수천 가지 징후에서 그의 정열을 읽어냈다. 그 뒤, 어찌 된 일인지는 모르겠지만, 그녀가 품었던 미움과 질투는 동정, 연대감, 우애의 감정에 자리를 내줬다. 시라를 후려쳤던 운명이 그녀를 후려칠 수도 있었으리라. 그녀 역시, 남자들이 휘두르는 폭력이나 그들 중 한 명이 부리는 변덕에 걸려들어, 아버지의 집에서, 어머니의 품에서 억지로 떨어져 나와서 매매나 교환의 대상이 됐을지도 모르는 일이니까. 그래서 모두에게 놀랍게도, 니아는 옛 경쟁자를 보호하기 시작했다.

시라는 자제력에도 불구하고 신음을 흘렸다. 니아는 자기와 마찬가지로 아내들 중 한 명인 시라가 최고의 시련을 겪는 순간에 용기가 부족했다고 입길에 오르내리기를 원치 않았기에, 시라의 입을 손으로 막았다. 동시에 산파 수카가 도착하자마자, 자신은 영지의 안쪽 뜰에 있는, 제단을 차려둔 별채로 가서 새로운 제물을 바쳐야겠다는 생각을 했다. 잠에서 깨자마자 거르지 않고 그리해왔지만, 지난 우기에 시라가 사산했음을 알고 있기에 배로 조심해야 했다. 니아는 밤낮으로 우주의 순행을 보살피는 파로 신의 마음에 들 만한 색상인 흰색으로 닭 한 마리를 따로 준비해뒀다.

수카가 들어왔다. 철물장인 주물사의 아내이자, 그녀 자신도 수호령들과 교감이 가능한 나이 지긋한 여자로, 엄청난 권위를 발산했다. 동물 뿔로 만든 목걸이를 걸고 있었는데, 효험 좋은 가루약과 연고가 뿔 안을 가득 채웠다. 시라를 한번 보자마자 아직 한참 기다려야 한다는 판단이 선 산파는 자신만이 알고 있는 기도를 중얼거리면서 막자사발에 뿌리와 잎을 빻기 시작했다. 산파가 와서 안심이 된 니아는 어머니의 젖을 빨기 전에 신생아에게 먹이면 좋을 염소젖을 조금 받으려고 밖으로 나갔다.

뜰마다 다시 활기가 넘쳤다. 강에 갔던 사람들이 다 돌아온 것 같았다. 둘째 아내 니엘리가 자기 개인채 문 앞에 앉아서, 하녀가 장만한 기장 반죽 튀김인 응고미를 게걸스럽게 먹고 있었다. 니아는 여동생뻘 되는 니엘리가 불러일으키는 감정에 대해 스스로를 책망했다. 하지만 니엘리의 게으름, 변덕과 입에 달고 사는 푸념을 어찌 달게 받아들이겠는가? 니엘리가 그러는 이유는 그녀가 이 가문에 들어오게 된 방식을 잊지 못해서였다. 몇 해 전, 두지카의 아버지 팔레가 니아미나까지 만사 응골로 디아라를 호위했다. 두 사람과 친분이 있던 밤바라의 귀족 집에서 하룻밤을 머물렀는데, 그때 안주인이 임신한 상태임을 알아차렸다. 그래서 관례대로, 만약 그 아기가 딸이면 며느리로 삼게 해달라고 부탁했다.

두지카는 효성스러운 아들이었다. 자신이 고르지 않은 그 아내를 늘 공정하게 대했지만 사랑한 적은 없었다. 니엘리는 시라가 집안에 들어온 뒤로 무수히 많은 자질구레한 것들에서, 사소한 동작들에서 그런 감정의 차이를 알아차렸고 마음이 괴로웠다.

니엘리가 응고미를 씹다가 멈추더니 물었다.

"그 타지인은 애를 낳았어요?"

그녀가 시라를 다르게 부르는 일은 절대 없었다. 니아는 그 표현을 지적하는 대신 순순히 대답을 해줬다.

"아니, 그 미지의 아가는 아직 우리 품으로 오지 않았어. 조상들이 그 아이의 여정을 수월하게 만들어주시기를⋯⋯."

니엘리도 어쩔 수 없이 관례대로 그 기원의 말을 중얼거렸다.

니아는 제단을 차려둔 아담한 별채로 향했다. 이 가문과 결부된 신관 주물사들, 가문을 이루는 여러 가족의 가장들, 그리고 니아처럼 일종의 권한이 부여된 몇몇 여자들만 들어가는 신비의 장소였다. 두 번째 뜰에서 궁에서 돌아온, 그리고 그녀를 찾고 있는 게 확연히 보이는 두지카와 맞닥뜨렸다. 그가 말을 꺼냈다.

"몽종이 날 또 모욕했어……."

그녀가 말을 잘랐다.

"바지 허리띠나 끌러요. 시라가 산통을 겪고 있는데……"

원한을 다스릴 수 없는 건가? 사실 그녀가 두지카에게 비난하는 것, 그건 더는 시라의 존재가 아니었다. 세월이 흐르면서 두지카가 그녀에 대해 갖고 있던 감정이 마모되어가는 거였다. 그가 품은 욕망의 사멸. 둘의 관계에 자리 잡은 타성. 이제는 그녀가 그의 개인채로 가서 함께 밤을 보내는 동안에도, 두 사람은 서로의 몸에 손도 대지 않고 잠만 잤다. 둘이 나누는 유일한 대화는 아이들, 재물의 사용, 공적 생활과 관련된 근심들 주위를 맴돌 뿐이었다. 아, 늙는다는 건 참 힘든 일이구나!

그가 애원조로 말했다.

"내 말 좀 들어봐! 몽종이 각료회의 중에 두 차례나 나를 조롱했다고……. 쿠마레를 들어오게 해……."

니아가 잘게 빻은 돌이 섞인 흰 모랫바닥을 뚫어져라 내려다봤다.

"언제 쿠마레를 만날 건데요?"

"당연히 빠를수록 좋지……!"

쿠마레는 철물장인 주물사이자 코모*의 대신관으로, 오래전부터 두지카를 위해 가시적, 비가시적 징후들을 해석해주고 온갖 흉사들을 예방하려고 애써왔다. 어쨌든 시라의 아이가 태어나자마자 보호막으로 둘러싸달라고 그를 청해야 하리라. 니아가 다시 걸음을 떼어놓았다. 하지만 세 번째 뜰로 들어가려다가, 아내를 따라가야 할지 아니면 자신의 개인채로 돌아가야 할지 몰라서 꼼짝 않고 그대로 서 있는 두지카가 가여워졌다. 몸을 돌려 친절하게 일렀다.

"기다려요. 곧 돌아올게요."

그는 그녀의 무심함이 자아낸 슬픔과, 그녀가 허리에 두른 파뉴 자락에 어린아이처럼 매달리고 싶은 욕망 사이에서 갈팡질팡하며, 그녀가 멀어져가는 걸 지켜봤다. 지금 몇 살이나 되었더라? 자기 나이를 모르듯 그녀의 나이도 몰랐다. 두 사람이 결혼하고 나서 열여섯 번의 건기가 지나갔다. 그렇다면 서른두 살이 되었겠구나! 허리가 굵어졌다. 가슴이 늘어졌고, 젊어진 책임으로 일찌감치 생겨난 주름 때문에 오히려 도도하고 섬세한 이목구비가 부각됐는데, 밤바라족 가운데 가장 잘생겼다는 평을 듣는 쿨리발

---

* 주요 비밀단체로, 상층부에 신관 집단이 자리하며, 대신관이 그 우두머리이다.

리 가문 사람들 모두 용모가 그러했다. 그녀가 가만히 있으면 사람들은 그녀가 엄격하다고 생각했다. 하지만 미소를 지을 때면, 길게 사선 모양으로 자리 잡은 두 눈에 빛이 반짝거렸다. 니아, 그녀의 힘이 필요한데! 왜 그를 위해 힘쓰기를 거부하는 걸까?

니아가 들어간 제단채에는 펨벨레라고 부르는 통나무가 하나 있었다. 파로 신이 하늘과 물을 맡는 동안 소용돌이를 일으켜 대지를 창조한 펨바 신을 나타내는 상징물이었다. 그 둘레에 가문의 조상을 나타내는 붉은 돌들과 볼리들이 놓여 있었다. 볼리는 우주의 기운을 상징적으로 응축하며 가문에 행복과 번성과 다산을 보장하는 데 쓰이는 주물로서, 하이에나 꼬리, 전갈 꼬리, 나무껍질, 나무뿌리 등 잡다한 재료로 만들며, 주기적으로 동물의 피로 적셔준다.

니아는 식물섬유로 만든 작은 빗자루를 쥐고 정성스럽게 바닥을 비질했다. 모든 게 정돈되어 있었다. 하지만 볼리들을 뒤덮은 피가 말라붙었다. 니아가 곧 되돌아와서 신선한 피로 적셔주리라. 볼리들이 목이 마를 테니까.

2

시라는 홀로 두려움, 고통과 마주한다.

두려움. 작년에 사산했기 때문이다. 작은 살덩어리를 세상에 내놓으려고 열 달 동안 전전긍긍했는데, 신들이 생명을 불어넣어 주고 싶어 하지 않았다. 왜였을까? 신들은 폐울족 여자와 밤바라족 남자의 순리에 어긋난 결합에 기분이 상했던 걸까?

그대 폐울족이여, 가축을 돌봐라.
검둥이여, 기운 빼는 가래는 그냥 둬라.

전원시는 그렇게 말한다. 이 두 종족 사이에서는 어떠한 인연도 가능하지 않았다. 하지만 그녀 스스로 그 종족을 원했던 게 아니고 그녀는 그저 희생양일 뿐임을 그들도 안다……. 그런데 대체 왜 그녀를 벌하는가? 다시 벌하려고 들까? 그녀에게 무익한 기다림의 형벌을 내리려나? 명명식의 영광으로 마음이 푹 놓이기를 간구하고 있는데, 새로운 무덤이라는 벌을 내리려나? 그녀의 품에서 앗아 간 그 어린 존재가 묻힌 곳, 자신의 개인채 안에 만들어놓은 봉분을 바라보니 눈에 눈물이 차올랐다. 밤바라족 남자, 그녀가 증오해야 마땅할 남자의 아이일지언정, 신들이 그 아이에게 생명을 부여하기를.

자기도 모르게 신음 소리가 흘러나왔고, 수카가 다가와 웅크린 자세를 고쳐주고 목 뒤로 두 손을 깍지 끼게 돕더니, 흥얼흥얼 노래하면서 부드럽게 배를 마사지해줬다. 파로 신이 좋아하며 출산을 수월하게 해주는 약초 월로를 태워 연기를 내고 있어서, 그 냄새로 그녀의 콧속이 가득 찼다. 재채기를 하자 어찌나 심한 고통의 물결이 일어나는지 죽을 것만 같았다. 시라는 자기 어머니나 니아, 자기보다 앞서 그 일을 겪었던 여자들 전부의 가르침을 기억해냈다. 기침하지 말 것. 고통을 다스릴 것. 하지만 그건 불가능했다. 불가능하다고! 시라는 이를 악물고 입술을 깨물다가 밍밍한 피 맛을 느꼈고, 눈을 떠보니 수카가 자신의 아랫도리를 향해 몸을 수그리고 있어서, 정교하게 땋은 머리 타래 사이사이에 부적이 삐죽삐죽 고개를 내민 그녀의 머리가 눈에 들어왔다.

어렸을 때, 오빠 한 명과 간도 크게 디아의 우각호까지 간 적이 있었다. 그곳은 건기가 되면 풀을 뜯게 하려고 암소들을 몰고 가는 장소였다. 그런데 우기여서 물이 높이 차오른 상태였다. 둘은 발이 땅에 닿지 않았고, 꼼짝없이 수면을 덮고 있던 물풀 사이로 휩쓸려 떠내려갔다. 둘 다 다시는 어머니도 아버지의 집도 보지 못하나 보다는 생각이 들던 순간, 논이 나타나면서 그곳에서 자라던 여전히 간들간들하니 연약한 줄기들이 도움을 제공했다. 지금 바로 그때 느꼈던 그 공포가, 그 혼란이, 그리고 그 평화가 갑작스레 되돌아왔다. 예기치 못한 평화가.

믿기지 않는 시라의 귀에 울음소리가, 아니 차라리 가냘픈 소리가 들려왔다. 시라가 더듬대며 물었다.

"뭔가요?"

수카가 몸을 일으키더니, 피투성이 작은 살덩어리를 따뜻한 물을 받아놓은 대야로 데리고 가서, 놀라울 정도로 다정하고 조심스러운 동작으로 씻기기 시작했다.

"심지어 빌라코로*네……."

그 뒤로 니아를 둘러싸고 한 무리의 노예들이 급하게 들어왔는데, 몇몇은 말린 생선과 고추를 넣고 끓인 수프를, 또 몇몇은 그녀의 배를 마사지하는 데 쓰일 빻은 칡을 들고 왔다.

시라가 니아를 향해 중얼거렸다.

"살아 있죠? 정말 살아 있죠?"

---

* 할례를 받지 않은 남자아이.

니아는 신들을 화나게 할지도 모를 그런 적절하지 못한 질문을 못 들은 척했다.

그런가 하면 수카는 갓난아이를 지켜봤다. 자신의 넓적하고 튼튼한 두 손으로 수많은 갓난아이들을 받아냈다! 탯줄을 직접 잘라줬다! 태반을 묻어줬다! 이 아이가 부모의 자랑거리가 될지, 아니면 정반대로 한참을 허약하기 짝이 없는 두 다리로 간신히 걸어 다니게 될지 짐작하는 데에는, 입술 윤곽과 눈꺼풀의 모양새를 세밀하게 관찰하는 걸로 충분했다. 수카는 자기 무릎 위에 누인 그 갓난아이가 기이한 운명을 타고났으며, 모험가 기질이 농후하리라는 걸 알았다. 니아가 이 가문의 볼리들에게 흰색 깃털이 단 한 개도 섞이지 않은 새까만 암탉이 낳은 달걀 하나와 영양의 염통들을 바치는 게 좋으리라. 나아가 두지카는 붉은 깃털의 수탉들을 아끼지 말고 피를 내어, 그 피를 갓난아이의 성기에 발라야 하리라. 행복한 삶을 보장하기 위해서 그렇게 대비해야 했다. 수카는 카리테 버터로 형체가 불분명하고 미지근한 작은 몸을 마사지한 뒤, 고운 흰색 천으로 아이를 감싸 산모에게 건네고는, 니아의 시선에 담긴 질문에 조용히 답했다.

"그럼, 튼튼해! 신들이 생명을 줄 걸세……."

드디어 시라가 아들을 품에 안았다. 전통에 따라 일주일이 지난 뒤에야 이름을 받게 되리라. 하지만 사산아 다음에 생겼기 때문에 말로발리라는 이름으로 불리게 되리라는 걸 알고 있었다.

시라는 자신의 입술을 아이의 연약한 입술에 갖다 대었고, 그렇게 가벼운 살덩이가 벌써 자신의 삶에서 그다지도 묵직하게 느껴져서 놀랐다. 아들이 여기, 정말 살아서 존재한다. 어떤 상황에서 태어났든지 간에 아들은, 수백 두의 가축을 관리하는 페울족의 지도자 아르도의 딸인 자신이 경작자의 첩이 되면서 받은 모욕, 고통, 실추에 대한 복수였다.

시라는 이전에 자신이 영위하던 삶을 생각할 때면 꿈을 꾸나 싶었다. 마시나에서의 삶에는 계절의 변화와 디아의 방목장에서 무르디아의 방목장으로 오가는 가축 떼에 의해 리듬이 생겨났다. 여자들이 암소의 젖을 짜고 버터를 만들면, 노예들이 그 버터를 들고 근처 장에 가서 기장으로 바꿔 왔다. 남자들은 옆의 배우자보다도 자신들이 기르는 가축을 더 사랑했고, 저녁이면 모닥불 앞에서 그 아름다움을 노래했다. 그래서 다른 부족들이 놀려댔다.

네 아버지가 죽었는데, 넌 울지 않았지.
네 어머니가 죽었는데, 넌 울지 않았지.
비리비리한 소 한 마리가 꼴까닥하니, 넌 엉엉!
집안이 망했다!

그러니 다른 부족들이 뭐 중요한가? 그들과 접촉하는 때라고는 오로지 건기에 가축에게 필요한 방목장과 물에 접근하게 해달라는 협상을 벌일 때뿐이었다.

　그러던 어느 날, 양 끝이 뾰족한 전통모와 무릎 위까지 오는 노
란색 튜닉 차림을 한 밤바라의 통디옹들이 동물의 뿔과 이빨 혹
은 이슬람 신도들에게서 구입한 부적으로 가슴팍을 뒤덮은 채 갑
자기 들이닥쳤다. 화약내가 콧속을 가득 메웠고, 정신을 차리고
보니 시라는 만사가 기거하는 세구의 궁에 와 있었다. 시라는 포
로 생활이 자아낸 슬픔에도 불구하고 새로운 생활환경에 감탄
을 금할 수 없었다. 하늘에 도전장을 던지듯 치솟은 담장 뒤에서
는, 처마 밑에 자리 잡은 노예들이 저마다 앞에, 수직으로 땅에 박
은 네 개의 막대에 수평으로 지나가는 나뭇가지들이 연결된 도구
를 하나씩 놓고 앉아서 피륙을 짰고, 그 광경에 홀린 시라는 질리
지도 않고 베틀에서 기다란 천이 흰 뱀처럼 꿈틀꿈틀 빠져나오는
모양을 지켜봤다. 벽돌공들은 건물을 수리하고 벽토를 새로 발랐
다. 장사치들은 여기저기에서 바르바리아산 양탄자, 향수, 비단을
내놓았고, 또 한옆에서는 짐승 가죽을 작은 마름모꼴로 잘라 이
어 붙이고 자패화로 꾸민 옷이 말 그대로 옷 뒤의 몸뚱어리를 완
전히 가려버린 모습의 어릿광대들이 왕실의 아이들을 즐겁게 해
주려고 경중경중 뛰어다녔다. 페울족은 꼰 짚이나 나뭇가지로 만
든 둥근 가옥에 만족했기 때문에 시라에겐 이 모든 것이 매혹적
이었다.

　이렇게 자기도 모르는 새, 거의 무의식적으로 정복자들에 대해

가진 찬미의 감정을 벌하려고 신들이 자신을 두지카에게 넘겼을까?

아니, 두지카 생각을 해서는 안 된다. 그러면 이 순간의 기쁨이 망가질 테니. 하지만 어떻게 애아버지와 애를 따로 떼어놓을 수 있을까?

안 그래도 두지카, 그가, 신속하게 불러오게 한 쿠마레를 옆에 달고, 첫 번째 제물을 바치려고 들어섰다. 시라는 그와 시선을 마주쳐서 거기에 어린 기쁨을 나누게 되는 일을 피하려고 고개를 돌렸다. 동시에 자신의 위선에 대해 자책했다. 두지카를, 세구를 떠나지 못하게 그녀를 붙잡고 있는 게 뭐가 있는가? 자신의 부족 혹은 신들이 자신의 능력을 넘어설 눈부신 복수를 해주기를 기다리고 있는 거라고 스스로 믿었다. 이는 진실인가?

몇 주 전에, 나무를 다루는 페울족의 장인 계급 라보에 속하는 어떤 장인이 막자와 막자사발, 농기구 자루들을 팔아보려고 영지 안으로 들어왔던 일이 있었다. 두 사람은 말투를, 페울족의 언어 풀풀데의 부드러운 말투를 듣고 서로를 알아봤다. 장인이 고국의 소식을 전해줬다. 페울족은 세구의 지배와 밤바라족의 약탈과 수탈에 진력이 났다. 페울인들은 디알로 족벌의 아르도인 야 갈로를 버리고, 바리 족벌의 젊은 지도자인 아마두 하마디 부부에게 모든 희망을 걸었다. 열렬한 이슬람 신도인 그는 알라 이외의 그 어떤 주인도 인정하지 않는 유일한 주권국가를 세워 그들 모두를 통합하겠다고 맹세했다! 대번에 사람들은 몇 세기 전 가오의 송가이 제국을 다스리던 아스키아* 모하메드가 접했던 예언을 수군댔다. 어떤 페울인이 밤바라 왕국에 치명타를 날리게 될 거고, 광대한 제국을 세우리라는 예언이었다. 아마두 하마디 부부가 바로 그 페울인이리라!

그게 가능할까?

시라는 갓난아이의 머리를 다정하게 쓰다듬으며, 불의 뱀이 그 두 쪽으로 갈라진 혓바닥으로 만사의 궁과 명문가의 영지들과 아프리카 마호가니 숲을 핥다가 소모노**의 통목선 함대들을 활활 태워버린 뒤, 졸리바강 가에서 멈춰 서는 광경을 상상했다. 자신의 복수를 해주려면 최소한 그 정도는 해야 한다! 시라가 눈을 감았다.

그동안 수카는 갓난아이의 온갖 신체적 특징들을 쿠마레에게 세세히 일러줬다. 쿠마레는 그 정보를 바탕으로 갓난아이가 조상들 중 누구의 환생인지를 결정하게 되리라. 뒤를 이어, 주물사가 멱을 딴 수탉이 내는 짤막한 비명과 날개를 퍼덕이는 소리가 시라의 귀에 들렸다. 끝으로 침묵이 자리 잡았고, 그녀는 다시 아들

---

*   송가이어로 '왕'을 뜻한다.
**   밤바라 부족의 하나로, 졸리바강 주변에서 살아가는 어부들이며, 도기와 통목선 제작에 뛰어난 솜씨를 보여줬다.

40

과 단둘이 되었다.

나바가 티에코로의 윗도리를 잡아당기면서 징징거렸다.

"이제 돌아가자. 배고파. 피곤해……."

하지만 티에코로는 그 말을 따를 수가 없었다. 그 환등이를 기를 쓰고라도 보고 싶었다. 마침 어떤 남자가 벌거벗은 윗몸에 땀을 줄줄 흘리면서 그 둘을 향해 다가오고 있길래, 그 사람에게 질문을 던졌다.

"봤어요? 어때요?"

남자가 입을 삐죽거렸다.

"무어인과 비슷하던데. 붉은 두 귀와 건기 때의 풀과 비슷한 색인 머리카락만 빼면……."

티에코로에게 퍼뜩 좋은 생각이 떠올랐다.

"나무가 있지! 나무에 올라가봐야겠다!"

고개를 들어보니, 그것 역시 불가능함을 깨달았다. 카리테 나무나 목면 나무 가지마다 인간들이 다닥다닥 붙어 있었다. 그가 분통을 터뜨렸다.

"에이, 그냥 가자!"

두지카의 장남이자 첫째 부인 니아의 아들인 티에코로는 열다섯 살에 벌써 성인 키만 했다. 가문을 찬양하는 노래를 부르려고 영지를 찾아오는 그리오들은 그를 사막에서 자라는 야자수에 비교했고, 비할 바 없는 미래가 그를 기다리고 있다고 예언했다. 그는 과묵하고 생각이 깊은 청소년이어서, 사람들은 그가 오만하다는 데 의견의 일치를 보았다. 그가 할례를 받은 지는 몇 달이 되었지만, 아직 코모*에 들어가지는 않았다.

사실 티에코로는 비밀을 하나 품고 있다. 그를 갉아먹는.

그 모든 일은, 어느 날 호기심에 이끌려 이슬람 성원에 들어갔던 그때부터 시작되었다. 그 전날, 기도 시간을 알리는 무에진의 외침이 울려 퍼질 때 설명할 길 없는 그 무언가가 그에게서 깨어났다. 그에게는 확신이 섰으니, 그 숭고한 목소리가 말을 거는 상대는 바로 자신이었다. 하지만 소심함이 더 우세해서, 소모노들을 따라 성원으로 들어가지는 않았다. 그럴 용기는 밤새도록 결심으로 무장하고 난 그다음 날에서야 생겨났다.

아버지 연배의 남자가 뜰에 짚자리를 깔고 앉아 있었다. 그 남자는 짙푸른색의 헐렁한 윗도리와 똑같은 색상의 바지를 입고, 연노란색 가죽신을 신었다. 바투 깎은 머리에는 짙붉은색 자그마한 전통모가 얹혀 있었다. 그때까지만 해도 특별할 건 아무것도 없었다. 티에코로가 그런 식으로 차려입은 남자를 본 게 그때가 처음도 아니었고, 심지어 가끔 아버지를 따라갔던 만사의 궁 경

---

* 종교적, 문화적, 사회적, 정치적 성격의 결사인 코모에는 할례를 받은 남자아이들이 들어갈 수 있었다.

내에서도 본 적이 있었다. 그의 호기심을 자극한 것, 그건 그 남자가 열중하고 있는 행위였다. 남자의 오른손에는 끝에 뾰족한 강철이 붙은 나뭇가지가 들려 있었다. 그는 병에 그것을 담갔다가 하얀 표면에 자그마한 도안들을 그렸다. 티에코로가 그의 곁에 쭈그려 앉아 물었다.

"뭘 하는 거죠?"

남자가 미소를 짓더니 말했다.

"보고 있으면서. 글을 쓰고 있잖니……."

티에코로가 자신이 이해할 수 없는 마지막 말을 머릿속에서 굴리고 또 굴려보았다. 그러다가 퍼뜩 어떤 생각이 스쳤다. 어떤 사람들은 부적을 몸에 지닌다는 사실을 떠올리고 큰 소리로 외쳤다.

"아! 마술이로군요……."

남자가 웃더니 물었다.

"밤바라족이지? 그렇지?"

티에코로는 그 목소리에서 내비치는 경멸에 민감하게 반응하여 오만하게 대꾸했다.

"그래요, 난 왕실 각료인 두지카 트라오레의 아들이에요……."

"그렇다면 '글을 쓰다'가 무엇을 의미하는지 네가 모른다 해도 놀랍지 않구나……."

티에코로는 자존심이 확 상했다. 매서운 답변을 찾아봤지만 찾지 못했다. 게다가 아이가 어른 앞에서 뭘 할 수 있겠는가? 하지만 다음 날 아침이 되자마자 그는 다시 이슬람 성원으로 가는 길에 올랐다. 그 뒤로 그의 방문은 일상이 되었다.

이제는 나바가 불평을 늘어놓았다.

"너무 빨리 걷잖아……."

티에코로가 걸음을 늦추었다.

"내가 떠나면 넌 어쩔래?"

아이가 놀라서 쳐다봤다.

"전쟁에 나가? 만사와?"

티에코로는 급히 고개를 저었다.

"아니, 난 그런 전쟁엔 절대 나가지 않을 거야!"

살육과 강간과 약탈! 피, 사방에 흐르는 피뿐! 게다가 세구의 역사 전체가 피와 폭력의 역사가 아니던가?

비통이 세구를 건국하고 나서 오늘날의 확장에 이르기까지! 살인과 살육뿐이었다. 산 채로 유폐된 젊은이들, 문간에서부터 죽임을 당하는 처녀들, 자신들의 노예에 의해 무명 끈으로 교살당한 제왕들. 더불어, 반복적으로 자행되는 희생제의. 도시와 왕실과 조상들과 가문의 볼리에 바치는 제물들. 티에코로는 트라오레 가문의 볼리를 모신 제단채 앞을 지나갈 때마다 소름이 끼쳤다. 하루는 대담하게 그 안으로 들어가보고는 두려움에 떨며, 그 보기 흉한 형체에 덕지덕지 굳어 있는 피가 어디서 오는 건지 궁금해했더랬다.

아, 사랑에 대해 말하는 다른 종교가 있다니! 이런 죽음의 제물을 금지하는! 인간을 공포에서 해방하는. 비가시적 존재들에 대한 공포로부터. 그리고 가시적 존재들에 대한 공포로부터도! 소모노들이 들어가는 성원 앞을 지나갈 때, 티에코로는 거기 사람들이 자신을 알아볼까 봐, 그리하여 나바에게 자신의 비밀이 들통날까 봐 두려워서 걸음을 재촉했다. 그러고는 자신의 비겁함에 대해서 부끄러움을 느꼈다. 신도라면 신앙을 위해서 죽음을 불사할 준비가 되어 있어야 하는 게 아닌가……? 그리고 그는 신도가 아닌가?

"알라 외에 신은 없다. 마호메트는 알라의 사자다!"

그는 이 말들에 취했다. 그가 바라는 것은 단 한 가지다. 세구를 떠나기. 제네로, 통북투로 가면 더 좋을 테고, 상코레 대학*에 입학하기.

두 사내아이는 양과 염소를 만나면 훌쩍 건너뛰고, 이 시간이면 바가지에 우유를 담아 팔러 오는 페울족 여인들을 아슬아슬하게 피해가며, 구불구불한 골목길을 냅다 달리기 시작했다. 술집에서 곡주를 마시던 통디옹들이 페울족 여인들에게 걸쭉한 농담을 던져댔다.

두 아이가 땀을 줄줄 흘리면서 영내로 들어가자 모두가 두 아

---

*　수단의 유명 대학.

이를 향해 달려와서 와자지껄 떠들었다.

"봤니? 봤어……?"

"흰둥이요?"

코빼기도 못 봤다고 털어놓을 수밖에 없었다. 티에코로보다 나이를 얼마 더 먹지도 않은 두지카의 셋째 아내 플라코로가 입을 삐죽거렸다.

"하루 종일 괜히 강가에서 시간을 보냈구나……."

그러더니 덧붙였다.

"시라가 사내애를 낳았다……."

사내애라고? 분명히 살아 있는? 티에코로의 심장이 기쁨으로 차올랐다.

티에코로가 시라에 대해 가진 친밀감은 이슬람에 대한 그의 관심과 더불어 시작되었다. 수많은 페울족 사람들이 그 종교를 갖고 있다는 말을 들었더랬다. 하지만 그가 직접 시라에게 용기내어 물어봤을 때, 시라는 정작 그에게 알려줄 게 없었다. 시라의 작은아버지 한 명이 이슬람으로 개종했다고는 하지만, 그에 대해 아는 게 하나도 없었다. 이슬람은 이국적인 상품처럼 아랍인들의 대상 행렬에 묻어서 그 지역까지 들어온 완전히 새로운 현상이었다!

티에코로는 시라의 개인채 근처로 가서 어슬렁댔는데, 일주일 동안은 그 누구에게도 그 집에 들어가는 일이 금지되어 있다는 건 그도 알고 있었다. 아버지가 주물사 쿠마레와 함께 그 집에서 나오는 모습이 보였다. 쿠마레가 불러일으키는 두려움을 숨기면서, 두 어른에게 공손하게 인사를 하고 재빨리 멀어지려고 하는 참에, 아버지가 따라오라는 손짓을 했다. 그는 두려움에 떨며 복종했다.

몇 년 전만 해도 티에코로는 아버지를 신처럼 찬미했다. 만사보다도 더. 그가 언제부터 아버지를 술을 입에 대는 무지한 자일 뿐만 아니라 야만인이라고 간주했을까? 이슬람 신도들의 과업이 그의 삶에서 커다랗게 자라났을 때. 더는 아버지를 찬미하지 않는다는 것이 사랑하기를 멈췄다는 의미는 아니었다. 티에코로는 그렇게 마음과 머리가, 본능적인 감정과 지성의 사유가 어긋나서 괴로워했다. 그는 입구 한 귀퉁이에 말없이 앉았고, 자신에게 내민 담뱃갑에서, 이것이 자신에게 베푸는 영예임을 의식하면서, 손가락 끝으로 담배를 집었다. 그는 감히 쿠마레 쪽을 바라보지 못했다. 그가 자신의 생각을 읽어내고, 자신이 모두에게 숨기고 있는 것을 발견하리라는 생각에서였다. 실제로 주물사는 붉은 반점이 흩뿌려진 두 눈동자로 그를 뚫어져라 바라봤다. 그는 일어서도 너무 무례하지 않은 순간이 되자마자, 몸을 일으켜 밖으로 나갔다. 두려움과 그걸 숨기기 위해 기울여야 했던 노력 때문에 위가 경련을 일으켜서, 점액이 섞인 갈색 액체를 집 담벼락에 힘겹게 토해냈다. 그러고는 타는 듯한 머리로 꼼짝 않고 가만히 있었다. 앞으로 얼마나 더 비밀을 숨길 수 있을까?

한편 두지카와 단둘이 남자, 쿠마레는 생각에 잠겼다. 그의 시선이 방금 티에코로가 나간 나지막한 문 쪽에서 떠나지 않았다. 아이의 머릿속을 괴롭히는 뭔가가 있었다. 뭘까?

주물사는 작은 주머니에서 열두 개의 자패화를 꺼내어 바닥에 촥 펼쳐놓았다. 그는 자신이 본 게 너무나 의외인지라 자패화들을 거둬들인 뒤, 점괘를 보는 일을 나중으로 미루었다. 두지카가 그의 놀란 기색을 알아차리고 다급한 목소리로 물었다.

"뭐가 보이나, 쿠마레? 뭐가 보이는데?"

사실 두지카는 자신이 각료회의 때 들은 조롱 생각에 여념이 없었기에, 쿠마레는 굳이 일깨우지 않기로 결정했다.

"말해줄 수 있는 게 없어. 상황이 명료하지가 않아서. 밤새 애써볼 텐데, 그러고 나면 말해줄 게 있겠지……."

그랬다, 상황이 명료하지 않았다! 아들이 한 명 왔고, 다른 아들이 한 명 떠나려고 했다! 아버지가 높이 올라갔다가 내려앉았다! 이제껏 질서 정연하게 움직이던 영지에 진정한 혼돈이 자리 잡았다. 왜지?

쿠마레는 '순혈' 주물사를 배출하는 3대 명문 중 하나에 속했다. 주물사의 선조들은 그워나라는 지하 마을에 그 기원을 두고 있으며, 금속의 비밀을 발견한 자들이었다. 그들은 커다란 불을 피워놓고 몸을 덥히던 어느 날, 화덕 속 돌멩이 하나가 녹아내리는 걸 보게 됐다. 그들은 그 돌멩이를 주워 담았고, 그것이 부서지지 않는 단단한 물체라는 걸 발견했다. 바로 그게 첫 번째 구리 조각이었다. 그 뒤로 금과 철의 비밀도 알아냈다. 그리하여 무기를, 칼과 화살과 활촉을 만들어냈고, 그들 덕분에 밤바라족은 규석으로 제작되던 이전의 도구들을 대체할 수 있었다. 철을 다루는 사람들은 파로 신과 파로 신의 조력자들인 공기와 바람을 다스리는 정령들의 보호 아래 있기 때문에, 또한 예지력의 대가들이었다.

쿠마레 앞에서 비가시적 존재들은 비밀이 없었다.

3

'어두운 밤에 일어나는 일은 우연의 품에 떨어진 낯선 이의 말과 같다. 악한 말은 악취를 풍긴다. 인간의 기운에 영향을 미친다. 그건 코로 들어가 곧장 목구멍으로, 비장으로, 성기로 간다.'

바로 이게 몽종 디아라가 사마케를 뚫어져라 바라보면서 한 생각이었다. 그래서 거칠게 그의 말을 끊었다.

"네가 하는 말이 선하다는 건 무엇으로 입증하겠느냐? 그 모든 걸 어찌 아는가?"

사마케는 그리오들이 자칼의 눈빛에 비교하는 그 시선을 힘겹게 받아내며 대답했다.

"전하, 제 첫째 아내 사나바를 통해 알게 됐습니다. 아시다시피, 사나바는 두지카의 첫째 아내 니아와 동년배죠. 두 여자는 같은 모임에 속해 있습니다. 잘 아시잖아요. 여자들이란 수다를 떨기 마련이지요. 그저게 두지카가, 게무에서 전하게 대패를 당한 뒤 왕실을 거느리고 디오카로 후퇴했던 데세코로의 사절을 맞았답니다. 사절단의 임무는 쿨리발리의 두 족벌, 카르타의 쿨리발리와 세구의 쿨리발리의 화합입니다. 그 목적은, 전하를 폐위한 뒤 한 가문이라는 명분으로 두 왕국을 통합하려는 거겠죠……."

몽종이 고개를 가로저었다.

"네 말은 믿지 않는다……."

카르타 왕국의 쿨리발리와 세구 왕국의 쿨리발리는 서로 미워했다. 둘 사이의 화해는 있을 법한 일이 아니었다! 이 은밀한 면담을 주선했고, 두지카의 몰락을 원했던 사람들을 비롯해 사마케와 공모 관계에 있는 티에티기바 당테가 끼어들었다.

"천지간 기운의 주인이시여, 속지 마십시오. 쿨리발리 가문은 선왕께서 세구의 왕좌에서 자신들을 밀어낸 일을 절대로 받아들이지 않았습니다. 다시 권좌로 돌아오기 위해서라면 그 무엇 앞에서도 물러서지 않을 겁니다. 두지카는, 아시다시피, 탐욕스럽게 재물을 챙기지요. 그러면서도 그 재물을 획득하기 위해 싸울 힘은 없는 모양입니다. 황금을 주겠다는 약속을 받지 않았을까요……."

몽종이 마음이 괴로운 듯한 표정으로 중얼거렸다.

"두지카는 나와 피를 나눈 형제다. 같은 날 할례를 받았더랬지. 왜? 대체, 왜? 그가 나를 배신해서, 내가 주지 못할 그 무엇을 얻는다는 건가?"

사마케와 티에티기바는 그러한 고통의 진실성에 깜짝 놀라 시선을 교환했다. 그러더니 몽종이 단박에 몸을 일으켜 실내를 성큼성큼 걷기 시작했다. 기겁을 한 노예들이 왕의 분노가 자신들에게 향할까 봐 두려워하며 비켜섰다. 자제력을 되찾은 몽종이 황소 가죽 자리로 다시 돌아와 앉았다.

"내일, 각료회의에서 직접 심문하겠다. 목에 칼을 들이대면 그자는 자백해야 할 거야……."

티에티기바 당테가 고개를 저었다.

"선왕께서도 그러시더니, 너무 충동적이고 급하십니다! 아니, 전하, 그런 식으로 움직이시면 안 됩니다. 책략으로 잡으시지요……."

그가 왕에게 가까이 다가갔는데, 어쨌든 자신의 숨결이 왕에게가 닿지 않을 정도로 적절한 거리를 예의에 맞게 유지했다.

"불명예를 안기십시오. 탈세를 했다고 비난하시고, 그 이유를 들어서 궁에서 내쫓으십시오. 각료회의에도 법정에도 더는 참석하지 못하게 하십시오. 그런 뒤 감시를 붙이시지요. 그가 어떻게 반응할지 보실 수 있을 겁니다."

몽종은 잠자코 생각에 잠겼다. 그에게는 이전의 몇몇 군주들이 보여준 그런 잔인함이 없었다. 예를 들자면, 비통의 아들인 데코로. 그 왕은 복속시키려고 했던 두 도시, 키랑고와 도로니 앞에서 자신의 군대가 패배하자 격노하여, 철물장인 주물사가 땅바닥에 그린 사각형의 각 변에 60명씩 세운 뒤 그들 모두를 산 채로 장벽 안에 넣고 발라버리라고 명하면서 이렇게 외쳤더랬다. "이리하여 나는 나의 노예들로 둘러싸여 살 테고, 그들은 기꺼이든 억지로든 나를 섬기리라."

반대로 몽종은 왕이라는 직책을 공정함과 관용으로 수행했다. 두지카의 배신은 그의 마음을 아프게 했다. 주인을 바꿔 섬겨 그가 무엇을 얻을 것인가? 새로운 만사가 그를 더 충족시킬까? 그가 정말로 첫째 부인 니아의 영향 아래 있는가? 만약 그렇다면 모든 게 가능했다. 여자가 남자의 몸과 마음을 지배하게 된다면, 그 여자가 남자를 어디까지 이끌 수 있을지 그 누가 알겠는가?

그때 노예가 다가와, 모리 주마나가 알현을 청한다고 알려왔다. 모리 주마나는 세구의 가장 막강한 점술가 중 한 명이었다. 그는 4대 볼리를 다루었고, 아랍어를 완벽하게 구사하여 아랍인들의 마법 또한 배웠더랬다. 그는 이슬람 신도처럼 세루알*, 흰색 카프탄**을 걸쳤고, 머리에는 하이크***를 쓰고 있었다. 정신의 독립성을 보여주기 위해 만사 앞에서 땅바닥에 엎드리지는 않았지만,

---

* 아프리카 서북부 마그레브 지역에서 주로 입는 통 넓은 바지.
** 중동, 아프리카 지역에서 남자들이 입는 발목까지 오는 긴 상의.
*** 아랍인들이 머리에서부터 온몸에 걸치는 타원형 외투.

그는 만사의 발치에 쭈그리고 앉았다.

"천지간 기운의 주인이시여, 다음에 해야 할 행동을 알려주기 위해 선왕의 혼령이 직접 저를 찾아오셨습니다. 당장 내일 아침에 그 흰둥이에게 사신을 보내십시오. 자기 나라로부터 그렇게나 멀리 떨어진 곳에 와 있는 그자를 돕고자 하는 마음에 생필품을 살 수 있도록 자패화 5천이 든 자루를 보내노라는 전언을 보내십시오. 그자에게 제네로 갈 의향이 있다면, 전하의 사신을 길잡이 삼아 그곳까지 갈 수 있다는 전언도 함께 보내십시오. 하지만 세구로 들어오는 건 허락하시면 안 됩니다."

몽종은 동의한다는 몸짓을 보이고 나서 물었다.

"지금 그 흰둥이는 어디 있는가?"

"어떤 여인이 피난처를 제공했습니다……."

남자 넷이 서로 바라보다가 웃기 시작했고, 두지카의 배신 소식에 기분이 좋지 않았던 몽종까지도 농담을 꺼냈다.

"저런, 그자는 여인의 몸물과 세구의 강물을 동시에 알게 되겠군."

사마케, 티에티기바 당테, 모리 주마나가 물러갔다. 몽종은 기분 전환을 위해 마칼루를 불러오라 했고, 몽종이 총애하는 그리오 중 한 명이 겨드랑이에 타마니*를 끼고 들어왔다. 그가 주인의

---

* 손잡이는 어깨에 걸고 겨드랑이에 낀 채 연주하는 북.

기분이 어떤지 알아차리고 살며시 물었다.

"무슨 노래를 불러드릴까요? 세구 건국의 역사? 아니면 선왕 이야기?"

몽종이 선택은 네게 맡긴다는 의미의 동작을 하자, 왕이 무얼 좋아하는지 잘 알고 있는 마칼루가 응골로 디아라의 이야기를 노래하기 시작했다.

"응골로의 아버지가 돌아가시자 그의 작은아버지들 중 한 명인 멘코로가 조세 납부를 위해 비통 왕을 알현하러 가야 했고, 그렇게 세구로 가는 길에 조카인 응골로도 함께 데려갔답니다. 평소처럼 멘코로는 왕실 소속 철물장인의 아내 당테 발로의 집에서 묵었지요. 또 평소처럼 술집을 돌아다니며 돌로**로 배를 잔뜩 불렸고, 다음 날이 되자 조세 납부용으로 싣고 온 기장 포대 전부를 탕진했음을 깨달았습니다. 그리하여 당테 발로를 찾아가서는 밤동안 통디옹들이 곡물을 강탈해 갔다고 설명하며, 비통이 자신에게 맛보게 할 운명에 대해 탄식했답니다. 그 선량한 여인이 왕이 담보로 응골로를 받도록 중재해주기로 하여······."

몽종은 너무나도 익숙한 이야기에 귀를 기울였다. 응골로의 영리함에 반한 비통이 아이에게 자신의 온갖 비밀을 털어놓고는 깜짝 놀라 아이를 내쫓을 궁리를 했지만······. 소용없었다. 비통이

** 붉은 수수나 기장을 발효시켜 만드는 아프리카의 전통주.

죽고 혼란스러운 몇 년이 지난 뒤 웅골로가 권력을 쥐었다. 그러고 나서 고향으로 돌아간 그는 자신을 담보로 넘겨 노예로 지내게 한 데 대한 복수로 친인척들을 전부 죽이라는 명을 내렸다.

동시에 몽종의 생각은 이 익숙한 노랫말과 조화로운 화음을 넘어 두지카와 자신이 다스리는 왕국의 문간에 와 있는 그 흰둥이를 쫓고 있었다. 두 가지 사실, 그러니까 친구의 배신과 어쩌면 무시무시한 세계가 게워놓았을 그 낯선 자의 존재는 서로 연결된 걸까? 별개의 것으로 착각하기 쉬운 그 두 가지 신호는 신들이 그에게 보낸 것일까? 신들은 무엇에 대해 경고하고 싶은 걸까?

그는 스스로가 불굴의 존재라고 믿었다. 자신의 왕국도 그러하다고 믿었다. 그런데 어둠 속에서 위험이, 아마도 위험일 텐데, 둘 다를 위협하고 있었다. 전율이 흘렀다.

램프 심지가 카리테 버터를 다 빨아들여서 사위가 어두워졌다. 아주 늦은 시각인 데다가, 반쯤 잠까지 든 노예들은 감히 나서서 심지를 갈지 못했다.

마칼루가 이야기를 마무리 지었다.

"웅골로 디아라는 16년 동안 통치하셨습니다. 돌아가시기 전 자신의 이름이 영원히 기억될 방법에 대해 주물사들의 의견을 구했지요. 그러자 그들은 알라에게 딸 한 명을 바치라고 충고했고, 선왕께서는 즉각 실행에 옮겨 칼라부구 마을의 마라부 마르카케 다르보에게 딸 한 명을 맡기셨습니다. 또한 그들은 카이만 악어

125마리의 아가미에 황금 고리를 채우라고 권했지요. '그리하면 전하의 이름은 강물에 카이만 악어들이 돌아다니는 한 사라지지 않을 겁니다…….'"

강물에 카이만 악어들이 돌아다니는 한! 신들은 온갖 해석에 열려 있는 이런 수수께끼 같은 문장들을 던져주며 놀려먹곤 한다! 그건 천 년, 만 년 뒤에도, 후대가 옹골로에 대해 기억하리라는 의미일까? 그렇다면 그, 그 자신에 대해서는 무엇이 남으려나? 강하고 공정한 만사에 대한 기억? 강하다고? 그가 완전하게 복속시킨 적이 단 한 번도 없었던 페울족이 이제 다시 들고일어나겠다고 위협해오지 않는가……? 놈들은 이번에는 새로운 구실을 찾아냈다. 이슬람이라는 종교를. 몽종은 비록 이슬람 마라부들의 능력을 활용했지만, 남자들을 거세하고 아내들의 숫자를 축소하고 알코올을 금지하는 이슬람을 엄청나게 혐오했다. 알코올 없이 남자들이 살 수 있을까? 그게 없다면 하루, 또 하루에 맞설 기운을 어디서 찾겠는가?

궁의 또 다른 곳에서는 티에티기바 당테와 사마케가, 그들과 마찬가지로 두지카를 겨눈 음모의 한 축이자 전쟁과 통디옹들의 수장인 파토마와 마주 앉아, 마치 왕이 옳다고 인정하듯, 술병을 비우고 있었다.

전쟁의 수장이 목청을 돋웠다.

"곧 황색 의복을, 전투복을 다시 걸치고 전쟁을 떠나겠소. 세구는 평화를 위해 만들어진 나라가 아니오. 세구는 화약내와 피의 맛을 좋아하지…….”

당연히 그게 모두의 의견이었다.

하지만 할 일이 있던 사마케는 술꾼들은 취하게 내버려두고 일어섰다.

희미하게 불을 밝혔거나 아니면 완전한 어둠에 잠긴 채, 줄줄이 늘어선 여러 개의 관문을 한밤중에 통과해야 할 때마다, 사마케는 전투에서도 느껴본 적 없는 그런 두려움을 느꼈다. 그건 인간들이 두려워서가 아니다. 오직 혼령들만이 두려운 존재들인데, 사마케는 그들을 달래려고 배불뚝이 토기에 담아둔 봉헌물이 제대로 효력을 발휘하지 못해, 그들이 언제든지 불쑥 나타날 것만 같았다.

그의 주물사인 파네가 그가 오는지 길목을 지키고 있다가, 세 번째 관문의 어둠에서부터 떨어져 나왔다. 사마케가 물었다.

“그래서?”

“아들을 낳았더군.”

“아이가 살았나?”

“응…….”

사마케가 분노의 몸짓을 보였다.

“그러라고 내가 자네에게 돈을 지불하는 건가?”

파네가 보조를 맞춰 걷기 시작하며 설명을 했다.

"두지카 트라오레는 아주 부자인 데다가 인색하지 않은 남자야. 그자는 자네가 내게 준 것의 두 배를 쿠마레에게 주었지. 그래서 쿠마레의 작업을 망칠 수가 없었어. 아이는 살았네. 하지만 나를 믿으라고. 아이는 순탄한 삶을 누리지 못할 테니. 아이의 부모는 그 아이가 뿌린 씨앗이 맺는 열매들을 하나도 보지 못할 테고, 아이는 두지카가 영원히 떠날 때 그의 머리맡을 지키지 못할 거야. 그 아이는 어미의 가슴에 박히는 독화살이 될 걸세. 그 아이는 불행한 죽음을 맞을 테니까."

사마케가 두지카를 상대로 짠 음모의 중추였다. 그 또한 귀족, 예레월로였다. 하지만 포고 지역 출신인 그의 부모가 오랫동안 세구에 맞섰더랬다. 그가 집안에서 처음으로 왕의 총애를 받은 인물이었고, 몽종은 교묘하게 그가 굴복한 봉신인 듯 취급했다. 그는 군사 원정이 있을 때마다 무모할 정도의 용맹을 발휘하여 어김없이 남보다 두드러졌지만, 원정 뒤 그에게 돌아오는 전리품의 몫은, 가능한 한 최소한으로 전투에 참가했던 두지카의 몫보다 늘 더 적었다. 게다가 두지카는, 그가 제공할 수 있는 선물보다 더 좋은 선물을 여자에게 갖다 바치며 두 번씩이나 그에게서 여자를 빼앗아 그를 모욕했다. 그 모든 이유로 그는 두지카의 몰락을 꾀하기로 결심했더랬다.

달이 졸리바강 물 위로 떠오르기를 거부하며 환한 빛을 뿜지 않을 때, 그때 세구의 밤은 가장 짙은 쪽빛보다도 더 짙은 두툼한 베일에 싸인 느낌이었다. 불빛 몇 개만 반짝였는데, 돌로를 파는 술집의 불빛이었다. 돌로는 그저 배 속을 후끈하게 데우기에 좋은 그저 그런 음료가 아니었다. 선조 비통 쿨리발리가 다스리던 시대에는 돌로 판매야말로 왕실이 진정한 독점권을 행사하는 대상이었다. 이제 그러한 독점권은 존재하지 않지만, 몽종 디아라는 돌로가 소비되는 술집들에 대해 밀착 감시를 시켰다. 왕의 첩보원들이 술집 주인들과 한통속이어서, 김 오르는 냄비를 앞에 놓고 몇 시간이고 주저앉아 있는 술꾼들 사이에 끼어들었다. 그런 곳에서는 온갖 것이 암거래되었다. 캉가바나 부레에서 온 장사치들이, 만사가 확정한 환율인 황금 1무투쿠*에 자패화 5천보다 더 낮은 환율로 황금을 내놓았다. 구투구에서 오는 달콤한 콜라 열매도, 이슬람 신도인 무어족에게서 구매한 부적도 거래되었다. 그리고 물론, 음모도 꾸몄다. 파네와 사마케가 걸음을 재촉했는데, 둘 다 어두운 밤에게 먹힐까 봐 두려워서였다. 파네가 철물 장인들이 모여 사는 강가 지역의 자기 집으로 돌아갔다. 사마케는 만사와의 회담 결과를 기다리고 있는 친구들을 만나러 바타넴바의 술집으로 향했다.

---

* 중동에서 사용된, 금이나 사프란의 무게를 다는 단위로, 1무투쿠는 4.6그램을 조금 웃돈다.

"우물에 몸을 던졌어! 그 여자가 우물에 몸을 던졌어!"

스무 개의 머리통들이 창자처럼 길게 아래로 뻗친 구멍 위로 급하게 몰려들었고, 물이 어른거리는 저 밑에서부터 언뜻언뜻 냉기가 올라왔다. 어렵사리 밧줄과 칡 줄기를 조종한 끝에 사람들이 가느다란 몸뚱어리를 끌어 올렸는데, 젖가슴은 결혼 적령기에 겨우 도달했을까 싶은 소녀의 젖가슴처럼 봉긋했고, 배는 나지막한 동산처럼 불룩했다. 사람들이 그 여자를, 감히 스스로 삶을 거두려고 함으로써 극심하게 모욕한 대지 위에 눕혔고, 가엾게 여긴 어떤 여자가 자신이 걸치고 있던 파뉴 하나를 풀어서 벌거벗은 몸을 가려줬다.

이제 누가 저 몸을 만지겠는가? 자살한 여자의 저 몸을? 고통당한 여자의 저 몸을?

그 순간 시가는 꿈에서 깼다.

밤. 밤, 짓누르는 존재. 그는 겁이 났다. 밤이? 아니면 자신이 꾼 꿈이? 정말 그런 식으로 일이 벌어졌는지는 그도 몰랐다. 너무 어릴 때였다. 두 살 아니면 세 살. 그 뒤로는 그 누구도 그에게 어머니에 대해 얘기한 적이 없었다. 단지 이것만은, 그 여자는 우물에 몸을 던졌다는 것만은 알았다.

시가는 두지카의 아들로, 티에코로와 같은 날 몇 시간의 차이를 두고 태어났다. 그의 어머니는 포로였는데, 어느 날 두지카가 꽉 졸라맨 파뉴 아래에 드러난 그녀의 엉덩이 윤곽을 보고 흥분하여 그녀를 넘어뜨리고야 말았다. 그래서 태어난 지 일주일째 되는 날, 티에코로의 탄생을 축하하기 위해 부루, 발라, 온갖 크기의 북들을 동원해 소란을 떨어대면서 흰색 숫양들이 피를 철철 흘리게 했지만, 시가를 위해서는 신들과 조상들이 전적인 적의는 품지 말라고 고작 두 마리 수탉을 그들 곁으로 보냈을 뿐이었다. 할례 때도 마찬가지였다. 시가와 티에코로는 철물장인 주물사의 칼날 아래에서 둘 다 똑같이 용감했더랬다. 마침내 남자가 되어 곧 바지를 입을 자격을 갖추게 된 둘은 여자들의 찬탄을 받아가며 나란히 춤을 췄고, 그동안 축하의 총포가 쏘아 올려졌으며, 그리오들은 둘이 피를 흘리고 새로 태어났음을 목청껏 알려댔다. 하지만 두지카와 가족은 오로지 황갈색 윗도리를 입고 귀덮개가 달리고 줄이 길게 늘어진 모자를 쓴 티에코로에게만 눈길을 쏟았다. 그래서 시가를 자부심으로 가득 채웠어야 할 그 의식은 그에게 실망감과 씁쓸한 맛을 남겼다.

아, 자궁의 우연이라니! 그가 다른 자궁이 아니라 그 자궁에서 잉태되었더라면 그의 삶 전체가 바뀌었을 텐데. 그는 티에코로만큼 잘생겼고, 마찬가지로 키도 컸다. 사람들은 종종 둘을 혼동했으니, 아버지를 닮아 피부색이 새까맣고 쭉 찢어진 두 눈이 번쩍거리고 자줏빛 입술은 육감적이며, 두 뺨에는 귀족의 자제들답게 상흔문신이 있었다. 하지만 모든 면에서 달랐다.

시가의 삶 전체가 총애받는 아들과 경쟁하기 위한 것이 아니라, 경쟁은 생각조차 할 수 없었으니까, 그저 그 아들이 자신을 똑바로 바라보게, 동등한 인간으로는 아닐지언정 적어도 마찬가지의 또 다른 인간으로 바라보게 만들려는 투쟁으로 요약됐는데, 그게 뭐 놀랄 일이겠는가. 그런데 티에코로에게는 시가가 보이지 않았다. 그는 자신을 어디든 충실하게 쫓아다니는 동생 나바를 예뻐했다. 그는 시가를 몰랐다. 그는 시가를 경멸하지 않았고, 단지 몰랐다.

얼마 전부터 시가 역시 비밀이 생겼다. 그를 갉아먹는 비밀이.

그건 티에코로에 관한 비밀이었다.

시가는 세구에 이슬람 신도들이 존재한다는 사실을 모르지 않았다. 무어인, 소모노, 사라콜레 등, 하여튼 그들은 외지인들이자 이상한 사람들로, 펄럭거리는 기다란 옷을 걸치고, 여자들은 젖가슴을 내놓고 다니지 않았다. 그들이 묘하게도 초승달로 꼭대기를 장식한 성원을 향해 양 떼처럼 몰려가든가, 혹은 그저 거리나 광장이나 시장의 흙먼지 바닥에 엎드리는 모습이 눈에 띄곤 했다. 시가 역시 모든 정상적인 밤바라인이 그러듯 그들에 대해 경멸을 느꼈다.

그런데 티에코로가 성원 경내로 들어가는 모습을 본 게 아닌가! 그것도 자신의 두 눈으로 직접! 그는 성원을 둘러싼 담벼락에 바싹 붙어 서서, 티에코로가 황소 가죽 샌들을 벗고 다른 사람들 틈에 끼어 엎드리는 모습을 보았더랬다. 또 다른 날에는 티에코로가 어떤 노인의 지도를 받아가며 작은 판자에 불가사의한 기호들을 그리는 모습도 목격했다. 티에코로가 돌아버렸나? 시가의 첫 번째 반응은 니아에게 달려가서 사건의 전모를 들려주려는 거였다. 그러다가 더럭 겁이 났다. 그가 저지른 잘못은 너무나 위중했다. 나쁜 소식을 들고 가는 사신이 겪은 운명을 맞는 위험에 빠지는 건 아닐까? 얻어맞고 벌 받은 뒤, 영원히 총애를 잃는? 그래서 입을 다물었고, 자신을 공범으로 만드는 그 침묵으로 인해 마음이 괴로웠다. 그는 쇠약해졌고, 잠도 못 자고 식욕도 잃을 정도여서, 주위에서는 환생할 가능성을 빼앗긴 해로운 혼령이 된 그의 어머니가 홀로 이 나뭇가지에서 저 나뭇가지로 배회하는 데 진력이 나서, 자신의 길동무가 되어달라고 간청하며 그의 피를 마신다고 수군댔다. 결국 마음이 불안해진 니아가, 쿠마레는 노예의 아들을 위해서는 수고하는 법이 없음에도 그를 데리고 쿠마레를 보러 가서, 아프리카 부채야자의 뿌리와 가루를 섞은 물에 목욕을 하라는 처방을 받아냈다.

티에코로든 나바든 가문의 아이들 모두가 그러듯이, 시가 역시 니아를 사랑하고 존경했다. 그를 키워준 이도 니아다. 어머니가 자살한 뒤, 그가 방코* 제조용 구덩이 근처에서 기어 다니고 있을 때, 니아가 그를 거두어 자신의 거처로 데리고 갔다. 티에코로

* 진흙, 짚, 분뇨를 섞어 만든 건축 재료.

64

에게 먹이고도 남아도는 젖으로 그를 먹였다. 그녀는 배가 부른 티에코로가 더는 원하지 않는 데게나 토를, 티에코로가 씹어 먹기를 거부하는 웅고미를 그에게 주었다. 니아는 공정했다. 그녀는 선량했다. 각자 자기 자리가 있는 법. 포로의 아들이 공주의 아들은 아니다.

시가는 몸을 일으켜 주위에 누워 있는 몸뚱어리 두셋을 성큼 건너갔다. 자신의 개인채를 가질 나이가 아직 아니어서 또래 사내애들 틈에 끼어 잠을 잤는데, 모두 두지카나 그의 동생들인 디에모고, 보, 다, 마마의 아들들로, 사내애들은 내 아버지 남의 아버지 가리지 않고 전부 아버지라 부르며 그들의 공동의 권위 아래서 성장했다. 시가는 문 가까이에 쭈그리고 앉아서 흑단목을 댄 장방형의 문을 지켜봤다.

세구 위에 내려앉은 밤.

하늘에 별 한 점 없다. 두려움에 떠는 짐승들처럼 서로서로 다붙은 집들의 테라스를 덮은 지붕 너머로, 아프리카 마호가니 나무, 바오바브 나무, 그리고 그보다 더 높이 솟은 야자수들이 어우러진 숲이 버티고 있었다. 비록 낮은 용광로 같았지만, 선선한 밤의 미풍에 굴 내와 강의 진흙 내가 기세가 꺾였다. 어둠이 피곤한 몸뚱어리에 베푸는 이러한 온화함이 바로 이 도시가 가진 매력 중 하나였다. 시가의 귀에 그의 불면증을 더욱 자극해대는 코골이의 합창이 들렸다. 어디선가 수탉이 목청을 뽑았다. 하지만 그

건 그 멍청한 가금의 실수였다. 밤은 아직 젊고 혈기왕성하며 혼령들로 득시글거렸으니, 혼령들은 산 자들로부터 멀찌감치 떨어져 지내야 했던 것에 대해 갚아주고, 꿈을 통해 그들과 소통하려고 시도했다.

밤이 존재하지 않는 나라가 존재할까?

어쩌면 흰둥이들의 나라? 세구의 주민 모두가 그랬듯이, 시가 역시 낯선 방문객을 보려고 졸리바강으로 달려갔다. 하지만 아무것도 보지 못했다. 본 거라고는 그저 엄청난 소란. 급습당하는 통목선들. 강물 한가운데서 싸움박질을 해대는 무모한 사람들. 지금 그 흰둥이는 어디 있을까? 몸을 피하기 위한 지붕을 찾아냈을까? 미신적인 공포가 시가를 덮쳤다. 결국 그자는 인간이 아니라 악령이 아닐까. 그렇다면 그자를 도시 안으로 들이지 못하게 한 만사가 옳았다. 잠깐, 시가는 통치자에 대한 감사의 감정을 느꼈다. 그러고는 자신의 짚자리로 돌아가 몸을 둥글게 말고 뒤척였다……

"우물에 몸을 던졌어. 그 여자가 우물에 몸을 던졌어!"

둘러선 사람들이 간격을 좁힌다. 가냘픈 몸. 봉긋 솟은 젖가슴. 나지막한 동산처럼 부풀어 오른 배. 아까 봤던 여자의 가엾이 여기는 몸짓.

시가는 자신이 잠깐 잠이 들었다는 걸, 그러니까 밤에 찾아드는 강박적 생각을 다시 마주했다는 걸 깨달았다. 어떤 게 더 나을까? 그가 깨어 있을 때 찾아드는 강박적 생각이 더 낫다! 시가가 결단을 내렸다. 그는 니아가 제일 먼저 깬다는 걸 알고 있었다. 그녀는 해가 뜨고 나서도 떠도는 마지막 혼령들을 거처에서 내몰기 위해 물을 뿌리고 연기를 피워 올린 다음, 여자들의 목욕채로 가서 센나 비누를 사용하여 한없이 몸을 씻었다. 그러고는, 모든 걸 직접 하는 걸 좋아했기에, 노예들의 도움을 마다하고 진흙으로 만든 화덕 속에 타쿨라*를 넣어 구우면서 어린아이들이 먹을 데게를 준비했다.

그럴 때 다가가는 건 말도 안 된다. 시가는 니아의 거처로 들어가는 대신 문 왼편에 쭈그려 앉아서 니아가 모두의 인사를 받고는 편두통을 치료하려고 말린 계수나무 열매를 달인 물을 마시려고 기꺼이 자리에 앉을 그 순간을 기다리리라. 시가는 두 손으로 머리를 움켜쥐고, 자신이 니아에게 안겨주게 될 고통에 대해 신들에게 용서를 구하는 기도를 드렸다.

---

* 기장 가루로 만든 빵.

4

사거리에 멈춰 서서 왕실의 포고원들이 모두에게 왕실 각료이자 왕실 법정의 일원인 두지카 트라오레의 삭탈관직을 알렸다. 세구 사람들의 기억을 더듬어봐도, 이런 일은 본 적이 없었다! 공개적으로 도둑 취급을 당하는 귀족이라니! 소식은 수도를 떠나서 두지카의 친구들이 없지 않은 전사들의 마을에까지 도달했다. 모두가 음모에서 진동하는 썩은 내에 코를 쿵쿵댔다. 황금과 자패화로 이루어진 재물의 40분의 1에 상당하며, 두지카가 납부하지 않았다는 그 사치세가 뭐지? 그 황금과 자패화로 이루어진 재물, 그는 그걸 바로 만사에게서 받지 않았나? 그렇다면 대체 어떻게 그 재물에 과세할 수 있다는 건가? 어떤 이들은 오히려, 만사가 두지카의 지위를 박탈하려고 하는 것처럼 보이지만, 여전히 그를 싸고도는 거라고 장담했다. 그는 대대손손 원수인 카르타와 내통

한 죄를 저질렀으니, 그 죄목에는 사형이 마땅했다.

두 번째 설명은 사람들을 설득하지 못했다.

카르타 왕국의 밤바라족과의 분쟁 원인은 니앙골로와 바랑골로 두 형제의 다툼으로까지 거슬러 올라가기 때문에, 아득한 태고의 어둠에 묻혀 아스라했다. 게다가, 특히 디아라 가문이 세구의 쿨리발리 가문을 타도한 이래로, 분쟁은 해를 거듭할수록 더욱더 혼탁해져갔다. 두지카가 그 분쟁에 끼어들어서 얻을 게 뭐가 있겠는가? 두지카의 아내가 쿨리발리 가문이라고 상기시키는 사람들은 세구의 쿨리발리 가문과 카르타의 쿨리발리 가문 사이의 증오를 잊은 거다……. 이런 혼란 속에서 사람들은, 두지카가 남자답게 스스로를 방어하기를 원했을지도 모른다. 그런데 그는 아무런 시도도 하지 않았다.

궁에서 그를 추방한다는 칙령이 공포되자마자, 사거리에서 우연히 만난 디엘리*의 노래를 듣는다거나, 자신이 좋아하는 신발 장인에게 샌들을 주문한다거나, 동년배 남자들과 어울려 박 그릇에 담긴 돌로를 비운다거나, 그 남자들과 어우러져 발란자 나무 아래에서 웃고 떠들고 월리** 놀이를 하는 그의 모습이 세구의 거리에서 더는 보이지 않았다. 마찬가지로 초상집 분위기가 그의

* 밤바라어로 '그리오'를 뜻한다.
** 일종의 체커 게임.

영지를 덮쳤다. 호기심 많은 사람들이 두지카의 영지를 둘러싼 담장 아래에서 어슬렁거렸는데, 아무런 소리도 들리지 않더라고 분명히 말해줬다. 아이 우는 소리도, 여자들 싸우는 소리도.

두지카에게는 사실상 밤이 세상을 차지해버렸다. 영원히. 개인 채의 어스름에 묻혀 두 눈을 감고 짚자리에 누워 있기는 했지만, 머릿속으로는 질문들이, 늘 같은 질문들이 밀려들었다. 대체 언제 신들과 조상들을 소홀히 했던가? 언제 수확의 일부를 그들에게 바치기를 소홀히 했던가? 언제 볼리들을 피로 흠뻑 적시기를 소홀히 했던가? 언제 우리 모두의 어머니인 대지를 우선적으로 배불리 먹이지 않고서 먼저 자신의 입에 음식을 가져갔던가? 분노가 그를 사로잡았다. 그로서는 자책할 거리가 전혀 없었다. 이 모든 일은 장남 티에코로, 자신의 자랑거리가 됐어야 할 바로 그 아들로부터 비롯됐다. 그는 자기 앞에 버티고 선 아이가 보여줬던 차분한 대담함을 떠올렸다.

"파, 자신 있게 말씀드려요. 알라 이외에 신은 없으며, 마호메트는 그의 사자입니다!"

위험한 발언이 그를 향해 신들과 조상들의 분노가 휘몰아치게 만들었고, 그러더니 그들의 분노가 이번에는 만사의 분노를 불러일으키지 않았는가! 이슬람 신도가 된 트라오레 가문 사람이라니! 가문의 수호자들에게 등을 돌린 트라오레 사람이라니!

아, 그의 실총을 만들어낸 장본인들은 사마케와 그의 졸개들이 아니었다. 그들은 그 자신의 아들이 촉발한, 보다 높은 곳의 분노를 담는 도구였을 뿐이다. 두지카는 신음을 흘리며 열에 들뜬 듯 좌우로 뒤척였다. 그러고 있는데, 입구에서 니아의 발소리가 들려왔다. 그로서는 니아가 자신을 측은히 여겨서 아이처럼 위로해주기를 갈구했으리라. 그런데 그녀는 그의 곁에서 밤새 보살피고 언제라도 그를 돌봐주긴 했지만, 그녀의 눈빛과 목소리에는 전적으로 낙담에 자신을 내맡기는 그를 비난이라도 하듯이 차가움과 경멸이 희미하게 떠돌았다. 그녀가 거기, 귀퉁이에 선 채로 말했다.

"쿠마레가 여기 와 있어요. 당신을 만나고 싶다고⋯⋯."

그의 삭탈관직 소식이 있은 뒤로, 쿠마레가 니아와 더불어 유일하게 그의 처소의 문턱을 넘는 사람이었다. 그가 들어왔고, 두지카는 그 어둡고 속을 알 수 없는 얼굴에서 그의 미래를 알려줄 신호를 짐작해보려고 해봤다. 쿠마레는 우선 처소의 네 귀퉁이에 가루를 조금 집어서 던지는 일부터 시작했다. 그러고 나서 쭈그려 앉더니, 마치 누군가의 말에 귀를 기울이는 듯 한참을 가만히 있었다. 그러다가 그의 동작을 마음 조이며 지켜보던 두지카가 앉아 있는 짚자리로 마침내 다가왔다.

"트라오레, 무척 어려웠네. 어쨌든 드디어, 돌아가신 아버지와 할아버지께서 오셔서 내게 말을 거셨어. 그분들의 말씀은 이래. '두지카, 티에코로를 자신이 원하는 곳으로 가게 내버려두거라.'"

두지카가 어안이 벙벙하고 믿기지 않아, 급기야 벌떡 일어섰다.

"그분들이 자네에게 말한 게 그게 전부인가?"

쿠마레가 고개를 끄덕였다.

"다른 말은 전혀 없었으니. 그러니 통북투로 가게 내버려두라고. 흙먼지에 이마를 대고 비비라고 해. 어쨌든 난 조상들이 왜 그렇게 말했는지 알고 싶긴 하네. 계속 조상들에게 물으려고 해. 그래서 이레 동안 칩거할 예정이네. 내가 돌아오기 전에 당신 아들이 세구를 떠나지 못하게 하게나."

그 말을 끝으로 쿠마레가 몸을 일으켰다. 그가 늘 씹어대는 콜라 열매와 예지초(豫知草)들 때문에 입술 안쪽이 붉게 물들어서, 그의 대장간 화덕 불길이 꿈틀대는 듯한 두 눈의 흰자가 그러하듯, 두툼한 아랫입술이 핏빛이었다. 그가 거무스름한 타액을 공들여 짚자리 가장자리에 뱉더니 나갔다.

그는 신수 근처에서 자신과 두지카가 이야기를 나누는 동안 배려하느라 물러났던 니아와 맞닥뜨렸다. 니아가 자신의 대담함에 대해 거의 용서를 구하듯 공손하게 물었다.

"내 아들에게 무슨 일이 닥치는 거죠?"

쿠마레는 그저 이렇게 중얼거리고 말았다.

"안심해라. 당신 아들은 곧 떠날 테니! 우리의 신들이 그의 목숨을 앗아 가지는 않을 거다……."

니아는 다행이라는 감정이 밀려 들어와 아무런 말도 할 수 없었다.

72

두지카 역시 행복했다. 아니, 적어도 마음이 놓였다. 돌아가신 아버지와 할아버지가 기꺼이 보이지 않는 세계를 떠나 쿠마레에게 자신들의 의사를 표명했으니까. 대화가 이어졌다면, 그건 용서도 가능하다는 소리였다. 보름 이래 처음으로 몸을 일으켜 개인채 바깥으로 나갈 기운이 났다.

정오에서 그리 멀지 않은 시각이었다. 새로 지은 쪽빛 파뉴와 닮은 건기의 하늘. 그 한가운데에 황금빛 가지가 뻗어나간 태양. 삶은 계속되고 있었다.

두지카는 막내 말로발리 생각이 났다. 그가 앓아누웠던 관계로, 명명식을 주재하고 쿠마레 곁에서 희생제의를 이끌고 친척들과 방문객들을 맞아준 이가 바로 동생들 중 가장 연장자인 디에모고였다. 두지카는 아이에 대해 살짝 죄책감이 느껴져서, 시라의 개인채로 향했다.

관례에 따른 칩거 기간이 끝났기 때문에 시라가 갓난아이를 안고 문간에 서 있었다. 두지카의 눈에 다시 날씬해진 몸과 둥근 어깨와 페울족 특유의 밝게 빛나는 피부가 들어오자, 갑작스러운 욕정이 두지카를 휘감았다. 아들을 내려다보며 아무런 티도 내지 않으려고 애를 썼다. 아이는 이마에서 목덜미로 이어지는 정중앙 부분만 놔두고 비단결 같은 머리를 박박 밀린 상태였다. 안티몬을 발라 검어진 눈꺼풀에 비스듬히 올라간 두 눈에는 어미의 눈이 그렇듯 광채가 있었고, 높이 솟은 광대뼈의 모양새에는 페울족 혈통임을 명백하게 보여주는 뭔가가 있었다.

두지카는 생각했다. '너무 잘생겼구나! 오직 여자만이 저런 엄청난 아름다움을 타고날 권리가 있는데…….'

그는 그 작은 몸을 꼭 안았다가 품에서 떼어내어, 근육의 유연성을 시험해보려고 발을 잡고 머리가 밑으로 향하게 거꾸로 들었다. 시라가 약하게 항의했다.

"막 젖을 먹였는데, 코케……."

하지만 말로발리는 토하지도 울지도 않았고, 마치 무엇이 자신을 둘러싼 세계의 질서를 갑작스럽게 뒤집었는지 이해하려고 애쓰는 것처럼 그 빛나는 시선만 좌우로 급하게 오갔다. 존재와 사물에 대한 호기심이 넘치는, 쾌활하고 오만한 사내가 되리라. 두지카는 아이를 다시 어미에게 넘겼다.

아들 하나가 오고, 아들 하나가 간다. 삶은 방적기에서 빠져나오는 무명천과 같아서, 부활의 무덤인 동시에 부부의 침실이자 다산의 자궁이다.

두지카는 시라가 아이를 낳은 뒤로 시라를 만나지 못했더랬다. 그를 덮친 끔찍한 사건들에 대해 그녀가 말을 꺼내준다면 좋았으리라. 그런데 그녀는 그의 시선과 마주하는 일을 피하려고 얼굴을 살짝 돌린 채로 입을 다물고 있었다. 그가 물었다.

"우리 집안에 벌어진 일에 대해 어찌 생각하느냐?"

그녀가 그를 똑바로 쳐다봤다.

"제 집안이 아닙니다."

"네 아들의 집안이다……."

그녀가 그에게 맞섰다.

"제 집안은 아니지요……."

그녀는 진실을 말했다. 두지카는 거기 그렇게 서서, 포로로 잡혀 온 여자의 사랑을 구걸하고 있는 자신이 부끄러웠다. 이 영지 안에서 자신을 걱정해주는 사람이 있었나? 아무도 없었다. 니아도 시라도, 왜냐하면 다른 아내들은 중요하지 않았으니까, 둘 중 누구도 그를 소중하게 여기지 않았다. 두지카는 쓸쓸하게 길을 되짚어 개인채로 갔다.

한편 니아는 집안의 아이들이 생활하는 곳에 딸린 정원으로 곧장 갔다. 자신의 존재가 잊히도록 애쓰기는커녕 이제는 자신의 종교적 신념을 대놓고 과시하는 티에코로가 어떤 개인채의 문간에 앉아, 호기심 많은 사람들이 둘러서서 지켜보는 가운데 판자에 기호들을 그리고 있었다.

니아는 전율을 느꼈다. 자신의 아들이 특별한 종류의 마법사가 되었다니! 그런 변모가 어떻게 일어났을까? 그것도 그녀가 모르는 새에? 첫아이인 그 애에게 늘 품었던 맹목적 사랑이 일종의 종교적 경외심까지 더해져 더 진해졌다.

티에코로가 판자를 뒤덮은 기호들을 가리켰다.

"제가 뭐라고 썼는지 아세요?"

니아는 당연히 대답하지 못했다. 그러자 그가 말을 이었다.

"신성한 이름 알라를 적었어요……."

니아가 자신의 무지와 무능력을 통감하며 눈길을 떨구었다. 하지만 티에코로가 자신의 어머니를 모욕하려고 그리했던 건 아니었다. 그는 자신의 신앙을 더는 숨기지 않아도 되어서 느끼는 행복이 얼마나 큰지를 표현했을 뿐이었다. 그 신성한 네 글자가 불꽃처럼 피어오르는 걸 보다니. **알리프. 람. 람. 하.**

티에코로는 어줍던 자신의 손놀림과 스승의 조롱을 떠올렸다. 엘 하지 이브라히마는 자신의 학교에 다니는 무어족 어린아이들이나 소모노 어린아이들한테 그러듯이 그에게 매질을 하지는 않았는데, 그는 아이들이 코란 구절을 암송하다가 저지르는 실수에 지나치게 성질이 나면 깜부기불을 아이들 몸에 갖다 대기도 했다. 그런데 티에코로, 그는 조롱했다.

"밤바라! 넌 평생 가야 비루한 주물숭배자밖에 안 될 거다! 돌로 주정꾼밖에!"

"제물로 바칠 닭이나 잡으러 가버리렴!"

그러면 티에코로는 자신의 굼뜨고 굽은 손가락들과 형편없는 기억력을 저주하며 이를 악물었다. "신에게서 온 말씀이여, 그대는 내 안에서 흐르리라. 그대는 내 육신을 신전으로 삼으리라." 완벽하게 암송을 마치면 엘 하지 이브라히마가 그에게 미소를 건넸고, 티에코로는 그 미소, 그걸 간직한 채 영지로 돌아갔다. 그 미소가 그의 저녁 시간과 밤 시간을 밝혀줬고, 학업을 계속할 힘을 불어넣어줬다.

니아는 아들의 손에 자기 손을 얹고 중얼거렸다.

"티에코로, 쿠마레가 방금 내게 말해줬다. 넌 통북투로 떠나게 될 거야. 조상들이 네게 가야 할 길을 제시하는구나."

어머니와 아들이 마주 봤다. 티에코로는 어머니를 사랑했다. 사실을 말하자면, 그는 늘 자신의 일부를 생각하듯 어머니를 생각했다. 어머니는 그의 존재와 삶의 뼈대였다. 자신이 이슬람교를 믿게 되면 어머니와 헤어질 위험이 있다는 걸 안다. 그래서 마음이 괴로웠다. 거부도 해봤다. 하지만 현실이 저기 있다. 이제 어머니를 떠나가게 됐다. 어머니로부터 멀리 떨어져서 살아가게 됐다. 몇 해 동안이나? 그래서 그의 마음을 기쁨으로 가득 채워줘야 마땅한 소식을 듣고서도 두 눈에 눈물이 차올랐다. 용서를 비는 말이 입술 끝에서 맴돌았다. 동시에 강렬한 흥분이 그를 휘감았다.

그는 벌떡 일어나서 스승에게 소식을 알리러 갔다.

쿠마레가 짚배에 자리를 잡고서 강 한가운데 위치한 작은 섬을 향해 노를 저었다.

어둠이 내리기 시작할 무렵이지만, 그가 이제부터 하려는 일은 어둠과 비밀을 필요로 해서였다. 마지막까지 남아서 물고기를 잡던 소모노들은 그가 배에 오르는 것을 보자 물고기들을 거둬들이며 신중하게 외면했다. 그들은 그 무시무시한 철물장인 주물사를 알고 있는지라, 앞으로 벌어질 일이 보통 사람들의 소관이 아니라는 걸 인지해서였다. 쿠마레가 노를 저어감에 따라, 세구의 장벽이 어둠에 깊숙이 묻혀갔다. 독수리 떼가 장벽 위에 꼼짝도 않고 날개를 접고 앉아 있는 바람에, 장벽 꼭대기에 삐죽삐죽 솟아 있는 거대한 말뚝들과 분간이 되지 않았다. 장벽 발치에 펼쳐진 돌투성이 강가에 윤곽이 흐릿한 몇몇 형체가 드러났다. 공기가 선선해지자, 쿠마레는 온도 변화에 대비해 어깨에 두르고 있던 염소 가죽을 다시 바싹 여미고는 영양 뿔에 담아둔 코담배를 조금 꺼내어 코로 흡입했다. 그러고는 다시 노를 젓기 시작했다.

금방 도착했다. 갈대 사이에 배를 감추고 언덕 위로 올랐는데, 거기에는 짚으로 만든 임시 거처가 세워져 있었다. 페울족 목동의 거처와 비슷했지만 속을 사람은 아무도 없을 터였다. 그곳은 보이지 않는 존재와 위험한 대화를 하는 신전이라는 걸 알고들 있었다.

쿠마레는 사흘 전부터 아내들과 성관계를 전혀 갖지 않았는데, 정액을 쏟느라 자신의 기운이 분산될까 봐 걱정되어서였다. 마찬가지로 통찰력을 돋워주는 다가를 꾸준히 씹어줬다. 그는 지체 없이, 임시 거처 주위에서 자라고 있는 초목 사이에서 자신의 작업에 필요한 초목들을 찾기 시작했다.

그를 기다리고 있는 임무는 힘들었다. 형체를 알 수 없이 한 덩어리가 된 근심과 근친의 죽음이 두지카 가문에게 예비되어 있는 듯했다. 그 원인이 무엇일까? 장남이 이슬람으로 개종한 것? 그렇다면 왜 신들과 조상들은 그가 통북투로 떠나는 것을 받아들이는가? 술수인가? 두지카의 몰락을 초래할 더욱더 무시무시한 방법? 그들은 그의 머리 위에 어떤 뇌우가 몰아치게 할 작정일까?

쿠마레는 표주박에 아프리카 마호가니 나무의 싱싱한 껍질과 멧돼지의 털을 넣고, 그 위에 일곱 번 유산한 여자의 생리혈을 몇 방울 떨어뜨렸다. 그러고는 사자의 염통을 말려 빻은 가루를 더하면서 주문을 중얼거렸다.

케 코르테, 아버지, 조상님,
지하 세상에 계신 분이시여
앞을 전혀 보지 못하는 제가 보이시죠
케 코르테, 제게 당신의 눈을 빌려주소서……

그는 그렇게 만들어진 반죽을 조심스럽게 바오바브 잎사귀 위에 놓고, 네 번 접어 씹었다. 그러고는 맨바닥에 길게 누웠고, 잠이 든 것처럼 보였다.

실제로는 최면 상태에 빠진 거였다. 거기에 인간의 육신을 벗어두고, 그의 정신은 저승 세계로 여행을 떠났다.

여행은 이레 낮과 이레 밤 동안 계속되었다. 하지만 인간의 시간과 저승 세계의 시간은 똑같이 측정되지 않는다. 인간의 시간으로 쿠마레의 여행은 고작 사흘 낮과 사흘 밤 동안만 지속되었다.

그 사흘 낮과 사흘 밤 동안 세구에서는 대도시에 걸맞은 삶이 이루어졌다. 민간과 군의 통목선 선단들이 승객과 상품과 말을 싣고 졸리바강을 오르락내리락하며, 철 따라 이동하는 물고기 떼들과 속도 경쟁을 벌였다. 하선한 상품을 등에 진 당나귀들은 고분고분 이곳저곳의 시장을 향해 종종걸음을 쳤다. 이제 사람들은 그 횐둥이에 대한 이야기를 나누지 않았다. 사람들에게는 다른 근심거리, 다른 화제가 생겼기 때문이었다. 이슬람!

이슬람이 왕국의 최고 명문가 하나를 후려치지 않았는가! 소모노들의 곳에 위치한 성원의 이맘이 두지카 트라오레의 장남을 개종시킨 걸로 보였다. 그때까지만 해도, 소모노들은 일종의 암묵적 동의에 의해 밤바라인을 대상으로 선교를 하지는 않았다. 그런데 그들이 그 규칙을 깬 셈이니, 이제 만사가 개입해서 한번 크게 혼쭐을 내야 했다. 성원을 몽땅 폐쇄하고, 감히 "알라 이외에 신은 없고 모하메트는 그의 사자다!"라는 혐오스러운 신앙고백을 외쳐대는 사람들을 남김없이 추방해야 했다.

그러기는커녕 만사는 머뭇대고 있었다.

몽종이 머뭇대고 있는 까닭은, 하루가 다르게, 세구 왕국이 이슬람에 넘어간 나라들로 둘러싸인 섬의 형국이 되어가고 있다는 그의 인식 때문이었다. 그런데 새로운 신앙에 이로운 점이 없는 건 아니었다. 우선 그 신비한 기호들은 희생제의만큼의 효력을 발휘했다. 칸, 디르, 티에로 등 소모노 가문에서 배출된 모리들이 문제 해결에 있어서 주물사 신관만큼이나 뛰어났기 때문에, 세구 왕국의 만사들은 여러 세대 전부터 모리들을 활용해왔다. 또한 그 기호들 덕분에 먼 곳에 거주하는 민족들과의 동맹이 유지되고 공고해지는 한편 정신의 공동체가 생겨났는데, 그 공동체의 일원이 되는 게 유리했다. 동시에 이슬람은 밤바라의 세계와는 완전히 이질적인 유일신의 손에 지배권을 쥐여줌으로써, 왕의 권력을 파먹어 들어오고 있어서 위험했다. 알라의 도시는 동쪽 어딘가에 있다는데, 그런 알라를 어떻게 의심하지 않겠는가?

쿠마레는 저승 여행이 끝나갈 무렵 깨어났는데, 그곳을 지배하던 소란한 소리로 귀가 아직도 윙윙댔다. 후손이 필수적인 제물도 헌주도 소홀히 하는 통에 홀대당한 혼령들의 신음 소리. 남자아이의 몸을 빌려 환생하려고 애쓰지만, 아직 거기 이르지 못한 혼령들의 탄식. 인간들이 계속해서 저지르는 끔찍한 죄악 때문에 성이 난 혼령들의 분노에 찬 고함. 그는 표주박에 남겨뒀던 뿌리를 가지러 갔다. 그 뿌리를 빻아서 씹으면 인간들의 세계로 복귀할 수 있었다.

마침내 트라오레 집안의 앞날을 분명히 보았다. 티에코로에 대한 신들과 조상들의 너그러움은 겉보기뿐이었다. 두지카의 수많은 적들이 제휴하여 노력하는 바람에, 신들과 조상들은 온갖 기도에도 귀를 막았고 온갖 제물에도 무덤덤했던 것이었다. 두지카에게는 모든 게 아주 안 좋게 움직이고 있어서, 쿠마레의 끈질긴 작업도 피해를 줄일 수 있을 뿐이었다.

가문 전체의 멸망을 피하려면, 티에코로, 시가, 나바 그리고 막내아들 말로발리, 이렇게 네 명의 아들을 운명이 제멋대로 함부로 다루는 인질, 희생양으로 간주해야만 했다. 스무남은 되는 아이들 가운데 티에코로, 시가, 나바, 말로발리, 단 네 명의 아들을. 결국 두지카는 큰 피해 없이 난관을 빠져나가는 거다.

하지만 쿠마레는 혼란스러웠다. 신들과 조상들의 영은 그에게 숨기지 않았다. 그 새로운 신, 어린 티에코로가 택한 그 알라에 대해 어찌해볼 도리가 없다는 것을. 그는 양날의 검과 같으리라. 그의 이름으로 대지가 피로 흥건해지리라. 영지 내에서 불꽃이 거세게 튀리라. 평화를 사랑하던 부족이 무기를 잡으리라. 아들이 아버지에게 등을 돌리리라. 형제가 형제에게 그러하리라. 인간 사이에 새로운 관계가 생겨날 동안 또 다른 귀족 계급이 태어나리라.

동이 터오고 있었다. 회색빛 너울이 소용돌이를 일으키며 하늘의 네 귀퉁이로 흩어졌고, 하늘을 배경으로 아프리카 부채야자수들의 오만한 실루엣이 도드라졌다. 인간과 가축이 잠에서 깨며 간밤의 공포를 털어냈다. 인간들은 간밤에 꾼 꿈을 유심히 살폈다. 가축들은 두려움에 잠겨 시간을 보내리라. 쿠마레는 생각에 잠긴 채 강으로 향했다. 차가운 물에 닿자 몸을 부르르 떨면서 강물로 들어섰고, 깊이 잠수했다. 파로 신이 좋아하는 본거지, 졸리바강의 물. 본질의 물. 아이는 어머니 배 속에서 헤엄치며 형체를 갖추고 움직인다. 인간은 물과 다시 접할 때마다 되태어난다. 쿠마레는 물의 흐름을 따라서 오래 헤엄쳤다. 악어들과 수중 동물들은 그의 힘을 느끼고 길을 터줬다. 그러고 나서 그는 다시 섬 가장자리로 돌아가, 세구로 돌아가려고 짚배에 올랐다.

어쩌면 알라와 밤바라의 신들은 협의에 도달하려나? 밤바라의 신들이 오만한 신참자가 무대 전면에 나서게 내버려두려나 보다. 그들은 그늘에서 일을 하겠지. 그들이 완전히 패배한다는 건 가능하지 않았으니까. 마쿵고바, 낭골로코, 콩타라, 바갈라…… 등 왕국의 위대한 물신들을 숭배하는 찬란한 제의가 매년 거행되는데, 그들이 경멸이나 망각의 대상이 될 수는 없었다. 그런 일이 벌어진다면, 세구는 더는 세구가 아니리라. 그건 정복자에게 몸을 내준 행실 가벼운 여인, 포로가 된 여인에 불과하리라…….

커다란 굴 껍데기들이 여기저기 흩어져 있는 졸리바강의 잿빛 기슭에서 여자들이 박 그릇으로 물을 긷고 있었다. 포로들이 우두머리의 감독하에 질서 정연하게 줄 맞춰 떠나갔다. 그들 모두는 주물사를 바라보지 않으려고 애써 피했다. 코모의 우두머리와 마주친다면 그것처럼 신중하지 못한 일이 없었으니까. 그 누가 알리오, 주물사가 성질이라도 나서 불임이나 급사나 전염병으로 후려치는 그 힘을 발휘하는 게 아닐지. 그래서 주물사에게는 내 리덮인 눈꺼풀, 감은 눈, 겁먹은 은밀한 몸가짐만이 보였다. 곧 두지카의 영지가 보이는 곳에 도착했다. 그는 저세상의 명령을 전달하려고 서둘렀다.

"맞았네. 장남 티에코로가 떠나야 해. 그런데 동생 시가도 동행해야 한다네. 시가와 티에코로는 하나의 혼령이 내쉬고 들이쉰 상반된 숨이고, 사실 서로의 분신이니까. 한 명은 다른 한 명 없이 정체성을 갖지 못한다네. 둘의 운명은 상보적이야. 그들의 생명 줄은 방적기에서 빠져나오는 무명천의 실처럼 서로 얽혀 있네."

쿠마레가 이른 아침 시간이라서 아직 비어 있는 첫 번째 뜰로 들어섰을 때, 티에코로가 처소들 사이에서 불쑥 나타났다. 아마도 첫 번째 기도 시간에 가는 길이었나 보다. 테라스를 덮은 지붕들 너머로 저 멀리 어디선가 기도 시간을 알리는 무에진의 목소리가 들렸으니까. 그는 눈에 띄게 겁에 질린 표정으로 우뚝 멈춰섰다. 쿠마레는 그 소년에게 특별한 관심을 기울였던 적이 전혀 없었으니, 그에게 티에코로는 영지의 다른 아들들과 특별히 다르지 않았다. 자신의 칼날 아래에서 그 애의 음경 포피가 잘려 나갔지만, 그때 그 애가 울부짖지 않으려고 이를 악문 다른 아이들보다 더 용감해 보이지는 않았더랬다. 쿠마레는 갑자기, 아직도 아이티가 가시지 않은 그 용모에서 대담성을, 의외의 내적 욕구의 표시와 결합된 지성을 간파했다. 어떤 힘이 이 아이를 이슬람의 길로 내몰았을까? 어디서 이 아이는 자신의 가족과 부족이 준수하는 종교적 의례에 등을 돌릴 용기를 발견했을까? 상상조차 할 수 없는 그 고독했을 싸움.

티에코로는 쿠마레를 뚫어져라 바라봤다. 차츰차츰 두려움이 가라앉았다. 무시무시한 형상 대신에 그의 눈앞에는 뻣뻣하고 덥수룩한 수염을 기르고, 새 대가리들과 붉은색 천을 감은 사슴뿔과 암소 꼬리와 칙칙한 숫염소 가죽을 몸에 두른 괴상한 옷차림을 한, 거의 노인이라 할 만한 장년의 남자가 있을 뿐이었다. 티에코로가 차분한 오만함을 드러내며 인사를 건넸다.

"앗살람 알라이쿰*……."**

---

*   이슬람 인사말로 '알라의 평안이 당신에게 있기를'이라는 뜻이다.

5

세구를 벗어나면 사막을 걸어야 한다.

황갈색 흙은 탈 듯이 뜨겁다. 풀은 가까스로 고개를 내밀었다 해도 누르스름하다. 풀이 황량한 돌투성이 지면에 자리를 내주는 일이 훨씬 잦아서, 오로지 바오바브와 아카시아와 이 지역 전체의 상징인 카리테 나무만이 자라고 있다.

가끔 지평선을 가로막는 성벽이 출현하듯 주변의 황량한 평원이 수직으로 깎아지른 절벽으로 이어지는데, 도공족들은 산이자 성채이기도 한 그 절벽에 붙어서 산다. 하르마탄 바람이 세차게 불어와 페울족이 수원을 찾아 가축 떼를 몰며 늘 더 멀리까지 밀려갈 수밖에 없는 그때, 모든 것이 그 건조한 열풍 앞에서 몸을 굽힌다. 그러고 나면 돌투성이 땅이 모래에 무릎을 꿇는데, 모래사막에는 바늘처럼 뾰족한 씨앗이 매달린 풀들이 듬성듬성 돋아 있다. 연한 붉은빛 하늘 아래 노란색에 가까운 흰색의 광활한 평원이 끝없이 펼쳐진다. 새의 지저귐, 전혀 없다. 야수의 으르렁거림, 역시 없다. 고독과 공포가 빚은 신기루처럼 군데군데 드러난 강을 벗어난 곳에서는 그 무엇도 살지 않는 것 같다.

하지만 시가와 티에코로는 스스로도 깜짝 놀랐을 정도로, 인간에 대해 개의치 않는 이 불모의 풍광에 반했다. 대상을 따라다니는 무어인들에 섞여 메카를 향해 엎드릴 때, 티에코로는 자신이 신의 존재로 가득 차고, 열풍처럼 뜨거운 그의 존재가 자신을 엄습한다고 느꼈다. 시가 또한, 어머니의 유령이 수의를 입은 채 얌전히 있겠다고 약속이라도 한 것처럼, 단 한 번도 느껴보지 못한 마음의 평화를 느꼈다. 두 형제는 한 뗏목에 올라탄 여행객들처럼 갑자기 서로 가까워지고 하나가 된 것 같았다.

그들이 통북투에 발을 들여놓았던 그 무렵, 통북투라는 도시는 찬란했던 과거를 기억하고 있는 포로 신세의 여인에 불과했다. 몇 세기 전만 해도 그 도시는, 여전히 황금과 소금의 제국이라고 불리는 송가이 제국의 수도인 가오와 더불어 제국의 정화(精華)였다. 송가이 제국은 밤부크와 갈람의 황금을 통제하기 위해 말리 왕국을 무찌르고, 말리 왕국이 다스리던 북부 지역 몇 군데를 빼앗았다. 송가이 제국의 번영을 보장했던 건 무역이다. 세구 왕국처럼 마그레브 지역을 상대로 노예뿐만 아니라 콜라, 황금, 상아, 소금을 거래했다. 무어족과 투아레그족의 약탈에 대비해 무장한 대상들이 '모래 바다 사하라'를 향해 출발했다. 결국 위험이, 그 뒤를 이어 폐허가 그곳 모래 바다 사하라로부터 찾아들고 만다. 16세기에 소금 광산과 금광을 탈취하길 원한 술탄 물레 아흐메드가 이끄는 모로코인들이 송가이 제국을 철저하게 파괴하고, 그들의 후손, 그러니까 그 지역 귀족 여성과의 사이에서 얻은 아들들인 아르마에게 제국의 잔해를 넘겨버렸다. 수많은 문인과 여행객이 여인인 양 혹은 페울족이 자신의 소 떼인 양 통북투를 노래했지만, 그렇게 정복당한 뒤로 그 도시는 영혼 없는 육신에 불과했다. 하지만 시가와 티에코로에게 그 고장은 매력을 완전히 상실한 것으로 보이지는 않았다.

두 사내아이와 그들의 길잡이들은 성 밖 지역 알바라디우를 통해 들어갔는데, 그곳에는 여행객들, 특히 마그레브에서 오는 여행객들이 이용하는 대상 상인 숙소가 있었다. 그러고 나서 두 소년은 길잡이들과 헤어졌는데, 그 무어인들은 상품을 처분한 뒤 다른 상품을 싣고 다시 돌아가야 하는 여정을 시작하기 전에 쉬어야겠다는 생각뿐이었다. 두 아이는 곧 마두구 궁전에, 그러니까 만사 무사가 메카에서 돌아온 뒤 건축을 지시했던 궁전에 도달했다. 두 아이는 도시의 역사에 대해 아는 게 하나도 없었지만 지나가는 사람들에게 물어볼 엄두를 내지 못했으니, 그들 대부분이 투아레그족이어서, 무거운 쪽빛 부부*를 걸치고 머리에는 터번과 베일을 쓰고 날밑이 십자 모양인 언월도를 차고 손목에 찬

넓은 가죽 팔찌에 단도를 매단, 아주 소름 끼치는 모습이었다. 아이들은 어쩌다 보니 정육 시장으로 들어섰는데, 소나 양의 커다란 고깃덩어리에는 온통 파리가 들끓었다. 의복과 박박 민 머리로 보아 이슬람 신도임을 알 수 있는 사람들이 기다란 꼬치에 양 다리를 꿰어서 굽고 있었다.

두 아이 중 티에코로의 실망감이 더 컸다. 세구에서 그를 가르쳤던 스승 엘 하지 이브라히마가 이 도시, "우상숭배로 그 흙이 더럽혀진 적이 결코 없으며 성인들과 독실한 사람들의 통상적 체류지"라는 이 도시에 대해 수도 없이 말해줬기 때문에 그는 낙원의 모습을 기대했더랬다. 사실 통북투가 세구보다 더 아름답다고는 할 수 없었다. 티에코로는 특히 고향을 둘러싼 장벽이 사라진 타지에서 익명 상태에 놓이게 되어 괴로웠다. 모두에게 그는, 막강할진 모르지만 훌륭한 평판을 누리지는 못하는, 살생을 즐기고 우상을 숭배하는 걸로 알려진 부족 밤바라의 일원일 뿐이었다. 그가 상코레 대학에 신학을 공부하러 간다는 사실을 알게 되면 모두 폭소를 터뜨렸다.

"대체 언제부터 밤바라족이 공부를 하고 이슬람을 믿게 된 거야?"

혹은 세구에서 엘 하지 이브라히마가 그를 가르칠 때 그에게 기

* 길고 헐렁한 상의.

초밖에 가르칠 수 없었기 때문에, 형편없는 그의 아랍어 실력에 대해 놀려댔다.

티에코로가 시가를 돌아보니, 시가는 실제로는 자신에게 아무런 관심도 없는 투아레그인 두 명을 보고 겁에 질려 모래에 발을 묻고 가만히 서 있었다. 두 형제는 여행하는 동안 얼마나 많은 부족과 스쳐 지나갔던가! 우선 그들도 이미 알고 있는 보조와 소모노. 이들은 스스로를 '물의 주인'이라고 부르면서 거의 강가에서 살다시피 하는 어부다. 그리고 '대지의 주인'인 사라콜레. 위대한 농부로, 목화, 담배, 인디고를 재배하며, 양 갈래로 갈라진 굵은 말뚝에 박은 작은 허수아비들을 경작지에 잔뜩 세워둔다. 그리고 겁이 많은 동시에 사나운 도공족. 이들은 암벽의 벽면을 파서 만든 집이나 혹은 거친 암벽 사이에 터를 잡은 집에서 떼를 지어 쏟아져 나온다. 그리고 말랭케족. 이들은 상인계의 거물로서, 그들의 조상이 세운 말리 제국의 추억에 잠겨 살고 있지만 이제는 말리가 세구의 속국에 불과하기 때문에 자신들이 그 후손임을 받아들이기를 거부한다. 이슬람 신도이든 혹은 여전히 물신숭배자이든 늘 다른 부족을 지독히도 깔보는 페울족, 그리고 낙타에 짐을 실은 끝없는 대상 행렬을 이끄는 아랍인들이 도처에 있었다.

엘 하지 이브라히마는, 통북투의 위대한 이슬람 학자이자 자신의 친구인 엘 하지 바바 아부에게 보내는 편지에, 물신을 숭배하는 집안에서 태어났으나 혼자서 진정한 신에게로 이르는 길을 찾아낸 이 소년을 도와달라는 당부의 말을 적은 뒤, 티에코로에게 건넸더랬다.

무척 헤매고 난 끝에 티에코로와 시가는 도시 남쪽의 키시모방쿠 지역에 도착했다. 엘 하지 바바 아부는 세구의 집처럼 흙벽돌로 지은 아름다운 집에서 살았다. 하지만 세구와 달리, 카리테 기름을 섞은 불그스름한 도료를 칠한 집은 아니었다. 대신 고령토를 발라놓았다. 마찬가지로, 길을 향해 오로지 문 하나만 뚫어놓은 난공불락의 전면을 보여주는 집도 아니었다. 그저 아주 낮은 담으로만 둘러싸여 있어서, 담 안쪽에서 무슨 일이 벌어지고 있는지 바깥에서 다 보였다. 2층 가장자리에는 테라스가 딸려 있어서, 그곳에 길게 앉아 있던 젊은 여자들이 낯선 이들이 다가오자 킥킥댔다.

강 근처를 지나다가 먹이라도 감을 여건이 된다면 다행일 정도로, 염소 가죽 주머니에 담아 온 물로 급하게 입이나 헹구며 보잘것없는 숙박 시설에서 여러 밤을 보내고 난 뒤이니, 그들의 겉모습이 내세울 만할 리 없다는 건 분명했다! 그리오들이 혈통을 노래할 정도인 상류층 자제들을 상대하고 있다는 건 상상도 하지 못할 터였다!

티에코로가 꼭 쥔 주먹 형상의 아름다운 청동 문고리를 이용해서 문을 두드렸다. 잠시 뒤 문이 열렸는데, 얼룩 한 점 없는 새하얀 카프탄을 걸친 호리호리한 젊은이가 인사말에 담긴 의미와는 모순되는 눈빛으로 쌀쌀맞게 인사를 건넸다.

"앗살람 알라이쿰!"

티에코로는 최선을 다해 찾아온 이유를 설명하고는 여러 달 전부터 품 안에 간직해온 소중한 편지를 옷 저 안쪽에서 꺼냈다. 젊은이가 역겹다는 표정으로 편지를 낚아채며 말했다.

"엘 하지 바바께서는 주무십니다. 기다리세요."

그러더니 문을 닫아버렸다. 티에코로와 시가는 집 앞에 설치된, 흙으로 만든 넓고 긴 의자에 앉았다.

'손님은 신의 선물이다.' 동생 옆에 앉아 지나가는 사람들의 빤히 바라보는 눈길을 받으며 뙤약볕 아래에서 기다리고 있자니, 티에코로는 세구의 엘 하지 이브라히마가 했던 그 말이 끊임없이 생각났다. 또한 아버지가 외지인을 어떻게 대접했는지, 니아가 어떻게 그들을 손님채로 데려가서, 더운 목욕물을 대령시키고 푸짐한 식사까지 제공했는지도 떠올랐다. 심지어 하룻밤을 묵어야 한다면, 욕정을 풀 수 있게 여자를 내주었다. 그들은 지금 그러한 정중한 예의로부터 얼마나 거리가 먼 대접을 받고 있는가!

한없이 긴 시간이 흐르고 나서, 낮잠을 마친 엘 하지 바바 아부가 길로 나왔다. 장신의 남자로, 아주 연한 색 피부는 아랍인 피가 흐름을 보여줬고, 금욕적으로 보이는 얼굴에 머리카락을 바투 쳤으며, 목에는 고운 흰색 비단으로 만든 하이크를 둘렀다. 그리고 티에코로와 시가가 한 번도 본 적 없는 기다란 로브를 걸쳤다. 재빨리 인사말을 주고받고 나자 그가 지적했다.

"너희는 둘이로구나. 이 편지에는 학생 한 명에 대한 얘기만 있던데……?"

티에코로가 어름거렸다.

"학생은 저예요. 얘는 저를 따라온 동생입니다."

엘 하지가 단호한 몸짓을 해 보였다.

"학생이 아니라면, 특히나 이슬람 신도가 아니라면 저 애는 받을 수가 없다. 넌 나를 따라오너라……."

어떻게 할까? 그가 문을 다시 열고 들어가려고 했기에, 그에게 휘둘린 티에코로는 복종할 수밖에 없었다. 시가는 이 낯선 도시의 골목에 혼자 남겨졌다. 머리 위에서 젊은 여자들의 웃음소리가 다시 들렸다. 무얼 갖고 놀리는 걸까? 땋은 머리? 팔과 목 주위에 감은 부적? 귀에 매단 이 고리?

여행 내내, 두 형제를 데려다준 무어인들은 대체로 친절했지만, 그들의 옷차림이나 줄로 이를 가는 풍습, 특히 피부 색깔을 놓고 놀려댔다. 그런 조롱에 대해 시가는 티에코로만큼 격렬하게 대들지는 않았지만, 그런 농담을 이해할 수는 없었다. 피부가 검으면 아름답지 않은가? 카리테 버터로 윤을 내어 무릎, 팔꿈치 등 관절 부위도 매끈하고, 피부가 곱고 반짝이는데?

처음 보는 젊은 여자들의 조롱이 그의 분노를 부채질하며, 그를 사로잡은 고독과 절망의 느낌에 섞여 들었다. 이제 아는 이 하나 없는 이 도시에서 어찌 될 것인가?

대체 여기에 무얼 하러 왔지? 티에코로를 따라왔다. 대체 왜? 왜 그를 시종으로, 형의 노예나 다름없는 시종으로 삼았을까? 티에코로가 동생은 거의 안중에도 없이, 항의 한마디 못 하고 어찌나 급하게 집주인의 뒤를 따라가던지! 이렇게 외칠 수는 없었을까. "말도 안 돼요! 제 동생인데요……?" 그러기는커녕 보고만 있었다!

이 사실을 알게 되면 가족들이 뭐라고 말할까? 그런데 가족에게 어떻게 알리지? 시가는 여러 날을 걸어야만 가족에게 돌아갈 수 있는 곳에서 떠돌이가 된, 어쩌면 죽음을 맞이한 자신의 모습이 눈에 선했다. 그러다가 정신을 차렸고, 그들을 데려다준 무어인들을 다시 찾아보기로, 그러니까 대상 상인 숙소로 돌아가기로 결정했다.

알바라디우 지역은 도시의 북단에 위치했기 때문에, 키시모 방쿠에서부터 가자면 거리가 멀었다. 시가가 그 거리를 통과하여 대상 상인 숙소에 도착했을 때에는 날이 저무는 중이었다. 마치 어디선가 화재가 발생하여 모래와 돌멩이들이 활활 타오르기라도 하는 것처럼, 하루 종일 지배했던 찌는 듯한 무더위가 가라앉았다. 하지만 사방팔방 돌아다녀봤자 소용없었으니, 그 무어인 셋은 흔적도 보이지 않았다. 또 다른 대상 상인들이 텐트 가장자리에 비스듬히 앉아 느긋하게 다도에 푹 빠져 있기에 그들에게 물어봤지만 소용없었으니, 무어인 셋에 대한 어떤 정보도 얻을 수가 없었다. 아무도 그들을 보지 못했다. 아무도 그들이 어떤 방향으로 갔는지, 데리고 온 낙타들을 어떻게 했는지 알지 못했다. 증발해버렸다. 증발해버렸나 보다! 시가는 그런 식으로 종적이 사라진 일에 대해 이리저리 궁리를 해봤다. 그 세 명의 무어인들은 두지카의 아들들을 무사히 데려다주기 위해 조상들의 지시를 따른 혼령들이었을까? 두지카가 세구 시장에서 그들과 우연히 맞닥뜨리게 된 경위 역시 불가사의하지 않았나? 시가는 그 사람들에게 초자연적 특색이 있었음을 뒷받침할 만한 사소한 거리라도 기억해내려고 애썼지만, 찾아내지 못했다. 그들은 인간처럼 마시고 먹고 웃었다. 그런데 인간들을 속여 넘기는 게 바로 혼령들의 특권 아니던가?

무엇을 할까? 세구로 돌아갈까? 어떻게? 시가는 모랫바닥에 주저앉았다. 그가 두 손으로 머리를 싸쥐고 거기 앉아 있으니, 시가 또래의 어떤 소년이 다가와 물었다.

"아랍 말 해?"

시가는 그 방면에 있어서 자기 능력이 빈약함을 알리는 손짓을 해 보였다. 상대방이 다시 물었다.

"디울라 말은?"[*]

---

[*]   디울라어, 밤바라어, 말랭케어는 모두 만데 어군에 속한다.

"그건, 내 모국어와 비슷해……."

"오늘 아침에 너랑 같이 있던 소년은 어디 있니?"

시가는 어깨를 으쓱했다. 형과의 갈등에 대해 말하고 싶은 생각은 전혀 없었다. 처음 본 그 소년이 시가의 옆에 앉더니 친근하게 어깨에 손을 얹었다.

"뻔하네, 뻔해. 널 버렸구나. 그래서 너 혼자 여기 있는 거고. 내가 몇 가지 정보 좀 줄까……."

시가가 그의 손을 거칠게 뿌리치며 물었다.

"우선 네 이름은 뭔데?"

소년이 야릇하게 웃었다.

"이스마엘이라고 불러……. 이거 봐, 네가 이슬람 신도가 아니면 여기서는 어떤 일에서도 성공하지 못할걸. 여기 사람들이 어떤지 넌 상상도 못 할 거야. 네가 하루에 다섯 번 기도를 올리고 금요일에 사원에 모습을 나타내지 않으면, 그들 눈에 넌 개만도 못한 거야. 네게 먹을 게 없다 해도 음식조차 주지 않을걸……."

시가가 으르렁댔다.

"난 이슬람 신도가 되고 싶지 않아……."

이스마엘이 웃었다.

"누가 너더러 이슬람 신도가 되래? 그렇게 보이기만 하면 돼. 그 땋은 머리는 잘라달라고 하고. 그 싸구려 장신구들도 좀 벗어던지고……."

이 호신부들을 벗어 던지라고? 세구를 떠나기 전, 이 낯선 고장에서 그를 지켜주라고 쿠마레가 그에게 줬던 것들은 말할 것도 없고, 그중 어떤 것들은 태어나자마자 걸어준 거고, 또 다른 것들은 할례식이 끝나자마자 몸에 지니게 한 건데?

이스마엘이 웃었다.

"그럼 안 보이게 숨기라고. 다른 사람들이 하듯 해. 그 위대하다는 학자들이 카프탄 밑에 뭘 숨기고 있는지 네가 안다면! 네 이름은 아흐메드로 해. 남들 보는 데서 술 마시는 일은 피하고. 자, 이제 다 됐다······."

시가가 불신의 표정으로 그를 봤다.

"그런 게 내게 무슨 도움이 되는데?"

"네가 내 충고를 따른다면, 당장 내일 아침부터 일자리를 얻어줄 수 있어. 난 나귀 몰이꾼이거든. 널 아라코이*에게 소개할게······. 제법 괜찮은 직업이야. 두 달 뒤면 집에 돌아갈 여비는 손에 쥘걸. 아니면 마음 가는 대로 다른 곳으로 가든가······."

시가는 단호하게 고개를 저었다. 나귀 몰이꾼이 되어서 아둔하고 불결한 짐승들을 돌보고 싶은 생각이 조금도 없었다. 그가 일어나 가려는 시늉을 하는데, 이스마엘의 조롱 어린 목소리가 그를 멈춰 세웠다.

---

* 송가이의 나귀 몰이꾼들의 우두머리.

"오늘 밤 어디로 자러 가야 할지도 모르면서. 하킴*이 노숙자들을 몽땅 잡아간다는 건 알아? 특히 너처럼 이상한 옷차림을 하고 있으면……."

엘 하지 바바 아부는 아흐메드 바바와 같은 가문 출신이었는데, 아흐메드 바바는 그 명성이 마그레브 전역을 넘어서서 부지**와 알제까지 퍼져나갔던 유명한 법학자였다. 엘 하지 바바 아부 그 자신도 점성학 개론서와 수단의 다양한 계급에 관한 책을 집필한 석학이었다. 그런 온갖 이유로, 그를 정치적 음모로 끌어들이려는 시도가 여러 차례 있었다. 하지만 그는 그런 일에 가담하기를 거부하고 자신이 운영하는 코란 학교에서 거둬들이는 과실로, 이건 사실인데, 넉넉하게 생활했으며, 도시의 3대 대학교 입학을 목표로 125명에 달하는 학생들을 준비시켰다. 마라케시에서 공부하는 동안 첫 번째 결혼을 모로코 여자와 했고, 통북투로 돌아와서는 조상인 아흐메드 바바처럼 자신도 노예제도라는 그 '시대의 재앙'을 단죄한다는 걸 보여주기 위해 노예 출신의 송가이 여자를 다시 배우자로 맞았다. 건방지고 참을성이 없는 인물로, 고귀한 원칙들과 신에 관한 항시적인 관심이 있다고 해서 인간의 나

---

* 송가이어로 '헌병'을 뜻한다.
** 알제리의 도시 베자이아의 옛 이름.

약함에 대해 더욱더 관대해지는 것은 아니었다. 그가 티에코로를 비서 아흐메드 알리에게 맡기면서 내뱉은 말 역시 그다지 자비롭지 않았다.

"목욕을 시키도록. 악취를 풍기는구나."

사실, 티에코로에게서는 카리테 버터의 냄새만 났다. 세구 주민들 모두가 그러듯이 그 역시 자신의 몸에 그 기름을 듬뿍 발랐으니까.

엘 하지 바바 아부는 그다지도 시골뜨기에 그다지도 무지한 소년이 자기 집에 들이닥친 걸 보고서 썩 기쁘지는 않았다. 동시에 친구 엘 하지 이브라히마의 마음을 상하게 할 수도 없었는데, 그 친구는 물신을 숭배하는 가문의 학생들을 모집하면 다음에는 그 학생들이 가족을 개종시킬 테니, 이건 무척 중요한 일이라고 강조했다. 그는 그 점에 있어서 친구와는 반대 의견이었다. 그렇게 개종한 자들의 이슬람은 너무 오염이 심하고 너무 미신과 뒤섞여 있어서, 신의 뜻에 어긋나기 때문이었다.

티에코로는 뜰 한 귀퉁이에서 기다리며 시가 생각을 했다. 그 아이는 어찌 되는 거지? 부모도 친구도 없이 혼자다. 황금도 자패화도 없이. 하지만 보이는 물건마다, 보이는 얼굴마다 네가 지금 너 말고 다른 사람을 동정해야 할 때가 아님을 교묘하게 암시하는 이 저택에서 자신이 처한 상황에 너무나 정신이 팔려 있었다. 순간, 똑같이 짙은 갈색 카프탄을 걸친 대여섯 명쯤 되는 젊은 애들이 뜰에 불쑥 나타났고, 호기심 어린 대여섯 쌍의 눈이 티에코로에게 머물렀다. 아흐메드 알리가 은근한 조롱이 느껴지는 말투로 소개했다.

"새로 온 너희 동급생, 티에코로 트라오레……."

그 아이들 중 하나가 눈썹을 치켜올렸다.

"티에코로?"

아흐메드 알리가 미소를 지었다.

"너희 동급생은 세구에서 오셨단다……."

다행히도 하인들이 물과 양고기를 곁들인 쿠스쿠스가 담긴 커다란 접시를 들고 들어왔다. 모두가 둥글게 둘러앉았고, 잠시 동안 손들만 음식을 오갔다. 배고픔에 시달리면서도 티에코로는 먹는 둥 마는 둥 했다. 이들은 그에게서 뭘 비난하는 건가? 그의 혈통? 이게 이슬람의 얼굴인가? 모든 인간은 빗살처럼 서로 동등하다고 말하지 않았나……? 식사가 끝나자마자 동석자들은 아흐메드 바바의 수사본에 대해 현학적인 대화를 시작했는데, 그 원고 작성 시기는 1589년도, 그러니까 모로코인들이 송가이 제국을 점령하기 한 해 전으로 거슬러 올라갔다. 티에코로는 그렇게 지식을 과시하는 목적이 자신의 기를 꺾으려는 것이라고 확신했고, 그중 한 명이 그를 돌아보며 질문을 던지자, 그런 짐작을 굳혔다.

"그 글에 대해 어떻게 생각해? 그가 살았던 당시의 정치적 문제들과 연관이 없다는 의견은 아니겠지?"

티에코로는 용감하게 일어나 담백하게 말했다.

"이만 자러 갈게. 어제도 길바닥에서 잤거든……."

그에게 배정된 침실은 작았지만 천장이 높았고, 두툼한 양모 양탄자로 꾸며놓은 곳이었다. 침대는 땅에 박은 네 개의 말뚝 위에 소가죽을 팽팽하게 당겨 씌우고, 그 위에 낙타털로 짠 다소 거친 촉감의 커다란 담요를 덮어놓은 거였다. 티에코로에게는 그게 상당히 안락하게 여겨졌다. 슬펐고 모욕당한 느낌이었지만, 곧 잠이 들었다.

그가 등을 돌려 나가자마자 터져 나온 조롱을 들었더라면 보나 마나 그렇게 편안히 잘 수는 없었으리라. 엘 하지 바바 아부의 기숙생들은 가오의 왕족이나 통북투의 명문가의 자제들이었다. 이미 여러 세대 전부터 아스키아 왕조의 정치 고문이자 동조자였던 그들의 아버지들은 머리를 밀고 알라 앞에 엎드렸다. 그들의 서재에는, 친인척 관계에 있는 학자들이 판례, 코란 주해, 법원(法源) 등 온갖 주제에 대해 아랍어로 작성한 수백 개에 달하는 수사본들이 꽂혀 있었다. 그들이 티에코로에게서 멸시했던 건 그들이 말하듯이 단지 '물신숭배'나 '다신교'가 아니라, 그들의 문화보다 덜 위엄 있는 문화, 문자화되지 않은 문화이자, 또한 그들의 아버지는 단 한 번도 경작한 적 없는 땅의 냄새였다. 단 한 명만이 그의 편을 들었다. 물레 압달라로, 그의 아버지는 카디의 직을, 그러니까 판사직을 수행하고 있었다. 동료들의 오만함에 마음 아파

하는, 신심이 깊고 살짝 비의적인 구석이 있는 젊은이였다. 그는 티에코로를 자신의 보호 아래 두고 그가 낙담하지 않도록 학업을 도와주기로 결심했다. 그것이 성전에 계신 알라를 뵙는 방법이 아니겠는가? 그는 밤새 그 임무 생각에 열광했다. 그리하여 아침의 세정 의식과 첫 번째 기도를 마치고 난 티에코로는 뜰에 서서 자신을 기다리고 있는 그를 발견했다. 물레 압달라가 우아하게 미소를 지었다.

"스승님께서 널 보자신다. 그러고 나서, 난 오늘 아침 수업이 없으니, 원한다면 도시 구경을 시켜줄게……."

티에코로는 재빨리 제안을 받아들이고는 실내로 들어갔다. 그는 실내의 모습에 깜짝 놀랐다. 세구에서는 실내가 짚자리, 간이 의자, 신선한 물을 담아두는 항아리를 제외하면 텅 비어 있었다. 여긴 바닥이 온통 양탄자로 뒤덮였다. 하지만 티에코로를 깜짝 놀라게 한 건 벽에 걸려 있는 장식 융단들이었다. 그중 하나는 비단과 황금을 교차 직조했는데, 마름모꼴 문양 안에 섬세한 꽃 모티프가 들어 있었다. 또 다른 건 터키블루 색깔의 비단 바탕에 꽃무늬로 장식된 별들이 도드라졌다. 엘 하지 바바 아부 본인은, 그가 입고 있는 카프탄이나 신고 있는 가죽 샌들과 마찬가지로 하얀색인, 두툼한 커버를 씌워놓은 장의자에 앉아 있었다. 턱에서 양쪽으로 갈라진 수염에는 윤기가 흘렀고, 얼굴색보다 조금 더 밝은 상앗빛을 띤 섬세한 손에 책을 들고 있었다. 그가 티에코로에게 마주 보고 앉으라는 손짓을 했다.

"어제 우리가 미처 말하지 못했던 것들이 있네. 아랍어나 신학에 관한 자네 지식수준을 볼 때, 자네가 대번에 대학에 입학할 수 없으리라는 건 명확해. 그러니 내가 운영하는 전통 코란 학교에서 수업을 들어야 할 거야. 그리고 자네 동급생인 물레 압달라가 개인적으로 자네를 돕겠다고 나섰어. 그런데 수업료는 어떻게 낼 생각인가?"

티에코로가 말을 더듬었다.

"금화 50미트칼이 있습니다……."

엘 하지 바바는 몹시 놀란 기색이었다. 그가 또박또박 물었다.

"그 금을 어디 뒀나?"

티에코로가 서신을 꺼낼 때처럼 한 번 더 품속을 뒤적였고, 작은 염소 가죽 주머니를 꺼내 들며 설명했다.

"아버지께서 제가 집을 떠나오기 전에 챙겨주셨습니다. 사람들 얘기를 듣고 걱정이 되셨거든요. 무어인들이 우리를, 저와 제 동생을 잡아다가 바르바리아에 노예로 넘기는 일이 벌어질지도 몰라서요. 그럴 경우 우리의 자유를 놓고 협상을 벌일 수 있게……."

처음으로 스승의 엄격한 얼굴에 웃음이 환히 빛났다. 그가 급하게 주머니를 채어 갔다. 그 순간 젊은 여자, 아니 차라리 소녀라고 할 만한 여자가 실내로 들어왔다. 엘 하지 바바보다 얼굴색이 더 연하고, 길게 양 갈래로 땋아 내린 머리카락은 붉은 베일로 반쯤 가리고, 고색창연한 은목걸이를 겹겹이 목에 두르고, 귀에는 네모난 귀고리들을 걸고 있었고, 왼쪽 콧방울에는 작은 고리가 달랑거렸다. 티에코로에게 그 소녀는 요정이 나타난 것처럼 보였다. 엘 하지 바바는 소녀가 그렇게 불쑥 들어온 게, 그리고 티에코로가 찬탄의 눈길을 던지는 게 특히 마음에 안 든 듯했다. 거칠게 소녀를 쫓아내다가 자신의 무례함을 의식하고는, 그리고 소녀가 문간에 서 있기도 해서, 퉁명스럽게 말했다.

"내 딸 에이샤…… 이쪽은 새 학생 우마르……."

우마르라니? 티에코로는 항의하지 않았다. 면담이 끝났으니, 일어섰다. 명백하게 태도가 누그러진 엘 하지 바바가 그에게 지시를 내렸다.

"내 재봉사에게, 그리고 내 신을 만드는 장인에게 데려다 달라고 해라. 입성이 꼭 이교도 같구나."

티에코로는 열다섯 살 반이니, 유년기에서 벗어난 지 얼마 안 되었다. 그를 기쁘게 하기에는, 밤에 푹 잤고 새로운 친구도 생겼으며 새 옷도 생기리라는 전망, 그러면 충분했다. 일단 거리로 나가자, 물레 압달라가 그의 팔을 붙잡고는 장소에 어울리는 짐짓 가벼운 태도로 이야기를 시작했다.

"네가 앞으로 몇 년은 머무르게 될 이 도시에 대해 말해줄게. 통북투 주민들은 세상에서 가장 편협하고 배타적이야. 그들은 모두를 싫어해. 우선 투아레그족. 그들 말대로라면 신에게 버림받은 자들이지. 그리고 모로코인, 밤바라족, 그리고 페울, 특히 페울족. 아크이트 가문의 조상인 모하메드 아크이트가 왜 마시나를 떠났는지 알아? 자기 자식들이 페울족과 섞일까 봐, 그들의 피로 더럽혀진 자손이 생길까 봐 그랬대."

이런 대화에 티에코로는 매혹당했다. 언젠가는 자기도 이렇게 자신감 있게, 우아하고 경쾌하게 말을 하게 되겠지.

"이 도시의 역사는 알지? '통북투'라는 이름의 여인, 그러니까 '배꼽이 커다란 어머니'가 맡아서 관리하던 투아레그족의 야영지였대. 그러다가 차츰차츰 대상들이 묵어가는 곳이 되었고, 사막의 종려나무 잎사귀를 엮어 만든 울타리 안에서 점점 커져갔지. 칸칸 무사가 메카로 순례를 떠났다가 돌아오는 길에 이 도시를 정복했어. 그리고 다시 투아레그족이 빼앗았고. 또, 송가이 제국의 손니 알리 베르가 그들 면전에서 다시 가져가고. 그 뒤로 모로코족이 들이닥치지. 그러니까 말이야, 이 도시는 마치 남자들이 서로 가지려고 다투지만 그 누구에게도 속하지 않은 여자 같아. 얼마나 아름다운지 봐!"

티에코로는 시키는 대로 했다. 하지만 세구가 아름다움, 특히 활기에 있어서는 더 윗길임을 인정할 수밖에 없었다. 두 소년은 징게르베르 대성원 앞에 도달했고, 바로 그게 티에코로에게 깊은 인상을 남긴 첫 건축물이었다. 방코 벽돌로 쌓아서 사막의 땅처럼 잿빛인 그 건축물은 처음 보면 뒤죽박죽이고 무질서해 보이지만, 실제로는 엄밀하게 배치된 무수히 많은 회랑들로 이루어졌다. 회랑들은 전부 기둥으로 지탱되고 있고 네모난 안뜰로 이어졌는데, 그곳에서는 몇몇 노인네들이 염주를 굴리고 있었다. 티에코로는 삼각형의 모티프로 장식되고 윗부분이 잘린 뭉툭한 피라미드 모양의 첨탑들에 감탄을 금치 못했다. 신의 영광을 위해 이런 건축물을 건립하자면 얼마나 많은 노동이 필요했을까! 티에코로는 질리지도 않고 그곳을 둘러보고는, 높은 궁륭 밑을 걸어 설교사가 코란 구절들을 낭송하고 있는 벽감이나 나무 연단까지 가봤다. 물레 압달라가 그를 끌고 나와야만 했다.

통북투는 장벽에 둘러싸이지 않았다. 그래서 시선이 노예와 떠돌이들이 거주하는 초가집 지역, 일종의 변두리 지역까지 자유롭게 뻗어나갔다. 그 남루한 거주지와, 지금 이 도시의 주인인 아르마의 거주지, 그리고 상인의 저택은 서로 얼마나 대조적인지! 두 소년은 시장으로 들어갔고, 그곳에는 없는 물건이 없었다. 무명천, 붉은색 혹은 노란색의 무두질된 가죽, 막자와 막자사발, 쿠션, 양탄자, 짚자리, 그리고 노란색 자수로 장식된 붉은색 고급 가죽으로 만든 장화들이 널려 있었다. 그랬다. 밤바라의 수도는 가장 아름다운 날들은 앞으로 다가올 거라고 생각하는 아이처럼 소란스러움과 즐거움이 넘쳐흘렀었다. 하지만 통북투는 많은 일을 그다지 정직하지 않은 방식으로 겪은 여자의 온갖 매력을 갖고 있었다.

엘 하지 바바 아부의 단골 의상실에서는 아홉 명의 직공이 푸른색과 하얀색의 카프탄 옷감에 대고 바늘을 부지런히 놀렸고, 그 옆에서 노인들이 코란 구절을 콧소리를 내며 읽고 있었다. 티에코로는 그들이 놓는 수의 섬세함에 매혹당했는데, 세구에서는 그런 걸 본 적이 없었다. 그가 이제 막 발견했을 뿐인 그런 생활의 멋은, 자신의 부족은 알지 못하는 아주 멀리 있는 민족들에게서 부분적으로 차용한 세련됨이었다. 모로코, 이집트, 에스파냐에서.

바지 한 벌과 카프탄 두 벌을 주문하고 나서 두 사람은 항구 쪽을 향해 다시 한가로이 거닐었다. 그때 짐을 잔뜩 실은 나귀 행렬이 그들의 길을 가로막았다. 나귀에게 몽둥이질을 하는 동시에 그 일을 즐기는 표정이 역력한 소년 네 명이 행렬을 이끌고 있었다. 티에코로는 그중 한 명과 시선이 부딪히자, 심장박동 소리를 일일이 셀 수 있을 정도로 온 존재가 침묵에 빠져들면서, 시가를 알아보았다. 시가는 머리를 민 모습이었다. 하지만 왼쪽 귀에 걸고 있던 귀고리는 간직하고 있었기에, 그로 인해 완전히 인상이 달라져서 살짝 용병처럼 보였다. 푸른색 무명천 윗도리는 목깃이 깊이 파여 있어서, 어린나무의 밑동처럼 매끈하고 곧게 뻗은 목이 드러났다. 어쩌면 난생처음으로, 티에코로는 시가가 얼마나 아버지와 닮았는지를 깨달았고, 스무 살이 어려진 두지카가 두 눈으로 그를 뚫어져라 바라보면서 말없이 질문을 던지는 것 같았다. "네 동생을 어떻게 했느냐?"

시가는 잠자코 꼼짝 않고 서 있었는데, 마치 어떤 신호라도, 몸짓이라도 기다리는 것 같았다. 하지만 물레 압달라가 티에코로의 팔을 붙들고 있었다. 그의 손을 뿌리치고 그토록 창피한 처지에 놓인 사람을 향해 달려감으로써 두 사람의 혈연관계를 밝힐 수 있을까? 이번에는 당해도 마땅한 조롱에 자신을 내던질 수 있을까? 그 순간 나귀 몰이꾼 한 명이 소리를 질렀는데, 엄격하다기보다는 오히려 유쾌함이 느껴졌다.

"아흐메드, 도대체 무슨 일이야? 진*이라도 봤어?"

시가가 몸을 돌려 그에게로 달려가며, 형에게 작별 인사를 고하듯 머리 위로 몽둥이를 휘둘렀다. 우마르? 아흐메드? 티에코로의 눈에 눈물이 글썽거렸다. 울음으로 목이 멨는데, 물레 압달라가 잡아끌었다.

"오늘 아침에 스승님 처소에 들어갔을 때, 그 아름다운 에이샤를 봤어? 보나 마나, 바로 턱밑에서 널 보려고 일부러 왔을 거야. 그 여자애 조심해. 우리 모두를 차례차례 자신과 사랑에 빠지게 만들고는 결국엔 우리를 우롱했거든."

---

* 　중동 지역에서 믿는 악령.

6

장남이 떠난 뒤, 니아의 슬픔은 보기 고통스러울 정도였다. 혼령을 동원해 아들의 뒤를 쫓고, 아들이 그 미지의 불경한 땅에서 만날지도 모르는 위험을 예방하려고 셀 수 없이 많은 주물사들을 영지 안에 데리고 있었다. 어떤 주물사들은 가족의 볼리들, 특히 니아가 자기 개인채의 입구에 티에코로 개인을 위한 볼리를 옥수수 이삭과 우유가 담긴 박 그릇들 사이에 모셔뒀는데, 거기에 제물로 가금을 바치는 일만 했다. 또 다른 주물사들은 아침부터 저녁까지, 허공에 던져 올린 자패화와 콜라 열매가 바닥에 떨어지면 그것들이 자리 잡은 모양을 관찰했다.

사람들은 속으로 그녀를 비난했다. 이러니저러니 해도, 그녀는 아홉 아이의 어머니였고 그중 다섯이 아들이었다. 아들 한 명이 멀리 있다고 해서 대체 왜 이성을 잃는가? 죽음이 그 아들을 앗아

간다고 해서 그녀가 뭘 할 수 있겠는가? 채 익지 못하고 떨어지는 풋과실처럼 그녀보다 앞서 떠난다면? 그래도 웃음과 동글동글한 머리통들과 정겨운 싸움질로 가득한 집이 남지 않는가?

니아는 주변 사람들이 자신에 대해 뭐라고 생각하는지 완벽하게 알고 있었다. 자신의 처신이 비이성적으로 비칠 수 있음을 알고 있었다. 그건 그녀의 삶에서 티에코로가 차지하는 위치를 몰라서들 그러는 거였다. 그 아들은 그저 첫애가 아니었다. 그 아들은 자신을 두지카와 묶어줬던 사랑의 징표, 기억이었다. 심지어 첫날밤에 생긴 아들이었다.

그녀의 가족은 졸리바강 저편, 파라코에 거주했다. 디아라 가문이 왕좌를 찬탈한 이상, 쿨리발리 가문이 세구의 장벽 안에 거주하는 건 더는 안전하지 않았다. 그래서 그녀의 할아버지와 그 형제들은 아내와 자식과 노예와 포로들을 전부 다 데리고, 여러 해 전부터 경작하지 않고 내버려둔 가문 소유의 다른 토지로, 지금은 티에칼라*가 무성한 토지로 이주했다. 바로 그곳 아버지의 집에, 두지카의 아버지를 위해 일하는 디엘리인 부바 칼레가 찾아왔다. 아버지는 디아라 가문과 트라오레 가문을 한데 묶고 있는 특별한 인연을 생각해서 망설였더랬다. 그러다가 그 넓은 토지와 엄청난 양의 황금과 엄청난 수의 노예에 생각이 미치자 굽

---

* 이 풀이 자라고 있으면 다시 경작할 수 있는 토양으로 판단했다.

히고 말았다. 전통대로, 니아는 결혼 전에, 심지어 사람들이 자신을 두지카의 개인채로 데리고 가기 전까지도 두지카를 보지 못했다. 밤 시간이었다. 행복하고 다산으로 이어질 결혼이란다고, 주물사들이 그 점에 있어서는 아주 단호했다고, 어머니가 이미 그녀를 안심시켜줬더랬다. 갑자기 자신에 대한 생사여탈권을 쥐게 될, 그리고 자신을 그의 기장밭처럼 소유하게 될 낯선 남자에 대한 두려움이 솟구쳤다. 두지카가 들어왔다. 처소 입구에서 머뭇거리는 그의 발소리가 들렸다. 그러고는 타오르는 나뭇가지 불빛에 모습을 드러내며 그녀 가까이로 다가왔다. 그 얼굴만이 어둠 속에서 도드라졌다. 그가 어색하고 수줍은 미소를 지었고, 그 미소가 용모의 온화함을 더욱 돋보이게 만들었다.

'아, 잘생겼고, 허세도 없구나……'

니아는 저절로 신들에게 감사했다.

그가 그녀 곁에 앉았고, 그녀는 시선을 돌렸다. 두 사람이 잠시 아무런 할 말을 찾지 못하고 있는데, 갑자기, 막 다 타들어간 나뭇가지에 손가락을 덴 그가 아픔에 나지막이 비명을 질렀다. 그 뒤로는, 이모들의 충고를 떠올리려고 헛되이 애를 썼던 시간이었다. 비명도, 한숨도, 신음도 적절치 않으니 하지 마라. 고통과 마찬가지로 쾌락도 침묵 속에서 견디는 거다. 그런 충고들을 지켰던가?

두 사람이 제대로 육체관계를 맺었는지, 신부가 처녀인지를 살피는 임무를 맡은 여성 그리오들이 아침에 신선한 피로 붉게 물든 무명 파뉴를 펼쳐 보였다. 그로부터 꼭 아홉 달째 되는 날, 티에코로가 태어났다. 그래서 그녀는 그 애가 앞에 서 있을 때마다 바로 그날 밤을 되살았다. 그때의 감정들과 통제가 안 되는 낯선 감각들의 격류, 그 어지러움과 평화와 고통. 맞다. 그녀는 아홉 번 애를 가졌고, 아홉 번 출산을 했다. 하지만 그 첫 경험만이 소중했다!

그녀는 떠나겠다고 요청한 사람은 티에코로 자신이라는 걸 잊고서 두지카에게 그 책임을 돌렸는데, 그러한 책망이 그녀가 품은 한에 더해졌다. 그는 첩에 대한 사랑을 공공연히 내비쳐서 그녀를 우롱했을 뿐만 아니라, 가장 사랑하는 아들과 자신을 떼어놓았다. 그래서 두지카가 만사와의 불화로 치명상을 입은 것처럼 팍삭 늙고 음울해지고 말이 없어진 걸 보면서 기뻐했다. 가끔은 그에 대한 사랑이 우위를 차지했다. 하지만 두지카가 예전에 자신을 바라봤던 그런 눈길로 시라를 바라보는 모습을 우연히 보게 되면, 모든 게 다시 시작되었다.

하지만 니아가 티에코로의 출발로 겪는 슬픔은 나바의 슬픔에 비할 바가 아니었다. 나바는 형의 그늘에서 자라났다. 형의 다리에 매달려서 걷는 법을 배웠고, 장난삼아 형의 가슴팍에 부딪치며 싸우는 법을 배웠으며, 밤이 되면 형이 찬탄해 마지않는 여자들에게 둘러싸여서 몸을 움직이는 걸 보면서 춤추는 법을 배웠다. 형의 부재로 뒤에 남은 그는 고아와 다를 바 없었고, 사랑하는 사람의 죽음에서 비롯되는 억울함의 감정에 계속 시달렸다. 나바는 그 공허함을 채우기 위해 아버지의 동생인 디에모고의 장남 티에폴로에게 집착했다.

어린 나이에도 불구하고, 티에폴로는 세구와 그 유역에서 가장 유명한 카라모코* 중 한 명이었다. 북으로는 바낭코로, 남으로는 시다부구에까지 그에 대한 말이 돌았다. 열 살 때 그가 관목 숲에서 실종된 일이 있었다. 부모는 죽었다고 생각했고 어머니가 지레 울고 있을 때, 그가 어깨에 사자 가죽을 메고 나타났다. 그래서 사냥꾼 종족인 고족의 수장인 위대한 케메나니가 그를 자신의 보호 아래 뒀다. 사냥감이 도주하지 못하게 사냥감을 마비시키는 효능을 지닌 독초들의 비밀을 전수했을 뿐만 아니라, 영양의 염통을 제물로 바쳐가며 보살피는 자신의 개인적인 볼리까지도 티에폴로와 공유했다. 동시에, 인간이 동물과의 대면에서 종국에는 늘 승자로 남게 해주는 기도, 주술, 제의를 알려줬다. 처음에 나바는 사냥에 대해서 약간의 거부감을 느꼈더랬다. 티에코로가 피에 대해 갖고 있는 혐오감이 그에게도 전달되었기 때문이었다. 그 뒤로는 사냥에 완전히 빠져들었다. 하지만 아직도, 짐승이 완전히 무너지기 전에 한쪽 무릎이 푹 꺾이면서 자신의 형리에게 전적인 몰이해의 눈빛을 던지면 소름이 끼쳤다. 그 순간, 급하게 짐

---

* 사냥장인.

승에게 달려가서, 그의 귀에 대고 용서받기 위한 주문을 열렬히 속삭였다.

나바가 티에폴로를 찾아갔을 때, 티에폴로는 사냥용 독 제조로 분주했다. 그는 우아바인*, 뱀 대가리, 전갈 꼬리, 생리혈, 아프리카 부채야자의 수액에서 추출한 물질을 섞은 뒤 아주 약한 잉걸불로 끓이고 있었다. 그런 순간이라 나바는 그를 방해하지 않으려고 조심했다. 그가 중얼거리고 있는 주문이 그 물질의 살생 능력을 높여주기 때문이었다. 사냥꾼들이 전부 다 그러듯이, 티에폴로는 무수히 많은 부적으로 상반신을 뒤덮고서 사냥에 나섰고, 옷이라고는 자신이 죽였던 동물의 가죽을 모아 만든 성기 가리개만 찼다. 그가 열 살 때 굴복시켰던 사자의 갈기를 갖고 일종의 허리띠를 만들었는데, 그 허리띠의 양 끝을 골반쯤에서 잡아맨 모습이었다. 독이 완성되자 그가 조심스럽게 화살에 약품을 바르기 시작하면서, 나바에게 가까이 오라고 청했다.

"사자들이 마살라 근처에서 페울족이 기르는 가축의 일부를 먹어치웠어. 그래서 우리가 가서 놈들에게 따끔한 맛을 보여줘야 해. 페울족은 놈들에게 맞서서 할 수 있는 게 아무것도 없으니까……."

나바는 자신이 잘못 이해했다고 믿었다. 그러다가 머릿속에 환

---

*　독성 물질.

한 불이 켜졌고, 믿기지 않는다는 어조로 물었다.

"그러니까 나를 데려간다는 말이지?"

티에폴로는 대답으로 그저 미소를 지었다. 나바가 티에폴로를 따라서 영양, 멧돼지, 야생 물소 사냥에 가봤던 적은 몇 번 있었다. 하지만 사자 사냥, 털이 사바나의 초목 색깔이며 눈에 광채가 번뜩이는 그 사바나의 군주를 사냥하는 일은 고족 수장들과 그들의 제자인 카라모코에게만 허용된 사냥이다. 그들을 쫓는 길에 겁쟁이 심장을 가진 수컷들은 있을 수 없다! 가끔은 몇 날 며칠씩 사자를 쫓기 위해 인내해야 하고, 사자가 갑작스레 방향을 틀 경우에 대비해 능숙해야 한다. 사자가 오장육부까지 뒤흔들어놓는 포효를 내지를 때 엉망진창으로 달아나지 않으려면 또 얼마나 용맹해야 하는가! 그 순간에는 대지가 덜덜 떨리고 먼지구름이 피어오른다! 마을 사람들은 겁을 잔뜩 먹고는 가능한 한 각자 집에 틀어박힌다. 사자가 고함을 지른다. "군주가 시장하시다. 조심들 해!"

나바는 조바심을 억제할 수 없었다. 그가 어름거렸다.

"우리 언제 떠나?"

"당장은 아니야, 꼬맹아. 우선 준비를 해야지……. 날 따라서 사냥꾼 수장 케메나니 댁으로 가자……."

티에폴로는 잘생겼다. 티에폴로는 용맹했다. 그의 옆에서 세구의 거리를 걷는 건 승자의 즐거움을 맛보는 거였다. 어떤 도시를 약탈하고 전리품을 잔뜩 지고 돌아오는 통디옹들이라고 이와 다른 대접을 받는 건 아니었다. 여자들이 문간에 나왔다. 남자들은 티에폴로를 소리쳐 불렀고, 디엘리들은 타마니를 두드리면서 그에 대한 찬가를 낭송했는데, 특히 그가 어린 시절에 활로 사자를 사냥한 그 유명한 사건을 다시 들추어냈다.

황갈색 광채가 도는 누런 사자
인간의 재물은 버려두고
자유롭게 살아가는 것들을 먹이로 삼네
사자와 드잡이질, 세구의 티에폴로
절정에 달한 사냥 솜씨를 보이네
아직 아이였을 때
티에폴로 트라오레……

나바는 그런 격찬의 말을 들이마시고는 어질어질 도취됐다. 지금으로서는 그런 아첨이 다른 사람에게 향하는 거였다. 하지만 곧 그에게로 향하리라. 그 역시 승자가 되어, 어깨에 사자 한 마리를 걸머지고 관목 숲에서 돌아오리라. 그러면 사람들이 그를 카라모코라고 부르리라. 자신이 잡은 사자를 만사가, 자기 아버지에게 모욕을 줬던 그 만사가 있는 궁정의 중정에 패대기치며 자신이 두지카의 자식임을 떠올리게 하리라. 그는 티에폴로가 동행한 가운데, 사냥의 수호신 사네네와 콩토로에게 바칠 콜라 열매

열 개, 닭 두 마리, 암탉 한 마리 그리고 돌로를 갖고 가서, 사냥장인 단체의 수장들에게 자신을 소개할 그날을 꿈꿨다. 그래, 언젠가, 세구가 그에 대해 말하리라.

케메나니는 쿠루요레라는 이름의 고족 조상의 직계 혈통이었다. 그의 영지 내 뜰마다 세구 왕국의 각지에서 몰려든 사냥장인들로 북적였다. 사자들이 공격 횟수를 늘리고, 심지어 목동들을 재미 삼아 갈기갈기 찢어놓기까지 했다. 사냥장인들이 제의가 시작되기를 기다리는 동안, 노예들은 박 그릇에 기장죽을 담아 대접했다. 케메나니는 밤새도록 철물장인 주물사들, 특히 쿠마레와 이야기를 나눴는데, 쿠마레는 이미 이번 사냥이 좋지 않을 거라는 말을 해줬더랬다. 관목 숲의 수호신들이 분노했고, 누군가를 치는 걸로 분노를 표출할 위험이 있었다. 그래서 모두가 대기 중이었다. 티에폴로가 어깨를 으쓱했다. 이번 사냥이 좋지 않을 거라니, 그게 무슨 의미일까?

화가 난 티에폴로가 나바와 또 다른 젊은 사냥꾼들과 함께 구석으로 가서 앉았고, 그들 가운데에는 이미 야수를 잡아본 경력이 있는 카라모코들도 있어서, 그들은 억지로 기다려야 하는 상황이 몹시 불만스러웠다. 그중 한 명인 마사쿨루는 사마케의 장남이었다. 그가 화를 내며 말했다.

"쿠마레, 늘 쿠마레야. 하나의 목소리만 듣는 자는 하나의 말만 듣게 되는 거잖아. 왜 다른 주물사의 의견을 듣지 않지?"

티에폴로가 한숨을 쉬었다.

"내 생각도 그래. 불행히도, 그 누구도 우리의 생각은 묻지 않는 다는 거지."

티에폴로는, 절대적 복종에 익숙한 젊은이들이어서 좀처럼 표현하지 않던 어떤 감정을 그 말에 담아냈다. 그런데 반항의 바람이 기습적으로 그들 위로 불어닥쳤다. 마사쿨루가 말을 이어갔다.

"파네가 있잖아. 그도 코모의 수장 중 한 명인데⋯⋯."

젊은이들 사이에 잠시 침묵이 흐르고 나서, 마치 그 마지막 말이 그들의 머릿속에서 똑같은 생각의 길을 냈다는 듯이 서로 바라봤다. 이렇게 중얼거린 사람은 티에폴로였다.

"네가 우릴 파네에게 데려갈래?"

하루의 가운데는 숲이 가장 강렬한 삶을 사는 때다. 태양은 이미 충분히 숲을 달구고 났기에, 이제 그 기운이 누그러지기 시작한다고들 여긴다. 그 반대다. 풀포기마다, 풀 사이에 숨은 곤충마다, 나무마다, 동물마다 서로를 부르며, 정지된 듯한 대기는 실제로는 온갖 소리로 진동한다. 바로 그렇기 때문에 인간에게는 환각과 신기루의 시간, 가장 힘든 시간이다.

티에폴로와 마사쿨루가 선두에서 이끄는 젊은이 무리는 아침부터 걷는 중이었다. 한 번도 멈추지 않고, 전사들의 마을 두구쿠나와 노예들의 마을 몇 군데를 통과했다. 자연스럽게 이 원정대의 우두머리가 된 티에폴로가 소로토모까지 가서 거기서 밤을 지내야만 다음 날 몇 시간 만에 마살라 지역에 도달할 수 있다는 판단을 내려서였다. 젊은이들은 강의 흐름을 따라서, 거의 강가를 따라서 나아갔다. 그곳에는 식물이 무성했다. 웃자란 잡초들 말고도 목면 나무, 아프리카 마호가니 나무, 그리고 물론 발란자와 카리테 나무들이. 사람이라고는 한 명도 없었다. 강가에 쭈그려 앉은 여자도. 배에 올라탄 소모노족 어부도. 짚자리를 엮어 만든 보조족의 가옥 단 한 채도. 뜨거운 천 자락처럼 입술에 쩍쩍 들러붙는 더위. 갑자기 마사쿨루가 멈췄다.

"난 배가 고픈데, 뭣 좀 먹을까?"

그가 대답도 기다리지 않고 자리에 앉더니, 염소 가죽 주머니에 담아 온 식량을 꺼냈다. 나바가 가장 먼저 따라 했고, 다른 아이들도 전부 다 뒤따랐다.

티에폴로는 그 일로 기분이 상하여 화를 내며 말했다.

"코노디미니까지 계속 가자. 거기에서는 먹을 걸 구할 수 있을 거야. 우리 식량은 내일을 위해 갖고 있는 게 좋아. 내일 하루는 무척 고될 테니까."

마사쿨루가 말린 생선을 물어뜯었다.

"티에폴로, 네가 예전에 병든 사자 한 마리를 죽였다고 해서 우리 모두에게 명령을 내려야 하는 건 아니야. 이제 털어놔보시지. 그 사자, 병든 사자였지? 발을 질질 끌었지?"

모두가, 나바조차도, 웃음을 터뜨렸다. 비슷한 또래의 남자아이들 사이에서 흔히 그렇듯이 그건 그저 농담일 뿐이었다. 하지만 티에폴로는 마사쿨루의 시선에서, 진짜로 그를 다치게 하고 싶은 욕구가 드러난 악의에 찬 번쩍임을 본 것 같았다. 그의 분노를 더욱 자극하는 것, 그건 마사쿨루가 아직 새파랗게 어린 애에 불과한 나바를 취하게 만들 뿐인 친밀감을 내보이면서 나바를 자꾸 자신의 보호 아래 두는 것 같다는 거였다. 무슨 짓을 꾸미는 거지? 티에폴로는 사마케 집안과 트라오레 집안 사이에 존재하는 증오를 고려하지 않았던 걸 뉘우쳤다. 잠시 그런 생각이 머릿속을 뚫고 지나갔지만, 곧 그런 생각을 옆으로 밀어놓았다. 아들들이 아버지들의 다툼을 반드시 이어받아야 한단 말인가? 그가 침착해지려고 애를 쓰며, 무리에서 벗어나 성기 가리개를 풀어놓고 강물로 들어가는데, 다시 한번 마사쿨루의 빈정대는 목소리가 들려왔다.

"난 네가 달고 있는 그것보다는 더 굵직한 놈들을 봤는데……."

웃음이 솟구쳤다. 이건 지나쳤다. 티에폴로가 되돌아왔다. 펄쩍 뛰어, 마사쿨루를 깔아뭉갰다. 한 손으로 목을 졸랐다. 다른 한 손으로는 얼굴을 두들겼다.

무시무시하게 뒤엉켜 돌아갔다. 사내아이들은 처음에는 티에폴로와 마사쿨루를 둘러싸고, 늘 그렇듯이 소리를 질러대며 부추기기만 했다. 그러다가 싸움의 양상을, 서로가 상대방에게 날리는 주먹질의 사악한 성격을 보고는 끼어들기로 결심했다. 아이들이 어렵사리 둘을 떼어놓자, 얼굴이 피투성이가 된 마사쿨루가 울부짖었다.

"아버지 말씀이 옳았어. 트라오레가 한 명이라도 있는 곳에는 평화도 화합도 없지. 항상, 항상 지배하려는 욕구뿐."

나머지 다른 아이들의 견해도 이와 엇비슷했다. 왜 티에폴로는 별 뜻 없는 농담에 그렇게까지 폭력적으로 반응했을까? 자신의 음경이 코끼리나 바고에강의 물소에게 달린 것에 맞먹는다고 생각하나 봐? 어쨌든 이제 중요한 건, 사냥 원정이 이 싸움의 영향을 받지 않게, 두 적수 사이에 평화가 자리 잡게 하는 거였다. 아이들이 수군댔다.

"억지로라도 디요*를 체결하게 하자……."

"둘 다 절대로 안 받아들일걸……."

아이들 무리가 어영부영 다시 길을 떠났다. 이제 아이들은 강에서 벗어났다. 흙바닥은 표면이 군데군데 갈라졌고, 그 갈라진 틈에서 솟아나는 일종의 뜨거운 수증기가 발목을 휘감았다. 유목민 페울족이 거주하는 짚으로 만든 가옥과 임시 거처를 본 것도 같았다. 그런데 그건 열기의 작용일 뿐이었다. 시커멓고 커다란 새들이 낮게 날다가 눈에 잘 띄지 않는 먹잇감을 향해 급강하했

* 피로 맺는 협약.

다. 선두에 서서 가고 있는 소년의 발밑으로 뱀 세 마리가 달아났다. 티에폴로는 모든 것에 심드렁하다는 걸 보여주려고 맨 뒤에 처져 걷고 있었다. 갑자기 소 떼가 불쑥 나타났는데, 고깔모자를 쓰고 가죽 앞치마를 두른 목동들이 옆에 붙어 있었다. 목동들은 공포에 질린 듯했다. 그랬다. 그들은 사자에 대해서뿐만 아니라, 마을을 불태우고 여자들을 강간하고 죽이며 남자들을 끌고 가는 남자들에 대한 말도 들었더랬다.

"그게 어디죠?"

페울족 목동들은 그에 대해 아는 바가 전혀 없었다. 젊은 사냥꾼들은 서로 바라보며 동요했다. 똑같은 생각이 모두의 머릿속에 떠돌았지만, 그 누구도 감히 입 밖에 내지 못했다. 계속 가야 하나? 세구로 돌아가야 하나? 이렇게 결정을 내리지 못할 때에는 그 어떤 공동체든 지도자를 필요로 한다. 티에폴로는 멀찌감치 뒤로 물러나 바싹 마른 풀 줄기를 씹으며, 어느 모로 보나 소털을 구경하느라 여념이 없어 보였다. 몹시 불안한 듯, 모두의 시선이 그에게로 향했다. 그는 오만함이라 할 만한 태도로 그 시선을 받아냈고, 그러더니 한마디 말도 없이 옹기종기 서 있는 아이들을 휘돌아서 다시 선두로 나섰다. 아이들은 마침내 소로토모에 도착했다.

막자와 막자사발이 닿으며 나는 소리, 작업하며 서로 격려하는 소녀들의 목소리, 잠자러 가기 전에 언제 달이 뜨나 지켜보는 아이들의 웃음소리, 이 모든 것들이 어우러져 흉내조차 낼 수 없는 아름다운 조화를 이루지 않는가! 어둠이 깔리기 시작하여 잿빛이 감도는 소로토모는 중앙의 발란자 나무를 중심으로 다붙은 가옥들, 그 유순한 가축 무리 같은 가옥들과 더불어 환대의 땅으로 보였다. 안 그래도 남자들이 모여 회의를 하는 중이었다. 우두머리가 정중하게 젊은 사냥꾼들을 맞아줬지만, 겁을 집어먹은 게 확연해 보이는 남자였다. 그랬다. 그도 가축을 잡아먹었다는 사자들 이야기는 들어봤더랬다. 하지만 그가 만사에게 사절단을 보낼 준비를 한 이유가 그 문제는 아니라는 게 확실했다. 어떤 남자들이 마을을 공격하고 집에 불을 놓고 여자와 아이들을 죽이고 남자들을 끌고 갔다. 어떤 남자들일까? 그들은 어떤 부족에 속할까? 어디서 온 걸까? 그들은 그런 짓을 저지름으로써, 자신들이 누구를 상대하게 된 건지 아는 걸까? 세구가 적들을 전부 정복한 뒤 그 지역을 통제하고 있었다. 세구는 마시나의 페울족에게 어렴풋이 있었을 수도 있는 항거 욕구를 짓밟아놓았다. 또한 카르타의 밤바라족을 두려움에 떨게 했다. 대체 누가 그 남자들일 수 있는 거지? 마을 사람들은 그들의 정체에 대해 전혀 알지 못했다. 죽은 자들은 그에 대해 밝힐 수 없었고, 포로로 잡혀간 자들도 마찬가지였다. 어쨌든 바오바브 잎을 넣은 소스와 시발라*를 곁들인 토를 박 그릇에 담아 내오자 배고픔이, 그리고 잠시간은 불안

---

*   일종의 양념.

이 가라앉았다. 우두머리가 제공한 손님채에서 모두 잠이 들었다. 티에폴로만 빼고.

최근 며칠 동안 벌어진 사건들을 되새겨보니, 마치 누군가 다른 사람이 그의 피부를 뚫고 들어가 그 대신 생각하고 행동하고 말한 것만 같았다. 그가 평생 연장자의 말을 따르지 않은 적이라고는 한 번도 없었다. 그런데 이번에 그가 한 일이라고는 오로지 사냥장인들의 수장 케메나니와 코모의 수장 쿠마레의 말을 의심하는 것뿐이지 않았나? 자신의 건방짐이 두려웠다. 대체 어떤 혼령이 무슨 목적으로 그의 몸에 들어왔지? 게다가 동생을 모험에 끌어들였다니! 할 일은 단 하나, 세구로 돌아가는 거였다. 그가 일어나 조심스럽게 동료들의 몸을 넘어, 문간에서 자고 있던 마사쿨루의 짚자리까지 나아갔다.

"마사쿨루, 일어나……."

소년 둘이 밖으로 나갔다. 지금 들리는 소리라고는, 떠나온 것이 아직도 아쉽기만 한 이 세계를 마침내 마음껏 즐기게 된 혼령들의 헐떡거림, 박쥐들의 날갯짓이 내는 부드러운 마찰음. 티에폴로는 고개를 쳐드는 두려움을 억누르려고 애를 쓰며 조용히 말했다.

"들어봐. 세구로 돌아가야만 해. 우리가 다른 애들을 설득해야 해……."

마사쿨루가 한 발짝 물러섰다. 어둠 속에서, 가면을 쓴 것처럼 얼굴이 달라진 그가 거대해 보였고, 낯선 혼령이 들어간 듯했다. 그가 차갑게 말을 하는데, 그 목소리 자체도 달라졌으니, 메말라서 불길 속에서 잔가지가 튀듯 탁탁 꺾였다.

"내 이름 알아? 사마케가 무슨 의미인지는 아냐고? 인간 코끼리, 코끼리의 아이, 코끼리의 아들이야. 그런데 내게 후퇴를 말하려고 왔어? 아, 맞아, 넌 하이에나의 아들이지."

모욕은 심각했고, 너무 심각하여, 티에폴로는 비록 마사쿨루가 그런 모욕을 뱉어냈지만 그건 그 애가 더 이상 그 자신이 아니어서 그런 거였음을 알아차렸다. 다른 자가 그의 가죽을 뚫고 들어가서 그 애 대신에 생각하고 행동하고 말하고 있었다. 티에폴로는 스스로에게 물었다. 그들 중 한 명이 출발하기 전에 성행위를 저질렀는가? 아니면 자신이 그보다도 더 가증스러운 어떤 행위를 저질러서 사냥꾼을 수호하는 조상들을 분노하게 했을까? 아니다. 그들을 갖고 노는 건 어떤 혼령이었다. 하지만 왜? 티에폴로는 저주를 막는 주문을 아무거라도 기억해내려고 시도했다. 혼란에 빠진 터라, 하나도 찾아내지 못했다.

불행은 어머니 배 속에 든 아이와 같다. 그 무엇도 그 아이의 탄생을 멈출 수 없다. 아이의 힘과 활기는 어느 결에 불어난다. 정맥과 동맥의 혈관계가 모습을 드러낸다. 그러다가 아이는 피와 오수와 오물이 철철 흐르는 가운데, 세상에 모습을 드러낸다.

7

세구에서는 젊은 사냥꾼들이 사라졌다는 걸 즉각 알아차리지 못했다. 그러다가 다음 날이 되어서야, 하나씩 둘씩, 아이들이 집에서 자지 않았음을 가정마다 확인했다. 그 도시의 머리 위에서 터진 건 경악과 비탄의 뇌우였다. 손아래가 손위에게 복종하지 않다니! 인간이 혼령들의 경고를 무시하다니! 세구 주민들이 기억하는 한 그런 건 본 적이 없었다. 그건 이슬람을 받아들이려고 자발적으로 조상신들에게 등을 돌린 티에코로 트라오레의 대담함과 맞먹었다.

광장에서, 시장에서, 영지에서, 그리고 만사의 궁궐에서조차 사람들이 서로 물어댔다. 이젠 젊은이들을 두려워해야 하는가? 아버지마다 아들을 쏘아봤다. 어머니마다 딸을 쏘아봤다. 무릎을 굽히고 눈길을 떨구고 받아들이고 입을 다무는 데 익숙한, 그 나굿나굿하고 부드러운 존재들이 갑자기 반론과 위험을 가져오게 된 건가? 의견을 구하니, 각 가정의 주물사들이 그런 시기가 다가오고 있다는 확언을 주었다.

파네는 이른 아침부터, 철물장인 주물사들의 구역에 위치한 자신의 영지에서 나왔다. 해가 뜨기 전에 세구를 걸어 다니는 건 좋지 않다. 방코로 쌓은 벽들이 간밤의 두려움을 기억하고 있다. 벽들은 아주 거무튀튀하고 질척거리며 건강에 해로운 습기를 내뿜는다. 거리에 살아 있는 생명체라곤 없다. 혼령들은 저승으로 돌아간다. 인간들은 태양이 떠오르기를 기다린다. 하지만 파네는 영혼들을 주물러댈 수 있는 이 시간을 좋아했다. 사마케의 영지로 들어간 그가 사마케의 개인채 뒤에 쭈그려 앉아 흙바닥에 기장 줄기 하나를 심더니, 조용히 사마케를 불러냈다. 사마케가 곧 모습을 드러냈는데, 얼굴이 초췌했다. 밤새도록 아들 마사쿨루 때문에 마음을 졸였더랬다. 그가 분노가 묻어나는 말투로 중얼댔다.

"파네, 자네에게 그리도 많은 황금과 자패화를 지불하는데, 내게 이런 불행이 닥치게 내버려두다니……."

파네가 어깨를 으쓱했다. 인간들이란 어찌나 신뢰를 못 하는지!

"당신 아들에게는 아무 일도 안 일어날 거야. 다른 아이들과 마찬가지로 무사히 돌아올 테니. 두지카의 아들만 빼고. 그 소식을 알리려고 왔지."

사마케가 숨을 몰아쉬었다.

"확실한가?"

파네는 그 점에 대해 대답조차 하지 않으려고 들었고, 제 할 말만 이어갔다.

"그저께, 젊은이들이 의견을 물으러 찾아왔더군. 그 애들은 이제 그 일을 기억하지 못할 거야. 내가 애들 머릿속에 망각을 심었으니까. 아무것도 기억 못 할 걸세. 이제 자네가 아이들을 찾으러 가는 원정대의 앞장을 서라고. 캉가바 지역에서 아이들을 찾게 될 거야. 영양의 발자국이 자네를 이끌어줄 걸세."

사마케가 안심이 되는 한편 여전히 불안해하면서 급하게 떠나갔다. 그가 두지카의 영지로 들어갔다. 아침 시간임에도 불구하고 영지 안에는 두지카를 동정하는 사람들로 가득했다. 먼 친척들, 지기들, 이웃들이 시련이 끊이지 않는 가정에 도움이 되려고 애를 썼다. 두지카의 실추 이후 티에코로의 개종이 이어지더니, 이제는 나바와 티에폴로의 실종이라니! 동시에, 사람들은 이 모든 불행이 불러일으킨 연민에도 불구하고, 그런 불행을 당할 만하지 않은가를 묻기 시작했다. 이유 없는 희생이란 없는 법이니까. 몇몇은 이 모든 일이 시라에게서 비롯됐다고 속삭였다. 두지카가 집안에 페울족 여자를 들인 게 잘못이었다.

사마케가 들어서자 커다란 침묵이 자리 잡았다. 어쨌든 두지카가 예의범절을 지켜, 자신의 적에게 인사를 건네기 위해 다가갔다. 사마케가 두지카의 어깨를 잡았다.

"형제여, 알겠지, 불행이 우리 가까이 오고 있어. 원정대를 꾸려서 아이들을 찾으러 가려고 하네. 자네도 합류하겠나?"

두지카의 동생이자 티에폴로의 아버지인 디에모고가 끼어들었다.

"형은 위험한 일에 나서지 마. 내가 같이 떠나겠어……."

형이 파로서 영지 전체의 순조로운 운행을 책임지고 있고 그에게는 그런 책임이 없었기 때문에, 가족 구성원 전부가 두지카에게 동생의 제안을 받아들이라고 요청했다.

벌써 40여 명의 기병들이 만사의 궁 앞에 모여 있었다. 그들 가운데에는 만사의 아들인 왕자 빈도 있었다. 통디웅들도 이번 한 번만 예외적으로, 전쟁과 무관한 원정대에 섞여 있었다. 아이들은 상황의 비극성을 모르고서 말, 기병, 사냥꾼, 주물사들이 도열한 광경에 좋아서 어쩔 줄을 몰랐다. 아이들은 싱싱한 똥을 밟으며 짐승들의 다리 사이로 빠져나가 검은색 혹은 갈색 털을 쓰다듬었다. 사마케가 선두에 선 행렬은 빠르게 달려 북문에 도달했다.

원정대가 사라지고 나자, 먼지구름이 가라앉고 나자, 두지카는 전적인 무력감을 느꼈다. 안장에 올라 말을 달려, 관목 숲에서 자기 아이를 빼내 올 수만 있다면! 하지만 그럴 수가 없다! 너무나 많은 책임이 그를 영지에 묶어뒀다. 만약 그가 사라지기라도 한다면 자신의 세 아내와 첩, 그리고 20여 명에 달하는 자식들을 어찌할 것인가?

니아, 그렇게나 강하고, 그의 삶의 중심인 니아.

눈물을 쏟으며 완전히 무너져버린 그녀를 보고 나니까, 자기 삶의 대들보가 무너진 것 같았다. 조상들이 자신이 바치는 제물에 그렇게 냉담하다면, 그 어떤 희생제의도 게을리하지 않는 게 대체 어디에 도움이 되는가? 만약 신들이 한 명씩, 한 명씩, 적자들을 데려간다면? 두지카는 내면에서 생겨난 그 반항의 감정을 두려워하며 자신의 영지로 가는 길을 되밟았다. 갑자기, 길모퉁이를 돌다가 시라를 알아봤다. 말로발리의 손을 잡고 서 있었는데, 발육이 빠른 아이가 벌써 걸음마를 시작했기 때문이었다. 그가 그녀를 멈춰 세웠다.

"어디 가는 길이지?"

"시장에요. 하우사족 상인들이 호박 목걸이를 갖고 왔다고 말하길래······."

그가 깜짝 놀라 그녀를 뚫어져라 쳐다봤다.

"이런 때에 호박 목걸이 생각이 난다고?"

시라가 아무런 대답 없이, 이제 아버지의 다리에 매달리는 아이를 데리고 몸을 돌렸다. 두지카가 그녀를 붙잡았다. 두지카는 평생 여자를 함부로 다룬 적이 없었다. 격노의 순간에도 따귀 한번 때린 적이 없었다. 하지만 이건 해도 너무했다. 나바가 사라져서 가족 전체가 슬픔에 잠긴 채 울고 있는데, 그녀는 머릿속에 장신구 생각뿐이었다. 그녀가 불손하다고 할 만한 눈길로 자신을 바라보자, 그가 참을성을 잃고 냅다 따귀를 때렸다. 그녀는 아무런 불평 없이 가만히 있었고, 얻어맞으면서 깨물고 마는 바람에 입술이 피로 천천히 붉게 물들었다. 그가 부끄러워하며 멀어져갔다.

그런데 시라가 영지 바깥으로 나온 이유는 바로, 길들여지지 않고 초연하며 거의 적의를 풍기는 포로라는, 그녀에게서 누더기처럼 펄럭이는 그 배역을 지켜내기 위함이었다. 자신의 주위에 영향을 미치는 건 역으로 자신에게도 영향을 미치기 마련이다. 특히 니아의 고통이 그러했다. 억지로라도 다른 곳에 옮겨 심어놓기만 하면 출생지를 잊기에 충분한가? 사람들이 식물보다도 더 쉽게 뿌리를 내리는 건가? 시라는 파뉴 자락으로 입술을 닦았다. 그러고는 말로발리를 들어 올려서 허릿짓 한 번으로 아이를 등에 업고, 다시 발길을 옮겨 강을 따라 나 있는 길로 들어섰다. 살짝 푸른빛을 띠고 평온한 척 흘러가는 저 강물 너머가, 사바나 너머가 마시나였다. 그녀의 나라. 하지만 그 말에는 아무런 의미가 없다. 그녀의 나라, 그건 이제 세구다.

이 도시의 성벽 안에서 살아가는 페울족이 없지 않았다. 특히 왕실의 가축을 관리하는 페울인들이 있었다. 하지만 시라는 그들을 기꺼이 복종하는 존재들로 여겨 경멸해왔다. 사실 이제 그들이 그녀와 다른 게 뭐가 있을까?

가끔 시라는 달아날 궁리를 했다. 어쨌든 그녀의 가족이 내치지는 않을 테니. 하지만 말로발리를 어찌할까? 데려가나? 그 아이에게는 두려워하는 동시에 경멸하는 부족의 피가 일부 흐르는데, 어떤 취급을 받게 될까? 불가촉천민으로 여겨질까? 다른 한편으로는, 만약 그 애가 받아들여져서 페울족이 된다 한들, 스스로 아버지를, 세구를, 매혹적인 동시에 야만스러운 그 밤바라족 건설자들을 찾아서 돌아가지 않을까? 그렇다면, 애만 남겨놓는다면? 즉각 니아가 자기 젖을 먹여 키우리라는 건 알았지만, 그럴 용기가 나지 않았다. 말로발리는 너무나 잘생겨서, 그 아이를 본 사람들은 시기와 질투를 물리치는 주문을 외우지 않을 수가 없었다. 지금 아이가 마치 세계를 정복하는 연습을 하듯, 비틀비틀 걷다가 넘어져도 울지 않고 씩씩하게 다시 일어서, 앞장서서 걸어가고 있었다. 시라는 아이에 대한 자신의 사랑을 가늠하면서, 그만큼 더 니아의 슬픔을 잘 이해하게 됐다. 연이어서 아이 둘을 잃다니!

설마! 티에코로도 나바도 잃은 게 아니야. 티에코로는 새로운 종교가 부여하는 영예로 치장하고 돌아올 거다. 나바는 발견될 거고, 표현할 말이 없을 정도의 규율 위반에 대한 벌로 잠시 모든 사냥꾼 단체에서 제외되겠지. 그러고 나면 모든 게 다시 정상으로 돌아가리라.

그러는 동안 사마케와 동행자들은 마살라를 향해 질주했다. 깜

132

짝 놀란 마을 사람들이 집에서 나와 기병들이 지나가는 모습을 지켜볼 짬이 겨우 있을까 말까 했다. 전사들은 다시 전쟁이 시작된 건지, 곧 그 기쁨을 누리게 된 건지 궁금해했다. 반대로 포로들은 떨었다. 무기 구입 자금을 만들려고 자신들을 또 팔아넘기는 건가? 그렇게 되면 또 어떤 손에 들어가게 될까? 다 함께 모여 살게 된 마을에 마침내 익숙해졌는데.

마살라에는 만사의 또 다른 아들 뎀바가 있었다. 그가 왕족다운 정중함으로 세구에서 도착한 사람들을 맞아들이며, 젊은 사냥꾼들이 자신에게 보여준 행실에 대해 한탄했다. 실제로, 그 젊은이들은 뎀바 왕자를 알현해 마땅했지만 그러기는커녕 외곽 순환로를 따라서 마을을 둘러서 가버렸고, 그러고는 왕자의 거대한 가축 떼를 돌보는 '공무 종사자 페울족'과 접촉했다. 어쩌면 그들은 세구 사회를 잘 알고 있는 뎀바가 사냥장인 수장들이, 특히 케메나니가 동행하지 않은 것에 대해 의아해할까 봐 두려웠던 걸까? 질문을 퍼부을까 봐? 자신들의 이탈이 들통날까 봐? 억지로 잡아둘까 봐?

뎀바가 기병들의 안장을 바꿔주라고 지시하며 힘 좋고 팔팔한 말들을 제공했고, 원정대는 키랑가 지역을 향해 다시 길을 떠났다. 농부들이 관목 숲에 불을 놓은 뒤라, 땅 여기저기에 널찍한 면적이 거무스름해진 게 눈에 띄었다. 물소들이 늪의 진흙 속에서 뒹굴다가, 여행객들을 향해 머리에 인 묵직한 뿔 투구 아래로 공격적인 시선을 던졌다. 목동들은 말 때문에 놀라 흩어진 가축들을 모으려고 애를 썼다. 드디어 길이 갈라지는 곳에 도착했다. 어느 길을 택할까? 파네의 말을 떠올린 사마케가 땅으로 내려와 바닥을 살피기 시작했다. 지금은 건기가 한창인데, 경사면 한 곳에서 마치 전날 비라도 온 것처럼 물이 차 있는 자잘한 구멍들이 원을 그리며 나 있는 모습을 발견했다. '영양의 발자국이군.'

몇 시간이 흐르도록 발자국이 뚜렷하게 이어졌고, 원정대원들은 관목 숲을 가로질러 끝도 없이 달리고 또 달려야 하는 모양이라고 생각했다. 그들은 자신들이 계속 남쪽을 향해 내려와서 이제 거의 제국의 경계에 도달할 정도로 상당한 거리를 주파했음을 알아차렸다. 그때 갑자기 강이 나타났다. 바니강일까? 강가의 자갈 위에서 관두루미들이 도도한 동시에 성이 난 표정으로 서성이고 있었다. 언어를 만드는 신성한 새들과 마주하자 모두 땅에 내려섰고, 그리오들은 노래했다.

안녕하시오, 관두루미.

막강한 관두루미.

말의 새.

아름다운 모습의 새.

목소리는 창조에서 당신이 차지하는 몫.

갑자기 영양 떼가 관목 숲에서 모습을 드러내더니 말들을 조롱하듯 말들의 다리 가까이까지 다가왔다가 재빨리 숲길로 달아났다. 이번에도 다시 말에 뛰어오른 원정대가 쫓아갔다. 이번에도 여러 시간 동안 추격이 지속되었다. 곧 태양이 지기 시작했고, 파네의 장담에도 불구하고 사마케를 포함한 기병들은 신들이 인간을 상대로 제멋대로 장난을 치고 있는 건 아닌지 의문을 품었다. 마침내 어떤 마을의 초가지붕들이 눈에 들어왔다.

마을에 침묵만 흐르지 않는가!

말발굽 소리가 전장에서 울리는 북소리처럼 바싹 마른 모래 위로 울려 퍼졌다. 주변에 펼쳐진 정성스레 관리된 기장밭과 목화밭의 규모를 보건대 포로 마을이 분명했다. 그런데 주민들은 대체 어디로 갔을까? 꿀꿀거리며 거친 콧숨을 내뿜는 멧돼지 떼가 오솔길을 지나갔다.

젊은 사냥꾼들은 마을 끝에 있는 가옥에서 발견됐는데, 깊은 잠에 빠져 있음이 역력했다. 몹시 여위고 마른 모습이었지만 모두 그곳에 있었다. 나바만 보이지 않았다. 디에모고는 자신의 아들을 알아본 순간 꿈틀대던 이기적인 기쁨에 대해 평생 자책해야 했다. 티에폴로도 같이 있던 다른 아이들과 마찬가지로, 눈가에 누런 눈곱이 끼고 오래 병을 앓다 막 일어선 환자와 흡사한 게, 평소의 모습을 찾을 길 없었다. 하지만 살아 있었다. 잠시 뒤, 젊은이들은 치유사들의 활약 덕분에 눈을 떴고, 질문을 받을 만한 상태가 되었다. 그들은 일종의 기억상실증에 걸린 듯했다. 일주일 전쯤 세구를 떠난 이래로 그들에게 무슨 일이 벌어졌는가? 어떤 길을 따라갔는가? 무슨 말들을 했는가? 나바는 어떻게 되었는가?

기병들은 속으로 운명의 결정을 받아들였다. 젊은 사냥꾼들이 잘못을 저질렀다. 신들은 속죄의 제물을 선택했다. 더는 어찌해볼 도리가 없다. 사라진 아이를 찾아서 관목 숲을 샅샅이 뒤지기로 결정했지만, 완전히 형식적이었다. 어둠이 내렸기 때문에 마른 나뭇가지에 불을 붙였고, 그 때문에 겁을 집어먹은 말들이 히힝거리며 산지사방 뛰어다녔다. 동이 트기를 기다리는 쪽이 낫다고 생각한 사람들도 있었을 거다. 밤은 혼령들 차지니까. 외침, 부름, 추격, 말들의 발 구름으로 그들의 밀담을 방해해서 좋을 게 없다. 하지만 사마케와 디에모고가 고집을 피웠다.

완전히 정신을 되찾고 나바의 실종을 알게 됐을 때 티에폴로가 느낀 기분은 그 무엇으로도 묘사할 수 없다. 처음에는 얼이 빠져버렸다. 그러다가 자신이 죄를 저질렀다는 확신이 밀려들었다. 그는 일어나서 자신도 말에 올라타 달려가겠노라고 주장했다. 사람들이 붙잡았다. 그러자 달려가 아프리카 마호가니 나무에 머리를 박으려고 했다. 하지만 기운이 부쳤고, 사람들이 부축할 수밖에 없었다. 치유사 한 명이 급하게 그를 재울 물약을 제조했다. 자정쯤 사마케, 디에모고, 그리고 다른 기병들이 돌아왔다. 빈손으로……. 그들은 잠시 쉬었다가, 해가 뜨자마자 수색을 재개하기로 결정했다.

사실 사냥을 하는 동안 재난이 발생하는 일이 드물지는 않았다. 이 '피의 직업'은 희생물을 요구했다. 짐승의 영혼이 가장 명성이 자자한 카라모코들을 굴복시켜서, 그런 사냥장인들도 짐승과 대적하다 죽임을 당하는 일이 벌어졌다. 전통은 그런 경우에 대비해 전부 다 마련해뒀다. 염하는 의식부터 헌주(獻酒)와 만가의 가사까지. 하지만 나바의 실종에는 뭔가 독특하고 초자연적인 것이 있었다. 원정대와 동행했던 철물장인 주물사들이 돌이킬 수 없는 운명을 가리키는 표시를 점술판에서 읽어냈지만, 이해는 되지 않았다. 트라오레 가문의 누군가가 검은 원숭이나 비비나 관두루미를 죽였고, 그렇게 토템에 대한 금기를 깼을까? 그럴 리 없다! 그렇다면 대체 왜 신들은 그렇게 화가 났나?

동이 트기 직전에 마을 주민들이 나타났다. 삭발한 머리와 양옆 관자놀이에 낸 세 개의 칼자국으로 보아, 왕실 소속 포로들임이 분명했다. 관목 숲으로 피신했다가 돌아오는 길이었는데, 마르카족* 몇 무리가 노예무역을 목적으로 그 지역에서 약탈을 일삼고 있다는 이야기를 들었기 때문이었다. 거기에서 나바가 겪을 운명의 지표를 봐야 할까? 사마케와 디에모고가 지체 없이 원정

---

* 말리의 사라콜레족에게 부여된 이름.

대 남자들을 니아미나, 생사냉, 뷔젱, 니아로 등의 상업 도시로 급파하여 시장마다 수색하게 했다. 한마디로 백방으로 손을 썼다!

이상도 해라! 사마케는 시기와 비열함으로 두지카의 몰락을 주도적으로 꾀했음에도, 자신의 복수가 이루어지는 것을 보게 된 순간, 복수의 맛을 즐기지 못했다. 오히려 그로 인해 두려움을 느꼈다. 자신이 저지른 엄청난 죄악을 마주한 수많은 범죄자와 마찬가지로, 그 역시 자칫하면 이렇게 외칠 판이었다.

"오, 아니야, 이런 걸 원했던 게 아니야……!"

그는 어느 결엔가 신성모독적 성격이 짙은 질문을 자신에게 던지고 있었다. 신들과 조상들은 가학적인가? 그들은 분노나 질투에 사로잡힌 순간 내뱉은 소원을 기대치 이상으로 실현해주면서, 피해자와 가해자를 동시에 괴롭히는 데서 즐거움을 맛보는 게 아닌가? 역할을 전도시키는 데서? 그 둘을 뒤섞는 데서? 양쪽 진영 전부 다에 슬픔, 불안, 고뇌, 절망을 자아내는 데서? 그래서 그 누구도 사마케의 낙담과 나바를 찾아내려는 그의 악착스러움을 이해하지 못했다. 그는 두지카의 적이 아닌가? 기병들은 마을 여자들이 준비해준 토를 먹으면서 자기네끼리 수군댔다.

"이제 세구로 돌아가야 하지 않을까? 두지카는 아주 부유한 남자잖아. 아들을 찾아내라고 통디옹에게 돈을 치르고, 아들이 어디 있을지를 말해달라고 주물사에게 돈을 치를 수 있잖아. 우린 더는 할 수 있는 게 아무것도 없어. 사마케 때문에 헛심만 쓰는 거라고."

마침내 왕자 빈이, 아직 너무 젊지만 만사의 아들이라는 자격이 주는 권위를 내세워 모두의 의견을 대변했고, 다 같이 세구로 되돌아가는 길에 올랐다.

하지만 나바는 멀리 있지 않았다. 걸어서 고작 몇 시간이면 닿는 곳이었다.

그가 동료들로부터 떨어져 나온 순간을 포착해, 10여 명에 달하는 '관목 숲의 미친개들'*이 그를 포획했더랬다. 이 '미친개들'은 마르카족이기는커녕 다칼라의 밤바라족 통디옹들로, 이들은 그 지역에 자리 잡은 상대적 평화 속에서 그런 약탈자의 역할로 내몰렸다. 그들은 대체로, 쉽게 겁을 먹으며 커다란 자루에 숨기기 쉬운 어린아이들을 즐겨 공격했고, 그런 아이들을 노예시장까지 싣고 가서는 작은 재물과 맞바꿨다. 나바는 거의 열여섯 살이 다 되었기에 이미 건장한 상태였다.

그런데도 거기, 무기 하나 없이 잡혀 있었다. 활과 화살통을 몸에서 너무 멀리 떼어놓았던 까닭이었다. 나바가 도달한 나이는, 잡아가면 노예무역상들이 아주 높이 사는 나이였다. 그는 귀하게 보살핌을 받고 잘 먹고 자랐음이 역력했다. 그래서 유혹이 너무

---

*   아동 납치범들을 가리키는 밤바라식 표현.

컸더랬다. 이제 미친개들은 말을 타고 마르카족 중간상인이 있는 마을로 갔다. 만사는 자신의 신민을 상대로 그런 유괴를 저지를 시 사형으로 벌하는 만큼, 만사의 재판권이 미치지 않는 곳으로 가야 했다. 그들은 나바를 약물로 재우고 노끈으로 단단히 사지를 결박한 뒤, 담요로 둘둘 말아 말 위에 가로 걸쳐 던져놓았다.

그리하여 나바가 깨어나보니 어떤 개인채 안이었고, 문은 나무 등치로 막아놓았다. 새어 드는 대기의 색깔로 봐서 날이 밝아오고 있음을 깨달았다. 옆에는 여섯 살에서 여덟 살 사이의 아이 셋이 자신과 마찬가지로 손발이 묶인 채 맨바닥에서 잠이 들어 있었다.

최근까지도 두지카의 영지는, 그와 그곳의 다른 아이들에게는 전쟁이나 포로나 노예 매매 등 세상의 온갖 소음이 들리지 않는 포근한 우주였다. 아이들 앞에서 그런 암시를 하는 어른이 가끔 있긴 했지만, 아이들은 저녁이면 모닥불을 둘러싸고서 수루쿠, 바데니, 디아라* 등의 모험 이야기에 더 귀를 기울였다. 사랑하는 큰형 티에코로가 이슬람으로 개종하고 떠나가버리면서, 그러한 행복의 장벽에 처음으로 균열이 생겨났다. 나바는 이제 갑자기 공포와 두려움과 맹목적인 악을 발견했다. 아버지의 영지 뜰에서나 만사의 궁에서 포로들을 본 적이 종종 있었지만, 그들에게 관

* 밤바라어로 각각 '하이에나, 낙타, 사자'를 뜻한다.

심을 기울였던 적은 전혀 없었다. 그는 그들을 측은하게 여긴 적이 없었다. 그들은 자신의 부족이 아니었고, 정복당한 부족에 속했으니까. 그도 똑같은 운명을 겪게 될까? 신분을 빼앗기고 주인에게 팔려, 주인의 땅을 경작하며 모두에게서 경멸을 받는? 나바는 일어나 앉으려고 했다. 포박이 방해가 되었다. 그래서 아이답게, 아이처럼 울기 시작했다.

문이 열렸고, 어떤 소년이 죽이 담긴 커다란 박 그릇을 들고 들어왔다. 그가 나타나자마자, 그를 향해 그럭저럭 몸을 돌린 나바가 말을 건넸다.

"이봐, 내가 여기서 빠져나가게 날 도와줘. 내 아버지는 아주 부자야. 네가 날 아버지에게 데려다주면, 아버지가 그 대가로 네가 원하는 걸 전부 다 줄 거야……."

소년이 바닥에 앉았다. 윗몸에는 얻어맞은 상처 자국이 가득한, 병약해 보이는 왜소한 아이였다.

"네 아버지가 밤부크**의 황금을 전부 다 갖고 있다 해도, 내가 널 위해 해줄 수 있는 일이 하나도 없을 거야……. 나도 지금 저기 있는 아이들보다 더 크지 않을 때 잡혀 왔어. 내 이름은 알라히나야."

"이슬람 신도니?"

** 말리 서부의 금광 지역.

"내 주인이 이슬람이지. 아주 부자야. 여러 시장에 노예들을 팔아. 백인들이 파견한 사람들에게 노예를 공급해. 내가 듣기론, 네가 너무 잘생겨서 백인들에게 팔 거래."

나바는 기절할 것만 같았다. 다정하다고 할 만한 동작으로 알라히나는 죽 한 숟가락을 내밀며, 억지로 나바의 입 사이로 밀어넣었다.

"어서 먹어, 먹어. 네가 굶어 죽으려고 든다면 저들이 널 피가 나게 때릴 거야."

주위의 아이들이 잠에서 깨어나 저마다 다양한 말로 어머니를 찾았다. 아이들은 자기네 마을 사람들에게서 아이들 유괴범이 어린 희생자들을 멀리, 아주 멀리 데려간다는 소문을 들었더랬다. 그래서 아이들은 다시는 고향 마을을 보지 못하는 건지 궁금해하기 시작했다.

알라히나가 일어나서 똑같이 다정하게 아이들을 먹였다. 나바가 중얼거렸다.

"이런 어린애들을 데려다가 뭘 한다는 건데?"

알라히나가 그를 보더니 냉소적으로 말했다.

"그런 애들이 제일 좋은 노획물이야. 빠르게 자신의 출생지를 잊어버리고 주인의 가족에게 애착을 느끼며 절대 반항하지 않거든."

이런 말을 들으면서, 나바는 점점 더 쓰디쓴 눈물을 흘렸다. 평생 단 한 번도 생각해본 적 없던 시스템의 불공정성이 온통 그를 집어삼켰다. 대체 왜 아이들을 어머니에게서 떼어놓고, 사람들을 그들의 가정과 민족에게서 떼어놓는가? 그 대가로 뭘 얻는가? 물질적 재화? 그걸로 영혼의 값을 치른다고? 그 순간 남자 네 명이 나무둥치를 밀쳐놓고서 집 안으로 들어왔다. 그들 중 둘이 밤바 라인이라면, 나머지 둘은 밤바라 말을 어설프게 하는 타지인들이었다. 나바에게 다가온 건 그 두 명의 타지인이었다. 나바 가까이에 쭈그리고 앉더니, 시장에서 구매하는 말이나 암송아지를 살피듯 그를 살폈다. 그중 하나가 자신의 동행과 이해할 수 없는 언어로 대화를 나누고 웃어대며 그의 음경 무게를 가늠해보기까지 했다. 그러더니 나바에게 말을 걸었다.

"백인들은 이걸 좋아한다고. 굵직한 포로*를⋯⋯. 걔네들은 그걸 갖고 놀기도 하거든."

남자 넷이 웃음을 터뜨렸다. 그러더니 두 명의 이방인이 거칠게 나바를 일으켜 세우고, 머리에 일종의 복면을 뒤집어씌웠다. 아직 선선한 대기에서는 장작불의 연기 내가 났다. 눈뜨자마자 해야 할 일을 분주하게 시작한 여인들의 목소리와 아이들의 웃음소리, 당나귀의 울음소리가 나바의 귀에 들려왔다. 그의 삶이 방금 뒤집혔는데, 모두가 주위에 있는데도 그가 물에 빠지고 말았는데, 마치

* 밤바라어로 '음경'을 뜻한다.

그런 일이 없기라도 한 듯 익숙하고 대수롭지 않은 소리들이. 그에게 뻗쳐오는 도움의 손길은 그 어디에도 없다. 아무도 항의하지 않는다. 밤바라인들이, 그러니까 그와 같은 신들을 믿고, 어쩌면 그와 같은 디아무*를 쓰고, 어쩌면 그와 마찬가지로 검은 원숭이, 비비, 관두루미, 표범이라는 동일한 토템에 대한 금기를 가졌을 자들이 그를 팔아넘겼다. 아무도 그에게 묻지 않았다.

"넌 누구지? 세구의 쿨리발리인가? 카르타의 쿨리발리인가? 어느 집안이지? 디아라? 트라오레? 뎀벨레? 사마케? 쿠야테? 우아네? 우아라테? 우린 사냥 나온 널 포획했더랬지. 그렇다면 넌 고족인가? 고족의 조상은 하늘에서 온 쿠루요레이고, 그가 여성성을 지닌 영과 육체관계를 맺고 아들 모티를 얻었다던데, 넌 그 후손인가? 어떤 여인의 배가 너를 품었고, 어떤 남자의 음경이 널 그 배에 심었지?"

그 모든 것에 대해 하나도 묻지 않았다. 그저 살덩어리의 가치를 따졌고, 치아의 수를 셌고, 음경 무게를 가늠했고, 이두근을 만져봤다. 그는 더는 인간의 지위를 갖지 못했다.

그러는 동안 그 두 명의 마르카들은, 보다 남쪽에 위치하고 말랭케들이 지배하는 칸칸으로 가서 나바를 팔아넘기기로 결정을 내렸다. 가능한 한 세구로부터 멀리 떨어지기를 원했고, 칸칸이

*   부계 호칭.

노예무역의 중심지 중 하나이기도 해서 그랬다. 디울라족 상인들은 노예들을 끌고 해안 도시로 내려가서, 독점권을 소유한 프랑스나 미국의 상사(商社)로부터 얻어낸 총, 화약, 무명, 1앙크르**들이 럼주를 싣고 돌아왔다. 체격 좋은 노예 한 명을 넘기면, 스물다섯에서 서른 자루의 총에다가, 덤으로 네덜란드산 긴 담뱃대 하나나 두 개를 챙길 수 있었다. 나바는 한참 동안 협상이 오가는 그런 노획물 중 하나, 진정한 '인도산 무명 한 필'***에 값했다. 마르카인 둘은 벌써부터 송가이 지역에서 자신들이 팔아먹을 수 있을 퐁디셰리산 사라사 무명이 몇 야드나 될지 추산했다. 통북투나 가오의 우아한 멋쟁이들은 그 천이라면 환장을 했다……. 나바가 집에서 100여 킬로미터 떨어진 곳에서 노획되었을 그 무렵은 흑인 노예무역의 절정기였다. 여러 세기 전부터 유럽 상인들이 아르갱섬에서부터 베냉만 경계에 이르기까지의 해안들, 그러니까 곡물해안, 상아해안, 황금해안, 노예해안 등에 요새를 구축했더랬다. 처음에 그들은 주로 황금, 상아, 밀랍에 관심을 가졌다. 그러다가 신대륙을 발견하고 사탕수수 플랜테이션이 확대되면서, 노예무역, 즉 '인간 사냥'이 유일하게 채산이 맞는 장사가 되었다. 프랑스인과 영국인은 서로에게 가장 비열한 짓도 서슴지 않았고

** 1앙크르는 50리터를 웃도는 양이다.
*** 열여덟 살쯤 되는 남자 노예를 이렇게 불렀다.

그들끼리의 경쟁이 매서워졌다. 하지만 그들이 서로를 증오했다 해도 아프리카 상인들을 믿지 않는 것에서는 한마음이었으니, 그 유럽인들은 아프리카 상인들이 "교활하고 간사하며 무게를 속이고 단위를 속이는 등 자신들을 속이기에 적절한 온갖 사기질에 능하다"고 판단했다.

8

"아흐메드, 누가 널 찾아왔어……."

시가는 이 새 이름에 어찌해도 익숙해지지 않는 터라 처음에는 꼼짝도 하지 않았다. 그러다가 자기에게 하는 말이라는 걸 깨닫고 벌떡 일어나, 문간에 놓아둔 세숫대야 물에 손을 씻고, 자신이 식사하는 장소인 보잘것없는 싸구려 식당에 딸린 뜰로 나섰다.

어떤 젊은이가 그를 기다리고 있었다. 티에코로였다.

통북투에 도착한 다음 날부터 두 형제는 만난 적이 없었다. 시가는 도시의 골목을 지나 카바라의 항구까지 당나귀 행렬을 몰고 가면서, 흰색 카프탄을 걸치고 똑같은 색깔의 납작모자를 쓰고 허세와 신심을 동시에 보여주는 표정으로 걸어 다니며 커다란 목소리로 하디스*의 한 구절을 놓고 의견을 나누는 대학생 무리가

---

* 이슬람교 경전 중 하나.

보이면, 그 사이에 형이 끼어 있기를 바라면서 지치지도 않고 형을 찾아보았다. 형을 열심히 찾아봐도 소용이 없자, 처음에는 마음속에 증오처럼 쓰디쓴 원한이 쌓였더랬다. 길모퉁이에서 그를 본다면 자신이 어찌할지를 상상했다. 어쩌면 형을 잡놈이라고 부르면서 얼굴에 침을 뱉을까. 엘 하지 바바 아부의 저택에 딸린 뜰로 일단 들어선 뒤 느긋하게 형에게 욕을 퍼부어주려고, 자신이 그곳으로 가는 길에 어느 결엔가 들어서 있음을 퍼뜩 깨닫는 일도 가끔 있었다. 아마도 모두가 그가 옳다고 하리라. 피는 물이 아니니까. 그러다가 티에코로를 받아들인 스승의 얼음처럼 차가운 눈빛을 떠올렸고, 피부색이 연한 그 이슬람 신도에게는 물신을 숭배하고 피부가 검은 밤바라인은 아예 존재하지 않음을 깨달았다. 그자는 하인들을 시켜 그가 악취 풍기는 하이에나라도 되는 것처럼 집 밖으로 내몰라고 하겠지. 아, 그 아랍인들과 아랍 혼혈들의 오만함, 흑인에 대한 그들의 경멸, 시가에게는 그 모든 것에 대해 생각해볼 시간이 얼마든지 있었다!

하지만 차츰차츰 원한과 증오가 가라앉았다. 그는 사람 좋은 녀석이니까. 급기야 티에코로를 용서까지 하고 말았다. 형은 자기 자신과 자신의 미래만 생각해왔으니까. 그렇다고 비난할 수 있을까? 대학 공부가 그에게는 너무나 많은 의미를 담고 있었다. 결국 그가 자신의 꿈을 이루지 못한다면 그렇게 무모하게 통북투를 향해 떠나온 게 무슨 의미가 있겠는가?

티에코로의 생각은 그 반대의 과정을 밟아왔다. 처음에는 자신의 행동에 대한 수천 가지 변명을 짜냈다. 그러다가 그 변명들이 먹히지 않게 되었고, 밤에 잠에서 깨어 눈물을 흘릴 정도로 후회의 감정과 죄책감이 그 자리에 대신 들어섰다. 하지만 그런 순간에 그가 했던 결심들은 떠오르는 아침 해를 이겨내지 못했고, 그는 밤의 어둠 속에서 결심했던 대로, 확실하게 시가를 발견할 수 있을 장소인 카바라 항구로 걸음을 재촉하지 않았다. 그래서 하루하루 더욱더 자신의 비겁함을 절감했다.

티에코로는 시가와 마주하고서도 사과의 말을 찾아내지 못하고, 그저 눈을 내리깔고 이런 말을 하는 것에 그치고 말았다.

"시가, 집에서 소식이 왔어. 엄청난 불행이 닥쳤어. 나바, 나바가 사라졌대……."

시가는 무슨 말인지 이해가 되지 않아 그 말을 따라 했다.

"사라져? 어떻게 그런단 말이야? 사라지다니?"

"사냥을 나갔었대. 마르카족이 노예로 팔려고 나바를 잡아갔다고들 생각한다……."

소식이 너무나 끔찍해서 그 어떤 말도 시가의 입술에서 졸아붙고 말았다. 즉각, 눈물이 시가의 뺨 위로 폭포수처럼 철철 흘렀다. 나바!

사실 시가는 티에코로가 독차지한 그 어린 동생과 어떠한 친밀감도 없었지만, 가족의 고통에 생각이 미쳤다. 특히 니아의. 그러다가 동생의 끔찍한 운명에 생각이 미쳤다. 두 사람은 통북투까지 여행하는 동안, 마구 휘두르는 몽둥이에 얻어맞으면서 지역의 노예시장으로 끌려가는 길고 긴 노예들의 행렬을 만났더랬는데, 긴 장대 두 개 사이에 노예들의 목을 끼우고는 장대가 움직이지 않게 밧줄로 한꺼번에 묶어놓은 모습이었다. 나바는 이름도, 신분도 잃겠구나. 밭에서 일하는 가축이 되겠구나. 시가가 어름거렸다.

"우리가 뭘 할 수 있지?"

티에코로가 절망의 몸짓을 했다.

"뭘 하려고? 아무것도 없어……."

그러더니 그런 말을 한 걸 후회하는 표정으로 급하게 말을 고쳤다.

"신에게 기도하는 것……."

두 형제 사이에 침묵이 내려앉았다. 잠시 뒤 티에코로가 머뭇머뭇 말했다.

"뭐 부족한 건 없니?"

시가가 아무 말 없이 돌아섰다. 그러자 티에코로가 그의 팔을 붙잡으며 중얼거렸다.

"용서해라……."

그의 오만함을 생각하면 그건 대단한 거였고, 시가는 자신이 잘못 들었나 싶었다. 그가 휙 몸을 돌려보니, 상대방이 고운 비단

카프탄을 입고서 어색해하고 부끄러워하며 두 눈을 내리뜬 채 거기 가만히 서 있었다. 시가는 형이 안됐다는 감정이 들어서 기운을 북돋는 말을 해줬다.

"내 걱정은 마. 다 괜찮아. 형이 날 만난 게 운이 좋은 거야. 오늘이 내가 여기서 일하는 마지막 날이거든. 어떤 상인이 날 조수로 쓰겠다고 해서……."

티에코로가 분개의 외침을 질렀다.

"장사를 하겠다고?"

시가가 조롱했다.

"그럼 내가 계속 나귀 몰이꾼이나 하면 좋겠어? 형은 마라부가 되고……."

티에코로가 잠자코 있다가 말을 이었다.

"널 만나고 싶으면 어디에서 널 찾아야 하지?"

시가가 어깨를 으쓱했다.

"알아서 해."

그러더니 몸을 돌려, 둘의 만남을 호기심을 갖고 지켜보는 동료들이 있는 식당으로 들어갔다. 시가는 이제 어울려 지내는 가난한 사람들과 비슷했다. 울퉁불퉁한 근육. 후줄근한 모습. 차라리 지저분하다고나 할까. 푸른색으로 물들인 폭 좁은 무명천으로 만든 짧은 작업복, 발목 바로 위까지 내려오는 헐렁한 바지를 입고 있었다. 먼지 구덩이를 딛고 선 맨발은 넓적해지고 거칠어졌다. 사실 두 형제에게 이젠 아무런 공통점이 없었다! 형제를 잠시 가깝게 만들어줬던 가족의 비극도 그 거리를 메울 수는 없었다. 천천히, 티에코로는 강을 향해 걸었다. 그는 나바의 실종이 자신의 책임이라고 느꼈다. 자신이 공부를 하겠다고 동생을 두고 떠나오지 않았다 해도, 그 애가 티에폴로에게 찰싹 달라붙었겠는가? 그 애가 사냥꾼이 되었겠는가? 그 막다른 원정에 합류했겠는가? 이제 어떻게 하지? 세구로 돌아가서 어머니의 눈물을 닦아드릴까? 그런다고 실종된 동생이 돌아올까?

이사베르강이 그 흐름을 조금 튼 뒤로 통북투에 교통망을 제공하게 된 카바라 항구는 활기로 넘쳤다. 소형 선박이 수송하게 될 포장된 물품들로 가득했다. 기장, 쌀, 옥수수, 수박뿐만 아니라 담배에다 군담과 파기빈 호수 주변에서 엄청난 양을 수확하는 아라비아산 고무도 있었다. 피투가에서 온 상인들은 통목선에 토기, 말린 생선과 상아를 싣고 왔다. 나무뿌리를 꼬아 만든 밧줄로 서로 묶어놓은 노예들이, 넋 나간 표정에 바싹 여윈 10여 명의 남자들이 그런 소형 선박 하나에 실려 있었다. 몇 주 전만 됐어도, 티에코로는 너무나 흔한 그런 광경에 전혀 신경 쓰지 않았을 거다. 지금은 모든 게 변했다. 그는 몽둥이질을 해가며 그 가여운 사람들을 하선시키는 두 명의 남자에게 다가갔다.

"그 사람들을 어쩔 셈이오?"

그들 중 하나가 형편없는 아랍어로, 어떤 무어인에게 넘길 예정인 모시족 포로들이라고 중얼거렸다. 티에코로가 언성을 높였다.

"저들도 당신과 같은 사람들이라는 걸 모르오?"

그러다가 자기 태도의 우스꽝스러움을 깨달았다. 그렇게나 오래된 시스템에 반대해 자신이 뭘 할 수 있을까? 왕국 전역에 흩어져 있는 왕실의 노예들은 말할 것도 없고, 16세기부터 흑인 노예들이 모로코의 제당 공장에서 일해왔다. 그는 통북투로 가는 길로 다시 접어들었다.

그가 성원과 이웃한 대학 교정에 도착하자, 수많은 대학생들이 도서관이 열리기를 기다리면서 아치형 회랑 아래 몰려 있었다. 물론 모로코인들이 침범하면서 소장하고 있던 수사본에 상당한 손실이 생겨났다. 그 통에 아흐메드 바바의 저작 상당수도 거의 전부 소실되었지만, 수많은 학자들이 자기네 가문에서 간직하고 있던 귀중한 장서들을 기증했더랬다. 티에코로는 아주 빠르게 실력이 늘어서 선생들의 감탄을 자아냈다. 거의 조롱거리였던 그가 아랍어와 신학에서 가장 뛰어난 학생들 중 한 명이 되었다. 그는 통북투에 있는 180개의 전통 코란 학교 중 하나에서 이미 강의도 맡아 하고 있었다. 그 누구라도, 선지자의 말씀과 그가 생전에 보여준 행위들에 대해 그보다 더 훌륭하게 해석할 수는 없었다. 하지만 티에코로는 행복하지 않았다. 행복하지 않은 이유는, 그 나이의 사랑이 그러듯이 누군가를 절망적으로 사랑하고 있지만 그에 대해 보상받을 길이 없다고 생각해서였다.

그 사랑의 대상은?

그를 받아준 엘 하지 바바 아부의 첫째 부인에게서 태어난 다섯 번째 딸 에이샤. 가끔은 비스듬히 올라간 에이샤의 아름다운 두 눈이 그녀가 그의 감정에 대해 모르는 게 하나도 없다는 확신을 주었다. 또 때로는 그 두 눈이 가장 거만한 차가움을 드러냈다. 에이샤는 절대로 직접 티에코로에게 말을 건네지 않는 척하며, 어린 남동생 아비 자이드, 아홉 살짜리 부산스러운 남자애를 중개인으로 내세웠다.

"에이샤는 호박 목걸이를 갖고 싶대."

"에이샤는 은팔찌를 갖고 싶대."

"에이샤는 꿀 넣은 타쿨라가 먹고 싶대……."

엘 하지 바바 아부의 딸과 그런 식으로 교류하는 게 스스로에게 스승의 분노를 끌어들일 만한 범죄라는 사실을 완벽하게 알면서도 티에코로가 서둘러 입수하려고 하는 그 모든 물품들.

게다가 티에코로는 열두 살 때부터 아버지의 풋풋한 노예들을 자빠뜨렸기 때문에, 자기 스스로 택한 종교가 강요하는 순결과 정절의 의무로 괴로워했다. 카프탄 밑에서 그의 음경이 펄떡거려 두려움에 떨면서도, 제 발로 걸어 나와버린 천국인 양 여인들의 얼굴을 저도 모르게 뚫어져라 바라봤다. 가끔 베일이 눈앞을 지나가면, 남자의 성욕에 뜨겁게 응하는 육체에 대한 욕구로 고통스러워했다. 허벅지가 정액 범벅이 되어 잠에서 깨면 몸을 씻으며 신에게 용서해달라고 간청했다. 게다가 친구이자 속내를 들어 주고 멘토 노릇을 해주던 물레 압달라가 이슬람법 공부를 마치고 아버지가 수행하던 카디의 직책을 물려받으려고 가오로 돌아간 지라, 티에코로는 극단적 고독 속에서 지냈다.

티에코로는 기분 전환을 하려고, 수업이 끝나면 무어인들이 운영하는 대중 카페에 가는 버릇이 있었다. 그곳에서는 사람들이 녹차를 마시고, 생강 갈레트로 군입을 다셨다. 그곳에서는 백인들의 나라에서 온 놀이를 했는데, 나무 판 위에서 같은 재질로 만든 둥근 모양의 말을 앞으로 전진시키는 놀이였다. 이렇게 느긋하고 온후한 분위기 속에는 아버지의 영지를 떠올리게 하는 뭔가가 있었다.

티에코로는 모래를 깔아놓은 뜰 안쪽의 화장실로 쓰이는 작은 초가에서 나오다가, 식물섬유로 만든 성기 가리개 하나를 빼면 완전한 나체인 젊은 여자를 봤다. 기울어가는 햇살이 그 검은 피부 위에서 노닐었다. 세구의 거리에서라면, 벌거벗은 처녀나 벌거벗은 가슴을 보는 일은 흔한 일이었다. 하지만 통북투에서는 이슬람이 풍속을 압박해 들어오면서, 아스키아 모하메드 시대부터 규탄의 대상이었던 그런 관습에 종지부를 찍은 뒤였다. 그 뒤로 여자들, 심지어 젊은 아가씨들까지도 유럽에서 온 천으로 만든 옷으로 온몸을 가렸다. 그 가슴과 엉덩이를 보자 티에코로는 현기증을 느꼈다. 그는 장작이 귀했기 때문에 낙타 똥으로 불을 지피려고 부채질에 여념이 없는 그 여자 앞을 인사도 없이 지나쳐 카바레로 들어가, 주인인 알 하산에게 다가갔다.

"저 여자는 누구요?"

그가 심드렁하게 대답했다.

"노예라오. 마르카인들이 하렘에 두라며 모로코인들에게 팔아 보려고 했다는데, 썩 예쁜 건 아니라서…… 거의 공짜로 얻었소."

티에코로는 다시 뜰로 나갔다. 뜰이 텅 비었다. 여자는 불을 지피는 일을 끝내고 나서 두 팔을 늘어뜨린 채 서 있었는데, 길고 탄탄한 다리를 살짝 벌리고 있어서 허벅지 안쪽이 보였다. 티에코로가 여자에게 달려들어서 화장실로 끌고 갔다. 그의 배 속에 웅크리고 있던 야수가 살을 찢고 빠져나오려고 날뛰기라도 하는 것 같았다. 그가 여자의 안으로 들어갔다. 여자는 아이처럼 약하게 앓는 소리를 냈을 뿐 자신을 방어하지 않았다. 그는 여러 달에 걸친 고독과 금욕, 그리고 동생의 실종에 대해서도 복수하는 마음으로 여러 차례 여자를 범했다……

마침내 여자에게서 떨어져 나온 뒤에야 그 장소의 역겨운 똥오줌내가 느껴졌고, 그만 죽고 싶어졌다. 그가 뜰로 나갔다. 여자도 따라 나왔다. 여자가 반항하고 소리를 지르기라도 하면 좋았을 텐데. 그런데 여자는 아무런 말도 없이 그저 그의 등 뒤에 가만히 서 있었다. 그가 기운을 짜내어 아랍어로 중얼거렸다.

"이름이 뭐지?"

"나디에……."

그가 전율을 느끼며 몸을 돌려, 처음으로 여자의 눈을 똑바로 봤다.

"나디에라고? 그러니까 밤바라 여자라고?"

여자가 고개를 끄덕였다.

"벨레두구 국(國)*이에요, 파마**……."

밤바라 여자라니! 아랫입술의 독특한 문신을 보고도, 관자놀이께의 상흔문신을 보고도 어떻게 알아보지 못했을까? 그렇게, 보호해줬어야 할 같은 민족의 여자를 강간이나 했다니. 창피함이 더 늘어났다. 전날 호통을 쳐줬던 그 노예상들보다 자신이 더 나을 게 없었다. 나디에가 그의 어깨에 손을 얹었다. 그가 마치 불결한 짐승이 자신을 건드리기라도 한 듯, 혹은 어쩌면 성욕이 다시 스멀거리는 걸 느꼈기 때문인지 펄쩍 뒤로 물러나더니 거리로 달아났다. 엘 하지 바바 아부의 집에 다 왔는데도, 여전히 달렸다. 문 앞에 짚자리를 깔고 누워 있던 노인들, 아이들, 그리고 콜라 열매를 파는 장사치들은 진에게 쫓기는 저 남자가 어떤 사람인지 궁금해했다.

---

*   세구에 예속되지 않은 밤바라의 작은 왕국.
**   밤바라어로 '나리'를 뜻한다.

뜰에서 스승과 맞닥뜨렸는데, 스승 곁에는 머리에 터번을 두르고 화려하게 옷을 입었으며 얼굴빛이 무어인 같은, 비대한 몸집의 남자가 있었다. 그가 급하게 두 사람에게 인사를 하고 자기 방으로 물러가자, 아비 아지드*가 펄쩍펄쩍 뛰며 나타나서는 묻지도 않았는데 설명을 늘어놨다.

"아바스 이브라힘은 마라케시의 학자로, 대학에서 가르치고 있고, 형이상학에 관한 책 여러 권을 썼어. 그가 우리 집안과 교류하고 누나랑 결혼하겠다고 청하는 건 커다란 영예지."

티에코로는 차가운 땀이 샘솟았는데, 엘 하지 바바 아부의 위의 딸들 넷은 이미 결혼을 했기 때문이었다. 그가 더듬으며 물었다.

"어떤 누나?"

아비 아지드가 발을 바꿔가며 깡충거리다가 교활한 표정으로 말했다.

"에이샤 누나지."

아, 신의 징벌은 지체하는 법이 없다! 그는 간음죄를 저질렀다. 그는 사랑하는 여자에게 걸맞지 않게 되었고, 그러자 즉각 그에게서 그 여자를 앗아 갔다. 동시에 그는 그 판결을 그렇게 순순히 체념하듯 받아들일 수가 없었다. 세구에서는 결혼 규칙이 단순한 동시에 복잡했다. 비슷한 지위를 가진 집안끼리의 일이며, 황금

---

* 앞에서는 '아비 자이드'였다.

과 가축으로 지참금을 지불하고, 최종 혼례식이 열릴 때까지 니아마칼라**를 통해 콜라 열매, 자패화 등의 선물을 주고받는 일이었다. 그가 고국에 남아 있었다면, 바로 두지카가 어느 날 그를 불러오라 해서 아내를 맞이할 때가 됐음을 알려주고, 아냇감을 권했을 터였다. 그런데 티에코로는 통북투에서의 결혼 절차에 대해서 하나도 아는 게 없었다. 고귀한 태생임에도 불구하고 타지인인 그는 엘 하지 바바 아부의 눈에는 가능한 결혼 상대가 아예 아님을 잘 알고 있었다. 그래도 자신에 대한 에이샤의 감정을 조금이라도 알았다면 스승과 부딪쳐볼 용기가 있었으리라. 하지만 어떻게 그 감정을 알 수 있지? 어떻게 그녀에게 접근하지? 어떻게 감시를 따돌리고 그녀에게 말을 건네지?

바로 그 순간 뜨거운 목욕물을 들고 하인이 들어왔다. 그가 지적했다.

"카프탄에 진흙이 묻었어요, 우마르……."

잠깐 동안 티에코로는 그 끔찍스러운 장면을 되살았다. 화장실, 흙 항아리 위에 놓인 널빤지와 그 한가운데에 뚫린 둥근 구멍. 주변은 세정에 사용된 물로 온통 진흙인데, 그 진흙탕에서 뒹구는 자신. 동시에 그 여자를 다시 만나 그녀의 자궁 물에 잠기고 싶은 욕망. 신은 그를 미친놈으로 만들기로 결심했나? 왜 정신의 고

** 그리오. 철물장인 주물사 등 특권계급.

양과 육신의 욕망이 이다지도 따로 놀까?

알라의 불, 불태우는 불,
저주받은 자들의 뜨락 위로 치솟도다
진실로, 그것은 그들 머리 위의 궁륭과 같아
우뚝 솟은 기둥들이 떠받치고 있네!

티에코로에게 퍼뜩 영감이 떠올랐다. 물레 압달라! 친구에게 도움을 청하고 통북투로 와달라고 부탁해야겠다. 그만이 유일하게 충고를 해줄 수 있을 테고, 이 고장의 풍습을 잘 알고 있으니 실행 가능성을 가늠할 수 있으리라. 더는 지체하지 않고 즉시 그에게 편지를 쓰기 시작했다.

통북투에서 유명 인사, 상류층 인사들의 사회는 세 가지 집단으로 이루어졌다. 군권과 정치권력을 쥐고 있는 아르마, 법률가, 끝으로 상인. 상인은 사회질서의 주요 수호자들이었다. 그들이 소유한 대상, 선박, 그리고 창고가 사회 혼란이 발생할 경우 첫 번째 목표가 되기 때문이었다. 압달라는 무바라크 알 다리라는 명망 높은 아르마 가문에 속했다. 하지만 그의 차분한 기질이 무기를 드는 직업과 잘 맞지 않았다. 그는 어느 날, 자기 계급의 표장들, 그러니까 검을 차고 계급에 따라 붉거나 노랗거나 녹색이거나 검은 숄을 두른 흰색 의복을 입기를 거부하고 상업에 투신했는데, 그가 그런 선택을 한 건 아주 잘한 일이었다. 현재 이 도시에서 재산이 가장 많은 축에 끼었으니까. 카바라 성문 근처에 자리 잡은 그의 저택은 원통형 벽돌로 지었는데, 수많은 하인과 노예가 기거했다. 페스, 마라케시, 알제, 트리폴리, 그리고 튀니스에서 온 상인들을 상대로 소금 벽돌을 주로 거래했고, 그 밖에도 포목, 센나, 깨를 거래했다. 그는 약 10년 전에 페스트가 창궐할 때두 명의 아내와 다섯 명의 아이를 잃었다. 그 뒤로 더는 아내를 맞아들이고 싶지 않아서, 기분이 내킬 때 하녀에게 육체적 욕구를 푸는 걸로 만족했다.

그가 어떤 인물인지 쉽게 그려질 텐데, 어둡고 말이 없는 남자로, 한마디 말도 하지 않고 며칠이고 지낼 수 있었다. 그런데 그가 시가에게 호의를 품었더랬다. 그는 시가에게 항구까지 상품을 운송하는 일을 맡겼고, 그의 성실함을, 그 행실의 신중함을 높이 샀으며, 그 밤바라족 젊은이가 이 직업에 뛰어든 동년배의 사내아이들 그 누구보다도 더 정직하다고 확신했다. 그리하여 상거래의 온갖 비결을 배울 수 있을 거라며, 먹이고 재우고 제대로 입혀줄 테니 자기 밑에서 일하라고 제안했다. 실제로 2년이 다 되어가는 지금, 시가는 알바라디우 지역의 협소한 가옥에서 냄새가 고약한 몸뚱어리 열두엇 사이에 끼어 잠을 잤고, 해가 뜨기 전에 일어나 모두의 멸시를 받으며 어깨나 머리에 상당한 무게를 져 날랐다. 세구와 부모 생각이 떠오를 때면 가끔 격렬한 원한에 사로잡혔다. 티에코로가 개종하고 대학생이 되겠다는 뜬금없는 생각에 사로잡혔다 하더라도, 대체 왜 자신에게 동행하라는 임무를 주었을까? 그러니까 자신은 형의 노예인가? 그래서 집으로 돌아갈 생각을 할 때면, 세구에서는 처음 보는 물건들을 가득 실은 열두 마리의 낙타로 구성된 대상을 뒤에 달고, 의기양양하고 오만하게 돌아가는 자신의 모습을 그려보곤 했다. 사람들이 거리로 나와보겠지.

"어! '우물에 몸을 던진 여자의 아들' 아니야?"

디엘리들이 황금 냄새를 맡고 그의 뒤를 바싹 쫓을 테고, 두지카는 그를 무시했던 걸 후회하겠지. 압달라의 목소리가 영광의 꿈으로부터 그를 끌어냈다.

"네 방에 옷들을 갖다 놨다. 내 옷이었지만 선물로 주마. 넌 키도 몸집도 상당하니 잘 맞을 거다. 퐁디셰리산 사라사 무명을 갖고 파샤의 집으로 가서 부인들에게 전달하거라. 부인들을 위해 주문해둔 거니까."

시가가 떳떳한 직업에 종사하는 청년으로서, 두 명의 노예를 달고 거리를 누비는 일에 매력이 있음을 알아가는 동안, 티에코로 쪽에서는 계속 속을 끓이고 있었다. 엘 하지 바바 아부가 마라케시 출신 남자에게 딸을 줄까 생각한다니까, 그건 그가 타지인에 대해 악감을 품지 않는다는 소리로 들렸다. 모로코인이라는 건 사실이긴 한데, 티에코로는 타지인들과 그 지역 주민 사이의 특별한 관계에 대해서 아무것도 몰랐다. 그는 에이샤에게 품은 사랑과 욕망이 너무 강렬한 나머지, 마치 자신에게 그녀의 아버지와 맞설 능력이 있는 것처럼 느꼈는데, 어쨌든 우선은 그녀가 자신을 지지할지를 알아내야 했다. 물레 압달라가 중개인 노릇을 해줄 때까지 기다려야 하나? 물길을 통해 편지를 보냈으니 가오에 도착하려면 적어도 4주는 걸리리라…….

티에코로가 가르치고 있는 코란 학교에서는 기초적인 지식만을 가르쳤다. 서법 조금, 코란 1장인 파티하와 앞부분의 수라트에 대한 지식 정도. 학생 한 명이 주당 일곱 개의 자패화를 지불했고, 그런 학생들의 수가 20여 명에 달하니 궁핍하진 않았다. 그는 아이들을 해산한 뒤, 대학으로 돌아가지 말고 스승의 집으로 가야겠다고 마음먹었다.

티에코로가 통북투에 대해 느끼는 감정은 시간이 흐름에 따라 바뀌었다. 처음에는 그 명망 높은 도시로 뚫고 들어가서 그곳에서 친분과 우정을 맺으리라는 희망을 가졌더랬다. 그러다가 그게 불가능하다는 것을 깨달았다. 주위 학자들의 교만과 거만이 그를 당황시켰다. 제대로 '태어나야' 했고, 조상 가운데 울레마*들이 있어야만 했다. 그래서 통북투를 미워하기 시작했고, 투아레그족

---

*　이슬람 법학자.

이 이전에 수도 없이 그랬듯이 이 도시를 파괴하기를, 탈색된 해골들로 도시가 둘러싸이고 그 가운데에 재만 수북이 쌓이기를 소원했다. 그는 도시 쇠락의 전조들, 그러니까 금이 가고 부슬부슬 떨어져 나오고 짚자리나 짚 뭉치로 메워놓은 벽이 보이는지 어느 결엔가 열심히 살피고 있는 자기 모습을 깨달았다. 가슴을 내놓고 씻거나 박 그릇에 물을 긷는 여인들로 가득한 졸리바강 가와 세구의 높은 장벽을 다시 보게 되는 날, 얼마나 행복할까!

티에코로는 빠르게 걸어가면서, 쪽빛으로 휘감은 무어인들이나 사납게 검을 움켜쥐는 투아레그족, 아르마, 물을 지고 북동 지역 우물에서 돌아오는 하층민, 소금 벽돌들을 밧줄로 한데 묶어 수레로 실어 나르는 노예들과 엇갈렸지만, 그들이 눈에 들어오지 않았다. 전에는 그의 호기심을 자아내던 그런 광경에 무심했다.

자신에 대한 에이샤의 감정이 어떤지 어떻게 알아볼 수 있을까? 아비 자이드를 통해 편지를 전달할까? 그러다가 편지가 엘하지 바바 아부 손에 들어가기라도 하면?

바로 그때 대문을 열다가, 수행 노예를 기다리느라 뜰에 서 있던 에이샤와 맞닥뜨렸다.

단둘이서 가깝게 있는 일은 아주 드물다. 에이샤는 늘 노예나 여동생이나 동성 친구나 친척을 옆에 달고 있었다. 그런 한편, 엘하지 바바 아부의 넓은 저택은 두 구역으로 나뉘어 있어서, 한 구역은 학교와 장기 혹은 단기 체류하는 손님들에게 할애된 공간이고, 다른 구역은 사적 용도의 개인 집이었다. 그런데 이 개인 집도 모로코풍의 가구들로 채워진 응접실들, 집무실, 서가에 정리된 풍부한 수사본으로 채워진 서재, 아녀자의 거처들로 나뉘어 있었고, 그런 까닭에 아녀자의 모습은 절대 보이지 않았다. 티에코로가 2년에 걸쳐서 스승의 부인들을, 그러니까 모로코 여자와 노예 출신의 송가이 여자를 만난 적이 세 번을 넘지 않았다. 에이샤는 뜰 한가운데에 서 있었다. 열여섯 살이 다 되어가는데, 두말할 것 없이 사랑스러운 아가씨였다. 어머니 쪽에서 온 모로코인의 피와 아버지에게서 온 혼혈의 피가 섞여, 희고 환한 낯빛에 군데군데 금실이 드러나게 땋은 구불거리는 머리가 허리까지 내려오는 혼혈, 즉 '음왈리둔'이 나왔다. 살짝 뾰로통한 표정에 입술이 쳐들렸는데, 그게 친밀감인지 조롱인지는 알 수 없었다. 티에코로가 말을 건넸다.

"알라의 이름으로, 에이샤, 꼭 할 말이 있어⋯⋯."

그녀는 머뭇거리는 듯했고, 자기 쪽을 향해 오고 있는 노예를 향해 급하게 고개를 돌렸다가 중얼거렸다.

"낮잠 시간에 내가 총애하는 노예 주베이다를 보낼게. 방으로 데리러 갈 거야."

티에코로는 그 말을 들으면서, 처음에는 자신이 꿈을 꾸고 있다고 여겼다. 오직 꿈속에서만 에이샤가 자신에게 호의적인 눈길과, 이건 더더욱 예상 밖인데, 미소를 보냈으니까. 대낮의 현실에서는 에이샤는 무관심 그 자체일 뿐이었다. 그녀가 주베이다를 거느리고 집 안으로 사라지는 동안, 티에코로는 뜨거운 물결과 차가운 물결이 번갈아 온몸으로 퍼져나가는 가운데 꼼짝 않고 가만히 있었다. 그러다가 갑작스러운 공포가 밀려들었다. 뭔가 흉계가 아닐까? 물레 압달라의 경고가 떠올랐다. "깜찍한 애야. 우리 모두를 사랑에 빠지게 만들고는 결국엔 우리를 우롱했거든……."

설마, 그녀가 왜 그를 놀리겠는가? 그녀도 함께 나누고 있다. 그의 사랑을. 그의 욕망을. 자신이 그녀를 품에 안은 모습을 상상하자 감정이 어찌나 벅차오르는지 기절할 것 같았다. 에이샤. 지극히 숭고한 세 음절! 시간이 이다지도 길게 느껴진 적이 없었다!

마침내 누군가 그의 방문을 가볍게 두드렸다. 주베이다였는데, 카프탄을 들고 왔다.

"자, 이걸 입으세요. 그러면 향수를 팔러 온 하우사 상인으로 볼 거예요……."

티에코로는 노예를 따라서 집 안으로 들어갔다. 1층에는 엘 하지 바바 아부의 아내 둘이 어린 자식들과 함께 기거했다. 나선형 계단을 올라가면 다 큰 자식들이 기거하는 2층이 나왔고, 그곳에는 각각 아들들과 딸들이 사용하는 커다란 방이 있었는데, 천장은 몸통이 양 갈래로 나뉜 둠야자나무에 흰색 도료를 칠해서 결합한 대들보로 지탱되었다. 어린 여자애들과 남자애들이 소란스럽기 짝이 없는 놀이에 정신이 팔려서 사방팔방 뛰어다니고 있었다. 에이샤는 방에 혼자 있었다. 흰색 도료가 칠해진 바닥에는 베일이나 비단으로 만든 옷들이 말 그대로 흩뿌려져 있었다. 주인이 참을성 없는 손길로 뒤죽박죽 던져놓은 헐렁한 바지, 넓은 허리띠, 숄, 수놓인 짧은 블라우스들. 반구형 토기 잔마다 홍옥수 반지, 호박 목걸이, 세공이 된 은팔찌, 끝에 사각별 모양의 보석이 주렁주렁 달린 기다란 금목걸이들로 넘쳐흘렀다. 금실로 장식된 끝이 뾰족한 자그마한 가죽신 한 쌍은 에이샤가 신고 다시 걸음을 옮겨놓기를 기다리고 있는 것 같았다.

티에코로가 그 광경을 황홀하게 바라봤다.

그는 여인의 방에 들어가본 적이 한 번도 없었다. 세구에서 그런 적이 있었다 해도, 기본적인 가구만 보았을 거다. 바닥에 깔린 짚자리 하나, 구석에 자리한 박 그릇들. 어쩌면 간이 의자 하나. 게다가 그가 자신의 욕망을 충족시키는 대상으로 삼았던 노예들은 맨가슴을 내놓고 꽉 잡아맨 파뉴로 엉덩이 윤곽을 드러낸 채 다녔다. 그런데 이제, 그렇게 신비로움 없는 벌거벗음이, 천으로 휘감은 그 육체, 너무 가까이에 있어서 향기까지 맡을 수 있는 그 육체보다 마음을 덜 흔들어놓는다는 것을 발견했다. 티에코로는 몸매를 짐작해보려고 했다. 뾰족한 가슴……. 배…….

티에코로가 세세히 살피고 있자, 에이샤가 쌀쌀맞게 중단시켰다.

"뭘 원하지? 여러 달 전부터 날 계속 시선으로 좇던데. 원하는 게 뭐지?"

처음부터 그가 예상하는 대로 시작되지 않았다. 불시에 허를 찔린 티에코로가 더듬거렸다.

"타지에서 살아가는 건 괴로운 일이야. 가문이고 지위고 간에 아무도 알아주지 않으니까. 그렇게, 나도 내 나라에선 귀족이라고. 내 아버지는 궁에서 요직을 맡았고, 아주 부유하고……."

에이샤가 말을 끊었다.

"그리고 물신숭배자고?"

티에코로는 이런 반박을 예상했기 때문에 차분하게 답했다.

"아버지는 조상들의 종교를 따르는 거야. 조상들은 세상이 두 가지 상보적 원리, 그러니까 펨바와 파로에 의해 창조되었다고 믿는다고. 두 신 모두 정신으로부터 나왔고……."

"어리석은 소리! 신성모독이야!"

티에코로는 속에서 분노가 치미는 걸 느꼈다. 하지만 자제했다.

"어쨌든 난 그런 우상숭배를 끊어냈잖아. 그게 중요한 것 아닌가?"

에이샤가 그 아름다운 연한 밤색 눈으로 티에코로를 응시했지만, 티에코로는 그 눈길에 어린 생각을 읽지 못했고, 에이샤가 다시 말을 이었다.

"네 나라에서는 음식을 먹을 때 토기가 아니라 박 그릇을 쓴다던데. 잠은 황소 가죽으로 만든 침대가 아니라 짚자리에서 자고. 여자들은 완전히 발가벗고 다닌다며."

티에코로는 대꾸할 말을 찾아봤다. 하지만 제일 센 게 아직 남아 있었다. 에이샤가 땋은 머리 한 가닥을 손가락으로 돌돌 말기 시작했다.

"사람을 죽여서 너희 신에게 제물로 바친다던데……."

항의하는 티에코로의 몸에서 불길이 치솟는 것 같았다.

"예전에, 예전이라고! 왕국 전체와 관련된 중대 사안일 때만!"

에이샤가 미소를 짓자 새하얗고 자잘한 이들이 드러났다. 그러더니 침대에 놓인 쿠션들 사이로 몸을 젖혔다. 그런 동작을 취하자 블라우스가 위로 딸려 올라갔고, 배가 드러나면서 부드럽고 하얀 피부가 보였다. 티에코로가 견딜 수 있는 한계를 넘어섰다. 용솟음치는 그의 욕망에는 그가 막 당했던 모욕적인 심문에 대해 복수하고, 그녀에게 밤바라 남자의 수컷다움을 보여주려는 의도가 섞여 있었다. 아, 엄청난 쾌락에 몸부림치게 만들리라! 그런 쾌락을 감출 힘이 그녀에게 있으려나? 대번에 그녀를 덮치면서, 가슴으로 손을 밀어 넣는 동시에 양 무릎으로 그녀를 가뒀다. 그가 자신의 얼굴을 그녀의 얼굴 가까이에 갖다 대는 순간, 그녀가 사납게 그의 얼굴에 침을 뱉고는 씩씩거렸다.

"그 더러운 손 치워, 검둥이 새끼!"

티에코로가 몸을 일으켰다. 에이샤가 분노로 퍼런빛이 도는 눈길로, 용모의 아름다움을 몽땅 날려버릴 증오 가득한 표정으로 쏘아보았다.

"손만 대봐라! 넌 검둥이고, 썩은 내가 나⋯⋯. 정말로 내가 너랑 결혼할 거라고 생각했어? 손대지 말랬지! 주베이다!"

시가는 일찌감치 잠자리에 들었다. 노곤해서였다. 하루 종일 땡볕 아래에서, 아샨티 왕국을 출발해 봉두쿠와 보앙을 거쳐 콜라 열매를 싣고 온 대상이 있어서, 그 하역 작업을 감독했다. 열매들은 넓은 광주리에 담겨 도착했는데, 내용물 목록을 꼼꼼하게 기입하기 전에 바구니에 번호를 매겨야 했다. 그러고 나면 자패화 몇 닢 정도는 언제라도 속여먹으려고 드는 운송업자들을 상대로 운송비를 지불해야 했다. 시가가 젊은 데다 압달라네에 새로 온 직원이니만큼, 모두가 그를 이용해먹으려고 들었다. 아, 정말이지 상인에게 고용되어 새로 시작한 이 직책, 그건 한가한 일은 아니었다! 시가는 깊은 잠으로 옮겨 가기 전, 감각이 반쯤 둔해지며 행복하게 졸고 있는 상태였다. 세구로 돌아가서 니아 곁에, 그를 사랑해준 유일한 존재 곁에 있는 느낌이었다. 니아는 어떻게 나바의 실종을 견디고 있을까? 그렇게 그녀가 키웠던 아들 셋이, 자식 중 셋이 멀리 떨어져 있었다. 하지만 그는 돌아가리라. 니아에게로 돌아가서 그 발치에 그가 모은 황금을 내려놓으리라. 니아에게 말하리라.

사랑하는 어머니

지니고 있는 걸 전부 다 아낌없이 주는 어머니

가정을 절대 버리지 않는 어머니

어머니, 인사드려요

우는 아이가 어머니를 불러요

사랑하는 어머니, 제가 왔어요!

그 순간 누군가 요란하게 문을 두드렸다. 시가는 짜증이 치솟았다. 누가 와서 귀찮게 하나? 친구인 나귀 몰이꾼 이스마엘인가? 점심시간에 보지 않았던가? 그가 일어나서 튼튼한 마호가니 문짝을 열었고, 어슴푸레한 빛 속에서 티에코로를 알아봤다. 그가 깜짝 놀라 말했다.

"또 형이야! 모래 알갱이 사이에서 솟아나는 거야, 뭐야……."

티에코로가 쉰 목소리로 말했다.

"들여보내줘. 농담은 나중에 하고!"

시가는 마음이 여렸다. 어려서 너무 많이 고통을 겪어봤기에, 누군가에게서 고통이 보이면 알아보지 못할 수가 없었다. 즉각 형의 삶에서 뭔가 끔찍한 일이, 형의 눈에는 나바의 실종보다도 더 끔찍한 일이 일어났다는 걸 느끼고는 다급하게 물었다.

"무슨 일이야? 무슨 일 있어?"

티에코로가 대답으로 내놓은 거라고는 울음을 터뜨리는 거였다. 오만한 티에코로가 우는 모습을 보는 것, 아이나 여자처럼 두 손으로 머리를 감싸 쥔 모습을 보는 것은 상상도 할 수 없었다! 시가가 형 곁에 무릎을 꿇고서 속삭였다.

"자, 말해봐……."

잠시 뒤, 티에코로가 자제력을 되찾았다. 짤막하고 툭툭 끊기는 문장으로, 자신에게 닥친 불행을 이야기했다. 에이샤와의 밀회는 실제로 흉계일 뿐이었다. 하녀 주베이다가 2층에서 쉬고 있던 에이샤의 어머니에게 상황을 알렸다. 에이샤의 어머니는 히스테리에 걸린 여자처럼 온 집 안에 다 들리게 비명을 질러댔다. 엘 하지 바바 아부가 파샤의 저택에서 멀지 않은 사령부에서 친구 한 명과 식사를 하고 돌아오자마자 그의 아내가 무슨 일이 있었는지를 알렸고, 그는 티에코로를 길바닥으로 쫓아내게 했다. 이제 티에코로가 확신컨대, 상황은 거기서 멈추지 않으리라. 엘 하지 바바 아부는 대학에서 그가 제적당하게 만들리라. 그렇게 되면 그는 어찌 될까?

시가가 애써 안심이 되는 쪽으로 말했다.

"그자가 왜 그런 행동을 하겠어? 형이 그 사람 집에 머물면서 딸 주위에서 얼쩡거리기를 이제 그만두면 되잖아. 형이 자기 딸이랑 결혼하는 게 싫다면……."

티에코로가 격렬하게 고개를 저었다.

"그렇지 않아. 넌 이 '음왈리둔'들의 거만함을 몰라. 그들은 우리를 증오하고 우리를 경멸해. 대체 왜? 왜? 우리도 그들처럼 부유한데. 마찬가지로 태생이 좋고."

그건 티에코로가 스스로를 '흑인'이나 '검둥이'로 생각하지 않았기 때문이다. 그에게 그런 말들은 아무런 의미가 없었다. 그는 지역의 다른 모든 민족이 두려워하는 강력한 국가의 신민, 밤바라인이었다. 그로서는 사람들이 자신의 피부색 때문에 자신을 비난할 수 있다는 걸 이해할 수 없었다. 물론 그는 에이샤의 피부색을 좋아했지만, 그건 그와 비슷한 피부색을 전에 본 적이 거의 없었기 때문이었지, 그 이상은 아니었다. 게다가 보나 마나 세구의 많은 사람들이 그녀를 알비노 취급하면서 쑥덕댈 테고*, 그런 게 아니라고 사람들을 설득해야 하리라는 걸 알고 있었다. 그나저나 대체 왜, 무슨 대가를 치르든지 그를 파멸시키려는 그런 욕망이 생길까? 더구나 그녀가 그의 감정을 공유하지 않는다면, 왜 그 사실을 그에게 알리지 않는가? 그는 방 안을 이리저리 거닐면서 수도 없이 계획을 쌓아 올렸다.

"엘 하지 바바 아부의 발치에 몸을 던진다면? 아냐. 날 만나주지 않을 거야. 성원과 대학의 이맘에게 간청하러 간다면? 그건 위험하겠지, 왜냐하면 엘 하지가 이맘에게 이 사건에 대해 아무런 말도 하지 않을 수도 있으니까……. 어째야 할까?"

---

* 알비노는 두려움의 대상이다.

갑자기 그가 우뚝 멈춰 섰다.

"필기구 있니?"

"필기구?"

글자 한 자 그릴 줄 몰랐으니 시가에게 그런 게 있을 리가 없었다! 티에코로가 외쳤다.

"내 친구 물레 압달라에게 짤막한 서신을 보내야 해. 개도 자기 아버지처럼 통북투에서 카디로 있거든. 그러니까 울레마들 중에 친한 사람이 없지 않다는 소리지. 그 애만이 나를 이 끔찍한 사건에서 빼내줄 수 있어……."

시가는 심성이 착하지만, 자신을 무척이나 거만하게 대했던 형이 그런 재난에 말려든 걸 보면서 약간의 만족을 느끼지 않을 수 없었다. 동시에 피는 물이 아닌 만큼, 그를 재우고, 필요한 만큼 오랫동안 그를 도울 용의가 있었다. 그는 자신과 함께 밤을 지내는 여자들 쓰라고 구석에 놔뒀던 짚자리를 폈다.

"여기가 형 집이거니 해. 이런 말 필요 없지?"

티에코로는 잠자리에 들었다. 달리 할 일이 뭐가 있겠는가? 하지만 잠은 잘 수 없었다. 대학에서 스승 중 한 명이 했던 말이 자꾸 생각났다. 신앙에는 세 가지 단계가 있다. 첫 번째 단계는 교리의 가르침대로 잘 따라오는 대중에게 적합하다. 두 번째 단계는 자신의 결점을 극복하고 진리로 향하는 길에 들어선 사람들에게 적합하다. 끝으로 마지막 단계는 엘리트의 특권이다. 마지막 단계에 도달한 자들은 진리 안에서, 무채색의 빛 속에서 신을 찬양한다. 신의 진리는 사랑과 자비의 들판에서 꽃을 피운다. 그가 도달하고자 했던 건 그 단계다. 하지만 그의 육신이, 둔하고 탐욕스럽고 비열한 그의 육신이 그에게 그것을 허락할까?

9

　시냐르 안 페팽은 고레섬에 있는 자신의 저택 발코니에 깔아놓은 짚자리에 길게 앉아 지켜워하고 있었다. 10년 전부터, 그러니까 이 섬의 총독이자 자신의 애인이었던 기사 부플레르가 프랑스로 돌아간 뒤부터 그래왔다. 부플레르는 사랑스러운 애인 사브랑 백작부인과 결혼할 수 있을 만큼 충분한 돈을 모으고 나자 본국으로 돌아가버렸고, 안은 그런 배은망덕을 생각하면 아직도 잠이 안 왔다. 프랑스 왕의 궁정에서 그러듯이, 자신이 몇 달간 상석에서 연회와 가면무도회와 연극 공연을 주최했던 걸 잊을 수가 없었다. 이제 모든 게 끝나버렸다. 어느 결엔가 카보베르데제도의 난바다를 바라보고 있는 이 현무암 덩어리의 섬에, 아프리카 대륙에 자리한 세네갈강 하구의 생루이 해외 상관(商館)과 더불어 프랑스의 유일한 시설에 홀로 버려졌다.

몇 년 전부터 모든 게 악화일로였다. 사람들은 프랑스에서 벌어지고 있는 일에 대해 아무것도 이해하지 못했다. 1789년에 대혁명이 일어났고, 그 뒤 공화국이 선포되었다. 그때부터 서로 충돌하는 명령들이 이어졌다. 노예 매매와 무역 폐지. 노예무역의 부활. 거기에 프랑스인들과 무역 경쟁을 벌이는 영국인들의 공격까지 덧붙여봐라.

하느님에게 감사하게도, 그렇다고 해서 사업이 침체되지는 않았다. 온갖 국적의 선박들이 식수 공급이나 급한 수리를 핑계 대고 들어와 정박한 뒤, 상품과 노예의 교환을 계속했다.

안 페팽은 서른다섯이었지만, 마치 기사 부플레르가 출발한 그날에 자신의 삶을 정지시키고 싶다는 듯, 스스로 스물다섯이라고 말했다. 그녀는 예전에 무척 아름다웠고, 여전히 아름다웠다.

흥이 나면 시인이 되는 장교 한 명이 그녀에게 치근댔지만 헛수고였는데, 그의 말에 의하면 그녀는 유럽의 은근한 기품과 아프리카의 격렬한 관능성이 결합된 존재였다. 그녀가 고레 요새에 배치된 외과의 장 페팽의 딸이긴 했지만, 외과의가 반한 그녀의 어머니는 월로프족 검둥이였으니까. 그녀는 피부색은 상당히 진했지만, 비단결처럼 고운 긴 머리는 황갈색의 광채가 도는 갈색이었고 풀어헤치면 등허리까지 닿았다. 하지만 가장 기이한 건, 시간과 빛의 색깔에 따라서 끊임없이 바뀌기 때문에 푸른색인지 회색인지 녹색인지 모르겠는 그 눈빛이었다. 고레의 혼혈 여자들, 그러니까 시냐르들은 아프리카 여자가 요새에 근무하는 장교와 사랑을 나누거나, 혹은 피륙, 알코올, 무기, 쇠몽둥이, 특히 노예로 한재산 장만하려고 시도하지만 직원의 횡령으로 성공하는 법이 거의 없는 여러 상사의 주재원들과 사랑을 나눈 결과 태어난다. 안 역시 그런 시냐르들과 동일하게 옷을 차려입어서, 흰색 격자에 푸른색과 보라색이 교차되는 바둑판무늬 비단으로 만든 부풀린 폭 넓은 치마에 드론워크 기법의 레이스 블라우스를 입고 그 위에 유황빛의 커다란 숄을 걸쳤는데, 목덜미의 구불거리는 머리카락이 마음대로 빠져나가게 도발적 방식으로 묶은 머릿수건의 지배적 색조도 유황빛이었다.

안 페팽이 고레에서 지겨워하는 유일한 사람은 아니었다. 그곳에서는 아무런 일도 일어나지 않았으니까. 노예들을 보급받으려고 들어오는 선박들이 오고 감에 따라 생활에 리듬이 생겨났다. 한 달에 한두 번, 남자들은 뭍의 뤼피스크 숲으로 맹수 사냥을 떠나거나 카드를 치거나 브랜디를 마시면서 권태를 넘겼다. 하지만 여자들은! 독실한 신자가 아니어서 기도로 시간을 보내지 않는 여자라면, 할 일이 뭐가 있겠는가? 물론 애인을 둘 수 있다. 하지만 사랑을 나누는 걸로 결코 매일매일 시간을 채울 수는 없다! 안은 한숨을 쉬고는 몸을 일으켰고, 발코니를 돌아 나가 시원한 음료를 가져오라고 노예에게 소리쳤다.

그녀를 향해 마지못해 고개를 쳐든 건 장바티스트였다.

1년 전, 안의 오빠 니콜라 페팽이 생루이섬의 요새에, 그러니까 세네갈강에 정박한 채로 꼼짝 않는 선박이나 다름없는 요새에 부임한 총독과 친구 사이여서 총독 관저에 묵게 됐고, 그때 장바티스트를 데려오게 됐다. 총독은 그 잘생긴 용모를 보고 시종으로 삼으려고 비싼 돈을 주고 사들였더랬다. 어쩌랴! 장바티스트는 일종의 우울증에 걸린 상태임이 드러났고, 그가 그 상태에서 빠져나오는 경우는 오직 자살을 시도할 때뿐이었다. 아버지 장 페팽이 대처하는 걸 본 적이 있었던 니콜라는 그 병에 관심이 많았다. 니콜라는 장바티스트를 고레 병원으로 데려갔고, 그럭저럭 회복시켜놓았다. 그는《프티트 코트*의 검둥이들에게서 나타난 자살벽》이라는 작은 책자를 쓰기까지 했고, 덕분에 약간의 명망도 얻었다. 일단 장바티스트가 불완전하나마 치유가 되자 그는 흥미를 잃고 장바티스트를 여동생에게 넘겼는데, 안 페팽의 영지에는 노예가 예순여덟 명이나 되었기에 그보다는 살림 규모가 훨씬 더 컸다. 장바티스트가 마지못해 고개를 들었다면, 그건 그의 진짜 이름은 나바이며, 요새의 부속 예배당에서 세례식 비슷하게 흉내를 내고 나서 붙여준 그 이름을 증오했기 때문이었다. 또한, 그가 좋아하는 일인 정원 돌보기에서 빠져나오게 만들어서이기도 했다. 그는 서두르지 않고 느긋하게 걸어가, 부겐빌레아들이

---

* 다카르 이남의 해안 지역.

흐드러진 중정에서 수다를 떨고 있던 노예 두 명에게 주인이 부른다고 알렸다. 그중 한 명이 레이스로 장식된 폭 넓은 주름치마를 걷어 올리더니 뛰어서 멀어져갔다.

고레의 아프리카인은 두 집단으로 나뉘었다. 한편에, 요새의 장교나 시냐르의 일을 봐주는 가내노예들과 섬 안에서 진행 중인 다양한 공사장에 배정된 보조 인력이 속한 소규모 집단이 있다. 다른 한편에, 여러 군데의 노예 집하장에 웅크리고 있는 인간 가축이 있다. 이 두 집단 사이에는 아무런 관계가 없었다. 세례를 받고 기독교식 이름을 쓰는 첫 번째 집단은 팔려 나갈 위험은 겪지 않았다. 두 번째 그룹은 아메리카 대륙으로 출발하기를 기다리고 있는, 한데 뒤엉켜 구분이 불가능한 병약한 무리였다. 그런데 가내노예들은 매매 대상인 노예의 존재를 잊을 수가 없었으니, 그들이 처한 조건에 분노하고 마음이 흔들렸기에 한마디로 결코 무심할 수가 없었다.

가내노예들은 노예선의 출발 날짜와 거기에 실려 갈 화물의 수를 끼리끼리 공유했다. 그들은 카스텔 해안으로 향하는 돌길을 급하게 내려가, 노예선들이 아메리카를 향해 출항하는 광경을 보려고 시도했다. 그와 동시에 아무런 속내도 내비치지 않고 계속 눈을 내리뜨고 고분고분 "예, 나리! 예, 마님!" 하고 대답하며 시중을 들려고 애를 썼다.

박 그릇을 찾아 파티오로 갔던 나바는 박 그릇을 갖고 다시 정원으로 돌아갔다.

안 페팽의 정원은 무척 넓었다. 토양은 섬의 나머지 땅도 다 그
렇듯이 메마른 모래흙이었다. 정원과 바다 사이에는 살짝 소금
기가 느껴지긴 하지만 다행스럽게도 우물이 있어서, 나바 혼자서
제대로 된 관개 시스템을 개발해냈다. 그리하여 그의 손길 아래
에서 항해자들이 들여왔던 보기 좋고 먹기 좋은 온갖 이국의 식
물들이 자라났다. 멜론, 가지, 레몬, 오렌지, 양배추. 나바는 자신
이 키우는 식물에게 말을 했다. 그는 첫 번째 줄기가 땅에서 솟아
나와 마디가 생기고 끝에 수줍은 연둣빛 순 두세 개가 달리면 물
을 주었고, 아주 어렸을 때 어머니가 들려줬던 말들을 다시 찾아
냈는데, 그러는 동안 세구에서 보냈던 삶 전체가 그의 눈앞을 스
쳐 갔다. 니아가 그를 꼭 끌어안는다.

자아, 내 아기

그래, 내 아기

누가 네게 겁을 줬지?

하이에나가 겁을 줬네

빨리, 빨리, 놈을 쿨리코로로 데려가자

쿨리코로에는 집이 두 개 있어

세 번째 집이 부엌이야……

그러고 나면 니아가 그를 해 뜨는 곳과 해 지는 곳을 향해 세 번 들어 올린다. 니아! 나바는 어머니가 생각날 때마다 눈에 눈물이 고였다. 자신의 불복종이 어머니에게 얼마나 큰 근심을 안겨드렸을까! 어머니가 그의 실종을 견뎌낼 수 있었을까? 그가 할례 의식을 마치고 신성한 숲에서 나왔을 때의 어머니 얼굴이 떠올랐다. 어머니는 다른 여인들과 함께 자랑스럽게 노래했다.

새로운 것이 도착했다!
모두 옛것은 내던지기를
그들이 새로운 것을 잡기를.

또한, 가끔은 사랑하는 큰형 티에코로를 생각했다. 그는 자신이 꿈꾸던 것이 되었을까? 학자가? 아직도 통북투에 있을까? 아니면 세구로 돌아갔을까? 결혼은? 아들들이 생겨 아버지가 되었을까?

나바는 널찍한 박 그릇에 토마토들을 조심스럽게 놓았다. 토마토라는 과일은 얼마나 기이한가! 파로 신이 여자들을 배태시키는 것도 토마토를 통해서다. 토마토는 배아를 품고 있다. 토마토의 씨는 인간의 바탕인 쌍둥이성의 숫자, 7의 배수이다. 세구에서 니아는 개인채 옆에 토마토를 심은 작은 텃밭을, 그러니까 파로의 밭을 일구었는데, 거기서 나는 토마토들은 으깨어 제단채에 모신 신들에게 바쳤다. 그래서 나바는 토마토를 수확할 때마다 다시금 어머니 곁에서 어머니의 냄새와 온기에 잠기곤 했다.

그가 몸을 일으켜 부엌에 박 그릇을 갖다줬는데, 그곳에선 노예들이 이미 다시 수다를 떨기 시작한 터였다. 이제 그는, 상사 대표 중 한 명인 당쿠르가 몇 년 전에 만든 공원으로 가야 했다. 안페팽이 고작 담뱃잎 몇 장과 약간의 브랜디를 살 수 있는 정도의 빈약한 보수를 받고 당쿠르에게 그를 빌려줬기에, 가서 품을 팔아야 했다.

세월이 흐르면서 고레는 엄청나게 발전했다. 네덜란드인들이 포르투갈인들에게서 고레를 빼앗았고, 그 뒤로 다시 프랑스인이 고레를 정복했는데, 정복 당시 고레에는 달랑 요새 두 개가 전부였다. 고작 가로세로 각각 44미터인 돌로 쌓은 보루에 대포 일고여덟 기가 설치되어 있고 총안이 뚫린, 흙과 돌로 쌓아 올린 성벽으로 둘러싸인 요새였다. 그 안에 백 명 남짓한 병사들과 스무 명남짓한 사무원 및 노무자들, 그리고 기도를 이끌며 '병자들의 위안자' 역할을 하는 교리교사 한 명이 기거했다. 그러고는 프랑스인들이 이 두 요새를 세네갈 회사의 본사로 만들었는데, 서인도 회사의 뒤를 잇는 이 회사는 노예무역에 주안점을 두었다. 비록 노예무역이 회사 자체에 돈을 벌어다 주지는 않는다 해도, 개인은 회계장부를 조작하고 상품의 입출고를 가짜로 신고하고 무게를 속였기에, 개인에게는 재물을 안겨줬다. 차츰차츰 고레섬은 뭍의 인구를 끌어당겼다. 규정상 프랑스의 해외 상관에 기혼자의 부인이 함께 있는 건 금지되어 있었기 때문에, 기혼자들은 아프리카 여자들과 육체관계를 맺었고 그로부터 혼혈 인구가 생겨나게 됐으며, 이들 또한 무역을 통해 부를 쌓게 되어서 수많은 가내 노예들을 부리게 되었다. 2층짜리 아름다운 돌집들도 세워졌다. 또 다른 집들은 짚으로 지붕을 이고 테라스에는 판자들을 깔았다. 거대한 병원과 더불어 성당도 건립되어, 일요일이면 시냐르들이 세련미를 겨뤘다.

나바가 주인의 저택에서부터 공원으로 가려면 네덜란드인들이 지어놓은 중앙 노예 집하장을 거쳐 가야 했다. 그 어떤 탈출 시도도 좌절시키려고 고안된 튼튼한 석조건물로, 주위를 둘러싼 담장의 두께만 해도 여러 푸스*에 달했고, 창살을 친 나지막한 문 하나가 바다를 향해 나 있을 뿐이었다. 인간 화물로 선창을 그득 채우려고 온 노예선으로 가는 바로 그 길이었다. 나바를 홀리는 그 장소. 그토록 좁은 공간에 그토록 수많은 절망이!

그 어떤 방문객도 그곳의 입구로 들이지 않았다. 하지만 나바는 고레에서 미친놈으로 통했다. 그래서 해방 노예 출신들로 총이나 '끝이 아홉 갈래로 갈라진 채찍'으로 무장한 간수들은 나바가 자유롭게 노예들 사이를 돌아다니게 내버려뒀다. 그가 과일

---

* 길이의 단위로, 약 2.7센티미터.

로 가득한 커다란 자루를 지고 와서 절망이 짓이겨놓은 모든 사람들, 여자들과 아이들에게 과일을 나눠주는 모습은 아주 익숙한 광경이 되었다. 그는 중앙 노예 집하장의 돌계단을 빠르게 올라갔다. 며칠 동안 이곳은 비어 있었다. 하지만 어제저녁에 선박이 하나 들어와서 노예들을 부려놓았다. 총을 든 간수 한 명이 겉멋이 잔뜩 들어서 네덜란드산 파이프를 피우며 베란다 아래에서 이리저리 거닐고 있었다. 그가 나바를 알아보고는 투덜댔다.

"또 너냐!"

그러더니 퐁디셰리산 새 손수건을 꺼내어 이마의 땀을 닦았는데, 유럽의 상인들에게서 구입한 물품인 만큼 그의 사회적지위에 대한 확실한 상징물이었다.

나바는 개의치 않고 을씨년스러운 건물 내부로 들어갔다.

"자기야, 농담하는 거 아냐. 노예 매매는 완전히 철폐될 거라고 생각해야 해요."

안이 어깨를 으쓱했다.

"행정명령에 따라서 공식적으로야 그렇겠지요. 하지만 현장에선 이야기가 다를걸요. 노예들이야 늘 필요할 테니."

물론, 안과 그녀의 오빠 니콜라에게는 아버지가 물려준 상당한 연금이 있었다. 하지만 고레의 주민들 전부가 그러듯이 이들 역시 뭍에서 입수한 가죽과 밀랍 매매에 덧붙여 노예 매매를 통해 재물을 축적했다.

이지도르 뒤샤텔이 밀고 나갔다.

"내 말을 믿으라니까. 다른 수입원을 생각해봐야 한다고요. 들어봐요. 파리에서는 카보베르데를 개간하고 이집트 목화와 쪽, 그리고 감자, 올리브 등등을 심어야 한다고 그런대."

안이 웃음을 터뜨리더니 조롱했다.

"그 모든 일은 기아나에서처럼 끝이 날걸요. 대실패!"

이지도르가 단호히 고개를 저었다.

"천만에! 기아나는 여기서 치자면 세상 반대편이나 다름없지만 카보베르데는 아주 가깝지."

그가 창가로 다가가서는 과일나무들과 형형색색의 꽃밭들로 가득한 정원을 가리켰다.

"안, 오늘날 이 섬에서는 온갖 게 다 자라나고 있지만 예전엔 사람이 안 살았고 풀 한 포기 없는 황무지였다는 걸 떠올려봐요. 프랑스에서는 카보베르데에 기술자들을 보내어 시범 재배 정원을 만들고, 거기에서 세계 각지에서 들여온 온갖 종류의 식물들을 시험적으로 키워볼 생각이래요. 엄청난 프로젝트지."

안 페팽은 고집스럽게 어깨를 으쓱했다. 노예 없는 고레라고, 제발, 좀! 교역 없는 고레라니. 별도 해도 뜨지 않는 하늘만큼이나 말도 안 돼! 그녀는 초조하게 이지도르를 바라봤다. 기사가 떠난 뒤로 그녀에게 약간의 즐거움이나마 안겨준 드문 남자들 가운데

한 명이요. 그녀의 가장 최신 애인이었다. 하지만 그녀는 그가 바람을 피운다고, 검둥이 여자들, 그러니까 그의 살림을 보살피는 가내노예들과 함께 자신을 속이고 있다고 의심했다. 여러 날 전부터 그의 모습이 보이지 않았더랬다. 왜지? 그런데 해명하는 대신 선 채로 잠이 들 만한 황당한 이야기만 늘어놓고 있지 않은가. 짜증이 난 그녀가 물었다.

"내게 할 이야기가 그게 다인가요?"

그날따라 여자의 환심을 살 생각이라고는 눈에 띄게 없어 보이는 이지도르가 불쑥 말을 꺼냈다.

"장바티스트를 내게 팔아요……."

감정이 상한 그녀가 따라 했다.

"장바티스트요? 내 정원사를?"

이지도르 뒤샤텔은 고급장교였지만, 세네갈 회사의 전 대표인 프랑수아 르 쥐주가 소유했던 저택에서 살았다. 요새에서의 생활이 불편해서였다. 대다수의 다른 장교들과는 다르게 똑똑하고 야심만만한 데다가 재기 발랄하기까지 한 남자여서, 주둔지의 생활이 참기 힘들었다. 정부의 공식적인 금지령에도 불구하고, 섬으로 들어오는 상품들을 입수해서 이윤을 남기고 되팔면서 그 역시 장사를 하는 걸로 무료함을 달랬다. 마찬가지로, 친분이 있는 노예 상인들을 통해 가장 최상급 노예들을 입수할 수 있게 손을 써놓았다. 카보베르데제도에 정착하여 서인도제도의 모델을 본뜬 플랜테이션 농장을 만든다는 그 계획이 그를 꿈에 부풀게 했다. 그곳에서는 사탕수수, 커피 그리고 담배를 갖고 한밑천 장만하는 모양이었다! 그래서 정원사로서의 나바의 재능이 그의 관심을 끌어당겼다. 그런 노예의 도움을 받는다면 무엇엔들 도달하지 못할까! 게다가 백인인 주인보다는 그 노예가 자신의 동포들을 농사 실험으로 더 능숙하게 이끌 수 있으리라. 이지도르가 벌써 자기 소유의 밭을 둘러보는 본인의 모습을 그려보고 있는데, 안 페팽의 말이 그를 현실로 데려왔다.

"당신에게 장바티스트를 파는 일은 절대 없을 거예요. 그는 세례를 받았어요. 그 사실을 잊었나요?"

그러자 이지도르가 약간 언짢아하며 제안했다.

"그럼 나랑 결혼해요. 그러면 공동재산이 될 테니⋯⋯."

물론 프랑스 남자들이 시냐르를 상대로 하는 결혼, 아무런 법적 효력 없는 그런 결혼을 말하는 거였다. 그런 결혼으로는 프랑스 남자들이 일단 임기가 끝난 뒤 혼자 본국으로 돌아가버리는 걸 막을 수 없었다. 보통 그들은 자녀들, 특히 아들이라면 자식들을 본국으로 보내어 공부시켰다. 가끔은 아이들 어머니에게 약간의 재산과 얼마간의 재물을 남겨줬다.

안 페팽은 그 제안에 대답하지 않았다. 그녀는 토라졌고, 이지도르는 물러가기로 결정했다. 그가 몸을 숙여 건성으로 내민 손에 키스하고는 노예의 손에서 밀짚모자를 받아 들었다.

고레에서 가장 아름다운 저택이 카티 루에, 갈람의 총독 오세나크 씨와의 사이에서 세 자녀를 뒀으며 작년에 세상을 뜬 카티 루에의 집이라는 데에는 이견이 없었다. 하지만 안의 집은 아마도 가장 독창적일 터였다. 신전처럼 삼각형의 박공으로 장식된 전면은 밋밋했지만, 어쨌든 나지막한 베란다 밑에 발코니가 달려 있어서 로지아*처럼 보였다. 장바티스트가 돌본 덕분에 그 모든 공간이 꽃들로 넘쳐흘렀고 꽃향기가 길거리까지 퍼져나갔다. 저택에는 열두어 개에 달하는 방들이 있고, 방마다 가구세공장인 노예들이 이탈리아에서 들어온 유행을 보고 완벽하게 흉내 낸 쪽매널이 깔려 있었다. 마찬가지로 저택 곳곳에 몹시 아름다운 가구들이, 배불뚝이 서랍장, 탁자, 조각하듯 세공한 발이 달린 의자 등이 놓여 있었다. 어떤 가구들은 현지에서 제작했지만 어찌나 솜씨가 좋은지 프랑스에서 직수입된 가구들과 구별이 가지 않았다. 물론 과시용 가구들일 뿐이긴 했다. 침실에서 마주치는 건 짚자리들, 헐렁한 원피스와 얇은 사로 만든 스카프와 인도에서 수입한 바둑판무늬 천으로 만든 머릿수건 등 뒤죽박죽 뒤엉킨 옷가지들, 그리고 금은으로 만든 보석과 진주와 유리 세공 목걸이들로 넘쳐흐르는 박 그릇들이 거의 전부였다.

안 페팽은 생각에 잠겼다. 이지도르의 말을 듣고 나니 무심해

---

* 이탈리아 건축에서 한쪽 벽이 없이 트인 방이나 홀을 이르는 말.

지지가 않았다. 카보베르데제도의 토지는 레부족 소유였다. 기사 부플레르 역시 그곳에 풀밭이 생겨나고 수천 가지 품종의 꽃들이 피어난 모습을 보기를 소원했다가 단념했더랬다. 게다가 레부족은 카요르 왕국의 다멜*에게 조공을 바쳐오다가 몇 년 전부터인가는 맞서기 시작했고, 나아가 그 지역에 실질적으로 확고하게 정착했다. 그들을 상대로 어떻게 토지 양도를 협상해야 하나? 그들의 동의 없이는 식민화하려는 그 어떤 시도도 실패로 돌아갈 수밖에 없었다. 하지만 그런 모든 어려움에도 불구하고 계획은 유혹적이었다.

안은 무겁게 몸을 일으켰다. 하는 일 없이 지나친 영양 섭취로 몸이 불어났다. 고레에 미래가 없다는 게 사실일까? 언젠가는 노예 매매가 끝나리라는 게? 무엇으로 그것을 대체하게 될까? 물론 일종의 아카시아라고 할 수 있는 가시투성이 작은 관목에서 생산되는 아라비아고무가 있었다. 그런데 그 무역은 무어인이 완전히 장악하고 있어서 노예무역만큼의 경쟁력이 결코 없었다.

안은 돌계단을 내려가 바다를 향해 열려 있는 정원으로 이어지는 넓은 파티오로 들어섰다. 가슴을 드러낸 소녀들이 기장을 빻고 있었다. 다른 소녀들은 속옷을 빨아서 더 하얗게 만들려고 푸른빛이 도는 물에 담갔다. 어떤 여자 노예가 밀가루로 반죽한 빵

---

* '왕'을 뜻한다.

을 흙을 빚어 만든 화덕 안에 넣고 있는가 하면, 구름 떼같이 몰려든 아이들이 먹고 남은 음식을 놓고 다투고 있었다. 모두가 주인이 툭하면 성을 내고 트집을 잡는다는 걸 알고 있어서 주인의 모습이 보이자 애써 조용히 했다. 하지만 평소와는 달리 안은 아무런 지적도 하지 않았다. 정원으로 가서 나바가 땅에서 자라나게 한 식물들을 바라봤다. 그때까지 그녀는 거기에 대단한 관심을 기울였던 적이 없었다. 갑자기 거기에 자신의 재산을 불릴 수단이 있을 수 있다는 걸 깨달았다.

멜론, 속살이 붉고 무른 수박, 홍당무, 불룩한 양배추들이 있었다. 줄줄이 늘어선 오렌지 나무들은 가지가 열매의 무게로 휘었다. 특히 나바가 유난히 좋아하는 토마토들도.

고레의 토양과 카보베르데제도의 토양은 비슷했다. 여기서 자라는 것이라면 뭍에서도 소출을 내리라. 이지도르가 제대로 본 건지 그 누가 알겠는가? 미래가 서인도제도에서처럼 상품화할 수 있는 과일과 식물의 생산에 있게 될지 그 누가 알겠는가? 그런데 바로 그때 필요한 개간을 누가 할까? 거봐라, 노예들은 늘 필요할 거다!

어쨌든 안은 만약 제도에서 토지를 매입해야 한다면 그렇게 하고 말리라고 결정했다. 지금은 교류가 중단되었지만, 어머니 쪽 가족이 뤼피스크 지역에 살고 있었다. 필요하다면 인연은 언제든 다시 맺을 수 있으리라.

'저 여자는 꽃을 닮았네!'

그게 나바의 머리에 떠오른 생각이었다. 나바는 그러고 나서 그 문장의 부조리함을 깨달았다. 자신의 솜씨를 몽땅 발휘하여 과감하게 교배를 시도해봤지만, 검은색 꽃을 얻은 적은 없었다. 마치 그 색깔은 적합하지 않다는 듯. 마치 자연이 원하지 않는다는 듯.

하지만 그녀가 떠올리게 하는 건 꽃이었다. 연약한. 휘어버린. 여자들은 사슬로 묶지 않았기 때문에 그 여자는 더러운 바닥을 딛고 한없이 우아하게 서 있었다. 노예 집하장 내부는 불결했다. 입구에서부터 냄새가 달려들었다. 번민과 고통과 죽음의 냄새. 수많은 남녀가 거기서 주는 상한 음식을 거부함으로써 스스로 목숨을 끊었고, 사체는 간수가 알아차릴 때까지 산 사람과 섞인 채 거기 있었다. 그런 상황이 닥치면 간수들은 그런 범죄를 저지른 자들을 고발하지 않았다고 모두에게 채찍을 휘둘렀다. 천장은 궁륭형이고 바닥에는 포석이 깔렸고 그 위를 짚단으로 덮은 커다란 공간은 튼튼한 쇠창살이 달린 좁은 창문으로만 빛이 들어왔다. 남자들은 쇠사슬로 발목이 격벽에 묶여 있었고, 고집이 세다고 의심받는 사람들은 팔까지 등 뒤로 돌려서 묶어놓았다. 식사 때에만, 그러니까 하루에 두 차례 나오는 멀겋고 풀기 있는 기장죽을 먹을 때에만 풀어줬다. 그 죽은 하도 엉망으로 만들어서 구토와 설사를 유발했고, 그래서 토사물과 분변이 이미 벌레들이 우글거리는 썩은 짚과 뒤섞였다. 노예선이 하나 정박하면 급하게 남녀를 일으켜 세웠다. 그러고는 양동이로 차가운 물을 엄청나게 쏟아부어 몸에서 해충들을 떨어냈다. 그러고 나면 남자들의 머리를 밀고, 몸에 기름을 발라 근육을 돋보이게 만들어서는 노예시장 기능을 하는 옆의 공간으로 데리고 갔다. 배에서 내린 인육 매매상들이 선택을 했다. 나바는 온갖 절망의 자세를 보여주는 그 몸뚱어리들 사이를 누비며 나아가 어떤 여자 곁에 멈춰 섰다. 방금 아이를 출산한 여자였는데, 그 여자를 배에 태울 때 누구도 임신 사실을 몰랐더랬다. 나바는 너무나도 끔찍스러운 운명이 예정되어 있는, 한 줌도 안 될 살덩어리를 바라보다가 산모에게 과일을 내밀었고, 그러고는 새로 온 여자에게로 다가갔다. 그 앞에 무릎을 꿇고 속삭였다.

"디울라 말을 하니?"

그녀는 어깻짓으로 무슨 말인지 알아듣지 못했음을 알렸다. 어디 출신일까? 신 왕국, 살룸 왕국, 아니면 고레의 집하장에 맡겨진 노예들 대부분처럼 카요르 왕국? 아니면 남쪽에 위치한 나라들인 알라다 혹은 우이다……? 나바는 그 젊은 여자 앞에 무릎을 꿇고 앉았다. 눈물이 검은 뺨 위로 반짝이는 띠를 그리면서 흘러내렸다. 가느다란 몸매와 진귀하고 우아한 식물의 새순처럼 봉긋 솟은 가슴을 보건대 열다섯은 넘지 않았다. 한 포기 식물이로군! 강렬한 애정이 나바의 마음을 흠뻑 적셨다. 그는 어깨에 지고 있던 가죽 자루에서 정원에서 만물로 딴 오렌지 하나를 꺼내 들었다. 껍질을 까서 한 조각을 자기 입으로 가져가며 젊은 여자에게도 그렇게 하라고 손짓을 했다. 그녀가 고갯짓으로 거절했다. 나바는 그렇다고 낙심하지 않고 여러 번 자기 가슴을 치면서 말했다.

"나바!"

잠시 그녀가 넋이 나간 듯 가만히 있다가 입술을 둥글리며 속삭였다.

"아요델레……."

나바의 눈에 눈물이 고였다. 이렇게, 둘이 놓인 비참한 조건에도 불구하고, 둘을 갈라놓는 그 모든 것을 넘어, 두 사람은 다리를 놓았다. 서로의 이름을 불렀고, 길고 긴 인간의 계보 속에서 자신들의 자리를 찾아냈다. 그는 다시 자루 속을 뒤져서 밀가루 빵 한 조각과 각설탕과 닭고기 남은 걸 꺼냈다. 그것들을 내밀었지만 이번에도 만지길 거부했다. 나바는 자기 역시 억류 생활 초기에 음식 먹기를 거부했던 걸 떠올렸다. 아, 그녀는 살아야 한다! 비록 삶이 굴욕 및 감금과 다르지 않다 해도. 두 사람이 똑같은 말을 하지 않으니, 그녀를 설득하려면 어째야 할까? 그 순간, 니아가 자신에게 불러줬던 노래, 자신 또한 식물들을 애정으로 흠씬 적셔주려고 불러줬던 그 노래가 떠올랐다.

그래, 내 아기

누가 네게 겁을 줬지?

하이에나가 겁을 줬네

빨리, 빨리, 놈을 쿨리코로로 데려가자

쿨리코로에는……

깜짝 놀란 그녀가 휘둥그레진 두 눈으로 그의 입이 그리는 모양을 좇으며 뚫어져라 쳐다봤다. 나바는 그녀가 내던져진 그 세계에는 연민, 나눔, 인간적 감정을 위한 자리가 없었음을 알았다. 그리하여 나바는 그녀를 끌어당겨 꼭 안아줬다.

나바는 여자 경험이 있었다! 티에폴로와 함께 사냥을 다닐 때 노예들과 잤다! 그러다가 노예로 잡혀 우울증에 걸리면서 모든 것에 의욕을 잃었더랬다. 자신이 키우는 식물들 말고는. 갑자기 감정이, 잊고 있던 감각이 몸 안에서 깨어났다. 일찌감치 조상의 손길이 이 노예 집하장에 두 사람이 모이게 해둔 거였다! 죽음을 궁지에 몰아넣기 위해서.

간수가 아홉 갈래 가죽 채찍을 들고 다가와, 그다지 냉혹하지는 않게 말했다.

"이제 꺼져, 장바티스트! 사령관이 널 보면 너 때문에 우리 모두 처벌받게 될 거야. 여기는 아무도 돌아다니면 안 된다는 걸 잘 알잖아."

복종하는 대신 나바가 물었다.

"저 여자에게 소유주가 있나?"

상대방이 어깨를 으쓱했다.

"아닌 걸로 알고 있는데. 하지만 아주 젊으니까 브라질이나 쿠바로 보낼 생각일 거야……."

나바는 몸을 가볍게 떨며 그 고행길을 상상했다. 어떤 상인에게 일단 선택되어 좋은 품질로 인정받고 나면, 가슴팍에 시뻘겋게 달군 쇠로 낙인을 찍을 거다. 그러고는 혹시라도 있을지 모르는 난동을 피하기 위해서 노예선은 밤에 항해를 시작하리라.

선창 바닥에 몰아넣은 남자들. 갑판에서 춤춰보라며 채찍질을 당하는 남자들. 선원들에게 강간당하는 여자들. 뱃전 너머로 던져버리는 병자들과 죽어가는 사람들. 고통의 신음 소리. 항거와 고뇌의 외침. 나바는 졸리바강 가의 굴 껍데기처럼 회색빛 도는 손톱이 박힌 쪼그라든 작은 손을 쥐었다. 만약 두 사람이 세구 왕국에서 알게 되었다면, 그의 아버지가 그녀의 아버지에게 황금 가루, 자패화, 가축을 실어 보냈으리라. 다 같이 콜라 열매를 나눴으리라. 그리오들은 놀려대며 노래를 불렀겠지. "여자를 때리면 안 된다고 하지. 하지만 불에 달군 쇠가 단단해지려면 때려야 한단다! 때려야 한단다!"

하지만 신들과 조상들은 다르게 하기로 이미 결정을 내려뒀다.

재생을 상징하기 위해 벽에 갓 고령토를 바른 공간 대신, 감옥의 악취 풍기는 공기. 두눔바를 치는 낭랑한 소리 대신, 저항하는 노예들의 노호. 결합을 기다리는 행복한 초조함 대신, 끔찍한 낯선 주인을 향한 출발을 기다림. 어쩔 수 없다, 두 사람이 그 지옥을 자신들의 천국으로 만들리라.

다른 때라면, 시냐르 안 페팽은 모두가 이상하지만 유순하다고 여기는 장바티스트의 실종에 대해 불안해하지 않으리라. 결국엔 돌아올 테니까! 하지만 이지도르의 말을 듣고 난 뒤, 그의 특별한 가치에 관심이 갔다. 저택 뒤에 자리한 오렌지, 레몬, 바나나 밭이 엄청난 재물을 예고하는 건가? 그에 대해 그예 확인해보려고 오빠 니콜라에게 물어보았다. 파리에서 머물다가 돌아온 그 역시 가장 믿기지 않는 말을 해줬다. 그래, 맞다, 1789년 대혁명과 공화국의 도래 이래로 흑인들에게 신경을 쓴다. 흑인문제로, 말 그대로 드잡이질을 한다. 한편에는 서인도제도, 특히 생도맹그라 불리는 섬의 플랜테이션 농장주들이 있는데, 이들은 노예제도 철폐에 반대한다. 다른 한편에는 그걸 요구하는 흑인들의 친구 협회가 있다. 그리고 인권을 내세우는 몇몇 정치인들이 그들과 한편에 선다. 여기에다가 어느덧 친검둥이 국가가 된 영국의 압력까지 덧붙이자! 그래, 사태를 직시해야 하고, 검둥이 장사 말고 돈을 벌 다른 방법을 찾아야 한다. 농업 식민화가 이제는 현안이다.

불안을 느끼는 사람이 안만은 아니었다. 이런 온갖 소문에 시냐르들의 작은 사회가 동요했다. 물론 교역은 고레섬에 차례로 들어온 회사들이 독점했다. 하지만 그렇다고 해서 개인이 온갖 물품을 암거래하고, 심지어 왕실의 창고를 결코 떠나서는 안 됐을 상품들을 판매하는 것까지는 결코 막지 못했다. 이제 더 이상 검둥이들을 팔 수 없다면 무얼 할까? 시냐르들은 전투를 준비했다. 그들에게는 익숙한 일이었다. 아버지가 소유했던 재산을 요구하기 위해서 싸워야만 했더랬다. 그들은 이전 총독 들라콩브 씨가 프랑스로 출발한 뒤 그의 자식들과 시냐르가 거리에 나앉고 뿔뿔이 흩어지게 되면서 그를 상대로 벌였던 분쟁을 여전히 기억하고 있었다. 모든 걸 포기하고 뭍으로 돌아가야 하나? 시냐르들이 유지하고 있는 유일한 유대는 조알 지역의 혼혈 가족들과의 유대였다.

그리하여 안은 노예 한 명을 섬의 남쪽에 있는 작은 마을로 급히 보냈는데, 그곳에 다른 가내노예들과 함께 장바티스트가 거주했다. 일주일 전부터 그의 모습이 보이지 않던 참이었다. 대체 어디 있을 수 있을까? 부두에는 만을 감시하는 임무를 띤 선박이 늘 머물렀다. 저녁이 되면 경비대가 총 다루는 법을 배운 보조 인력들을 거느리고 순찰을 돌았다. 나바가 달아날 수는 없을 텐데. 게다가 왜 그런 일을 저지르겠는가? 실제로는 자유롭지 않은가? 대우도 좋고?

어떤 사람들은 어쩌면 나바가 병이 다시 도져서 바다에 몸을 던졌고, 그 덕분에 상어들이 진수성찬을 맛봤을 거라는 짐작을 내놨다. 안도 결국 그런 가정에 동조하고 말았다.

사소하나 흥미진진한 사실 하나. 장바티스트의 실종으로 안 페팽과 이지도르 뒤샤텔의 결별이 확 앞당겨졌다는 것.

이지도르는 박물학자 미셸 아당송의 저서를 알게 됐는데, 그 인물은 카보베르데제도의 한이라는 마을에서 식물채집을 하면서 그 지역에서의 농업 가능성을 연구했더랬다. 이지도르는 보댕이라는 이름의 친구 한 명과 토지를 구입해서 그곳에 서인도제도의 과실수들과 유럽의 채소들을 재배할 생각이었다. 그런데 장바티스트가 그 프로젝트의 핵심 요소 가운데 하나였기에 그의 실종으로 갖게 된 원한을 안에게 대신 쏟았다. 그리고 얼마 안 있어 그는 고레를 떠나 고향인 보르도로 돌아갔다. 혼자 남게 된 보댕은 그래도 낙심하지 않고 레부족 우두머리와 접촉을 시작했다.

10

어쩌면 어려서부터 야망의 좌절에 대비해 단련해야 하나 보다. 어쩌면 삶은 절대 꿈꿨던 대로 되지 않으리라는 걸 되뇌어야 하나 보다. 사랑하는 여인이나 갈망하는 명성이나 혹은 바라던 부를 절대 소유할 수 없다는 걸. 티에코로는 자신의 청춘이 남긴 잔해라고 생각하는 것 앞에서 그런 생각들을 끊임없이 스스로에게 말해줬다. 엘 하지 바바 아부의 복수는 늑장을 부리지 않았다. 그는 대학에서 제적당했다. 이맘이 퇴학을 통보하려고 그를 소환했다. 티에코로의 마음을 더더욱 난도질한 것, 그건 사람들이 드러내 보이는 경멸이었다. 멸시, 그는 그걸 느꼈는데, 그때까지 그럭저럭 은폐되어왔던 멸시가 그를 넘어서고 그를 뚫고 나가 그의 민족, 그의 문화를 향했다. 무분별한 행동만 응징하는 게 아니라, 폐쇄적인 귀족 사회로 끼어들기를 열망했던 밤바라인을 응징했다. 몇 주 전부터 그는, 물레 압달라의 아버지가 그가 학업을 마칠 수 있도록 제네 소재의 대학에 입학시키려고 애쓰고 있는 만큼, 그 노력이 결실을 맺기를 기다리고 있었다.

그래서 하루, 또 하루가 시가의 소박한 방에서 천천히 흘러갔다. 아, 시가! 티에코로는 자신이 늘 모르는 새 경멸해왔고 그토록 비열하게 버렸던 동생이 얼마나 마음이 선한지를 발견했다. 비난의 말 한마디 없었다. 조롱도 없었다. 시가는 모든 걸 나누었다. 아침에는 기장죽을. 점심에는 쿠스쿠스 요리를. 저녁이면 짚자리를. 티에코로는 애써 신만 생각하려고 했다. 그런 모욕을 받아들이려고 했다. 운명에 맞서 반항하려는 마음속 그 사나운 욕망을 억누르려고 했다. 그토록 잔인한 처벌을 받을 짓을 뭘 했던가? 무엇을 위해서, 그리고 누구를 위해서 속죄를 하는가?

열심히 생각한 끝에 드디어 운명이 저지른 그런 장난에 대한 설명을 찾아냈다. 나디에. 같은 민족인 여자를 강간했다. 그건 정말 강간이었으니까. 만약 그런 일이 세구에서 일어났다면 그는 가문의 법정에서 엄격한 처벌을 받았을 테고, 희생자의 부모에게 배상금을 지불해야만 했으리라. 그런데 그때 그는 어떻게 처신했던가? 달아났더랬다.

날마다 더욱더 그 젊은 노예에 대한 생각이 머리에서 떠나질 않았다. 그예 몇 달 전부터 출입하지 않던 무어인들의 대중 카페로 가고 말았다. 그 장소는 변하지 않았다. 아주 정결한 바닥에 펴놓은 짚자리들. 녹차와 말린 낙타 똥으로 붙인 불의 냄새. 흥미진진한 표정으로 체커 놀이를 하고 있는 남자들. 알 하산이 마치 방문 목적을 짐작한다는 듯 비웃는 표정으로 티에코로를 바라봤지만, 어쨌든 티에코로는 물어볼 용기를 냈다.

"알 하산, 여기 밤바라족 여자 노예가 한 명 있지 않소⋯⋯?"

상대방이 물고 있던 네덜란드산 파이프를 입에서 떼어놓았다.

"누구 얘기를 하는 거지? 나디에인가? 그 가여운 여자는 병이 났소⋯⋯."

티에코로가 당황했다.

"병이라니? 그래서 그 여자를 내쳤소?"

알 하산이 진중한 어조로 말했다.

"알라께서 우리를 위해 일하는 사람들을 그런 식으로 취급하라고 당부하지는 않았지. 내 아내가 그 애를 거뒀고, 곁에 두고 돌봐주고 있소⋯⋯."

아, 가식은 그만! 티에코로가 자신이 발휘하는 겸허 앞에서 스스로를 약간 찬미하는 심정으로 털어놨다.

"있잖소, 내가 그 여자에게 심각한 잘못을 했소. 그걸 배상해야 하는데⋯⋯."

많은 무어인들이 그러듯이 알 하산도 가난의 외양 아래 물질적 번창을 숨겼다. 그의 개인 영지는 볼품없었다. 금 간 벽, 짚으로 막아둔 벌어진 틈, 온갖 가재도구들과 더러운 내의 무더기와 쓰레기들과 머리 피부병에 걸린 아이들이 거치적대는 안뜰. 티에코로가 길을 내어가며 넓고 아주 지저분한 실내 공간에 당도했는데, 바닥이 가장자리가 풀린 짚자리들로 반만 덮여 있었다. 곧 뚱뚱한 무어 여자가 나타났는데, 푸른색 베일 아래로 보이는 얼굴 빛이 아주 희었다. 티에코로가 곧장 본격적인 이야기를 꺼냈다. 알 하산의 카페에서 일한 밤바라족 젊은 여자 노예를 찾고 있다. 자신도 역시 밤바라족이다…… 무어 여자는 말을 끊더니 그를 날카로운 눈빛으로 쏘아보았다.

"아이의 아버지요?"

티에코로가 실신할 뻔했다.

"무슨 말이오?"

무어 여자는 경멸이 배어나는 여전히 엄한 표정으로 그를 계속 쏘아봤다.

"그 가여운 게 애를 밴 지 근 3개월째요. 열심히 구슬렸는데도 애인이 누군지 절대 말하려고 들지 않더군. 그저 자기 애도 노예가 되지 않게 양자로 입양해달라고만 비네."

티에코로는 수많은 생각이 머릿속에서 소용돌이치는 잠시 동안 잠자코 있었다. 사실대로 말하자면 자신이 왜 나디에를 찾았는지, 그녀를 되찾고 나면 어쩔 생각인지도 명확하게 말할 수 없었으리라. 냉철해지는 순간에는 우선 그녀와 다시 자보고 싶다는 욕망만 있음을 인정했다. 그러다가 위선이 다시 우위를 차지하면, 그녀에게 끼친 손해를 배상하고 싶은 거라고 스스로를 설득했다. 그런데 이제 다시 운명이 그를 잔인하게 조롱했다. 화장실의 진흙에서 뒹굴며 끔찍한 배설물 냄새 속에서 인간에게 생명을 주었고, 이제 그 존재에 대한 의무가 생겼다. 그가 두지카를 향해 도움을 청했듯이, 이제 그를 향해 도움을 청할 권리를 갖게 될 인간. 그를 판단할 권리를 갖게 될 인간. 그를 경멸할, 그를 증오할 권리를 갖게 된 인간.

그가 콜라 열매를 씹고 있던 무어 여자를 향해 고개를 들고 우물거렸다.

"볼 수 있겠소?"

주인 여자가 소리를 치자 어린 소녀가 방으로 들어오며 낯선 이에게 호기심 어린 시선을 던졌다. 그러고 소녀는 사라졌고, 한없이 길게 느껴지는 시간이 지나자 나디에가 들어왔다. 그녀와 마주했던 지난번에는 그녀의 벌거벗은 몸과 자신의 욕망에 눈이 멀어 형체만 봤었다. 이제 주인 여자와 마찬가지로 그녀가 쪽빛 베일로 감싸고 들어왔다. 그녀가 아주 젊고, 살짝 튀어나온 이 때문에 그렇게 예쁘지는 않지만 보기 싫을 정도는 아니고, 그로 인해 미소를 짓고 있다는 착각을 불러일으키며 매우 수줍어한다는 것을 깨달았다. 그녀의 두 눈에 눈물이 차올랐고, 그가 속삭였다.

"용서해줘……."

그녀가 절대적 복종의 어조로 말했다.

"돌아왔잖아요, 파마, 그게 중요한 거죠……."

그러자 무어 여인이 불쑥 끼어들었다.

"그래서 이제 어쩔 생각이오?"

티에코로가 단순하게 답했다.

"데려갈 거요……."

동시에 자신에게는 이젠 숙소도 없고 수입도 미래도 전혀 없다는 데에 생각이 미치자 죽고 싶었다. 2년 전, 영예를 획득하고자 세구를 떠났더랬다. 그는 이제 무엇을 가져가게 생겼나? 가문도 신분도 알지 못하며, 살면서 어쩌다 보니 실추된 어떤 여인. 본가에서 결혼을 둘러싸고 벌어지는 온갖 보증이니 예식이니 생각하면, 두지카가 절대 나디에와의 혼인을 용서하지 않으리라는 건 뻔했다. 그렇다면 나디에를 첩으로 곁에 둬야 하나?

이제 상대방의 정직성에 대해 안심이 되자, 무어 여인은 그에게 차를 내주고 지치지도 않고 주절거렸다. 대학에서 무슨 공부를 하는가? 세구 출신이 아닌가? 그러니까 이슬람 신도인가? 그녀 자신은 페스 출신이며 통북투 주민들이 무척 건방지다고 생각한다. 그에 대해 어찌 생각하는가?

티에코로는 그 쓸데없는 수다에 대꾸할 생각이 없었다. 그는 자기 인생의 흐름을 되돌아봤고, 왜 모든 것이 일치단결하여 자신에게 맞서는지 이해가 되지 않았다. 그가 개종하여 화가 난 조상들의 복수라는 생각을 받아들이기에는 신앙심이 너무 깊었다.

하지만 그럴지도 모른다는 두려움이 늘 그의 머릿속에 웅크리고 있었다. 보이지 않는 존재들의 의사를 듣고 해석할 수 있는 주물사의 의견을 구할 수만 있었다면 그리했을 텐데. 하지만 그가 통북투에서 알고 지내는 주물사는 전혀 없었다. 나디에가 머리에 가벼운 보따리를 이고 돌아왔다. 그녀는 한마디 말도 없이 티에코로를 따라서 밖으로 나왔다.

티에코로가 빠르게 앞장서 걷고, 나디에는 마치 예전부터 늘 그녀를 위해 이 길이 나 있었던 듯 그가 남긴 발자국에 자신의 발을 갖다 놓으면서, 두 사람은 서로 아무런 말도 나누지 않고 길을 갔다. 두 사람은 카바라 성문에 있는 상인 압달라의 저택에 도착했다.

시가는 나디에가 형의 인생에 불쑥 들어와서 놀라기는 했지만, 아무런 내색 없이 자리를 비켜주고, 소지품 몇 개를 챙겨 친구네로 가는 걸로 만족했다. 그러니까 수많은 친척들과 잠시 묵는 손님들, 가내노예들, 그 장소에 들러붙어 있는 기식자들 사이에 두 사람만 달랑 남았다. 아무도 그들에게 관심을 갖지 않았다. 아무도 그들에게 질문하지 않았다. 몇 주 동안 티에코로는 평화롭고 행복하다는 착각 속에 살았다. 나디에는 어느 아랍 왕족의 하렘에 보낼 예정이었다 해도 놀라울 게 없었다. 그녀의 몸은 별나게 아름다웠다. 티에코로는 그녀의 몸에 올라타면서, 아버지가 게무를 약탈하고 나서 만사로부터 하사받아, 영지 안의 가옥들 뒤쪽에 위치한 목축장에서 돌봤던 암말 생각을 했다. 검고 순종이며 힘차지만 고분고분한. 그는 어깨를 한 번 으쓱하는 걸로 그녀의 미약한 항의를 치워버리고는 아무 때고 그녀를 소유했다.

"대낮이에요, 코케······."

그가 마음속 깊은 곳에서도 착각하는 건 아니었다. 그렇게 지나친 육체의 탐닉이 자신의 실추에 대해 앙갚음하는 방식임을 알고 있었다. 그래, 그가 신학과 아랍어 박사가 되어 대학생 추종자 무리가 보내는 찬사에 둘러싸이고, 마라케시나 튀니스나 이집트의 동료 학자들과 서신을 통한 학문적 대화를 나누고, 하디스에 대한 학술적 주해서를 집필하는 일은 결코 없으리라. 그런데 천국인들 이보다 더 감미로울까? 그를 조롱한다고 생각하는 신들은 사실은 그에게 가장 아름다운 선물을, 여인의 몸을 준 거였다!

그는 이상하게도, 실제로 나디에가 어떤 사람인지 전혀 알고 싶어 하지 않았다. 그녀는 어떤 가문 사람이지? 그녀가 화장실 근처에서 그에게 모습을 드러냈던 그 운명의 날 이전 그녀의 삶은 어땠지? 그녀가 자기보다 전혀 지위가 낮지 않다는 걸 발견할까 봐 겁이 나서였다. 자신을 좀 더 잘 경멸하기 위해서 그녀를 경멸할 필요가 있었다. 자신이 품었던 희망이 좌절되었고, 그녀를 그 좌절의 상징 그 자체로 삼기를 원했다. 그래서 그녀와 시가 사이에 자리 잡게 된 친밀감에 짜증이 났다. 물론 배우자가 남편의 형제들과 무람없이 지내면서 농담하고 웃고 함께 수다를 떠는 만큼 그런 관계는 자연스러웠다. 하지만 바로 그거였다. 나디에는 그의 아내가 아니었는데 시가는 그녀를 아내로 대우하면서 어떤 행실을 보여줘야 하는지를 그에게 교묘하게 가르치려 들었다. 티에코로는 그걸 견디기에는 너무 자존심이 셌다. 어느 날, 저녁 식사가 끝난 뒤 나디에가 뜰에서 쌉싸름한 캥켈리바잎 차를 우리고 있을 때 더는 참지 못하고 불쑥 동생에게 말을 붙였다.

"나한테 뭐 할 말 있어?"

시가는 응수하기 전에 정성스럽게 이를 쑤셨다.

"내가? 후루쿠는 사람이 사는 마을과 폐허가 된 마을을 아주 잘 구별해내지*……."

티에코로는 건방진 대답에 격분했다.

"내가 잠시 네 신세를 진다고 내 삶에 참견하는 거냐?"

시가는 형의 눈을 똑바로 바라봤는데, 이번에도 티에코로는 시가가 아버지를 놀랄 만큼 닮아서 당황했고, 그로 인해 자신이 아버지에 맞선다는 느낌을 받았다. 그러다가 시가가 말했다.

"나디에는 구메네 출신이야. 그녀가 사는 마을을 파괴하고 노획물을 나눠 가진 뒤 그녀의 가족들을 뿔뿔이 흩어놓고 팔아치운

---

* '각자 자신이 무슨 일을 하는지 잘 알고 있다'는 의미의 속담.

건 세구의 통디옹들이고……."

시가는 그런 말을 남기고 뜰로 나갔다.

티에코로는 꼼짝 않고 가만히 있었다. 그는 카르타의 밤바라에 맞서 싸우고, 소냉케에 맞서 싸우고, 페울에 맞서 싸우는 세구 전사들의 역사에 대해 아는 게 하나도 없었다……. 그가 세구가 저지른 일의 책임자로 간주되어야 하는가? 그가 세구가 저지른 범죄를 시정해야 하는가?

그 순간, 나디에가 들어왔다. 나디에는 이제 파뉴 아래로 배가 솟아오르기 시작했는데, 티에코로가 곧 태어나게 될 아이 생각을 선명하게 한 건 어쩌면 그때가 처음이었을 거다. 아이는 늘 기쁨이건만, 그는 마음속에서 앞질러 행복이 느껴지지 않았다. 아이 어머니 이상으로, 아이도 그가 실패했다는 명백한 표시가 될 터였다. 첫아이는 가문의 영광으로, 황소의 피와 그리오들의 환호와 여인들의 춤으로 맞는다. 그러기는커녕 이 아이는 타지에서 타지인의 개인 영지를 임시 거처로 삼게 되리라. 주의 깊은 얼굴들이 아이가 앞으로 갖게 될 힘과 활기를 내다보려고 아이를 내려다보는 일도 없으리라. 아, 사랑 없이 생명을 준다는 건 얼마나 큰 죄악인가! 티에코로는 애정과도 닮은 동정심에 사로잡혀 나디에에게 물었다.

"어떻게 하고 싶어? 우리 집으로 애를 낳으러 갈래? 우리 가족들 옆에서? 내 어머니 옆에서?"

나디에가 고개를 숙이고 중얼거렸다.

"하자는 대로 할게요……. 하지만……."

그녀의 말이 거기서 끊겼기에 그가 살짝 조바심을 내며 말했다.

"하지만 뭐? 말을 하라고!"

그녀가 하도 낮게 말해서 거의 알아듣기 힘들었다.

"하지만 당신 곁에 있는 게 더 좋아요……."

그녀가 대담하게 그를 똑바로 봤는데, 아주 드문 일이었다.

"알겠지만 구메네의 우리 집에서 살 때 어머니가 많은 걸 알려주셨어요. 난 최고로 하얗고 고운 무명실을 뽑을 수 있어요……."

티에코로가 펄쩍 뛰었다.

"실을 잣다니! 그건 노예나 하는 일이지!"

나디에가 아주 희미한 미소를 지었다.

"난 노예가 되지 않았던가요?"

그녀는 그가 반박할 말을 찾을 시간을 주지 않고 말을 이어갔다.

"통북투에서는 실의 거의 전부가 제네에서 와요. 그래서 가격이 올라가죠. 내가 길쌈꾼들과 얘기만 잘하면, 일을 해주는 대신 자패화를 많이 받아 올 수 있어요. 시가도 아주 넉넉하지는 않으니까, 한숨 돌리겠죠."

이번에도 티에코로는 부끄러웠다. 여러 번 일을 해야겠다는 생각을 했더랬다. 하지만 무슨 일을? 이슬람 학교에서 가르치거나 행정 업무를 보는 것 말고는 일이란 건 그가 보기에 다 품위가 떨어지는 거였다.

그는 귀족이었다! 만약 그가 세구에 있었다면, 그의 지위에 합당한 유일한 일은 토지를 경작하는 일이었겠지만, 그마저도 노예를 소유하고 있었을 테니, 빈둥거리며 나날들을 흘려보냈을 거다.

나디에는 자신만의 방식으로 용기가 뭔지 교훈을 주었다. 그는 아무런 말도 하지 않았다. 그녀는 그의 침묵을 명백히 동의라고 여기고 말을 이어갔다.

"옷감 날염도 할 줄 알아요. 어렸을 때 어머니의 노예들이 쪽 염료를 만드는 걸 지켜보곤 했더랬죠. 노예들은 쪽잎을 빻고, 거기에 야생 바오바브 나무를 태운 재를 섞었어요. 그러고는 땅에 구덩이들을 팠고, 그러고는 거기에 물을 채워서……."

그 순간 뜰에서 시끄러운 소리가 났다. 어떤 남자가 땅에 내려서면서 자기 말을 잘 돌보라고 부탁했다. 티에코로는 그 음색을 금방 알아차렸다. 물레 압달라다! 드디어 왔구나!

그가 밖으로 달려 나갔다. 물레 압달라가 말의 고삐를 쥐고 있는데, 사막 먼지로 허옇게 바랜 망토로 몸을 감싼 채였다. 녹초는 됐어도 행복해 보였다.

"알라신이 우리와 함께해, 셀레*! 아버지가 친구분 중 한 명을 누그러뜨리는 데 성공했어. 바바 이아로라고, 퐁도리 지역의 코

---

* 송가이어로 '친구이자 형제'를 뜻한다.

바사 출신 마라부셔. 넌 제네의 대학에 들어가게 될 거야⋯⋯."

티에코로는 뜰 한가운데에서 무릎을 꿇었다. 죄인의 마음으로 창조주의 한없는 선함을 의심해왔는데, 이제 그 선함이 그를 흠뻑 적셨다! 그는 물레 압달라의 충고를 듣고 있지 않았다.

"그곳에 가거든 신중하게 처신해. 제네는 통북투보다도 더 위험하거든. 에스 사디가 뭐라고 썼는지 떠올려봐. '제네 사람들은 천성적으로 모두를 시기하려는 경향이 있다. 만약 누군가 그 어떤 혜택이나 이득을 본다면, 나머지 사람들이 동일한 증오의 감정을 품고 일치단결하여 그에게 맞선다⋯⋯.'"

그저 기도 소리만 들려왔다.

"알라여, 혼탁해진 제 영혼을 치유해주소서! 제 충직함이, 제가 깔보듯이 개라고 부르는 그 존재의 충직함을 닮게 하소서. 당신의 의지를 완수하고 당신을 따라야 할 일이 생길 때 제 삶을 통제할 힘을 그에게 그러듯이 제게도 주소서⋯⋯."

포도에 강물이 범람하면, 땅 여기저기로 흩어진 물고기 떼가 어리고 보드라운 풀에 맹렬하게 달려드는데, 특히 논을 망쳐놓는다. 물고기들은 뒤엉킨 부르구 줄기 속으로 대피하여 카이만 악어들과 몸집이 큰 육식 물고기들을 피한다. 바로, 그 지역의 최초 거주자인 보조족 어부들이 졸리바강의 중앙 삼각주를 포도라고 불렀는데, 제네는 그 삼각주의 남쪽 끝을 차지하고 있다. 그 지역은, 때로는 가축을 몰고 밀려든 페울족이 부르구로 초가를 지어 놓고 임시로 머무는 거대한 스텝이고, 때로는 여기저기 모래톱이 모습을 드러내는 물에 잠긴 너른 땅이다.

티에코로와 나디에가 제네에 도착했을 때에는 강물이 포도를 뒤덮은 때였다. 우기였고, 두 사람은 습기만큼이나 걱정으로 몸을 떨었다. 밤바라족이 대규모로 이주하여 제네에 살고 있는 만큼 두 사람이 고립될 리 없다고 되뇌어봐도 소용없었으니, 티에코로는 막연하고 모호한 두려움을 느꼈다. 그들은 통북투에서부터 출발하기 때문에 카바라에서 통목선에 올라 강물을 거슬러 올랐다. 물론 강을 누비며 200명의 승객을 실어 나르는 커다란 선박에 자리를 마련할 수도 있었으리라. 하지만 그런 선박들은 안전하지 않아서, 종종 불길한 명성을 누리는 곳인 밈시케나옌디에서 전복 사고를 일으켰다. 그래서 시가가 2천 자패화가 넘는 거금을 들여서 두 사람에게 완벽하게 방수 처리된 '최고급 맞춤 통목선'을 만들어줬다. 여행은 몇 주가 걸렸더랬다.

통목선 선장과 그의 조수인 왜소한 남자가 고물에 소가죽으로 일종의 텐트를 세워줘서, 티에코로와 나디에는 그 아래에서 먹고 자고 사랑을 나눴다. 주위에는 반짝이는 강물과 그곳 주민인 우수에 찬 백로와 두루미들. 데보 호수에는 카이만 악어나 흰 줄무늬의 커다란 검은 물뱀뿐만 아니라 물고기도 풍부했는데, 저 멀리 호수의 출구 지점에서는 강폭이 줄어들어 좁은 물길에 지나지 않았다. 티에코로는 이 여행이 영원히 계속되기를 바랐으리라. 아침이면 강변에 펼쳐진 들판을 향해 새들이 날아오르는 모습이 질리지 않았다. 저녁이면 처음에는 진홍색이다가 차츰차츰 푸르스름한 너울을 둘러쓰는 달이 이제나저제나 떠오르기를 기다렸다. 밤에 날씨가 좋으면, 통목선 선장과 함께 이물에 앉아서 작살로 낚시를 했다. 찌푸린 날씨에는 길동무와 함께 불을 피워놓고, 잉어와 농어와 찌꺼기를 먹어치우며 살 맛이 씁쓸한 하이에나 피시들이 몰려드는 걸 바라봤다. 가끔 등지느러미가 말갈기 같은 물고기들이 강물을 갈랐다.

이러한 수중 열매와 지상의 열매를 맞바꾸려고 통목선이 마을에 정박할 때면, 티에코로는 이것이야말로 이상적인 삶의 방식이라고 속으로 되뇌었다. 갑자기 그가 품은 야심 전체가 터무니없는 것 같았다. 시간마저도 지워져버렸다. 제네로 가서 무엇을 찾으려는 걸까? 왜 보조족 어부처럼 물가에 초가를 짓고 살지 않을까? 물고기를 잡아다 주면, 나디에가 배를 갈라 내장을 빼낸 뒤 땅바닥에 펼쳐놓고 말릴 텐데. 그녀가 아이들도 낳아줄 텐데.

두 사람은 바니강과 졸리바강의 합류 지점에 위치한 일종의 작은 섬인 코모겔에서 이틀 밤을 묵었다. 통목선에 물이 스며들어서, 카리테 버터와 바오바브 열매 분말을 섞어서 틈을 메우는 작업을 다시 해줘야 했다. 그러고 난 뒤 다시 길을 떠났다. 이제 강변은 페울족의 야영지들로 뒤덮였는데, 디요로*의 가옥을 중심으로 운집한 반구형 초가들로 보아 페울족임을 알 수 있었다. 티에코로는 물레 압달라에게서 이미, 페울족이 제네 지역에 위협을 가하고 있다는 소식을 전해 들었다. 아마두 하마디 부부라는 이름을 가진, 피투가 출신의 어떤 무명의 마라부가 본격적으로 사람들 입길에 오르내리기 시작했고, 마시나의 새로운 아르도는 그 인물에 대해 몹시 격분했다. 그 마라부는 아직 무기를 들지는 않았지만, 어쨌든 지하드를 개시하여 물신숭배자를 싸그리 없애버리자는 이야기를 해댔다. 지하드라는 생각이 티에코로 마음에 완전히 들지 않는 건 아니었다. 하지만 그런 표면상의 종교적 의도 아래에 경멸할 만한 다른 어떤 의도들이 숨어 있는 건 아닌지 궁금했다. 세속 권력에 대한 욕구라든가, 물질적 부에 대한 갈망이라든가, 온갖 종류의 경쟁심 같은. 그가 이슬람의 오만함과 비타협성은 간파했다지만, 이슬람의 온갖 자비는 아직 체득하지 못했기 때문이었다.

티에코로는 에이샤 생각은 피했다. 티에코로는, 그녀를 매개로 삼아 자신이 매료됐던 삶의 방식을 추구하는 자신의 사랑과 욕망이 좀체 사그라들 기미가 없음을 느꼈다. 불티 하나가 건기의 숲을 활활 태워버리듯이, 자칫하면 그것들이 되살아나서 자신을 태워버릴 터였다. 자신이 정복하지 못했던 여자 생각을 한다면 삶

*　야영지의 우두머리.

을 단념하고 싶은 유혹이 엄습할 터였다. 그런데 알라 앞에서 어떤 죄악이 절망보다 더 크겠는가? 그의 유일한 피난처는 나디에의 육체가 되리라.

그가 나디에에 대해서 알아나가게 된 건 통북투에서보다도 통목선이라는 협소한 공간에서였다. 그녀는 유순하나 수동적이지 않다. 오히려 적극적이며, 사람들의 시선을 끌려고 드는 적은 없지만 유능하다. 그녀는 구석에 일종의 부엌이라 할 만한 공간을 기어이 만들어서, 그곳에서 데게를 준비하고 강에서 잡은 물고기들을 버터에 튀겨냈다. 배가 강가에 닿으면 여자들 틈에 섞여 들어가 열심히 빨래를 했다. 그러고는 구석진 곳을 찾아서, 강물이 뭍 쪽으로 휘어져 들어온 외진 곳을 찾아서 목욕을 했다. 다른 여자들이 충격과 경악을 금치 못하는 가운데, 티에코로가 나디에를 따라 들어가 그녀의 견갑골을 따라서 물을 흘려보내며 장난을 쳤고, 이제는 '여섯 가닥으로 땋은'* 머리에 놀이 삼아 비누칠을 해 줬다. 어느 날, 참을 수가 없어서 물에서 나오면서 그녀를 가졌다. 신고를 받은 땅 주인이 그들이 저지른 중죄에 대해 배상금을 요구했지만, 두 사람은 이미 멀어져가는 중이었다. 그들은 아무것도 줄 능력이 없었기 때문에, 주인의 저주에 쫓기면서 허겁지겁 통목선에 올라야만 했다. 이 사건 이후 나디에는 며칠 동안 근심

* 기혼녀의 머리 모양.

에 잠겼다. 티에코로는 그 일에 대해 오히려 웃음을 터뜨렸다. 티에코로는 속으로는 끊임없이 자신에게 물었다. 몸 구석구석을 돌아다니는 피만큼이나 그의 몸에 필요해진 이 여인을 어떻게 해야하나? 물레 압달라는 자기가 속한 계급의 편견으로 머릿속이 꽉찬 터라 그 문제에 대해 단호했다.

"셀레, 저 여자랑 결혼할 수 없어. 첩이나 하녀로 삼아……."

그게 정의인가? 티에코로는 끊임없이 물었다.

두 사람이 제네에 도착했을 때, 도시는 포도 너머로 섬처럼 우뚝 솟아 있었다. 도시의 장벽 발치에 아프리카 마호가니 나무들이 빽빽하여, 물과 초록 잎의 이중 띠를 두르고 있는 듯했다. 통북투가 쇠락기로 접어들었다면, 제네는 여전히 영광의 절정에 있었다. '사막의 여왕' 통북투보다 훨씬 더 밝고 활기차서, 티에코로는 거리에서 세구의 활기를 다시 만났다. 그는 사람들이 그렇게나 자주 말해주던 대성원으로 곧장 가려다가, 나디에가 피곤을 느끼기 시작한 상태라는 사실을 기억해내고, 차라리 물레 압달라의 아버지의 친구인 바바 이아로의 거처로 가기로 결정했다. 그가 지나가던 사람을 멈춰 세우고 관례적인 인사를 한 뒤, 아랍어로 물었다.

"모카뎀** 바바 이아로의 집을 아시오?"

** 개종자의 기초 교육을 담당하는 종교인.

남자가 탄성을 질렀다.

"혹시 밤바라인 아니오?"

서로 알아보고 자기네 나라말로 말을 걸어오니, 티에코로의 마음이 훈훈해졌다. 하지만 상대방이 전해주는 소식들은 불안감을 안겨주는 쪽이었다. 세구의 만사가 남쪽 포도에 저택을 갖고 있는데도, 제네에서는 밤바라인들을 싫어했다. 이 모든 게 산불처럼 퍼져나가는 이슬람의 효과였다. 지역 전체가 페울족의 통제 아래로 들어가고 있는 중이었다! 그들이 가축의 이동을 따라서 옮겨 다니고 초목의 잎으로 가옥을 짓고 살아간다는 걸 누구나 알고 있는데, 그 가난뱅이들이 이제 알라의 전사로 탈바꿈했다니! 티에코로는 그 모든 이야기를 반신반의하며 들었다. 낯선 사람에게 질문을 쏟아낼 수도 있었겠지만, 전날부터 나디에가 살짝 열이 나고 힘들어했기 때문에 유숙할 곳을 찾는 게 더 시급했다.

바바 이아로가 대성원에서 멀지 않은 곳에 살고 있어서, 티에코로는 성원의 첨탑들을 알아볼 수 있었다. 바바 이아로의 집은 전형적인 제네의 가옥이었다. 모로코인들이 몇 세기 전에 통북투를 상대로 그랬듯이, 제네를 점령하고 예속시키면서 들여온 양식이었다. 평행육면체 형태인 가옥은 밋밋한 전면에 출입문은 오직 하나였고, 문 주위는 사다리꼴 모양의 벽등들로 장식이 되어 있었으며, 창살이 달린 창문 세 개가 나 있었다. 문 여기저기에 편자 장식이 되어 있었다. 티에코로는 문 두드리개인 둥근 고리에 손이 닿으려는 순간, 2년 전에 엘 하지 바바 아부의 집에서 자신을 어떻게 맞아줬는지가 떠오르면서 뒷걸음질 칠 뻔했다. 아, 세구 사람들만이 손님을 받고 맞아들이고 형제처럼 대접하는 법을 알았다! 하지만 기력이 다 떨어지고 곧 몸을 풀 이 여자를 데리고 어디로 가겠는가? 그의 손이 문 두드리개를 움켜쥐었다.

시가는 이제 통북투에서 다시 혼자가 되었다.

그는 그 도시에 대해서 형이 느끼는 감정과는 완전히 다른 감정을 느꼈다. 그는 즉각, 노예와 이방인과 가난뱅이들로 이루어진 떠도는 사람들 사이에 자리를 잡았고, 어려움에 처한 개인들 사이에 존재하는 연대의 망을 이용했더랬다. 그래서 행복하지는 않았다 해도 고독으로 고통받은 적은 없었다. 그는 카바라의 나귀 몰이꾼들 사이에 열두엇 남짓한 친구들이 있었고, 거상(巨商)에게 고용된 직원들 사이에도 그만큼의 동료가 있었다. 여자 문제에 있어서도 힘들지 않았으니, 때로는 선술집에서 만나는 만인의 여자들이나 혹은 질투심 많은 남편이 집을 비운 사이에 뜨거운 허벅지를 그에게 열어주는 무어 여자들이나 투아레그 여자들로 만족했다. 하지만 나디에가 항시적인 여자의 존재에 대한 욕망을 심어줬다. 아! 방에 비질이 되어 있고 식사가 준비되어 있는 걸 보게 된다면! 압달라의 여자 노예들에게서 쾌락을 기대할 필요가 더는 없다면! 그들의 봉사에 돈을 지불할 필요가 없다면! 변덕스레 표출되는 그들의 무례나 나태를 참아주지 않아도 된다면!

그는 일에 몰두했다. 얼마 전부터 압달라가 그를 소금 거래 책임자로 지목했다. 시가는 한 달에 두 번, 대상과 함께 테그하자 또는 타우데니로 가서 소금 벽돌을 실을 때, 소금 벽돌들이 훼손되거나 깨진 상태로 목적지에 도착하지 않도록 단단하게 서로 묶여 있는지 감독을 했다. 소금 벽돌을 수송하고, 누가 맡은 건지를 누구나 알 수 있게 소금 벽돌에 검은색으로 도형들을, 그러니까 줄무늬나 마름모꼴 등의 표시를 하는 일에 수많은 노예들이 동원되었는데, 그 노예 전부를 시가가 통솔했다. 그러고 나면 그는 소금 벽돌을 갖고 통북투로 돌아와, 모로코나 근동 지역 혹은 중앙 마그레브에서 온 상인들에게 되팔았다. 녹초가 되고 마는 일이었지만, 그는 그 일이 좋았다. 노예들을 관리하고 상인들과 흥정하면서, 권력은 아니지만 적어도 유용성을 발휘하는 일이라고 느꼈다. 그는 대규모 시스템, 전 세계에 걸쳐 퍼져 있는 교환과 교역이 형성하는 커다란 흐름의 일부였다. 하지만 그는 일상적 접촉에도 불구하고, 이슬람의 갖은 영향에 대해 단호하게 거리를 두었다. 업무상 맺게 된 친분 가운데에는 쿤타*에 소속된 사람들도 있었

---

* 종교인과 상인으로 이루어진 아랍 출신의 대가족으로, 쿤타들로 이루어진 종교 단체 명칭이 여기서 유래했다.

지만, 그렇다고 이것이 농담이나 함께 마시는 한 사발의 녹차 이상으로까지 나아가지는 않았다. 그는 바로 물신숭배자였고, 앞으로도 물신숭배자로 남고자 했으니, 그를 아흐메드라고 부르는 사람들에게는 안됐지만, 뭐, 어쩌랴!

그가 타우데니에서 돌아온 어느 날 저녁, 압달라가 하녀를 시켜 그를 데려오게 했다.

"앉게나, 앉아! 자네, 정말 열심히 일하더군, 아흐메드!"

시가가 온갖 의미가 다 담긴 미소를 지으며, 하녀의 손에서 차가 가득한 작은 토기 잔을 받아 들었다. 압달라가 잠시 침묵하다가 말을 이어갔다.

"자네도 모르지 않겠지만, 페스에 우리 집안사람들이 있네. 사업상 그들과 관계를 맺고 있지. 그런데 그자들이 도둑질을 하는 것 같아. 그렇게 믿을 만한 상당한 이유가 있고. 그쪽에서 내게 엄청난 빚을 지고 있는데, 내 편지에 답장도 없어. 그래서 무슨 일이 벌어지고 있는지 알아보라고 자네를 보내기로 결정했네……."

"저를요……!"

압달라가 고개를 끄덕였다.

"그래, 자네! 아흐메드, 자네를 지켜보고 있고, 난 자네에 대해 큰 그림을 그려나가고 있어. 자네도 알다시피 알라께서는 내게서 아이들을 앗아 갔지. 신의 뜻이 이루어지기를. 게다가 알라께서는 그렇게 처분하심으로써, 내가 내 정신의 아이들을 자유롭게 선택하게 내버려두셨어. 페스로 가게. 가서 내 채권을 회수하고, 그 일이 끝나면 내 지시를 기다리게나⋯⋯."

어떤 열여덟 살짜리 청년이 앞으로 펼쳐질 여행을 생각하면서 행복한 들뜸으로 차오르지 않겠는가? 그 누군들 미지의 도시에 정복자로 들어가 그들의 재물을 빼앗고 여자들을 소유하는 자신의 모습을 상상해보지 않겠는가? 시가 역시 그 법칙에서 벗어나지 않았다. 동시에 두렵기도 했다. 물론 2년 전 세구를 떠나왔을 때보다는 그런 모험을 감행하기 위한 대비가 훨씬 더 잘되어 있었다. 그는 사람들과 부대껴봤다. 그리고 두 개의 언어, 자신의 언어와 아랍어를 말했다. 하지만 여전히 경험이 많이 부족한 건 아닐까? 그런 동시에, 고용주의 제안을 거절해야겠다는 생각은 한순간도 들지 않았다. 그건 노예의 아들, '우물에 몸을 던진 여자의 아들'에게 던져진 새로운 도전이었다. 그가 고개를 들고 물었다.

"거기까지는 어떻게 갈까요?"

압달라가 차를 한 모금 마셨다.

"다 준비해놨네. 곧 드비하 의식*을 거행할 텐데, 자네는 내 친구 물레 이스마엘의 사람들이 보호해줄 거야. 우선 타우데니, 그다음에 테그하자로 가게나. 거기서부터 출발해서 투아트에 도착

* 보호 의식.

하게 될 거야. 그때쯤이면 그 지역에는 보리가 무성하게 자라 있을 테고 샘에는 물이 풍부할 걸세. 영양과 타조도 보게 될걸. 자네 나이 또래 젊은이에게 얼마나 좋은 경험이 되겠는가!"

11

약 300명의 노예를 태운 루시타니아호는 페르남부쿠를 향해
나아가고 있었다. 늘 오가던 항로가 아니었다. 정기 노선이 아니
었다. 상주앙지아주다*에서 가득 채울 수 없었기 때문에 고레섬
까지 올라가야 했고, 그로 인해 비용이 더 증가했다. 영국, 덴마
크, 프랑스, 네덜란드에서 온 노예무역상 모두가 아프리카 해안
부근을 오가며 아프리카의 왕들에게 큰 통들이 브랜디와 화약과
총을 바쳐 환심을 사려고 애쓰면서 경쟁이 무시무시해졌다. 영국
과 덴마크의 무역상들은 엄청난 재력이 없는 상인이라면 그들과
의 경쟁이 불가능할 정도의 가격을 제시했다. 이제 이전 검둥이
가격으로는 더 이상 검둥이 구입이 불가능해질 텐데, 남녀 도합

* 베냉만의 우이다 지역 항구.

600명까지도 수용할 수 있었을 루시타니아호는 선창이 반은 빈 상태였다…….

어쨌든 페레이라 선장은 선적량이 불만족스럽지는 않았다. 스무 살이 넘어가는 노예는 단 한 명도 없었고 심지어 아이들도 몇 끼어 있었다. 곧 노예들 전부를 갑판에 세워놓고 바닷물로 한꺼번에 씻겨야 할 때가 되리라. 페레이라 선장은 프랑스인이나 영국인 같은 개자식들과는 다르게, 그리고 다른 포르투갈인들과 마찬가지로 노예를 사슬로 묶지 않았고, 잠자리인 짚자리가 청결하도록 신경을 썼다. 사실 항해를 하는 동안 그토록 비싸게 구입한 남녀가 죽는 꼴을 보게 된다면, 그게 무슨 이득이 되겠는가?

20년 전부터 바다를 누비고 다녔던 페레이라 선장은 아르갱에서부터 이어지는 온갖 요새들, 그러니까 생루이, 제임스 아일랜드, 카셰우, 아시니, 딕스코브, 엘미나, 아노마부…… 등을 전부 꿰고 있었다. 그는 오랜 세월을 그렇게 보내고 난 뒤라, 자신의 슬픈 직업에 무뎌지고 말았다. 선박이 아프리카 해안으로부터 영원히 멀어져갈 때 노예들이 내지르는 고통과 분개의 구슬픈 울음소리도 더는 귀에 들어오지 않게 되고 말았다. 페레이라는 파이프를 채우고 주위를 둘러봤다. 하도 짙은 초록이라서 거의 검어 보이는 정글의 예리한 능선이 아직도 분간이 갔다. 태양은 막 떠올랐을 뿐인데도, 알코올과 음욕으로 돌아버린 외눈박이의 눈처럼 벌써부터 무시무시했다. 페레이라는 기도책을 열었다. 신심이 깊어서였다. 아주 드물기는 하지만 뭍에 있을 때면, 일요일마다 영성체를 했고, 선교사를 배로 올라오게 해서 노예들에게 세례를 주기 전에는 절대로 노예들을 하선시키지 않았다.

그가 기도를 마칠 무렵, 남녀 한 쌍이 해치에서 나오는 게 보였다. 그는 즉각 남자를 알아봤다. 몰래 배에 올라탄 무뢰한이었다. 사실 '무뢰한'이라는 명사는 그와 맞지 않았다. 열여섯 혹은 열일곱 정도로 보이는 젊은이였는데, 감수성이 풍부한 아름다운 얼굴에 근사하게 균형 잡힌 몸매를 지녔다. 밤바라족이라고들 했다. 그런데 페레이라에게 익숙한 종족은 상투메 요새에서 공급받는 콩고족, 가빈다족, 앙골라족, 그리고 얼마 전부터 상주앙지아주다에서 배에 싣는 미나족, 아르드라족뿐이었다. 저 남자는 어떻게 배에 탔을까? 고레의 중앙 노예 집하장에서부터 노예선으로 나아가는 소위 '죽음의 문'이라는 낮은 문은 무기를 든 병사들과 선원들이 밤낮으로 감시했다. 소속을 표시하기 위해 달군 쇠로 낙인이 찍히고 꼼꼼하게 족쇄를 채운 노예들만이 거기 접근했다. 그러니까 저 남자는 공범의 도움을 받았단 소리다. 하지만 진정한 문제는 그게 아니었다. 어떻게 인간이 매매 대상이 되겠다고 스스로 나설 수 있는가? 그 끔찍스러운 항해를 무릅쓰겠다고? 미친 건가?

선원들이 그를 발견하여 선장 앞에 데리고 왔을 때 처음 든 생각은 뱃전 너머 바다로 집어 던지는 거였다. 보나 마나 고집 센 인간일 터였고, 선원 전부가 두려워하는 노예들의 선상 폭동을 선동하려고 온 인물일 터였다. 하지만 그 남자는 평범치 않은 위엄을 보이며 십자가를 꺼내어 보였더랬다. 그러니까 세례를 받은 건가? 그렇다면 신의 자녀를 죽일 수는 없으니, 결국 함정에 빠지게 된 페레이라는 그의 존재를 견딜 수밖에 없었다. 처음에는 그 노예가 여자들에게 배정된 중갑판 부분에 접근하는 걸 막으려고 해봤다. 선상에서 혼숙을 원하지 않았으니까. 그런데 불가능했다! 그 노예는 예의 그 차분한 위엄으로, 페레이라가 고레섬의 노예 창고에서 운 좋게 입수했던 나고족 젊은 여인을 보호하려고 갔다. 페레이라는 비웃었다. 일단 페르남부쿠에서 소유주에게 넘겨지고 나면 자신들의 불행을 알게 되리라! 플랜테이션 농장주들에게 그런 배려란 없었다. 그들 중 한 명이 남자 노예를 사게 되면 사탕수수나 커피 플랜테이션 지옥으로 보내리라. 여자 노예로 말하자면, 예쁘장한 얼굴과 젊음으로 봤을 때, 얼마 못 가 '집안 살림'을 담당하면서 흑백 혼혈 사생아들을 낳게 될 거다. 페레이라 자신도 미나족 흑인 여자와의 사이에 사생아 두셋을 뒀다.

그러는 동안, 두 남녀는 바다를 지켜보고 있었다. 바다가 존재하는 한 인간은 완전히 불행할 수는 없다. 버림을 받을 수도 없다. 바다, 대지의 육신에 꼭 들어맞는 거대한 푸르름. 바다여, 그대의 물은 쓰지만, 그대의 배[腹]에서 나온 열매는 달다. 그대가 너무 강력해서, 황금과 자패화와 커피와 무명 혹은 상아에 환장한 인간도 절대 길들이지 못했다. 그런 인간이 철마(鐵馬)를 타고 빠르게 그대를 누비며 다닌다. 하지만 그대가 격노하여 파도를 일으키면, 그는 다시 겁먹은 아이가 된다.

2부

바람에 기장 씨앗이 흩날린다

1

말로발리가 열 살 무렵의 일이다. 막, 놀이 친구 한 명을 때리고 바닥에 내팽개쳤는데, 그 아이가 일어나면서 욕을 했다.

"더러운 페울 놈!"

말로발리가 니아의 처소로 뛰어 들어갔다.

"바*, 디에모고가 날 페울 놈이라고 불렀어요. 왜죠?"

니아가 근엄한 표정으로 바라보다가 말했다.

"너 지금 더럽잖니. 땀투성이로구나. 가서 목욕하고 다시 오너라."

말로발리는 아이들 전용 목욕채로 갔고, 바가지에 너무 뜨거운 물을 퍼서 나른 여자 노예에게 욕설을 퍼부었다. 너무나 잘생긴

---

*   밤바라어로 '어머니'를 뜻한다.

소년이어서 응석을 받아주는 바람에, 품성이 완전히 망가져서 폭력적이고 호전적이었다. 또한 칭찬을 받고 아이들 무리에서 특출해 보이는 일에 익숙했다. 어머니는 아이를 애지중지했다. 모두가 아이 앞에서 굴복했다. 그는 목욕을 하고 나서 온몸에 카리테 버터를 바르고, 할례를 한 뒤로 입게 된 헐렁한 바지를 꿰고는 니아의 개인채로 다시 갔다. 니아가 버터 램프에 불을 밝혀놓아서, 그림자들이 벽에 어른거렸다. 니아가 짚자리에 앉으라고 손짓했다. 하지만 그는 니아 곁에 웅크리고 앉는 걸 더 좋아했다. 니아가 다정하게 말했다.

"넌 페울족이 아니야. 네 어머니가 페울족이었지."

말로발리는 깜짝 놀라 그 말을 따라 했다.

"제 어머니라고요? 그럼 어머니가 제 어머니가 아니에요?"

니아가 말로발리를 더 꼭 끌어안았다. 니아는 늘 이런 날이 올까 두려워했지만, 부딪쳐야 함을 알고 있었다.

"난 네 엄마야. 네 아버지의 아내니까. 그리고 널 사랑하니까. 하지만 널 내 배로 낳지는 않았지……."

그러고는 조용히 시라에 대해 이야기해줬다. 포로가 되고, 두지카의 첩이 된 그녀의 삶에 대해.

"어느 날 저녁에 시라가 날 찾아왔단다. 네 손을 꼭 쥐고, 등에는 너 다음에 낳은 여동생을 업고서. 내게 이러더구나. '난 떠날 거예요. 그런데 아들은 당신께 맡기겠어요.'"

말로발리가 펄쩍 뛰었다.

"왜 가려고 하는 곳에 전 데리고 가지 않았지요?"

니아가 고개를 숙였다.

"아들들은 아버지 소유니까. 넌 트라오레 가문에 속한단다……."

말로발리가 눈물을 쏟았다.

"왜 떠났을까요? 왜?"

니아가 한숨을 쉬었다. 이 아이가 어머니를 이해할까? 니아는 쉬운 말로 설명하려고 애썼다.

"있잖니, 페울족은 오랫동안 우리 곁에서 살아왔어. 우리는 그들에게 아무런 관심이 없었지. 페울족은 집도 짓지 않고 땅도 경작하지 않으니까 가끔 경멸하는 정도였단다. 그러던 어느 날, 모든 게 바뀌었어. 무리를 이루더니 우리에게 전쟁을 선포했단다. 그 모든 일이 이슬람 때문에 생겼지. 알겠지만, 이슬람은 갈라놓는 칼이야. 이슬람이 내 첫애도 빼앗아 갔지……."

하지만 말로발리는 이슬람의 참화에는 거의 개의치 않았기에 니아의 말을 끊었다.

"어머니 소식은 있어요?"

니아가 고개를 끄덕였다.

"응, 몇 년 전에 재혼해서 테넨쿠에 자리 잡았다고 알려왔어."

말로발리가 울부짖었다.

"난 그 여자를 증오해요, 증오해!"

니아가 재빨리 손으로 아이의 입을 틀어막았다. 아, 조상들이 아이가 자기 어머니를 증오한다고 소리치는 걸 듣지 못하기를! 그러고는 아이를 입맞춤으로 뒤덮었다.

"네 어머니는 널 떠나면서 굉장히 힘들어했어. 내가 직접 봤다. 네 어머니는 자신의 가족들과 다시 만나야 했단다. 네 어머니가 떠난 뒤 아버지는 더 이상 전과 같은 남자가 아니란다. 그 무엇에도 의욕이 없으니까. 너무 심한 타격이 이어졌지. 너무 심한 타격이. 우선 만사와 불화가 생겼고, 그러고는 티에코로가 개종을 했지, 나바는 실종됐지……. 너무하지!"

니아는 스스로를 가여워하는 온당치 못한 마음에 눈물이 솟아나려는 걸 억누르며 아이의 슬픔만 생각하려고 애썼다.

하지만 두지카의 영지 내 삶이 더 이상 이전과 같지 않다는 건 사실이었다.

작년에 만사 몽종이 설사가 멈추지 않는 병에 걸려 사망했다. 그의 죽음이 두지카에게 최후의 일격을 가했다. 두지카는 이제 자신을 조정에서 내치게 만든 음모의 이유에 대해 끝없이 곱씹는 노인에 불과했다. 죽음이 몽종을 데려가기 전에 몽종과 화해할 수만 있었더라면! 그런데 그러지 못했다. 그 역시, 왕국의 다른 모든 신민들과 마찬가지로, 커다란 타발라가 내는 애도의 북소리를 듣고 자신이 고아가 됐음을 알았다. 그 뒤 군중 틈에 끼어 첫 번째 관문으로 가서 그곳에 안치된 시신을 보고 마지막 애도를 표했다. 히비스커스와 카리테 버터로 문지른 몽종의 시신은 오른손에 갓 도살한 황소의 꼬리를 쥔 모습으로 염포 위에 누워 있었고, 두지카는 그 모습을 보며 자기 자신의 시신을 보는 느낌이 들었다.

니아가 말로발리를 끌어안았다.

"네 어머니를, 네가 커서 네 어머니를 보러 가는 건 무엇도 막을 수 없어! 널 얼마나 사랑했는데. 난 가끔 네 어머니가 너 없이 어떻게 살아가는지 궁금하단다……."

말로발리는 물론, 하나도 믿지 않았다. 주먹을 꽉 쥔 채 눈물을 훔치면서 일어나 나갔다. 아직 어렸지만, 앞으로 더 이상 자기 주변의 그 무엇도 전과 같지 않으리라는 걸 느꼈다. 밤이 갖은 두려움과 고뇌와 의문들로 우글거리리라. 어머니! 그를 배 속에 아홉 달 동안 품었던 여자가 그를 저버렸다! 두 아이 중에서 누구를 데려가고 누구를 남겨놓아야 할지를 선택했다. 얼마나 가증스러운 결정인지! 그러고는 다른 남자가 자신에게 구애하게 내버려뒀고, 그에게 자기 몸을 주고 아들과 딸들도 안겨줄 수 있었다고? 잔인한 어미, 계모! 그 어떤 욕설로도 후려치기에 충분하지 않으리라!

말로발리는 무려 열두엇에 달하는 형제, 이복형제, 사촌들과 함께 잠을 자는 처소 앞을 지나가다가, 그를 본 디에모고가 재빨리 뒷걸음질을 치는 걸 보았다. 사실, 디에모고가 시라에 관해 정확히 아는 건 하나도 없었고, 그저 어른들의 대화에서 말로발리에 관한 이야기가 나오면 늘 따라붙는 말을 그대로 옮겼을 뿐이었다. 어린 나이에도 불구하고, 말로발리는 아버지에게 물어야겠다고 단단히 마음을 굳히고, 두지카의 개인채까지 멈추지 않고 내처 갔다.

그날 저녁, 아버지와 아들이 서로에게 속마음을 표현하지 못하게 운명이 정해졌던 것 같다. 며칠 전부터 고통을 호소하던 두지카의 상태가 급작스럽게 악화되었으니까. 니아를 제외한 아내들이 그의 주위에서 분주하게 움직였다. 어떤 아내는 관절통을 가라앉히기 위해서 '하마풀' 훈증제를 가져왔고, 또 어떤 아내는 열을 내리기 위해 네레 차를 끓여오고, 또 어떤 아내는 설사를 멎게 하려고 니아마 껍질을 달여서 들고 왔다. 실내는 노인 내를, 죽음의 냄새에 앞서기 마련인 그 냄새를 풍겼다.

2~3년 전부터 영지 내에서 파의 역할을 수행 중인 두지카의 동생 디에모고가 형의 임종 자리를 지키고 있었다. 형이 떨리는 목소리로 말을 꺼냈다.

"난 곧 죽을 거다. 두렵지는 않아, 정말로. 하지만 아들들은 다시 보고 싶다. 적어도, 아직 내게 남아 있는 애들은 말이야. 나바를 이승에서 다시 볼 일은 결코 없을 테니. 특히 시가. 시가를 티에코로와 함께 통북투로 보낸 건 물론 조상들의 말을 따른 거였지. 그렇긴 하지만, 그게 너무 가혹하지 않았는지, 그러니까 그게 부당하지 않았는지는 지금도 의문이다……."

디에모고는 종말이 가까워져서 형이 헛소리를 하는 게 아닌지 궁금했다. 조상들로부터 내려온 결정의 지혜로움을 의심하다니! 디에모고는 그런 생각은 속으로만 간직하고, 그저 이렇게 중얼거렸다.

"코로*, 우리가 아이들을 어디 가서 찾기를 바라? 티에코로는 제네에 있다는 것, 그게 우리가 아는 전부야. 시가에 대해선, 투아트를 지나다가 걔를 만났던 카라반 상인들을 통해서 소식을 들었던 게 마지막이고……."

두지카가 눈을 감았다.

"아이들을 봐야만 해. 아니면 내 영혼이 평화를 찾지 못할 거야. 내 영혼이 계속 한탄하며 너희들 사이에서 떠돌 거야."

디에모고가 한숨을 쉬었다.

"그렇다면 내가 다 알아서 할게."

말로발리가 이 모든 광경을 아이의 눈으로 보고 있었다. 아버지의 상태를 보며 슬픔을 느끼지는 않았다. 아주 젊은 존재들이 병과 육체적 쇠락을 볼 때 그렇듯이 오히려 혐오감이 들었다. 여자들의 눈물에 젖은 얼굴, 어둠 속에 웅크리고 있는 치유사 주물사 두세 명의 동작, 아버지의 신음 소리, 반들거리는 얼굴과 역한 냄새를 풍기는 입김, 이 모든 것이 어우러진 광경은 여간해서 잊히지 않았다. 죽음은 시간이 되기를 기다리면서 어두컴컴한 방구

---

* 밤바라어로 '큰형'을 뜻한다.

석에 숨어 있는 걸까? 말로발리는, 왜인지는 모르겠지만, 죽음은 가끔 이웃 영지에서 보았던 노파, 완전한 대머리에 눈에는 삼이 잔뜩 섰고 애처로운 동시에 사나운 꼬부랑 노파의 모습을 띠고 있을 것만 같았다. 어느 날 그 노파가 파뉴를 떨어뜨리는 바람에 주름지고 배설물로 더러워진 노파의 엉덩이를 보았더랬다.

갑자기 두지카의 둘째 아내이자, 이전에는 말로발리의 어머니를 미워하다가 이제는 말로발리를 미워하는 니엘리가 그를 알아봤다. 그녀가 신경질적으로 소리를 쳐대면서 말로발리를 쫓아냈다.

한편 세구 왕국에서는 극도로 심각한 일들이 벌어지고 있었다.

다 몽종이 타발라와 두눔바 소리가 울려 퍼지는 가운데 아버지의 뒤를 이어 왕위에 올랐다. 다 몽종은 아버지에게 속했던 황소 가죽에 동쪽을 향하여 앉았고, 군주의 온갖 상징물들인 활, 화살, 창, 형리의 칼을 받았다. 그러고 나자 원로들이 그의 머리에 무거운 금고리가 주렁주렁 달린 모자를 씌워주는 가운데 그리오들의 노랫소리가 시끄러웠다.

"이제 가족이 없으십니다, 다 몽종! 세구의 자녀 전부가 전하의 자녀입니다! 늘 손을 내밀고 계십시오! 받기 위해서가 아니라 주기 위해서!"

특별한 환희의 날!

어이하랴! 다 몽종은 왕좌에 오르자마자 길을 잃고 말았다. 세 구인들 모두에게, 페울족은 만사가 복속시켰으며, 그러고 싶은 생각이 들 때면 그들의 가축을 노략질해도 되는 타지인이었다. 그런데 다 몽종이 이슬람 신도 페울족과 물신숭배자 페울족을 구분하면서, 후자와 연합해 전자에게 맞서기 시작했다. 그것이 지혜로운 결정인가? 그건 타지인이 가족 싸움에 끼어든 것과 같은 거다. 나중에 가보면 가족 구성원끼리 서로 화해한다. 그의 등 뒤에서!

마시나의 아르도인 구로리 디알로가 다 몽종에게 이슬람의 마라부인 아마두 하마디 부부가 괴롭힌다고 알려오자, 다 몽종은 그 마라부를 따끔하게 가르치는 데 도움이 되라며 통디옹 부대를 파견했다.

그런데 통디옹 부대가 누쿠마에서 패하고 말았다. 패하다니, 통디옹이! 대체 누구한테? 그 아마두 하마디 부부에게? 그가 누구지? 세구의 그 누구도 확실하게 답할 수 있는 자가 없었다. 그 자가 페울족이라는 것, 그게 다였다.

다 몽종은 세구 왕국의 힘이 쇠퇴하기 시작했음을 분명히 느꼈다. 그는 산산딩의 유명한 마라부, 알파 세이두 코나테를 불러들였고, 그자가 의견을 내놨다.

"페울인 한 명이 일어섰고, 그자가 세구의 힘을 저지할 겁니다. 그리고 전하와 관련해서는, 전하의 뒤를 이을 자가 아드님 티에쿠라가 아니라 형제 중 한 분일 겁니다. 누구냐고요? 아직은 말씀 드릴 수 없습니다. 그리고 지금 앓고 계신 병환에 관해 말씀드리 자면, 절대로 치유될 수 없을 겁니다."

이런 무시무시한 예언이 떨어지자, 침묵이 자리 잡았다. 위대 한 점술인과의 은밀한 면담을 위해 노예들을 전부 다 내보낸 자 리여서, 실내에는 왕, 마라부, 그리고 그리오들의 수장인 티에티 기 바냉티에니만이 있었다. 만사의 역력한 비탄 앞에서, 티에티 기 바냉티에니가 그런 예언은 최소한으로 참고하라고 권하듯 살 짝 놀리는 듯한 미소를 왕에게 건넸다. 세구에는 운명의 계략을 해체할 수 있는 주물사들이 존재한다는 걸 잊고 있는가? 하지만 다 몽종은 안심이 되지 않았다. 갑자기 멈췄다가 다시 걸음을 옮 겼다가 뒤돌아 걷는 등 덜컥대는 생각의 리듬을 따라서 방 안을 오가기 시작했다. 현재 광신이라고 할 정도로까지 이슬람화된 페 울족이 그토록 위험한 존재가 된다면, 싸움의 전선이 하나만 존 재하도록 이제껏 적으로 지내왔던 카르타 왕국의 밤바라 형제들 과 시급하게 강화를 해야 하지 않을까? 그런데 그렇다면 무슨 구 실을 찾아내야 하나?

벌써 알파 세이두 코나테는 일어나 있었다.

"전하, 허락하신다면 전 이만 물러나겠습니다. 산산딩에서 세 구까지의 여정이 오래 걸려서……."

다 몽종이 허락을 의미하는 손짓을 보내자, 알파 세이두 코나테가 신 앞에서만 엎드린다고 주장하는 이슬람 신도들의 거만함을 보이며 물러갔다.

다 몽종은 왕좌에 오른 뒤로 궁정의 실내장식에 수많은 변화를 가져왔다. 일종의 개인 살롱을 짓게 한 뒤, 그곳에 유럽에서 들여온 안락의자들과 모로코제 덮개를 씌운 아주 낮은 소파들을 들여놨다. 심지어 번쩍이는 금속으로 만든 높다란 촛대를 구입하여 초까지 꽂아놓았다. 그래서 더는 밤이 존재하지 않게 되었고, 군주는 이미 소유하고 있던 칭호인 전쟁을 다스리는 자, 세구를 보호하는 긴 뱀, 생명력의 원천에 덧붙여 칭호를 하나 더 받게 되었다. 바로 '밤의 태양들을 다스리는 자'였다.

다 몽종은 땀이 줄줄 흐르는 얼굴로, 촛불의 인위적 불빛을 받으며 방 안을 오갔다. 갑자기 다시 자리에 앉더니, 왕다운 표정을 되찾았다.

"티에티기, 카르타의 만사 은틴 코로에게 여자를 청하면 어떨까?"

그리오가, 왕의 머리가 어떤 계산을 하고 있는지 따라갈 수가 없어서, 어리둥절한 표정으로 바라보다가 말했다.

"여자요?"

상대방이 참을성 없는 몸짓을 보이며, 더 이상 설명해주지는 않고 명령을 내렸다.

"알아봐! 은틴 코로의 딸들 중에서 결혼 적령기의 여자가 있는지 알아보고, 와서 보고해……."

다 몽종은 아버지가 보여줬던 전략가로서의 자질을 갖고 있지 않았다. 자기보다 더 잘생겼다는 말을 듣는 누군가를 죽이라는 명령을 내릴 수도 있을 정도로, 얼굴을 가꾸는 데 거금을 쏟아붓는 허세 가득한 남자였다. 하지만 위기의 순간에는 침착함을 되찾을 줄 알았다. 페울족이 '물신숭배'의 세계를 위협하고 있으니, 좋다, 물신숭배의 세계끼리 다툼은 묻어버리고 페울족에 맞서야 한다! 다 몽종은 마음속 깊은 곳에서는 종교의 이름으로 전쟁을 벌일 수 있다는 걸 이해하지 못했다. 민족마다 마음에 드는 신을 자유롭게 숭배하는 게 아닌가? 세구는 수많은 이방의 도시들을 지배하지만, 그들에게 자신의 신도, 자신의 조상들도 강요하려고 애쓴 적이 한 번도 없었다. 오히려 이방의 신들을 빼앗아 자신의 만신전을 살찌우고 그들을 더 강력하게 지배하려고 했다.

신들은 다양하다. 유일신은 없다. 알라라는 신이 다른 신들을 배제하고 홀로 지배한다는 그 주장은 무엇인가?

따라서 통치하는 두 가문, 그러니까 저쪽 카르타 왕국의 쿨리발리와 이쪽 세구의 디아라, 이 둘 사이의 해묵은 경쟁심은 잊어야만 했다. 마사시에게 사절을 보내고, 아내를 매개로 새로운 동맹을 조인하리라. 그러고 나면 그들의 군대가 하나가 될 테고, 동맹군이 그 목동들을 그들의 가축에게로 되돌려 보낼 수 있을지의 여부를 알게 되리라! 그러자 다 몽종은 비교적 마음이 놓였다. 주위를 둘러보다가 모로코제 장식 융단으로 꾸며놓은 커다란 방 안에 혼자임을 깨닫고 거세게 손뼉을 쳤다. 다른 방에서 기다리고 있던 노예와 그리오 무리가 걸어 들어오며, 눈으로 만사의 음울한 기분을 가늠했다. 곧 그리오들이 서로 관심을 끌려고 다퉜다.

"밤의 태양들을 다스리는 자이시여, 어떤 노래를 불러드릴까요?"

다 몽종이 망설였다.

"소꼬리에 올라앉은 등에처럼 날 귀찮게 하기 시작한 그 페울 놈에 대해 무엇을 알고 있는가?"

젊은 그리오 켈라가 타마니를 두드렸다.

"이슬람으로 개종한 피투가의 어떤 소 치는 남자가 제네에서 멀지 않은 포도의 진흙에서 소 치는 여자를 만났지요. 둘은 결혼했고, 곧 여자의 배가 호박처럼 부풀어 올랐습니다. 여섯 달 뒤, 그 부족 모두가 그렇듯이, 허약한 아들이 하나 나왔습니다. 바로 아마두 하마디 부부랍니다. 할례식 때 그자가 울기 시작했어요.

'아, 아버지! 이 칼을 치워주세요! 왜 제게 이런 상처를 내십니까? 아, 아버지, 이 칼을 치워주세요!'

어머니는 아들이 창피했어요. 아들에게 이랬죠. '썩 물러가거라. 널 더는 보고 싶지 않구나.' 그래서 아마두 하마디 부부는 룬드 시루로 훌쩍 떠났고, 그곳에서 먼지 구덩이 속에 이마를 비벼

대며 외쳤답니다. '오너라, 나는 알라의 사신이다! 비스밀라*, 긍휼의 알라신이여!'

제네의 모로코인들은 귀가 따가울 지경이었습니다. '자신을 알라의 사신이라고 말하는 이 소 치는 자는 대체 뭐야?' 그들은 디아 우각호의 진흙탕으로, 그의 가축들 곁으로, 그 소 치는 자를 쫓아 보냈지요…….'"

다 몽종은 자신에게 즐거움을 주려고 만든 그 풍자적인 노래를 듣고도 웃을 수가 없었다. 소 치는 자든 아니든 아마두 하마디 부부는 이미 그가 지배하던 식민지 중 하나를 정복했다. 알파 세이두 코나테가 말하듯이 이걸 사소한 사건으로 치부할 수 있다 해도, 치명적일 수 있는 또 다른 충돌들이 곧 발생하리라. 다 몽종은 그런 충돌을 먼저 도발한 뒤, 기습 효과를 이용해 승리로 탈바꿈시키는 게 더 낫지 않을까, 라는 의문이 불쑥 들었다. 하지만 성공을 보장하려면 강력해야 했다. 그것도 엄청나게.

"'자신을 알라의 사신이라고 말하는 이 소 치는 자는 대체 뭐야?' 그리고 그들은 디아 우각호의 진흙탕으로 그를 쫓아 보냈지요. 그러자 아이들이 몰려들어 그 주위를 둘러쌌습니다. '네가 알라의 사신이라니, 몸을 휘감은 천 따위는 필요 없겠네.' 그리고는 그걸 빼앗아버렸습니다……."

* '알라의 이름으로'라는 뜻이다.

안달이 난 다 몽종이 켈라에게 조용히 하라는 손짓을 했다. 곧 다른 가수가 교대로 노래를 부르자 곧이어 발라가 기타 반주에 합세했고, 그 소리만이 방 안에 울리는 유일한 소리였다.

다 몽종은 아버지가 여러 차례 이뤄낸 정복, 제국의 경계를 넓혀나갔던 그 방식을 되짚어봤다. 그가 제국의 붕괴를 주재하게 될 인물이려나? 그런 게 그리오들이 그에 대해 보존하게 될 기억이려나? 그리되지는 않으리라. 당장 다음 날부터, 세구 도시와 부락의 수장들을 소환해서 카르타와의 강화를 제안하겠다. 그런 결정을 내린 뒤, 요즘 가장 총애하는 첩 곁에 틀어박히려고 움직이려는 차에, 그리오 티에티기 바냉티에니가 다시 모습을 나타냈다.

"물과 만물의 기운을 다스리는 분이시여, 두지카 트라오레가 위독하다는 전갈을 방금 받았습니다. 그의 형제들이 멀리 타지에 나가 있는 그의 아들들에게 알려달라고 카라반 대상들에게 전갈을 맡겼답니다……."

다 몽종은 살짝 어깨를 으쓱했다. 죽음으로 끝나지 않는 생명이 어디 있던가?

하지만 티에티기가 그에게 다가왔다.

"선왕께서 왜 그를 궁에서 내치셨는지를 떠올려보십시오. 그가 카르타의 쿨리발리 가문과 교류해서가 아니었나요? 카르타의 쿨리발리 가문과 가까워지고 싶으시다면, 그가 죽기 전에 그를 복권시키려고 하심이 좋은 정략이 아닐까요? 그는 스무 명에 달하는 자녀들을 남겨놓게 될 겁니다. 그의 아내들, 특히 바라 무소에게 선물을 보내시지요. 너무 늦기 전에 그를 만나러 가심이⋯⋯. 그런 처신은 마사시 왕가에 좋은 인상을 남길 테고, 그쪽에서는 전하의 청원을 들을 준비가 될 겁니다⋯⋯. 이제 전하의 의도를 알 것 같아서 그럽니다⋯⋯."

두 남자가 서로를 응시했다. 자고로 왕이란, 자신을 섬기는 그리오들의 수장보다 더 친밀한 각료도, 친구도, 대신 지옥에 가줄 신하도 없다. 왕은 그를 한통속으로 만들지 않고서는 아무런 시도도 하지 않으며, 그의 헌신에 의지하기 마련이다. 티에티기는 다 몽종이 왕자 신분일 때부터 이미 왕자를 위해 음모를 꾸미고 속이며 그의 지저분한 일들을 처리해왔다. 몽종이 승하했을 때, 다 몽종 왕자가 통치할 만한 연령대의 다른 형제 열두 명보다, 특히 형보다 우위에 섰던 것도 부분적으로는 그의 덕분이다. 그는 한 번 더 티에티기의 영리함에 감탄했다. 출생, 결혼, 사망, 이렇게 삶의 큰 사건들은 세상을 지배하려는 자에 의해 활용되어야만 한다! 그가 고개를 끄덕였다.

"내 개인 치유사를 보내고, 그에게 열성을 다해 임하라고 하게. 난, 내일 방문하겠어."

하지만 두지카의 영혼은 사람들이 알아차릴 새도 없이 육신을 떠나버렸다. 가벼우며 인간의 눈에는 보이지 않는 영혼은 철물장인 주물사들이 거둬들이고 나서 신생아의 몸에 새로운 거처를 배당받을 때까지 짤막한 자유의 순간을 맛본다. 그때가 되면, 영혼은 강물 위를 떠돌고, 언덕 위로 솟구치고, 부르르 떠는 법 없이 우각호에서 피어오르는 연무를 들이마시고, 개인 영지의 가장 비밀스러운 구석에 몸을 부려놓는다. 거리 감각이 없다, 영혼에게는. 영혼에게 바둑판 모양의 넓은 경작지는 광대한 공간 속 한 점에 불과하다. 영혼은 별들에 의지해 나아간다.

그리하여 두지카의 영혼이 포도 상공을 날았다. 여울마다 보랏빛 커다란 연꽃들로 덮여 있었다. 우기를 알리는 비가 내렸으니까. 페울족의 가축 떼는 끈적이는 진흙 속에 무릎까지 발이 빠졌다. 그러고는 제네에 등을 돌려 무라의 우각호를 통과해 마시나의 수도인 테넨쿠까지 날아갔다.

페울족 전부가 아마두 하마디 부부가 이끄는 종교 혁명에 찬동한다고 생각해서는 안 되리라. 물론 너무 오랫동안 그들의 가축을 노략질했던 호전적 경작자들, 밤바라인들에게 따끔한 맛을 보여주는 것이 불만스럽지는 않았다. 하지만 머리를 밀고, 발효음료를 거부하고, 하루에 다섯 번 땅바닥에 엎드리는 건 또 다른 문제였다! 게다가 전에 들어보지 못한 말들이 돌아다니기 시작했다.

"신앙은 달군 쇠와 같다." 아마두 하마디 부부가 부르짖었다. "차갑게 식으면 부피도 줄고 다루기도 어려워진다. 따라서 사랑과 자비의 고귀한 화덕에서 신앙을 뜨겁게 달구어야 한다. 우리의 영혼을 사랑이라는 활력소로 담금질을 하고, 자비를 향해 우리 영혼의 문들이 활짝 열려 있게 신경을 써야 한다. 그렇게 우리의 생각은 명상을 향해 나아가게 될 것이다."

이 모든 게 무슨 소리인가?

시라의 남편은 그런 말의 의미를 이해하는 사람들에 속했다. 아마두 타시루는 이슬람의 한 종파인 티자니야의 창시자 셰이크 아흐메드 티자니의 제자였고, 비록 그 자신은 영예로운 칭호인 셰이크를 갖지는 못하고 모디보*의 칭호에 만족하고는 있지만, 종교적인 인물이었다. 그는 집에 신학과 스콜라철학 관련 서적, 그리고 그 유명한 《자와히라 엘마니》**가 포함된 법학 관련 서적 여러 권 등 풍성한 장서를 소유하고 있었다. 그가 시라와 결혼한 이유는 같은 신분의 그 어떤 남자도 밤바라 남자의 첩실 노릇을 오래 한 시라를 받아들이려고 하지 않아서였다. 시라는 테넨쿠에 돌아와서 어머니와 함께 살기 시작했고, 장에서 고시***나 코데****를 팔아서 번 돈으로 딸을 부양했다. 그래서 아마두 타시루는 고마워서 어쩔 줄 모르는 하녀를 한 명 손에 넣었다고 여겼다. 그런데

---

*   이슬람의 학자.
**   셰이크 아흐메드 티자니의 저서로, '의미의 진주'라는 뜻이다.
***   기장죽.
**** 웅유를 넣은 기장 가루.

결혼하고 몇 달 뒤, 자신이 잘못 계산했음이 너무나 명확해, 그렇다는 사실을 인정하지 않을 수 없었다. 시라는 오만했고, 그녀가 속한 생물학적 성에 적합한 겸손함이라고는 아예 없었으며, 그를 평가하고 조롱하는 표정으로 그가 이성을 잃게 만들었다. 그녀에게 모욕감을 주려고 갓 사춘기에 들어선 두 번째 아내를 맞았다. 그녀는 출산을 하다가 목숨을 잃었다. 이제는 신이 특별한 의도를 갖고 시라를 통해 심적 고통을 주시는 걸로 이해했다. 어떤 의도일까?

그가 그녀를 끌어당겼다. 그녀가 뻗대며 초조하게 말했다.

"왜 그래요?"

그녀가 중얼거렸다.

"배 속에서 애가 움직였어요……."

그는 그녀를 놓아줄 수밖에 없었다. 그러지 않으면 또다시 조롱하는 표정으로 그를 바라볼 테니. 라집*****도 와지파트도 조후르도 아스르도 마그레브도 이샤******도 잊는 법이 없는 독실한 신자라면서, 규정된 기한을 넘어서까지 임신한 아내를 취하다니!

사실 시라는 거짓말을 했는데, 아마두 타시루를 괴롭히고만 싶었다. 매일 그녀의 생각은 세구로 돌아갔다. 딸도, 두 아들도, 태

***** 티자니야 종파가 하루에 드리는 두 차례의 기도.
****** 이슬람 신자가 하루에 드리는 다섯 차례의 기도.

내의 아기도, 말로발리 문제에 있어서는 그녀에게 위로가 되지 않았다. 그 아이는 지금 어떤 모습일까? 사막의 어린 종려나무를 닮았겠지. 양쪽으로 머리를 땋아 늘이고 흰자위가 반짝이는 눈에 살짝 솟은 광대에 연한 색 피부. 니아가 그녀에 대해 말해줬을까? 그랬다면 그녀를 미워할 게 틀림없다. 하지만 만약 니아가 아무 말도 해주지 않았다면, 그렇게 아이가 모르고 있는 게 증오보다 더 고통스럽지 않을까? 그 아이는 며칠이면 닿을 거리에 있는 어머니가 생각 속에서는 그를 떠난 적이 없음을 알지 못한 채 걷고 뛰고 먹고 잔다. 지금 시라는 단지 말로발리만 신경이 쓰이는 게 아니었다. 그녀로서는 원인을 알 수 없는 불안감이 덮쳐왔고, 두지카와의 삶이 다시 눈앞을 지나갔다. 그에게서 떨어져 나오는 데 얼마나 많은 시간이 걸렸던가! 우기가 될 때마다 떠날 결심을 했다가, 건기로 미루곤 했다. 마침내 그녀를 설득했던 건 밤바라족과 페울족 사이에 오가는 도끼와 창이 부딪는 소리가 아니었다. 밤바라인들이 단호하게 거부하는 이슬람에 대한 끌림도 아니었다. 그랬다. 그건 고행의 욕망이었다. 노예는 자신의 주인을 사랑해서는 안 되는 거다. 그런다면 스스로에 대한 존중을 잃는 거다. 떠나야 했다. 이상하게도 낯설어져버린 가족을 되찾아야 했다. 테넨쿠는 변했다. 낭창거리는 나뭇가지들을 엮어 만든 골조 주위로 빠르게 지어 올리는 초가들이 아무렇게나 모여 있는, 그런 임시 거주지가 이제는 아니었다. 흙집들이 있었고, 그중 몇 채의 가옥은 제네의 가옥처럼 우아했다. 제대로 된 항구도 핑가에 위치한 디아 우각호에 지어져서, 강 주위의 온갖 도시에서 몰려든 상인들로 북적였다.

제네의 벽돌공들이 직접 첨탑이 없거나 아무런 장식이 없는 이슬람 성원을 건립했고, 그 성원 주위로 100여 개의 전통 코란 학교들이 번성했다. 하지만 시라는 세구를, 그곳의 거리마다 넘치던 행복한 자유를, 영지마다 흘러나오던 노래를, 강물을 길으러 가는 여자들의 오고 감을, 반쯤 벌거벗은 마부들이 끌고 가는 말들이 히힝거리는 소리를 잊을 수가 없었다. 시라에게는 이슬람이 삶에 금욕적인 회색을 칠하는 느낌이었다. 아이들은 옆구리에 서판을 끼고 학교라는 감옥으로 갔다. 아침마다 탈리베*들이 추위에 벌벌 떨며 골목골목 퍼져서 영창을 했다.

"신에 대한 앎의 열쇠는 신께서 직접 말씀하셨듯이 영혼에 대한 앎이다. 선지자께서 말씀하셨다. '자신의 영혼을 아는 자는 자신의 신을 안다.'"

그리고 보기 싫은 옷으로 휘감은 여자들은 자신들의 아름다움에 더는 신경을 쓰지 않는 것 같았고, 그래서 남자들을 신에 대한 관심으로부터 떼어놓지 못했다.

어떤 눈이 그녀를 지켜보고 있기라도 한 듯 시라는 짚자리 위

---

* 마라부가 맡아서 가르치는 코란 학교의 저학년 학생들.

에서 계속 뒤척였다. 그러다가 어둠을 살피기 위해 벌떡 일어나 앉았다. 누가 어둠 속에 숨어 있지? 옆에 누운 아마두 타시루는 이미 잠이 들었고, 그녀는 두지카와 함께 보낸 밤들을 떠올렸다. 가끔 두 사람은 빛들이창이 희부예질 때까지 잠들지 않았다. 그러고 나면 니아와 니엘리의 예리한 시선을 피해 자신의 개인채로 돌아갔고, 그곳에서, 준 쾌락과 받은 쾌락 때문에 자신을 증오했다. 그런 어느 아침에 떠나기로 결정했더랬다.

시라가 마침내 짚자리 위에 일어나 앉았다. 확실했다. 옷들을 담아둔 널따란 박 그릇들 곁에서 어떤 존재가 펄떡인다. 급하게 버터 램프에 불을 밝혔지만, 달아나는 몇 마리 쥐 말고는 아무것도 발견하지 못했다.

두지카?

그였다. 그가 그녀를 필요로 했다.

세구에서 오는 상인들이 그의 건강이 나빠졌고, 건기의 관목 숲처럼 머리가 셌으며, 허리에는 살이 붙었다고 알려줬더랬다. 이제 그가 위독했고 그의 영혼이 그녀를 다정하게 불렀는데, 그게 느껴졌다. 어쩌면 그의 영혼이 곁에 머물려고 그녀가 품고 있는 아이 안으로 들어가기를 원하는 걸까? 시라는 겁이 났고, 자신을 보호하려는 듯이 배에 손을 가져다 댔다. 그 순간, 각재로 만들고 나뭇가지로 덮은 천장이 삐걱거렸고, 시라는 익숙한 목소리의 탄식을 들은 것 같았다.

두지카! 그래, 그였다!

가옥의 벽이 무너져 사라졌다. 포도를 뒤덮은 강물은 물러나고, 대기 중의 습기는 건조하고 뜨거운 열기로 바뀌었다. 세구다. 만사의 궁정 뜰에서 노예들이 실을 잣고 피륙을 짜고 미리 늪의 진흙에 담갔던 천을 물을 콸콸 부어가며 헹궜다. 어떤 남자가 그 사이로 지나갔더랬다. 서로의 눈이 마주쳤다. 그녀의 삶에서 가장 좋았던 몇 해였다.

노예는 자신의 주인을 사랑해서는 안 되는 거다. 그런다면 스스로에 대한 존중을 잃는 거다. 시라가 벽을 움푹하게 파놓은 곳에 버터 램프를 다시 갖다 놓고, 입으로 불어 끄고는 다시 자리에 들었다. 아마두 타시루가 결국엔 투덜댔다.

"무슨 일이야?"

그러더니 옆으로 돌아누우며 그녀에게 팔을 둘렀다. 결국 그에게는 그럴 권리가 있었다. 남편이었으니. 그녀처럼 가치가 떨어진 여자를 갖겠다고, 뿔이 예리하고 털에 윤기가 흐르는 10여 마리의 가축을 서슴없이 줬더랬다. 두지카와의 사이에서 낳은 딸 음페네를 자신의 아이처럼 대우했다. 신을 믿는 남자였으니까. 그에게서 무엇을 비난하겠는가?

하지만 두지카의 영혼은 토기 조각으로 막아놓은 빛들이창에 등을 대고 있었다. 시라가 아마두 타시루의 팔에 안겨 보여주는 광경을 참을 수가 없어서, 그는 가장 끔찍한 복수를 상상했다. 시라의 태내로 들어가서 아이에게 깃들어 아이를 죽게 한 뒤, 그녀가 품게 될 아이들을 모두 내몰아서 한 명씩 한 명씩 무덤으로 끌고 가기. 그녀의 배 속 공간을 완전히 점령하고 모든 틈을 막아 붙임으로 만들기. 아니면 잠이 들어 영혼이 떠나버린 육신을 탈취해 괴물들을 수태하기.

　그 무시무시한 눈빛 아래서, 짚자리에 누운 시라가 웅크리고 앓는 소리를 내며 반쯤 잠이 깼다가 다시 무의식 상태로 빠져들었다.

2

　왕실 소속 그리오들은 악사, 가수, 무용수들을 거느리고 두지카의 개인 영지에 이미 도착했는데, 그제야 다 몽종은 노예들이 타조 깃털로 부채질을 해대는 가운데 궁 밖으로 발을 디딘 참이었다. 군대 파견을 제외하면 공개적으로 모습을 보이는 일이 드물기 때문에, 도시 전체가 쏟아져 나와 그를 보며 환호를 보냈다. 어린아이들은 마호가니 나무와 카리테 나무를 타고 올라가서 나뭇가지에 걸터앉았고, 여자들은 부끄러움도 없이 더 가까이 다가가려고 서로 팔꿈치로 밀어댔다. 다 몽종은 헐렁한 하얀색 바지에 헐렁한 빨간색 상의로 간소하게 차려입었는데, 이슬람의 의상을 선택했기 때문이었다. 그는 군주의 표징물로는 구리를 입힌 기다란 단장과 날이 넓은 검만 들고 있었다. 하지만 붉은색으로 수놓은 노란색 가죽 단화를 신는 즐거움은 포기하지 못했는데,

그 단화는 노예무역상을 통해 해안 도시에서 들여온 물품이었다.

왕좌에 오른 뒤로 그를 보지 못했던 사람들은 그가 아버지보다도 더 잘생겼다고 감탄했는데, 그는 왕족임을 보여주는 세 줄의 칼자국이 관자놀이에 선명했고, 몽종과 마찬가지로 한쪽을 튼 청동 고리를 코에 걸었으며, 굵게 땋은 두 갈래 머리 타래를 턱 밑에서 교차시킨 모습이었다. 사람들이 무엇보다도 높이 산 건 그의 걸음걸이, 날렵한 몸매를 돋보이게 하는 살짝 살랑대는 걸음걸이였다. 수없이 많은 여자들이 그를 보면 넋을 잃고, 하렘에는 그에게 모든 걸 바칠 여자들이 못 돼도 800명은 있을 거라는 게 이해가 갔다.

하지만 그리오 켈라가 두지카의 영지 문턱을 넘어서자마자, 두지카의 형제 중 한 명이 그가 만사를 기다리지 못하고 저세상으로 떠났음을 조용히 알려줬다. 켈라는 왕의 행차 행렬을 거슬러 뛰어가 탐탐, 발라, 부루 연주자들에게 소리를 줄이라는 신호를 보내고는 다 몽종의 발아래 흙바닥에 몸을 던지며 고했다.

"그를 용서하소서, 물과 만물의 기운을 다스리는 자여, 그가 떠나버렸답니다……."

다 몽종은 그렇다고 왔던 길을 되돌아가지는 않았다.

이제 여인들의 통곡이 음악 소리를 덮었고, 최근에 도입된 관례에 따라서 고인의 영지에서 노예무역으로 들여온 총을 발포했다. 이 소리를 듣고 다른 여자들이 이웃 영지에서 나와 애도의 장소를 향해 달려갔다. 몇몇 여자들이 길바닥의 흙먼지에서 뒹구는가 하면, 논밭을 덮치는 메뚜기 떼처럼 그리오들이 어디선가 잔뜩 나타나서 두지카의 가계도와 업적을 큰 소리로 외치기 시작했다. 다 몽종이 켈라에게 은밀히 신호를 보내자, 이번에는 켈라가 노래하기 시작했다. 그건 최상급의 영예를 보여주는 거였다. 만사가 보는 앞에서 만사가 거느린 그리오에 의해 찬양을 받다니! 두지카의 개인채는 오히려 바깥의 소란과 대조되는 침묵이 지배했다. 디에모고의 아내들이 바질로 향을 낸 더운물로 시신을 닦는 동안, 두지카의 마지막 아내인 플라코로가 최고의 숙련공이 짜고 이럴 목적으로 정성스럽게 간직해왔던 흰 무명천들을 펼쳤다. 니아와 니엘리는 바닥에 굵은 짚으로 짠 자리를 깔고, 그 위에 종려나뭇잎으로 짠 곱고 부드러운 자리를 깔았다. 일단 두지카의 시신이 거기에 안치되자, 아내들 전부가 작은 간이 의자를 갖고 와 바라 무소 주위에 자리를 잡았고, 침묵 속에서 문상을 받았다. 니아는 지금 겪는 감정이 슬픔인지 아닌지를 알 수 없었다.

처음에는 안심이 됐다. 곧 땅에 묻을 두지카는 그녀가 그토록 사랑했던 그 두지카가 아니어서였다. 나이보다 앞서 쪼그라들었고, 각자의 삶이란 게 결국에는 고약하고 보잘것없는 길고 긴 죽음에 불과한데도 그 사실을 부인하듯 끊임없이 삶의 환멸을 곱씹는 남자였다. 아침마다 그의 처소로 들어갈 때면, 지금 자신이 상대하는 존재가 누군지를 자신에게 묻곤 했다. 죽음과 죽음에 따르기 마련인 정화 의식이 그를 자신이 품은 사랑과 존경에 걸맞은 배우자로 돌려놓았다.

두지카의 동생으로 파의 역할을 수행하는 디에모고가 형의 처소 입구에 자리 잡았다. 만사의 행차 행렬이 다가오는 소리가 들렸지만, 그런 뒤늦은 복권에 대해 어떤 기쁨도 느끼지 못했다. 왕이 베푸는 영예는 위선을 감추고 있음을 알기에, 아직도 따뜻한 두지카의 시신을 둘러싸고 어떤 음모가 진행 중인지 궁금했다. 그러고는 육류로 차려내는 장례 만찬 준비에 쓰라고 벌써 닭과 양들을 가지고 온 이웃과 친구와 친척에게 감사하면서, 형이 시가와 티에코로를 다시 보지 못했으니 형의 마지막 소원을 들어주지 못했다는 생각에 슬퍼했다. 아, 황소를 한 마리 잡아야겠다. 두지카는 중요한 인물이었으니, 세구의 모든 가난뱅이들이 마지막으로 그가 비용을 내는 음식을 먹으러 찾아올 거다. 돌로도 박 그릇마다 잔뜩 쟁여놓아야 하고, 토도 박 그릇마다 잔뜩 만들어둬야 하고, 소스도 박 그릇마다 잔뜩 준비해둬야 하는데…….

다 몽종의 모습이 영지의 유일한 대문간에 나타났고, 만사는 본뜰에서 놀다가 깜짝 놀라 찬미의 눈길로 바라보는 아이들 사이를 지나 두지카의 개인채 입구로 다가갔다. 디에모고가 땅바닥에 몸을 던지며 중얼거렸다.

"천지간 기운을 다스리는 자여, 그를 용서하소서. 오실 때까지 기다리지 못했습니다……."

만사가 몸을 일으키라는 손짓을 했고, 그러는 동안 티에티기 바냉티에니는 디에모고의 주위를 돌며 외치기 시작했다.

코로, 유일한 지팡이가 부서졌구나

이제 홀로 걷는 법을 배워야 하네

네가 기댈 곳이 필요하면

형을 불렀지

이제 기댈 곳이 필요하면

누구를 향해 나아갈까?

다 몽종은 개인채 안으로 들어가지는 않았다. 망자의 단장이 끝나지 않아서였다. 그는 노예들에게 지고 온 자패화를 가족에게 전달하라는 신호를 보내고, 디에모고와 형제들에게 애도를 표했다. 주변에서는 쿠마레와 다른 철물장인 주물사들이 모래밭에 쭈그리고 앉아서 조상들의 의향을 묻고 있었다. 디에모고가 훌륭한 파가 될 것인가? 가문이 소유한 거대한 재산을 관리하고, 수많은 아녀자들을 보호하며, 노예들 간의 분쟁을 예방할 수 있겠는가? 세구에서는 종종 노예와 노예의 소생들이 똘똘 뭉쳐서 집안을 좌지우지하는 일이 있었다. 두지카의 아내들은 누구에게 돌아갈 것인가? 출생 순서로 그녀들을 분배할 것인가? 아니면 이미 아내가 넷인 디에모고에게 모두 갈 것인가? 수많은 질문들이 있었고, 주물사들은 숨을 죽이고 점성판을 응시했다. 쿠마레가 특히 집중했다. 두지카의 영혼이 조상들의 거처까지 여행하는 동안 두지카를 쫓아다녀야 해서였다. 그의 생전에 그를 증오했던 사람들에게게서 풀려난 온갖 힘들이 그가 남자아이의 몸을 통해 되태어나는 걸 막으려고, 결코 그가 평화를 누릴 수 없는 그 컴컴하고 뜨거운 지역에서 길을 잃게 만들려고 노리고 있었다.

콜라 열매 하나를 맹렬히 씹던 쿠마레가 두지카 처소의 벽면에 대고 갈색 즙과 찌꺼기로 가득한 침을 뱉고 나서는, 한꺼번에 구워서 장례 음식으로 사용할 가축들의 멱을 따러 갔다. 그동안 또 다른 사제가, 이미 볼리와 함께 조상의 형상들을 놓아둔 작은 규모의 별채에 갖다 놓으려고, 망자의 얼굴을 흙으로 빚고 있었다. 다 몽종은 이런 온갖 준비 과정을 보고 있자니, 1년 전에 아버지가 사망했을 때 겪었던 준비 과정들이 떠올랐다. 물론 선물의 규모는 같지 않았다. 몽종이 서거했을 때에는 왕국 각지에서 답지하는 자패화와 황금을 들여놓기에 궁정의 방 일곱 개로도 부족했고, 말과 가축들이 뜰마다 가득했더랬다. 망자의 소원대로 가난한 사람들과 지나가는 여행객들에게 나눠준 그 재물로 100여 명의 사람들을 기쁘게 해줬다. 하지만 망자들의 지위에 따른 그런 차이를 무시하면 분위기가, 그러니까 불가피한 잔치와 개개인의 슬픔, 필수적인 과시와 실제적인 환대가 뒤섞인 점은 같았다. 그리고 노래와 춤과 농담에 가려지긴 했지만, 방금 모습을 나타낸 그 낯선 존재에 대한 두려움이 있었다. 다 몽종은 자기 자신의 죽음을, 파놓은 구덩이에 자신을 살며시 눕히고 아들들이 자신을 덮은 흙에 물을 뿌리면서 전례문을 중얼거릴 순간을 생각하지 않을 수 없었다.

"이 물을 보소서, 분노하지 마소서, 우리를 용서하소서, 우리에게 우기의 비와 풍부한 수확을 주소서. 우리에게 장수와 수많은 자손과 아내들과 부를 주소서……."

그는 전율이 흘렀고 그만 궁으로 돌아가야겠다는 생각을 했지만, 자신의 그리오 티에티기가 처음 보는 풍모가 근사한 남자와 열띠게 이야기를 나누고 있음을 알아차렸다. 큰 키와 문신과 의복을 보건대 카르타 왕국의 사내 같았고, 다 몽종은 티에티기가 왕국의 이익을 망각하는 법이 절대 없다는 생각을 했다.

처소 안에서 두지카의 육신이 부풀어 올랐고, 들큼한 냄새를 풍기며 빠르게 부패했다. 쿠마레를 위시해 다른 철물장인 주물사들은 망자가 최근 몇 년간 느낀 근심과 환멸이 일으키는 효과임을 알아채고, 묘혈 파는 일꾼들에게 최대한 빨리 매장하라고 권했다. 일꾼들이 가족의 의견을 물었으나, 디에모고가 이 끔찍한 소식을 전달받은 고인의 아들들이 세구로 돌아올 기회를 줘야 한다고 주장하며 반대했다. 그곳에 있던 대부분의 사람들이 그건 현명하지 못하다고, 아들들은 사십제에 맞춰 돌아오면 충분하다고 생각했고, 디에모고가 훌륭한 파가 되지 못할 것 같다는 성급한 결론을 냈다. 그는 너무 소심하고, 너무 관습에 얽매였다. 다몽종이 궁으로 돌아간 뒤라 분위기는 덜 장중했고, 돌로의 효과로 고인은 잊고 험담을 하고, 여자들을 쳐다보며 농담하기 시작했다. 사람들은 특히 디에모고와 니아 사이에 무슨 일이 벌어질지를 궁금해했다. 두 사람이 서로 증오한다는 건 알고 있었다. 니아는 두지카가 쇠약해지기 시작하자, 아들 티에코로의 이름으로 집안 관리의 고삐를 쥐어야겠다는 생각을 품었더랬다. 디에모고가 재빨리 가족회의를 소집하여 그녀를 밀어냈다. 만약 니아가 디에모고와의 혼인을 거절한다면, 전통이 보장하는 권리에 따라서 니아는 자기 가족에게로 돌아가리라. 그렇게 되면 누가 니아의 자식들의 이익을 방어하겠는가? 벌써부터 디에모고의 장남인 티에폴로가 모두에 대해 지나치게 우위를 차지한 듯했다. 사람들은 두지카의 둘째 아들 나바가 실종된 때가 티에폴로가 나바를 데리고 사냥 원정을 갔던 중이었음을 떠올렸다. 그 사실로부터, 그 사건이 미리 모의되었던 거라고 속삭이기까지는 한 걸음만 내디디면 되었고, 사람들은 앞다퉈 그리했다.

디에모고는 결국 사제 주물사들의 권고를 받아들여, 인부들에게 두지카를 잠시 공개할 안치소를 세우라는 명령을 내려야만 했다. 동시에 그의 처소 뒤편에 그를 매장할 못자리를 파기 시작했다. 노래와 춤이 한층 더 격렬해졌고, 모두가 티에폴로가 실제로

정식 후계자처럼, 장자처럼 행동한다는 점에 주목하면서 티에폴로를 주시하기 시작했다. 사실 티에폴로는 그 치명적이었던 사냥 사건에 대해 절대 스스로가 용서되지 않았고, 그날 이후로 그의 삶 전체는 그걸 잊어보려는 헛된 시도에 불과했다. 사람들은 과묵하며 거리를 두는 그의 태도를 오만하다고 여겼지만, 그 밑에는 그의 후회가 숨어 있었다. 그에게 방금 생각이 하나, 죄를 없앨 방법이 하나 떠올랐다. 예전에 가문의 아들을 한 명 잃게 했었다고? 좋아, 이제는 다른 아들 한 명을 되찾아오리라! 그래서 디에모고가 혼자 있는 틈을 타서 아버지에게 다가가 조용히 말했다.

"파, 말을 타고 제네로 떠나게 허락해주세요. 사십제 전에 티에코로를 반드시 데려올 수 있어요……."

디에모고는 뭐라고 말해야 할지 알 수 없었다. 좋은 생각임은 분명했다. 그가 파견한 노예들이 가문의 자식보다 더 부지런을 떨지는 않을 테니까. 하지만 그 지역에서 벌어질 수 있는 온갖 일들, 페울족의 매복이나 해안으로 잡아가기 위한 포획 등을 생각해보면, 그런 길에서 젊은 청년 혼자 모험을 감행하게 내버려두는 것이 신중할까! 그는 유일하게 할 수 있는 결정을 내렸다.

"쿠마레에게 의견을 물어보자."

바로 그 순간, 두지카가 내뿜기 시작한 악취가 한 점 불어오는 바람에 실려 그에게까지 날아왔고, 그는 매장을 더는 늦출 수 없음을 이해했다. 그는 인부들을 지켜보며 남쪽을 향해 전례문을 읊고 있는 쿠마레를 찾아오라고 시켰고, 그를 조용한 구석으로 데리고 갔다. 쿠마레는 미적대지 않았다. 모래에 손가락을 담그자마자 곧바로 고개를 들었다.

"자네 아들은 출발해도 된다네, 디에모고."

디에모고가 끈질기게 물었다.

"티에코로를 데리고 올 수 있을까?"

상대방은 살짝 입을 삐죽였고, 그로 인해 얼굴이 더욱더 무시무시해졌지만 답은 했다.

"어부의 통발은 선장만이 가지고 오는 법!"

그리하여 마부 노예가 발 한쪽만 빼면 얼룩 하나 없이 윤나는 검은 털을 지닌, 마시나산 최고급 말 한 필을 끌고 왔다. 이마 끈은 부적과 호부와 말과 기사를 보호해준다는 온갖 가루가 담긴 동물의 작은 뿔들로 뒤덮였다. 안장에는 식량과 자패화가 담긴 자루 두 개와 화살로 가득 찬 화살통을 걸어줬다. 티에폴로는 아버지 앞에 엎드려 절하고 나서 말의 고삐를 쥐었다. 곧 영지의 모든 아이들이 빽빽 소리 지르고 손뼉을 치며 그의 뒤를 쫓아 달렸다. 아이들에게는 만사의 방문으로 시작해서 먹거리와 타마린드 주스를 잔뜩 먹고 마시는 잔치로 이어졌던, 특별한 하루의 정점이었다. 얌전한 아이들은 티에폴로가 훌쩍 몸을 날려 말의 등에 걸터앉는 모습을 가만히 지켜보기만 했다. 다른 아이들은 뜨거운 거리를 지나 만사의 궁전까지 그의 뒤를 쫓아 뛰었다. 끝으로 가장 용감한 아이들은 세구의 장벽 너머 졸리바강 둑까지 따라가서, 그가 커다란 통목선에 말과 함께 자리 잡는 모습까지 지켜보았다. 티에폴로는 겁먹은 말이 히힝거리며 앞발을 들어 올리자, 진정시키며 목소리로 얼렀다. 곧 배가 물결이 높고 거센 물살이 지나가는 강 한가운데에 닿았다.

아이들 대부분이 다시 영지로 돌아왔을 때 두 개의 자리로 감싼 두지카의 시신은 생전의 처소 앞에 세운 안치소에 놓였고, 아이들은 저마다 무서움을 누르고 어른의 그늘 아래 슬며시 들어가서 망자의 용서를 간청해야만 했다. 말을 할 줄 아는 아이들은 어른을 따라 전례문을 함께 낭송하려고 애썼다.

"용서하소서! 당신을 사랑합니다. 당신을 존경합니다. 평안하소서. 우리를 보호해주소서……."

인부들의 커다란 목소리와 주물사들의 얼굴과 그들의 부적 달린 어마어마한 도구들이 공포를 불러일으켰고, 그건 공포와 즐거움, 유쾌함과 고통, 환희와 슬픔이 한데 섞여 있는 이 특별한 시간의 적잖은 매력이었다.

그러고는 인부들이 어깨에 시신을 지고 구보로 영지를 한 바퀴 돌기 시작했고, 그들이 붉은 입을 쩍 벌리고 있는 묘혈 자리로 되돌아왔을 때에는 두지카의 아들들 전부가 둘러서서 기다리고 있었다. 디에모고는 형의 샌들과 물병, 그리고 함께 묻히게 될 흰색의 영계를 손에 들고 있었다. 얼굴은 눈물범벅이었다. 형을 많이 좋아했더랬다. 하지만 사람들은 그런 나약함의 표시를 좋게 보지 않았다. 여자들이라면 흐느끼고 울부짖는 게 좋다. 하지만 처소 안에 머무르고 있는 두지카의 아내들은 무명천을 휘감고 작은 간이 의자에 의연하게 앉아 있었다. 그녀들에게는 오랜 애도의 칩거가 시작될 참이었다. 정결례의 날까지 절대적으로 필요한 경우가 아니라면 밖으로 나오지 않을 거다.

3

티에코로가 손뼉을 치자, 학생들이 겨드랑이에 서판을 끼고 흩어졌다. 학생 수는 열댓 정도로 많지 않았고, 이 가난한 동네의 이웃에서 오는 학생들이라 학부모들은 종종 월사금을 내지 못했다. 티에코로는 마음속으로는 영적, 종교적 삶의 필수적 기본 요소들을 알려준 대가로 수업료를 받는 게 역겨웠다. 그는 '동냥승'에 대한 깊은 혐오가 있었지만, 가족 부양의 책무를 나디에에게 맡길 수는 없었다……. 가르치는 학생들이 내야 할 자패화를 가져올 수 없을 때에는 기장, 쌀, 닭…… 등을 받았다.

그토록 많은 공부를 했던 게 그런 처지에 이르기 위해서였나? 한구석에 학생들이 앉을 수 있게 천막을 쳐놓은, 그렇게 좁고 모래 섞인 마당에 도달하려고? 가장 기본적인 물품들만 있는 그런 집에……? 티에코로는 대학의 교직에 지원했지만 거절당했다.

마찬가지로 이맘도 카디도 무에진도 자격이 안 되는 것 같았다. 그에게는 오로지 학교를 열 자유만 남겨줬지만, 그는 디나*의 보조금도 전혀 받지 못하고 개인이 지불하는 급료로 만족해야 했다. 그 또한 신학과 아랍어 박사가 아닌가? 그를 둘러싼 불신, 그를 희생하는 배척에 대해 무엇을 탓해야 하나? 그가 밤바라인이라는 것, 그게 다였다. 제네에서는 모로코인, 페울인, 송가이인들이 밤바라인을 경멸하고 싫어했다. 독실한 신자에게는 엎드려 절하느라 생긴 검은 점이 이마에 있듯이, 그들에게는 '물신숭배', '물신숭배자' 출신이라는 오욕이 찍혀 있었다. 그런데 티에코로는 가끔 종교만이 문제시되는 게 아니며, 그런 경멸과 그런 혐오는 전혀 다른 무언가를 겨누고 있다는 느낌을 받았다. 그게 무얼까?

그는 주머니에 묵주를 집어넣고 일어나서, 군데군데 지푸라기가 박힌 구겨진 부부를 편 뒤, 집 안으로 향했다. 제네의 벽돌공 바리의 조합은 가오에서부터 세구까지, 테크루르 왕국 전역을 통틀어 심지어 마그레브에서까지도 유명했다. 사람들 말로는, 바리들은 몇 해 전에 모로코에서 온 말람 이드리스라는 벽돌공이 아스키아와 만사의 궁궐들 및 명문가의 수장들을 위한 대저택 건립에 참여할 때 그에게서 건축술을 배웠다. 바리들은 가끔은 부서

---

* 마시나의 이슬람 신정정치 단체.

진 굴 껍데기까지 섞여 있는 포도의 흙으로, 최악의 악천후에도 버틸 수 있는 가벼운 동시에 견고한 벽돌을 제작했다. 어찌하랴! 티에코로는 그런 거장이 지은 집과는 전혀 상관없는 집에 살았다. 조보로의 구역에 있는 두 칸짜리 집으로, 집 안에는 이불과 짚자리 몇 채, 간이 의자만 놓여 있었고, 집 앞에 닭, 염소와 요리에 필요한 다양한 도구로 어지러운 뜰이 붙어 있었다. 그 집은, 좁고 울퉁불퉁한 골목을 따라 늘어서 있는 비슷한 모양의 집들 사이에 끼어 있었다. 티에코로는 집에 가까워질 때마다 매번 심장이 조여들었다. 그런데 대체 왜 세구로 돌아가지 않는 걸까?

그건 티에코로가 호락호락하지 않은 정신의 소유자여서였다. 만약 세구로 돌아간다면, 자신의 의도와 상관없이 먼 지역의 여행이 안겨주는 위엄과 외국어에 대한 지식과 심지어 경이로운 종교인 이슬람으로의 개종 덕분에 생긴 후광에 둘러싸일 테고, 그렇게 별달리 노력하지 않고도 명사로 자처할 수 있으리라는 걸 잘 알았다. 그런데 그는 자기 삶이 실패하지 않았다고 자신을 속일 수가 없었고, 자신뿐만 아니라 다른 사람들도 현혹할 생각이 없었다. 어떤 면에서는 자신이 처한 가난과 고독 속에서 만족하고 있었다. 그는 거처의 문턱을 넘어섰다. 곧 아흐메드 두지카와 알리 순칼로가 아직 불안정한 작은 다리로 뒤뚱거리면서 아버지를 향해 뛰어왔다. 나디에는 재빨리 하던 일을 중단하고 주인을 맞이하러 나왔다.

나디에가 없었다면 티에코로는 어찌 됐을까?

나디에는 도시에 도착하자마자, 제네 주민과 통북투와 가오의 상인이 환장하는, 쌀가루에 꿀과 고추를 섞어 만드는 일종의 전병인 디미타, 그리고 콩가루로 만들어 버터에 굽는 작은 빵 콜로, 그 밖에도 다른 수많은 당과의 제조법을 배웠더랬다. 그것들을 만들어 시장에 내다 팔기 시작했고, 얼마 안 가 유명해졌다. 티에코로가 괴로워하고 불안해하고 열에 들뜰수록, 나디에는 차분해졌다.

새하얗고 살짝 앞으로 튀어나온 이로 인해 얼굴이 웃음 띤 표정을 띠었지만, 안구 깊숙이 박힌 두 눈의 엄숙함이 그 표정을 부인했다. 그녀는 애교 떠는 법이 조금도 없었고, 호박 구슬과 자패화로 머리를 풍부하게 장식하는 페울족 여인들의 관습을 따랐다. 아름다웠다, 나디에는. 처음에는 볼품없게 여기다가 다시는 잊을 수 없게 되는 그런 어떤 꽃들의 향기처럼 기습적으로 엄습하는 그런 아름다움이었다.

그녀는 티에코로가 앉아 있는 자리 앞에 쌀 요리가 담긴 박 그릇과 생선 소스가 담긴 작은 박 그릇을 내려놓았다. 그가 입을 삐죽였다.

"내놓을 게 그것 말고는 전혀 없어? 내가 원하는 거라고는 그저 약간의 데게……."

그녀가 단호하게 말했다.

"음식을 먹어야죠, 코케⋯⋯. 작년 우기에 얼마나 앓았는지 기억해봐요⋯⋯. 아직도 허약하다니까요⋯⋯."

티에코로가 어깨를 으쓱하면서도 말을 따랐다.

"같이 있어줘⋯⋯. 오늘 아침에 시장에서 들은 말, 뭐 없어?"

그녀가 아버지의 음식에 손을 집어넣겠다고 우기는 알리 순칼로를 품에 안아 들고, 심각한 표정으로 답했다.

"사람들이 그러는데, 곧 세구와 마시나의 페울 사이에서 무시무시한 전쟁이 벌어질 거래요. 아마두 하마디 부부가 우스만 단 포디오라는 이름의 또 다른 이슬람 신도로부터 후원을 얻어 냈는데, 그자가 물신숭배자들을 전부 다 무찌르라고 명령했대요⋯⋯."

티에코로가 짐짓 무사태평인 척했다.

"어, 그래, 우리야 세구에도 마시나에도 살고 있지 않잖아. 그런들 우리에게 무슨 영향을 미치겠어⋯⋯?"

나디에가 잠깐의 침묵 뒤에 말을 이었다.

"아마두 하마디 부부는 제네도 복속시키기를 원한대요. 그 사람 말로는, 제네에서는 이슬람도 부패했고 성원도 방탕의 장소에 불과하다고⋯⋯."

티에코로가 한숨을 쉬었다.

"그 광신도가 두렵기는 하지만, 그 점에 있어서는 그가 옳다는 말을 해야겠군."

그가 박 그릇들을 밀어놓으며 그릇에 담긴 깨끗한 물에 손을 씻었다.

"신의 이름이 인간들을 갈라놓으니 참 이상하지! 사랑과 권능이신 신이! 그의 사랑에서 인간이 창조되었지, 그 어떤 것이든 권능에서 그리된 건 아닌데⋯⋯."

그러다가 티에코로는 말을 중단했다. 대학의 회랑 아래에서나 했을 법하게 어느 결엔가 현학적으로 설교하는 길로 빠졌고, 자신이 그런다는 걸 알아차렸기 때문이었다. 그가 일어섰고, 그 사이 나디에는 음식 남은 걸 거둬 갔다. 티에코로의 마음을 아프게 하는 게 하나 있다면, 그건 배우자인 나디에가 이슬람에 대해 보여주는 태도였다. 그녀는 고집스럽게 침묵을 지키며 이슬람을 거부했다. 나디에가 세구에서 자신도 지녀봤던 호신부로 아이들을 휘감는 걸 막을 수가 없었다. 아이들의 몸은 부적으로 덮였다. 불시에 집에 들어가보면, 이가 다 빠진 늙은 밤바라인 주술사와 맞닥뜨리곤 했는데, 티에코로는 그녀의 나약함에 분노하면서도 노인네를 내쫓는 짓까지는 못 했다. 여러 번 뜰 구석에 숨겨둔 볼리들을 파괴했더랬다. 하지만 나디에가 매번 예의 그 고집스러움으로 다시 갖다 놓았기에, 싸우다 지쳐 더는 반대하지 않았다.

그 몇 해 동안 내내 함께 살았지만, 티에코로는 나디에의 지위를 해결하지 못하고 있었다. 그녀는 여전히 첩실이었다. 마찬가지로, 나디에가 벨레두구의 어떤 가문에 속했는지, 그 가문에게 무슨 일이 일어났는지를 알아보려는 어떠한 노력도 기울이지 않았다. 그에 대해 후회하면서도, 그녀가 행복해 보인다고 스스로에게 말하며 자신의 죄를 용서했다. 그를 섬길 수 있어 행복해하고. 그에게 자식들을 낳아줄 수 있어서 행복해하고. 나디에는 제네에 살면서도 주변 사회의 풍습에 실제로는 철벽을 두른 밤바라 여인들, 활동적이고 근면한 여인들의 모임에서 자신의 자리를 찾아냈더랬다.

티에코로가 창을 내지 않아서 어둡고 좁은 두 번째 방으로 들어갔더니, 딸아이 아와 니아가 헌 옷에 싸여 자고 있었다. 티에코로가 아이를 안아 들었다. 아, 나디에가 아이가 이미 목과 손에 두르고 있는 부적에다가 부적을 하나 더 더했구나! 티에코로는 이 경멸스러운 물건들을 떼어내고 싶은 충동을 느꼈다. 마호메트께서 말씀하지 않으셨던가. "몸에 부적을 지니고 있는 자는 불경한 자다."

그러다가 자제했다. 만약 이 부적들이 아와 니아를 보호할 수 있다면, 그가 끼어들어서는 안 된다. 그는 어린 딸아이를 사랑했다. 아들들에게서 미래의 심판자가 보이는 느낌이라면, 딸에게서는 사랑, 관용, 보호만이 보인다고 생각했다. 마치 나디에에게서 그러듯이. 그는 아이를 품에 안고 짚자리에 누워, 지붕을 두들기는 빗소리를 들었다. 우기가 아직 끝나지 않았다. 그는 슬며시 잠에 빠져들었다. 아이들이야 발가벗고 길에서 쏘다닐 수 있다면 더 좋아했겠지만, 빗방울이 떨어지자마자 나디에는 아이들을 집 안으로 들였고, 보잘것없는 부엌 처마 밑으로 빨래, 박 그릇, 말린 소똥 연료를 밀어 넣었다. 나디에는 티에코로를 너무나 잘 알고 있어서, 도시에 돌아다니는 소문의 심각성을 그에게 숨겼다. 밤바라인들은 전부 다 세구나 고향 마을로 돌아갈 준비를 하고 있었다. 밤바라인들이 제네를 떠나야만 했던 게 처음은 아니었다. 몇 세기 전에는, 아스키아 다우드가 장벽 밖으로 다 쫓아내라는 명령을 내렸더랬다. 하지만 그런 공식적인 명령에도 불구하고, 수많은 대규모 이주민 집단들이 특히 남쪽의 포도에, 프메와 드라리에 번성했더랬다. 이제는 모든 것이 보다 불안한 양상을 띠었다. 아마두 하마디 부부의 추종자들이 도시를 휩쓸고 다녔다. 그들은 거리 모퉁이에서 설교를 해댔다. "만약 네가 자신을 안다고 말한다면, 너는 육체를 구성하는 손, 머리 등등의 물질들을 알고 있을 뿐 영혼에 대해서는 하나도 알지 못한다고 답해주겠노라."

그들은 자신들의 수장이 일단 도시를 포위하고 나면, 불신자와 엉터리 이슬람 교인들을 영원히 타오르는 불에 빠뜨릴 거라고 말했다. 나아가 듣기로는, 이슬람 신도들은 자신들이 속한 종파가 어디냐에 따라서 서로를 찢어발긴다. 그러한 분열과 혼란의 신은 대체 뭐지? 나디에는 끊임없이 스스로에게 물었다. 티에코로는 이슬람으로 개종했기 때문에 자신이 보호받는다고 여겼다. 그런데 나디에는 전혀 그렇지 않았고, 밤바라인이 물신숭배자이든 아니든 간에, 세구의 힘과 위대함에 앙심을 품은 자들의 눈에는 그저 다 같은 밤바라인일 뿐이라는 확신을 가졌다. 그렇다면 도시를 떠나 세구로 가야 하나? 하지만 세구의 가족은 티에코로를 다시 그물로 옭아매고, 그녀가 그다지 자랑스럽지 않은 과거를 지닌 첩실일 뿐임을 상기시키며, 신분에 걸맞은 아내를 들이라고 티에코로에게 요구할 테니, 나디에는 그 미지의 가족이 두려웠다. 그녀는 아들 둘을 꼭 끌어안았다.

티에코로는 귀족, 그러니까 예레윌로며, 그 가계는 태고로까지 아득히 거슬러 올라갔다. 일단 집으로 돌아가고 나면, 그는 아버지의 영지와 더불어 위신과 권세를 되찾으리라. 그러면 그녀는 가족, 그리고 곧 생겨날 정실의 눈총을 받으면서 어찌 될까? 불쏘시개로 쓰기는 좋으나 악취를 풍긴다고 무시당하는 소똥이나 낙타똥과 같아지겠지. 결코 그럴 순 없다, 결코. 차라리 죽고 말겠다.

하지만 티에폴로가 제네의 관문에 와 있었다.

사람들이 최고급 말에 올라탄 그 젊은이를 쳐다보면서, 상흔문신과 여러 갈래로 땋은 머리와 팔에 잔뜩 두르고 있는 부적으로 밤바라인임을 알아보았고, 사람에 따라서는 그를 증오하든가 멸시했다.

티에폴로는 그런 시선에 무감한 채 도시로 들어갔다. 그는 실망했다. 겨우 이건가, 제네가? 세구보다 인구도 적고 상업도 덜 활발한데? 그는 말을 달려서 넓은 광장에 도착했는데, 중앙에 거대한 건축물이 솟아 있었다. 성원인가? 티에폴로는 그만한 규모의 성원은 본 적이 없었다. 말을 몰아 주위를 한 바퀴 돌았다.

일종의 광장에 위치한 그 건물은 포도의 비옥한 흙으로 만들어졌는데, 비를 머금은 대기 속에서 갈색을 띠었으며, 푸르스름한 광택이 돌았다. 전면에 늘어서 있는 탑들이 보였는데, 전면의 양 끝에는 하단에 삼각형의 꽃 줄 모양으로 장식된 꼭지 잘린 피라미드 모양의 탑이 자리했고, 측면은 숲속의 나무 느낌을 주는 요철을 이룬 장방형들로 이루어져 있었다.

한 무리의 남자들이 광장으로 이어지는 계단을 올라가기 시작했고, 그러더니 조심스럽게 모서리에 샌들을 벗어놓았다. 그 동작이 티에폴로의 호기심을 자극했다. 궁금증을 말끔히 해소하기로 마음먹고 말에게 채찍질을 했고, 말은 고분고분 달려 광장에 도착했다. 남자들이 말 탄 사람도 들어갈 수 있을 만큼 높이가 상당한 문을 향해 가고 있었다. 티에폴로가 그들을 따라가다 보니, 날씬한 주신(柱身)들로 경계 지어진 안쪽 뜰에 들어와 있었다. 바로 그때, 그가 따라갔던 남자들이 뒤를 돌아보고는 그를 향해 고래고래 소리를 지르기 시작했다. 헐렁한 내리닫이 옷을 입은 키 큰 노인 한 명이 기둥 뒤에서 나타났는데, 그 역시 소리를 질러댔다. 티에폴로는 예의 바른 젊은이였기에, 말에서 내려 노인네를 진정시킬 참이었다. 하지만 이번에는 건물 내부에서 나온 또 다른 남자들이 하얀 내리닫이 옷을 입고 달려왔다. 미처 뭐라 말할 새도 없이 티에폴로는 말 아래로 끌어 내려져 패대기쳐졌고, 욕을 듣고, 얻어맞았다. 처음에는 자기보다 나이 많은 사람들이었기에 애써 방어하려고 들지 않았다. 그러다가 매질이 더 심해지자 참을성을 잃기 시작했다. 곧 이번에는 몽둥이를 든 무뢰한들이 어디선가 나타났고, 그런가 하면 화가 잔뜩 난 사람들이 그의 얼굴에 침을 뱉었다. 드디어 티에폴로가 방어에 나섰다. 그가 잘 훈련된 강건한 몸을 지닌 젊은 사냥꾼인 게 그냥 얻어진 건 아니었다. 그는 두 발과 두 주먹과 이를 총동원했고, 곧 공격자들은 달아나기 시작했다. 적들의 대열에서 잠시 동요가 일었다. 그들 중 모습을 감췄던 두 명이 갑자기 각자 손에 벽돌을 들고 돌아왔다. 티에폴로가 항의의 외침을 내질렀다. 그를 죽이려고 하는가? 너무 늦었다. 발사체 중 하나가 벌써 그의 이마를 맞혔다.

티에폴로가 다시 의식을 되찾고 보니, 천장이 낮고 빛들이창 하나에서 가까스로 빛이 들어오는 좁은 공간이었다. 짚 더미 위에 너부러져 있었는데, 거기서 풍기는 악취가 어찌나 심한지, 의식이 몽롱한 상태에서도 냄새 때문에 괴로워서 자리를 옮겨보려고 했다. 그러자 황소 뿔로 만든 수천 개의 바늘이 머리뼈를 뚫어댔고, 얼굴로 피가 철철 흘러내렸다. 다시 기절하고 말았다.

혼수상태에서 빠져나온 그는 빛들이창을 통해 보이는 하늘의

색을 보고서, 기절한 뒤로 제법 상당한 시간이 흘렀음을 깨달았다. 너무나도 작은 장방형 공간이 쪽빛으로 가득했다. 비웃듯이 별 하나가 그 복판에서 웃었다. 티에폴로는 상처의 크기가 궁금해 머리를 더듬어보려고 애썼다. 하지만 팔을 움직일 수 없음을 알아차렸다. 팔은 등 뒤로 돌려져 견고한 다 밧줄로 꽁꽁 묶여 있었다. 마찬가지로 발목에도 족쇄가 채워져 있었다. 티에폴로는 아이처럼 울었다. 동시에, 몸이 약해졌고 고통이 몸 구석구석에서 밀려들었지만 희망을 잃지 않았다. 이 모든 시련이 지나가리라는 걸 알고 있었다. 쿠마레의 의견은 단호했더랬다. 결국에는 맡은 바 임무를 완수할 거라고. 어쩌면 잠이 든 건가? 어쩌면 다시 기절한 건가?

쪽빛의 장방형 공간이 더욱더 짙은 푸른색을 띠다가 검은색으로 바뀌었고, 그러다가 환해지기 시작하여 짙고 옅은 온갖 회색을 거쳐 점점이 흰색이 뿌려진 하늘색이 되었다. 티에폴로는 평생, 행동의 자유를 빼앗기고 감금되었던 적이 한 번도 없었다. 오히려 늘 관목 숲과 광활한 공간의 주인이었다. 하지만 그는 낙심에 무릎 꿇지 않았다.

갑자기 나무 경첩이 벌어지며 문이 열렸고, 어떤 남자가 데게가 든 박 그릇과 속이 빈 작은 호리병박을 들고 나타났다. 그가 티에폴로 곁에 무릎을 꿇더니, 의외라는 경탄 어린 표정으로 그를 살폈다.

"어디서 왔지? 네 나라가 어디지?"

티에폴로가 가까스로 답을 했다.

"밤바라인이오. 세구에서 왔고."

남자가 웃었다.

"그럴 줄 알았어. 뭔 기운이 그리 넘치는지! 이맘 목을 졸라 반쯤 죽여놨고, 무에진의 이 두 개를 날려버렸다는 건 알고 있나? 난 보조족이야. 어째서 내가 너의 언어를 이해하는지 알겠지……."

그는 티에폴로를 묶은 끈을 풀어주고 똑바로 앉게 돕고는, 입술 사이로 약간의 데게를 흘려 넣어줬다. 동시에 중얼거렸다.

"법정에 출두하게 될 거다. 충고 하나 하지. 형리의 날카로운 칼날 아래에서 끝을 보고 싶지 않거든, 이슬람으로 개종하는 걸 받아들이거라……."

티에폴로가 격렬하게 남자의 손을 밀치며 침을 뱉었다.

"절대로 안 해!"

남자가 진정시키려는 듯한 몸짓을 보였다.

"받아들여. 네 머리를 밀고 아흐메드라고 부르겠지. 그런들 그게 너한테 뭔 영향을 미칠 수 있겠나?"

티에폴로가 뒤로 펄쩍 물러났다.

"그들은 대체 왜 내게 덤벼들었소? 내가 뭘 했다고?"

"넌 말을 탄 채 그들의 성원으로 들어왔다. 게다가 네가 탄 말이 여기저기 모래 위에 똥오줌을 뿌리면서 실례를 했나 봐……."

그가 웃었다. 티에폴로도 이렇게 엄청난 고통을 겪지 않았다면, 아마도 마찬가지로 웃었을 거다. 그가 힘겹게 데게를 또 한 모금 삼켰을 때, 노예무역을 통해 들어온 총으로 무장한 세 명의 남자가 들어왔다. 그들은 우선 발길질부터 시작하여 티에폴로에게서 어쩔 수 없는 비명 소리를 뽑아냈고, 그러고 나더니 티에폴로를 억지로 일으켜 세웠다. 그들은 검은색 짧은 상의에 넓은 허리띠로 허리를 꽉 졸라맸고, 장딴지 중간쯤 오는 헐렁한 바지를 입고 있었다. 얼굴 표정이 사나웠다. 티에폴로는 절뚝거리면서 그들을 따라갔다. 내딛는 걸음걸음 다시금 기절하려나 보다는 느낌이 들었고, 그러는 동안에도 얼굴로 피가 줄줄 흘렀다. 그들은 미로처럼 얽힌 회랑을 지나 뜰에 닿았고, 부채야자수 목재 기둥이 천장을 떠받치고 있는 장방형의 홀로 들어갔다. 머리에 터번을 두르고 흰색 옷을 입은 일곱 명의 남자들이 자리에 앉아 있었다. 동일한 증오와 사나운 결연함이 그들의 눈에서 읽혔다. 역시 머리에 터번을 두른 젊은이 한 명이 귀퉁이에 책상다리를 하고 앉아, 반쯤 펼쳐놓은 커다란 두루마리에 기호들을 적어 내려갔다.

티에폴로는 자신이 법정에 나와 있음을 깨달았다. 그러니까 그 보조인이 옳았다. 이 건물은 성원이었고, 이 광신도들은 그곳에 들어갔다고 그를 벌하려는 참이었다.

"앗살람 알라이쿰. 비스밀라."

티에폴로는 그게 이슬람식 인사라고 짐작했고, 자신의 정체성에 대해서 아무것도 부인하지 않는다는 걸 분명히 보여주기 위해서 이번에 자신은 밤바라어로 인사를 건넸다. 남자들이 서로 의견을 나누더니 병사 한 명에게 신호를 보냈고, 병사가 무리에서 떨어져 나와서 그때부터 통역 역할을 수행했다.

"네 신분을 밝혀라."

티에폴로가 그리했다.

"제네에는 무엇을 하러 왔는가?"

"형에게, 아버지가 돌아가셨고 가족이 사십제를 지내기 위해 형이 돌아오기를 기다리고 있다는 소식을 전해주려고 왔습니다."

"형의 이름은 무엇인가?"

"티에코로 트라오레입니다. 하지만 현재 당신들이 부르는 이름은 우마르인 듯합니다."

이 대답에는 적잖은 불손함이 들어 있어서, 법관들은 자기들끼리 불만을 교환했다. 심문이 다시 이어졌다.

"우리의 예배 장소에 너를 보내어 도발시킨 게 다 몽종이지. 그렇다고 자백하면 목숨은 구할 것이다……."

티에폴로가 웃음을 참았다.

"예배 장소라고요? 난 성원인지조차 몰랐어요. 세구에서는 성원이 그렇게 크지 않은데, 그도 그럴 것이……."

"왜 말을 탄 채 들어왔는가? 그리고 왜 말이 경내를 더럽히게 내버려뒀는가?"

"첫 번째 질문에 답하자면, 그게 금지 사항임을 몰랐습니다. 누
군가 내게 그런 사실을 알려줬더라면, 난 사과를 했을 테고 배상
을 했겠죠. 두 번째 질문에 답하자면, 내가 말의 주인이라고 해서
말의 창자까지 지배합니까?"

잠시 법관들이 다시금 자기네끼리 의견을 주고받았다. 티에폴
로는 꿈을 꾸는 게 아닌가, 라는 생각을 했다. 그랬다. 그의 육신
은 어딘가 짚자리 위에 누워 있는데, 그의 정신이 떠돌며 최악의
경험에 맞서고 있는 거다! 흰 내리닫이 옷을 입고 손에 묵주를 든
이 나이 지긋한 남자들. 이 병사들. 이 말도 안 되는 비난들. 세구
에서 말을 타고 출입하는 것이 금지된 유일한 장소는 만사의 궁
궐이었고, 그것마저도 몇몇 고관들에게는 예외였다.

"네 죄가 사형받아 마땅함은 알고 있는가?"

티에폴로가 어깨를 으쓱하고 차분하게 답했다.

"죽음은 우리 모두가 지나가게 될 문이 아닌가요?"

다시금 침묵이 내려앉았다. 그러다가 법관 중 한 명이 일어섰
다. 고령으로 몸은 땅을 향한 곡선을 그리고 있지만, 두 눈에 광채
가 번뜩이는 노인이었다.

"우마르 트라오레라는 자는 내가 알고 있다. 한때 내 지붕 아래
살았었지. 우리는 그자를 소환할 거다. 알라신의 은총으로 네가
거짓말하지 않았기를!"

병사들이 티에폴로를 다시 감옥으로 데려갔다. 이제 태양이 한껏 빛을 뿜어내고 있었다. 티에폴로는 뜰을 가로지르다가, 방코 벽돌로 쌓은 높은 담 너머로 부채야자 숲을 알아봤다. 감옥은 경내의 서쪽 부분에 위치했고, 그곳의 건물들은 종교적 목적의 세정용 물과 도기들이 놓인 뜰을 둘러싸고 사변형으로 배치되어 있었다. 구석에 남자들이 앉아서 한쪽 끝이 일종의 두건이 되게 무명천들을 짜깁고 있었다. 그 광경이 너무나도 티에폴로의 호기심을 자극해서 묻고 말았다.

"저들은 뭘 하고 있는 거죠?"

병사 하나가 웃었다.

"수의를 만드는 거야. 네가 살아서 이곳에서 빠져나가지 못한다면 너도 저 수의를 입고 나가게 될 거다……."

티에폴로는 소름이 돋았다.

고무적인 신호일까? 병사들은 그를 어젯밤을 보냈던 불결한 감방으로 다시 데려가지 않고, 더 깨끗하고 환기도 더 잘되고 바닥에는 상태가 괜찮은 짚자리가 깔린 방으로 데려갔다. 잠시 뒤 그 보조인이 다시 나타났다.

"타마린드잎 연고를 발라줄게. 곧 수콜라 탕약도 갖다주지. 열을 내려줄 거야……."

티에폴로는 순순히 치료를 받아들였고, 이 보조인은 쿠마레가 그의 곁에 보내준 혼령의 화신임을 깨달았다. 그는 안심이 되어서, 이 모험이 다행스러운 결말을 맞이하게 되리라는 걸 더는 의심하지 않았다. 그는 티에코로를 만나 임무를 완수하게 될 거다. 그동안 보조인은 이야기를 늘어놓았는데, 제네식 억양 때문에 어떤 말들은 해독이 불가능했다.

"이보다 더 고약한 상황에 몰릴 수는 없었을걸. 이곳은 정말이지 왕뱀들이 얽히고설킨 형국이거든. 물신숭배자 페울인이 이슬람교 페울인과 대립해. 카디리야 종파는 티자니야 종파와, 티자니야 종파는 쿤티 종파와 대립하고. 송가이는 페울과 대립해. 모로코인들은 페울족에 대해서, 그리고 밤바라족에 대해서는 모두가 그러지……. 곧 이 땅은 피로 벌겋게 물들고 말 거야. 네 피처럼 신선하고 진홍빛인 어여쁜 피로. 하지만 그때쯤이면 난 이미 떠났겠지. 조상들이 마시는 꿀물을 맛보고 있을 걸세."

티에폴로가 잠이 들었다.

며칠 뒤 어느 날 아침, 그가 데게 한 그릇을 막 끝내고 났는데, 병사들이 찾으러 왔다. 그들을 따라서 다시 한번 여러 개의 뜰이 미로처럼 얽힌 길을 지나 법정으로 갔다. 이번에는 판사와 서기와 경비병들 말고도, 세구 사람 특유의 도도한 표정과 큰 키를 자랑하는 젊은이가 헐렁한 긴 옷을 입고, 바투 깎은 머리에 갈색의 작은 빵모자를 쓴 모습으로 서 있었다. 감정이 북받친 티에폴로가, 티에코로가 그렇게 차려입고 있는 모습을 본 적이 없었음에도, 티에코로를 알아봤다. 두 형제*는 서로 얼싸안았고, 흙과 갈대의 장벽 뒤에서 포도의 물처럼 조용히 쌓여갔던 눈물이 티에폴로의 야윈 뺨을 타고 흘러내렸다. 봐라, 그가 미지의 이 도시로 왔고, 사람들이 그를 범죄자 취급을 했다! 이 사람들은 대체 무엇으로 만들어진 사람들인가? 왜 그들의 신은 증오하는 법만 가르치나? 싸우는 법만?

티에코로는 2천 자패화와 곡물 300사왈, 테그하자의 소금 벽돌 반 덩어리라는 무거운 벌금을 치러야 했다.

도시란 무엇인가? 그것은 짚 혹은 흙으로 만든 가옥들, 쌀과 기장과 박 그릇과 생선 혹은 수공예품을 파는 시장들, 사람들이 엎드려 경배하는 이슬람 성원이나 제물의 피를 뿌리는 신전들, 그런 것들의 집합체가 아니다. 그것은 저마다 서로 다른 내밀한 추억의 결집이며, 그 때문에 그 어떤 도시도 다른 도시와 닮지 않았고, 그 어떤 도시도 사실상의 정체성을 갖지 못한다.

티에코로에게 제네는 처절하게 모욕당하고 고립되었던 장소였다. 그건 통북투 다음으로 그가 결코 도달하지 못했던 천국이었고, 그의 손에만 들어오면 돌멩이로 바뀌는 금덩이였다. 하지만 도시를 떠나야 할 순간이 되자, 그곳에서 누렸던 극도의 자유, 그가 이곳에 살면서는 누릴 수 있었지만 일단 조상들이 다시

---

* 아프리카에서는 형제의 자식들은 사촌이 아니라 형제로 간주된다.

지배력을 행사하게 될 세구의 장벽 안으로 들어서면 상실하게 될 무명(無名)의 상태가 아쉬웠다. 나디에에게 제네는 사랑하는 남자를 경쟁자 없이 독차지하고 그가 살아가게 도울 수 있어서 행복했던 장소였다. 그 도시의 한 귀퉁이에서 아이들이 태어났고, 전적인 물질적 궁핍 속에서도 그녀의 마음이 기쁨으로 가득했던 그런 곳이었다. 이제 수모와 공유만이 그녀를 기다리고 있음을 알았다. 끝으로 티에폴로에게는 끔찍스럽게도 인간의 비타협성과 냉혹함에 빠져들었던 장소였다. 그래서 세 사람은 각자 저마다의 방식으로, 카리테 버터 램프를 놓을 수 있게 벽감을 파고 문에는 통북투에서 들여온 거대한 쇠못을 박아 장식한 건물들이 줄줄이 지나가는 모습을 바라봤다. 이슬람 성원과 이웃한 상점들에서는 가죽공예장인들이 발목을 휘감는 줄 두 개로 된 샌들과 단화, 검집 혹은 낙타에 적합한 등받이가 높은 안장을 공들여 손질하고 있었다. 비가 내리고 있음에도 불구하고 그런 상업 활동은 부진하지 않았고, 어른들이 물웅덩이를 철벅거리며 지나갈 때 아이들은 젖은 모래를 둥그렇게 뭉쳐 서로 던지면서 웃어댔다. 그랬다. 그들 각자에게 그 광경은 특별한 울림을 가졌다. 일주일 전만 해도, 나디에 역시 다른 여자들 사이에 끼어 여기 한구석에 진열대를 세우고, 터번을 두른 투아레그 사람들, 묵직한 카프탄을 걸치고 배가 나온 모로코 상인들, 같은 말을 해도 제네인들보다 목구멍소리를 더 사용하는 통북투와 가오의 송가이인들을 상대로 호객을 했었다. 그녀에게는 단골들이 있었고, 장날이 되어 여자들이 무명과 말린 생선이 든 봇짐이나 어두운 붉은색 도기 혹은 과일즙이 담긴 냄비를 들고 전 지역에서 몰려와 장터를 뒤덮으면, 자패화들을 어디에 모아둬야 할지 모를 지경이 되곤 했다. 티에코로의 경우, 함께 기도해야 하는 유일한 요일인 금요일마다 금요 대기도회를 위해 이슬람 성원으로 가는 계단을 오르곤 했다. 흙먼지 속에 이마를 대고, '하느님은 바른길을 걷는 이들에게 보답을 하신다'고 속으로 되뇌었고, 쓰라린 마음을 가라앉히려고 애썼다. 동시에 자신과 같은 말을 하며 같은 옷을 입은 그 사람들 사이에서 평안한 기분을 느꼈다.

그러는 동안 엄청난 인파가 도시의 성문으로 밀려들었다. 밤바라인들이 나귀, 노새, 말, 낙타를 타고 혹은 걸어서 이미 대탈주를 시작했다. 여자들은 엄청난 짐을 머리에 이었고, 아이들은 작은 황마 두건을 쓰고 비를 막으며 여자들 뒤에서 종종걸음을 쳤다. 남자들은 가축들을 보호했다. 밤바라인들 전부가 세구를 향해, 카르타, 벨레두구, 도두구, 팡부구리 등을 향해 빠져나갔다. 그들은 마르카족, 보조족, 소모노족보다도 페울족을 더 무서워할 만했다. 페울족이 여러 부족 사이의 대립을 잠재운다면, 그것은 다 같이 너무나 오랜 기간 그들을 복속시켜왔던 제국의 신민들에 맞서 동맹을 맺기 위함이리라는 걸 알고 있었다. 만약 제네의 송가이인들과 모로코인들이 아마두 하마디 부부에게 엄청난 적의를 보여주고 난 뒤 그와 강화를 맺는다면, 그 일은 밤바라인들의 등 뒤에서 이루어지리라는 것 역시 알고 있었다. 그래서 어쩌면 재물보다 더 귀할지도 모르는 추억들을 버리고, 가져갈 수 있는 만큼 챙겨서 원래 있던 도시와 마을로 돌아가는 길에 올라야만 했다.

티에코로는 상황의 심각성을 제대로 헤아려본 적이 없었다. 개인적 근심에 사로잡혀서 자기 민족의 공포가 자라나는 걸 느끼지 못했더랬다. 사람들 사이에서 정말로 끔찍한 소문이 돌았다. 아마두 하마디 부부를 따르는 페울인들이 제네에서 빠져나가려면 거쳐 가야 하는 고미토고 길을 방책으로 막아놓았다. 그 페울인들은 도끼로 무장하고는 거기를 통과하려는 사람들 전부에게 물었다.

"이슬람 신앙에 반대하는가? 아니면, 이건 더 심각한 문제인데, 사이비 신앙인인가?"

만약 답변이 그들 마음에 들지 않으면, 댕강! 답변자의 목을 쳐버려서, 여전히 핏빛이 선연한 머리통들이 길을 따라 음산하게 늘어서 있었다. 게다가 통디옹들이 참패했다. 누더기를 걸치고 굶주린 탈주병들이 마을마다 우글거렸고, 그들에게 개종하라는 명령이 떨어졌다. 아버지의 뒤를 이어 사마니아나의 바시를, 퐁바나와 토토, 코레의 두가를 정복했던 다 몽종이 아마두 하마디 부부 앞에서는 허약한 어린아이일 뿐이었다. 바니강 부두에서 사람들이 배로 몰려갔다. 갑자기 하늘이 회색빛 오줌을 콸콸 쏟았고, 하늘의 물과 강의 물이 뒤섞였다. 사람들이 사방에서 뛰어다니고, 바니강으로 뛰어들고, 헤엄치고, 삽시간에 가라앉았다. 여자들이 구슬피 한탄했다.

"진짜네! 알라가 우리 신들을 무찔렀구나……. 우리 신들이 달아나고 있어……."

티에코로는 처음으로 동족을 배신했다는 느낌이 들었다. 종교의 이름으로 동족을 내몰고 살육하는데, 자신은 그 종교에 마음을 빼앗기지 않았는가? 원수의 가문에서 아내를 맞아들인 남자와 마찬가지였다. 그가 어떤 노인의 손을 잡아, 그가 자신이 빌린 배에 자리 잡고 앉도록 도왔다. 노인이 중얼거렸다.

"내가 나귀처럼 흙바닥에 머리를 대는 모습을 놈들은 절대 못볼 거다, 절대, 절대! 가서 전해라, '비리비리 발들'*아!"

티에코로가, 왜인지는 스스로도 설명할 수 없지만, 노인에게 조용히 말했다.

"파, 저도 이슬람 신도인데요……."

노인이 커다란 비명을 지르며 뱃전을 넘어 강으로 뛰어들었다. 그러는 동안 티에폴로는 자신의 훌륭한 말을 타고 이미 강가에 닿았다. 다행히도 법관은 그가 저지른 모독죄에 대한 배상금 조로 말을 압수하지는 않았더랬다. 티에폴로가 말에서 내려와, 머

---

* 밤바라인이 페울족을 부르는 별명.

리가 하얗게 센 남자에게 말을 주었다.

"타고 가세요, 파. 저보다는 더 필요할 테니……."

상대방이 사양하는 몸짓을 보였다.

"아니, 아니, 힘을 아껴야 하는 건 젊은이지. 놈들이 우리를 공격하면 그 힘이 필요할 테니."

어쨌든 노인은 자기 짐 일부를 싣는 데에 동의했고, 둘 사이에 대화가 시작됐는데, 둘 다 "서판에 검게 개칠하는 자들"*과 그들이 사용하는 깎은 갈대와 양가죽을 저주했지만, 티에폴로는 차마 자신의 형이 개종했음은 밝히지 못했다.

일단 바니강을 건너고 제네의 장벽이 보이지 않게 되자 군중 사이로 안도감이 퍼져나갔고, 거대한 인파는 축제 분위기를 띠기 시작했다. 사람들은 손바닥처럼 평평하며 군데군데 아카시아와 가시 식물이 솟아 있는 풍경을 지나갔다. 우기여서 관목 숲들이 푸르렀다. 사람들이 강둑에 앉아 음식 꾸러미들을 풀기 시작했고, 여자들은 불을 피우고 기장을 빻으려고 바닥을 골라 막자사발이 기울지 않게 놓았다. 사내애들은 피니 낟알과 입술을 빨갛게 물들이는 베리를 찾으러 떠났다. 남자들은 돌로가 담긴 바가지를 돌렸고, 기회만 생겼다 하면 놓치는 법이 없는 엉터리 주물사들은 페울족으로부터 보호해준다며 부적을 팔았다. 나디에도

---

* 아이가 코란 학교에서 사용하는 서판을 암시한다.

290

세 개를 샀고, 그 때문에 티에코로에게 호된 나무람을 들었다. 하지만 티에폴로가 나디에의 편을 들어줬다.

형과 아우 사이의 관계를 특징짓는 조심스러움 때문에, 티에폴로는 나디에에 대해 티에코로에게 묻지 않았더랬다. 그저 최고로 정중하게 그녀를 대우하는 걸로 그쳤다. 그녀는 가문의 아이들 셋을 낳은 어머니가 아닌가? 하지만 티에코로는 이 정중함 뒤에 무엇이 숨어 있는지 이해할 정도로는 자기네 관습을 익히 알고 있었다. 니아와, 이제는 아버지 대신 가문의 수장 자리에 올라선 디에모고의 태도가 어떨 것인가? 니아 이외의 다른 부인들, 대가족의 여자들 모두의 태도는 어떨 것인가? 티에코로는 나디에가 아이들 주위에서 분주하게 움직이는 모습을 지켜봤다. 눈 주위로 검게 무리가 졌고, 동작에 초조함이 묻어났다. 괴로워하고, 두려워한다. 만약 그녀가 흔들리면 그는 어떻게 될까? 예전에 졸리바 강을 따라 내려가면서 그랬듯이, 수많은 사람들 한가운데에서 그녀를 품에 안고 속삭여줄 수 있다면 좋으련만.

"겁내지 마. 절대 널 안 버려. 절대. 네가 하녀의 지위로 떨어지는 일도 절대 허락하지 않을 거야. 야심도 꿈도 흩어져버린 지금, 이 세상에서 내가 가진 가장 귀한 게 너야."

그런데 이런 말을 여자에게 할 수 있을까?

갑자기 한 줌의 사람들이 볼품없는 조랑말에 올라탄 채 나타났는데, 반쯤 벌거벗었고 생식기를 거의 내놓다시피 했다. 저들은 누구인가? 사람들이 벌떡 일어섰고 다시금 엄청난 공포에 굴복할 참이었다. 노예무역을 통해 들여온 총을 갖고 있던 남자들이 앞으로 달려 나가서, 새로 도착한 자들을 겨누었다.

사실 이 사람들은 누쿠마에서 패배한 디에모고 스리의 통디옹들이었는데, 세구로 다시 돌아가기가 창피해서 강도질을 하며 살아가는 중이었다. 그 무시무시하던 통디옹들이 그렇게 쪼그라든 모습을 보자, 군중은 사기가 저하되고 말았다. 사람들이 새로 온 통디옹들에게 질문을 퍼부었다. "붉은 원숭이들"*이 그들의 말을 따라 **"알라 아크바르!"**라고 하면 목숨을 살려준다는 게 사실인가?

백성이 대혼란에 빠진 이런 순간에 사람들의 생각을 돌려놓으려면, 한 남자와 그의 말이면 충분했다. 수마오로 바가요코는 제네의 북쪽으로 살짝 치우친 프메에 정착해서 한재산 모은 대주물사였다. 그는 재산을 카라반에 싣고 아내 넷과 30여 명의 아이들을 데리고 세구로 돌아가는 길이었다. 그가 언덕바지로 올라가서 손을 펼쳐 보이며 침묵을 명했다.

"너희에게 그토록 공포를 불러일으키는 그 붉은 원숭이들은 곧 또 다른 이슬람 신도들, 푸타 토로에서 온 자들에 의해 마지막 한 명까지 격파될 것이다. 그자들이 바니강 오른편에 지으려고 하고, 오만하게 자신들이 섬기는 신의 이름을 부여하려고 하는 그

---

* 밤바라족이 페울족에게 붙여준 별명.

수도**는 남김없이 파괴될 것이다. 그들은 다시 전처럼 목동으로 돌아가리라. 반면에, 내 말을 믿어라, 세구는 영원할 거다. 그 이름은 여러 세기를 관통하게 될 거고. 너희의 뒤를 이어 너희 자식의 자식들이 그 이름을 따라서 말하리라."

이런 말에 사람들의 마음이 잠잠해졌다. 여자들은 남자들과 아이들을 먹였고, 그러고는 다시 길을 떠났다. 일단 슬라두구에 들어서면, 더는 아무것도 두렵지 않으리라. 그곳은 세구의 통제를 받으며 밤바라 사람들이 이주해서 모여 사는 곳이었다. 밤이 되기 전에 그곳에 도착하기만 하면 됐다. 밤에 두려워해야 하는 것은 인간이 아니니까. 인간의 악의가 날뛰게 하며, 병과 가난과 광기를 비처럼 퍼붓는 혼령들이니까⋯⋯.

** '함달레'를 지칭하며, 그 의미는 '신에게 바치는 찬양'이다.

4

말로발리는 큰형을 보며 자신이 그를 몹시도 증오한다는 사실
에 거의 놀라움을 느꼈다. 티에코로 때문에 자신의 삶의 골조를
구성했던 것들이 무너져 내렸다. 니아. 니아는 아흐메드 두지카,
알리 순칼로 그리고 아와 니아라는 그 세 명의 꼬맹이들에게 완
전히 빠져서 그를 잊은 듯했다. 니아는 애들을 흔들어 잠재우고,
자신만을 위한 거라고 생각했던 노래들을 불러주고, 씻기고 먹였
다. 습관대로, 사내아이들의 처소에서 빠져나와 니아 곁으로 간
어느 날 밤, 니아가 알리 순칼로를 품에 안고 있는 걸 보았고, 니
아는 아이처럼 군다고 그를 호되게 혼내고는 쫓아 보냈다.

나머지 가족들은 또 어떻고! 저녁 식사가 끝난 뒤의 밤 시간에
수루쿠나 바데니 혹은 디아라가 등장하는 이야기들이 더는 없었
다. 그랬다! 티에코로가, 감탄하는 10여 쌍의 눈이 불을 밝히고

지켜보는 가운데, 먼 곳에서 살았던 이야기를 들려줬다. 사람들은 지치지도 않고 물어댔다.

"세구가 통북투보다 더 아름다운가?"

"세구가 제네보다 더 아름다운가?"

"무어인들은 흰둥이들인가?"

"모로코인들은 무어인들인가?"

"제네 사람들은 개를 먹나?"

티에코로가 자기도취에 빠져 떠들어대는 동안, 말로발리는 입아귀에 쌓이던 씁쓸한 침이 입안을 가득 채웠다. 아, 저 입을 닥치게 할 수 있다면! 저 말들을 다시 목구멍 저 안쪽에 처박아줄 수 있다면!

하루에 다섯 차례, 흙먼지 속에 몸을 던지기 전, 자신의 개인채 앞에 짚자리를 깔고 앉아 묵주알을 굴리면서 뻐기는 그 모습은 더 고약했다. 일주일에 한 번, 아들 둘과 10여 명의 사내애들을 데리고 소모노들의 이슬람 성원으로 갔다. 이슬람 신도들이 동족과 전쟁을 벌인다는 걸 잊었나? 말로발리에게 티에코로는 배신자일 뿐이었다. 가문의 남자들이 그에게 똑바로 얘기해줬다면 좋았을 텐데. 그러기는커녕 모두가 입을 헤벌리고 바라봤다.

"티에코로가 책 읽는 것 봤어?"

"티에코로가 글 쓰는 것 봤어?"

노인네들까지 이웃 영지에서 밖으로 나와, 그의 장황한 설교를 들으러 왔다.

"말은 열매야. 그 껍질은 수다, 과육은 설득력, 씨앗은 양식(良識) 이라고 불리지. 어떤 존재가 말을 잘하는 능력을 타고난 순간부터, 그의 발전 정도가 어떻든지 간에, 그는 특권층에 드는 거다."

최악은, 이런 열광이 바로 만사 본인에게까지 영향을 미쳤다는 거다. 티에코로가 도착하고 얼마 되지도 않아, 만사가 그를 불러들였다. 신들과 조상들만이 그 모사꾼이 그에게 무슨 얘기를 했는지 알았다. 어쨌든 만사는 자신의 아들들 역시 이슬람의 신비를 알 수 있게, 그중 둘의 교육을 티에코로에게 맡기고, 그를 이슬람교와의 현안 관련 고문으로 삼았다. 그리하여 티에코로는 각료회의에 한자리 차지하고, 푸타 잘론, 카치나, 마시나의 페울족과 유지해야 하거나 맺어야 할 관계에 대한 의견을 내놨다. 티에코로를 소코토에 자리 잡은 우스만 단 포디오에게 사절로 보내어, 그자가 아마두 하마디 부부와 맺었던 동맹을 무력화해보자는 의견도 나왔다. 한마디로, 티에코로는 명사가 되었다. 그는 궁에서 누리는 영예를 고스란히 가족에게 돌려줬고, 그로 인해 자신보다 나이가 두 배는 많은 파 디에모고의 빛이 바랠 정도였지만, 매사에 서슴없이 디에모고의 의견을 구했다.

며칠 전부터 뭔가를 꾀하는 분위기였다. 티에코로에게 그의 지위에 걸맞은 아내를 찾아주려는 거였다. 그리오들이 오갔고, 선물도 따라서 오갔다. 말로발리는 궁궐 안에서 생활하는, 만사와

인척 관계인 공주라는 말은 들은 적이 있지만, 더 자세한 건 알지 못했다. 그런데 말로발리는 나디에를 좋아했다. 이러한 애정이 시작된 건 뜻밖이었다. 어느 날 티에코로가 "너는 이제 빌라코로가 아니야, 남자답게 행동해!"라며 그를 호되게 닦아세울 때, 나디에의 시선과 만났다. 그런데 그 시선이 마치 "자, 자. 그렇게 마음에 둘 것 없어……"라고 말하는 듯했다.

그러고는 그가 창피해하며 눈물을 숨기려고 멀어져가는데 나디에가 쫓아와서는 제네에서 살면서 만들 줄 알게 된, 그 비할 데 없이 맛있는 당과 중 하나인 디미타를 손에 쥐여줬다. 차츰차츰 말로발리에게는 나디에의 개인채 근처로 가는 습관이 생겼다. 둘 다 박탈당한 자들이 아닌가? 그녀는 아이들과 배우자를. 그는 니아의 애정을. 말로발리는 그날까지도 여자에게 부여된 지위에 대해 생각해본 적이 없었다. 그에게는, 두지카가 자기 어머니와 결혼을 하지 않았다면, 그건 그녀가 때가 되자 자기 가족에게로 돌아가는 걸 선택한 타지인이어서였다. 하지만 나디에는 밤바라 여인이었다. 대체 그녀에게서 무슨 흠을 잡는 건가? 명문가 출신이 아니라고? 그녀가 노예로 팔릴 수밖에 없게 된 가족의 불행이 그녀의 책임인가? 그런 걸 지워지지 않는 오점처럼 간주해야 하는가? 그녀가 가문에 아이 셋을 낳아준 걸로 충분하지 않은가? 그녀가 다정하고 부지런한 걸로? 대체 그녀보다 누가 닭에 양념을 더 잘할 줄 알고, 양고기를 황금빛이 돌게 구울 줄 알고, 그 육즙에 기장 쿠스쿠스를 볶을 줄 아는가? 그 누가 더 곱게 옷감을 짜는가? 그녀는 제네에서 새로운 염색 기법을 배워 왔고, 그걸 집안의 여자들 모두에게 가르쳐줬다. 애달파라! 그 모든 장점이 역으로 불리하게 작용했으니, 그런 건 노예의 자질이었고, 바로 그래서 그녀에 대해 취하는 태도를 정당화하는 구실이 될 뿐이었다. 처음에는 티에코로가 그녀를 방어했고, 저마다 일상적으로 그녀에게 가하는 자잘한 모욕들에 맞서 그녀를 보호했다. 그러다가 마치 그 자신도 그녀에게서 자신의 지위에 잘 맞지 않는 비천한 대상만이 보인다는 듯이 그런 일에 진력이 난 듯했다. 그는 매일 자신의 개인채로 영지에서 가장 예쁜 노예들을 맞아들였다. 게다가 만사가 수많은 포로들을 선사했기에, 그의 개인 하렘에 10여 명의 첩들이 있었다.

티에코로가 갑자기 말로발리에게 말을 걸었다.

"그래, 대체 나를 그렇게 쳐다보는 이유가 뭐냐?"

아이가 눈을 내리뜨고 후다닥 달아나려고 하는데, 티에코로의 목소리가 그를 다시 불렀다.

"이리 와봐라……."

말로발리는 복종했고, 티에코로의 처소 입구 앞에 깔아놓은 짚자리로 향했다. 티에코로는 페스에서 온 상인들에게서 구입한, 자수로 장식한 유황빛 카프탄을 걸치고 있었다. 천은 비단처럼 고왔고, 여기저기 금실로 장식했다. 삭발한 머리에는 목에 맨 짧은 스카프와 같은 솜씨로 생사로 뜨개질한 레이스 빵모자를 멋스럽게 쓰고 있었다. 손에는 간간이 흰 줄이 간 노란색 돌을 엮어 만든 거대한 묵주를 들고 있었다. 하우사 향수로 뺨을 문질렀는지, 그 달콤한 냄새가 말로발리는 역겨웠다. 그가 번쩍이는 시선으로 동생을 응시하다가 느릿느릿 말을 꺼냈다.

"내가 널 위해 뭘 찾아냈는지 아니? 넌 제네로 떠나서, 내 친구 물레 압달라의 친척이 운영하는 코란 학교로 가게 될 거다. 수라트를 암송하면서 단어 하나 빼먹을 때마다 쓴맛을 보게 되면, 네 성질머리가 좋아질 게다."

말로발리가 더듬거렸다.

"제네라고요? 난 제네로 떠나고 싶지 않아요……."

티에코로가 비웃었다.

"하고 싶지 않아요, 하고 싶지 않아요! 대체 언제부터 너 같은 버러지가 감히 그런 식으로 말을 하는 거지? 넌 떠날 거고, 곧……."

말로발리는 절망에 잠겨서 주위를 둘러보았다. 몇 달 전만 해도 그는 다른 아이들 틈에 끼어 있는 한 아이였다. 그러다가 어머니의 출신을 알게 되었고, 이제는 큰형의 증오에 맞서야 했다. 이런 꼴을 당해도 쌀 뭔 짓을 했던가?

그는 니아의 처소로 향했다. 그가 자제력을 상실했다면, 늘 그래왔듯이 분노를 터뜨리며 울부짖고 땅바닥을 데굴데굴 굴렀을 거다. 하지만 그런 행동이 자신에게 불리하게 돌아온다고 느꼈고, 침착하자고 스스로를 다잡았다. 영지의 다른 아이들은 그가 이렇게 심각하고 말없이 지나가는 모습을 보면서 누가 그들이 알고 있는 말로발리를 바꾸어놓았는지를 궁금해했다.

니아는 처소 앞에 앉아 있었다. 막 알리 순칼로를 씻기고 나서, 그 작은 몸에 카리테 버터를 문질러주고 있었다. 알리 순칼로는 오줌을 가리지 못하는 기미가 보이는, 조금 허약한 어린아이였다. 그래서 치료해보겠다고 나선 할머니가 늘 곁에 두었고, 반면에 아흐메드 두지카와, 특히 여자애에 지나지 않았고 아직 젖을 먹어야 하는 아와 니아는 나디에가 데리고 있어도 된다고 허락했다. 말로발리는 구석에 쭈그리고 앉아서 자신이 그토록 오랫동안 친어머니라고 생각했던 니아가 다른 아이에게 자신에게 그랬던 것과 똑같이 정성을 쏟는 걸 지켜봤다. 목이 메었다. 그 모든 엄청난 변화의 원인은 누구인가? 티에코로, 티에코로. 그가 가까스로 말을 꺼냈다.

"바, 정말 저를 제네로 보낼 건가요?"

니아가 그에게 재빠른 눈길을 던졌고, 말로발리는 거기에서 죄책감을 읽은 것 같았다. 니아가 말했다.

"아직 아무것도 결정되지 않았다. 파 디에모고가 네가 떠나는 걸 바라지 않으셔. 하지만 티에코로는 오늘부터 가문의 사내애들은 아랍어를 읽고 쓰는 법을 배워야 한다고 생각한단다. 걔 말로는 이슬람에 미래가 있다고……."

말로발리가 사납게 항의했다.

"난 이슬람 신도가 되고 싶지 않아요……."

니아가 한숨을 쉬었다.

"나도 그 종교가 겁이 난다는 걸 털어놓지 않을 수 없구나. 하지만 티에코로로 말로는……."

티에코로, 티에코로! 늘 그야! 또 그야! 말로발리는 더 이상 견딜 수가 없었다. 전속력으로 달려 영지 밖으로 빠져나가 쉬지 않고 강가로 달려갔다.

세구! 높이 솟은 흙 장벽. 반짝거리고, 군데군데 용솟음치는 강물. 강변에는 붉은색과 노란색으로 괴발개발 칠해놓은 보조족의 통목선들. 세구. 그의 것인 이 세계. 장이 열리는 날이면, 넓적한 박 그릇을 든 노예들을 달고서 장에 가는 니아를 따라갔다. 사람들이 속삭였다.

"정말 잘생긴 아이네!"

그러고는 늘 시샘 많은 운명을 쫓아내려고, 서둘러서 병과 죽음이 다가오지 못하게 막는 글귀를 중얼거렸다. 매일 오후가 되면, 그는 디엘리들의 공연을 들으려고 만사의 궁궐 앞 광장으로 달려갔다. 이제 디엘리들은 최근에 세구에 새로운 왕빗감을 보내온 카르타와 평화로운 관계를 되찾은 사건을 노래했다. 말로발리는 다른 아이들을 밀치고, 둥글게 둘러싼 관중의 맨 앞줄에 자리 잡았다. 발라와 타마니가 주거니 받거니 했고, 그러다가 피리의 간드러진 소리가 남자의 장엄하고 낭랑한 목소리에 응답했다. 티에코로는 바로 그 모든 걸 그에게서 빼앗으려는 건가? 그렇다면 세상 끝으로 달아날 테다. 그를 찾아봤자 소용없을 거다. 사람들은 당황하겠지. 눈물도 흘리겠지. 하지만 이미 너무 늦었으리라. 이미 멀리 가 있을 테니.

말로발리가 티에코로의 행동으로 고통을 받는 유일한 사람은 아니었다. 당연히 나디에가 훨씬 더 불행했다. 처음에는 가족들의 맹목적 사랑과 찬미, 그리고 되찾은 재산과 명예에서 비롯된, 봐줄 만한 기분으로 치부했다. 그녀는 티에코로를 안다고, 오만하고 이기적이고 아첨에 민감하며 극도로 관능적이지만 선량한 사람임을 잘 안다고 생각했다. 여러 해를 함께 보내는 동안 두 사람 사이에는 그 무엇도, 그 누구도 끊어놓을 수 없는 유대감이 형성됐다고 확신했다. 입을 다물고 기다리다가 그의 흥분이 가라앉을 때 거기 있어주면 되는 거였다. 그러다가 차츰차츰 의심, 고뇌, 공포가 완전히 그녀를 사로잡아버렸다. 티에코로는 확신컨대 그녀에게서 영원히 떨어져 나갔다. 사실 만사가 보낸 아내를 받아들인다고 나무랄 생각은 없었다. 그로서는 거절할 수 없는 영예였다. 그녀가 절망하는 데에는 다른 이유들이 있었다. 그가 더는 그녀에게 말을 하지 않았다. 그녀의 음식보다 어머니의 음식을 더 찾았다. 그녀의 시선을 피했다. 어느 날 더는 참지 못하고 그의 처소로 들어갔더랬다. 그가 입구에 앉아서, 바로 그날 아침에 만사가 보낸 만데족 노예의 시중을 받으면서 식사를 하고 있었다. 여자는 예뻤고, 허리에 두른 푸른색 구슬 띠와 발목에 두른 발찌를 제외하면 완전히 벌거벗은 걸 보니, 숫처녀였다. 그러자 나디에에게는 두 사람이 무어인의 영지에서 처음 만났던 일이, 첫 포옹이 생각났다. 왜 그때 소리 지르고 항의하고 소란을 떨어 이웃사람들을 불러들이지 않았을까? 아마도 이미 그를 사랑했기 때문이겠지…….

티에코로는 그녀가 들어오는 걸 보자 화를 내며 소리 질렀다.

"뭐 하는 짓이지?"

한마디 말도 입 밖으로 낼 수 없었고, 동정이 흠씬 밴 노예의 눈길을 받으며 급하게 뒤돌아 나왔더랬다.

나디에는 아와 니아에게 젖을 물리려고 했다. 배불리 먹은 아이가 젖을 거부했고, 나디에는 부녀에게 두 번 무시당한 그 아름다운 검은 비단 젖주머니를 바라봤다. 나디에가 제네에서는 자신이 유용하다는 인상을 받았다면, 세구에서는 자신이 전적으로 무용함을 뼈저리게 느꼈다. 물질적 측면에서 티에코로도 아이들도 그녀를 필요로 하지 않았다. 하루 종일 처소에 가만히 누워 있을까 싶은 생각이 들 정도였다. 그래도 곡물, 닭, 사냥해서 잡은 고기, 생선 등 음식물이 넘쳐흐를 테니. 유럽 혹은 모로코에서 온 옷감이 금은 장신구와 호박과 산호 구슬과 함께 박 그릇마다 잔뜩 쌓일 테니. 말들이 방목장 안에서 히힝거리고, 만사의 호의와 노예들의 노동이 거둔 결실이 결합되어, 집집이 자패화와 황금 가루가 든 자루들로 가득 찰 테니. 애정 측면에서도 티에코로는 더는 그녀를 원하지 않았다. 두 아들도 장자의 큰아이들이 으레 받게 되는 관심을 누리게 되면서, 더는 그녀를 개의치 않는 게 명백했다. 두 아들은 니아와 잤고, 니아가 씻기고 먹였다. 만약 두 아들이 넘어진다면, 아이들을 일으키려고 내뻗을 손만 천 개는 되리라. 만약 아이들이 운다면, 아이들에게 입맞춤을 해주려고 내미는 입술만 천 개는 되리라. 아이들은 여전히 나디에와 자신들이 어머니라고 부르는 그 모든 여자들을 구별할까?

그녀에게는 아와 니아만이 남았다. 딸은 자신을 세상에 낳아준 여자에게 영원히 속하니까. 그 순간, 니아가 그 큰 키를 살짝 구부리면서 문간에 나타났다. 알리 순칼로가 그 뒤를 종종거리며 따라왔다. 알리 순칼로가 나디에의 품에 안겨 들었고, 당시 그녀의 기분을 생각하면 그건 진통제를 바른 것과 같은 효과를 낳았다. 니아와 나디에는 서로 싫어하지 않았다. 니아는 그저 아들에게 무엇이 이로울지를 염려하는 어머니 노릇을 했다. 두지카가 세상을 떠난 뒤 가족회의에서 그녀를 디에모고에게 넘겼지만, 그 두 사람이 남편과 아내로 사는 일은 거의 없다는 건 그 누구에게도 비밀이 아니었다.

나디에는 니아를 위해 급하게 간이 의자를 찾아왔고, 니아가 거기에 무거운 엉덩이를 부렸다. 관례적인 인사를 나눈 뒤, 니아가 결심을 굳히고, 천천히 단어 하나하나를 선택해가며 말을 시작했다.

"네가 알아야 할 일이 있다. 티에코로의 결혼식이 곧 열릴 거야. 만사의 누이들 중 한 명의 딸이기 때문에 신부에게 상당한 예물을 보냈다. 왕실에서 우리를 멸시하고, 티에코로를 가난한 사람으로 취급하는 건 원하지 않았으니까."

그런 거래와 결혼 준비에 대해 나디에가 모르는 건 전혀 없었다. 그런데도 식은땀이 온몸을 적셨고, 사지가 벌벌 떨렸다. 나디에가 가까스로 입을 열었다.

"왜 코케 본인이 내게 말해주지 않는 거죠?"

니아가 쌀쌀맞게 대꾸했다.

"그 아이가 왜 그런 일을 하겠어? 너에게 무슨 의무라도 갖고 있니? 내가 너에게 얘기해주는 것만으로도 이미 충분히 마음 쓴 것 아닌가?"

얼이 빠져버린 나디에는 니아의 말이 맞음을 깨달았다. 그녀는 온 세상을 증인으로 삼으려는 듯이 고개를 가로저었다. 하지만 무엇도, 누구도 그녀가 느끼는 감정에 대해 개의치 않는 듯했다. 태양이 박 그릇 한가운데 놓인 달걀노른자처럼 하늘 한가운데 보란 듯 떠 있었다. 아카시아에는 향기 없는 꽃들이 삐죽삐죽 달렸다. 벌거벗은 아이들이 뛰어다녔다. 담 뒤에서는 여자들이 기장을 빻았다. 삶은 지속됐다. 더 이상 그녀의 자리를 찾을 수 없는 그런 삶이. 니아의 목소리에 다시 현실로 돌아왔다.

"내가 여기 온 이유는 너에게 제안할 게 있어서다. 물론 티에코로의 시중을 들려 남아 있어도 되고……."

니아가 '시중'이라는 말을 하며 살짝 머뭇거리다가 결연하게 말을 이어갔다.

"그런데 내가 아들처럼 여기는 월로소*가 한 명 있다. 코사라는 애야. 개한테 운을 띄웠더니 너와 결혼할 의향이 있다더라. 네게 예물을 보낼 거고, 파부구에 우리 가문의 토지가 있으니, 너희 둘은 거기로 가서 정착하면 된다."

나디에가 조금만 덜 고통에 휩쓸렸더라면, 그런 말로 은폐하려고 애쓰는 공포를 짐작했을 거다. 그랬다. 나디에는 본인 생각만큼 하찮거나 멸시당하는 존재가 아니었다. 오히려 저마다 그녀가 티에코로의 삶에서 너무 무거운 무게로 작용하는 게 아닌지, 정처들이 그녀의 존재에 대해 불안감을 가질 만한 이유가 있는 게 아닌지 의심했다. 그래서 그녀를 멀리 떨어뜨려놓으려고, 다른 남자의 품에 밀어 넣으려고 했다. 하지만 나디에는 고통이 너무 심해서, 그런 계산을 알아차릴 수 없었다. 심장이 펄떡거려서 가슴이 요동칠 판이었다. 그녀의 이는 죽어가는 사람이 그러듯이 앙다물렸고, 단 한 마디 말도 뱉을 수 없었다. 나디에가 던진 눈빛에 이번에는 니아가 아무 말도 못 하고 가만히 있었다.

---

* 전쟁 포로와는 구별되는 가내노예.

나디에는 기운을 추슬러 몸을 일으켰고, 떨어지지 않게 아와니아를 똑바로 등에 업고 티에코로의 개인채까지 걸었다. 갑자기 소리가 전부 다 사라져버렸고, 태양은 찬란한데 너무 조용해서 마치 밤의 고요 속을 걸어가는 야릇한 느낌이었다. 처소로 들어갔다. 티에코로가 막 옷을 입고서 흰색 무명의 헐렁한 바지에 허리끈을 묶는 중이었다. 그가 빠르게 말했다.

"나 늦었어. 벌써 궁에 가 있어야 할 시간이야……."

나디에가 벽에 기대어 중얼거렸다.

"미안해요, 코케, 하지만 해야 할 말이 있어요."

그가 화를 내며 한 번 더 말했다.

"이미 늦었다는 말 안 들려? 오늘 각료회의가 있는 날이라고."

그렇게 말하면서 티에코로 본인도 마음이 괴로웠다. 속임수를 써보고, 자신의 몸과 마음에 거짓말을 해봤자 소용이 없었으니, 여지없이 다시 나디에에게로 돌아가리라는 걸 알았다. 그런데 그런 의존관계가 티에코로는 두려웠다. 아, 나디에가 만사의 친척이거나 명문가의 딸이라면! 천만에, 그녀는 똥오줌 냄새가 진동하는 뒷간에서 야만스럽게 소유했고, 통북투와 제네에서 겪었던 개인적 불운과 수모와 가난을 함께했던 나디에일 뿐이었다. 그래서 그녀를 사랑한다는 건 그가 망각할 수 있기만을 바라는 그의 일부, 그의 삶의 일부로 잔인하게도 되돌아가는 거였다. 그가 그녀의 얼굴에 어린 절망적인 표정 앞에서 누그러졌다.

"좋아, 내가 궁에서 돌아올 때쯤 만나러 와."

그녀가 고집을 피웠다.

"만사에게 갈 때면 궁에서 오후 내내, 그리고 밤이 되어도 머무는 일이 잦지 않나요……."

그는 끝이 뾰족한 가죽신을 꿰고, 방구석에 놔뒀던 유럽에서 온 넓은 우산을 집어 들었다.

"천만에, 오늘은 이샤 기도 전에 돌아올 거야. 갈레트 좀 만들어 줘. 그리고 밤을 같이 보내자."

그가 나갔다. 혼자 남은 나디에는 바닥에 흩어진 옷가지를 열에 들뜬 손길로 거두어들이고, 그가 다른 여자와 잤던 짚자리를 둘둘 말아 치우고, 이펜 이파리 빗자루로 싹싹 쓸기 시작했다. 그러면서 자신이 잃어버렸던 육체의 지배권을 되찾기를 바랐다. 잠시 뒤 처소에서 나가 여자들의 뜰로 돌아가서 하루의 일과에 섞여 들 수 있었다.

하지만 궁에서 열린 각료회의에는 모두가 참석했다. 왕자들, 명문가의 수장들이 각자 자신의 가죽 혹은 짚자리에 앉아 있었다. 노예들과 그리오들에게 둘러싸인 다 몽종은 파이프 담배를 피우며 좌대 위에 길게 앉아 있었다. 티에코로가 서서, 만사의 이름으로 티에티기 바냉티에니가 자신에게 발언권을 주기를 기다렸다가, 가볍게 몸을 숙여 인사했다.

"천지간 기운의 주인이시여, 아마두 하마디 부부가 최근에 소코토에 있는 우스만 단 포디오에게 밀사를 보내어, 자신이 지하드를, 그러니까 성전을 선포해도 되는지 물었다고 합니다. 우스만 단 포디오는 그럴 권리를 그에게 주었고, 복속시켜야 할 국가당 하나씩 준비한 깃발에 축복을 내렸답니다. 하지만 깃발 두 개가 빠졌다고 하니까, 그 말인즉슨 두 나라가 마시나의 지배에서 벗어나리라는 소리겠죠."

다 몽종은 파이프를 빠는 것도 잊고, 벌떡 일어섰다.

"그 두 나라는 어디 어디지?"

티에코로가 모른다는 몸짓을 보였다.

"우스만은 그에 대해 의견을 내지 않았습니다. 그래서 가정해 볼 수 있는 거라고는……."

스무 쌍의 눈이 그를 응시했고, 티에코로는 모두 침묵을 지키는 가운데 말을 이어갔다.

"우스만 단 포디오는 성인입니다. 하지만 그의 아들들은 물욕이 많죠. 황금, 상아, 그리고 자패화를 잔뜩 싣고서 사절단을 이끌고 소코토까지 가겠습니다. 자부하건대, 세구가 마시나의 폐올족이 건드리지 말아야 할 두 나라 중 한 나라임을 설득할 수……."

이 말에 분노의 함성이 터져 나왔다. 수많은 왕자들의 지지를 받는 전쟁상이 세구는 봐달라고 빌어 버릇하지 않았으며, 전장에 사상자를 남길지언정 싸워왔노라고 화가 나서 소리 질렀다.

티에코로는 경멸하는 마음으로 그런 모든 말들을 들어주고는, 마치 자신은 만사의 지성만 믿는다는 듯이 다시 왕을 향해 몸을 돌렸다.

"노략질과 살상을 목적으로 하던 평소의 전쟁이 아닙니다. 성 전이라고요. 여러분이 따르기를 거부하는 그 신이 아마두 하마디 부부의 편에 서서 그가 수행하는 전쟁마다 그를 돕고 있지요. 여 러분은 그를 상대로 이길 수 없습니다. 그저 목숨을 놓고 협상할 수 있을 뿐이죠."

만사 앞에서 감히 그런 말을 하다니! 세구의 강대함을 의심하 다니! 다른 사람 같았으면 그런 건방짐에 대해 목숨으로 값을 치 렀을 거다. 하지만 티에코로는 점성가, 마술사처럼 여겨졌다. 그 래서 불안감이 가득한 침묵이 각료회의장에 자리 잡았다. 잠시 뒤, 다 몽종이 말을 이었다.

"결혼하기로 되어 있는 거 아닌가, 티에코로? 새 신부를 내버려 두고 임무를 완수하러 떠난다고?"

티에코로가 몸을 굽혔다.

"우리의 대지와 재물을 관장하시는 주인이시여, 전하가 원하시 는 대로 하겠습니다."

이런 표현 역시 오만함으로 가득했으니, 영혼은 신에게만 속함 을 의미했기 때문이다. 하지만 다 몽종은 그에 대해 의심하지 않 았다. 총신들은 왕이 여자에게 그렇듯이 티에코로에게 깊이 빠졌고, 얼마 지나지 않아 후회하게 될 거라고 속살거렸다. 왕은 친척 여인을 그에게 신붓감으로 내주기까지 하지 않았는가? 물론 트라오레 가문은 귀족이고 부유했지만, 그렇다고 그렇게나 커다란 영예를 베풀 것까지는 없지 않은가! 오만한 태도와 낯설고 지나치게 세련된 의복 때문에 그에게 반감을 품은 사람들이 많았다. 그들은 참을성 있게 그의 실추를 기다렸다. 아, 이번에야말로 자기 아버지보다도 더 높은 곳에서 굴러떨어지리라!

회의가 파하고 뿔뿔이 흩어졌지만, 티에코로는 다 몽종과 그의 총애를 받는 그리오들과 함께 남았다. 만사는 걱정스러웠다. 비록 티에코로의 관점을 지지하지만, 평화를 교섭하다니, 그건 그에게도 너무 모욕적으로 비쳤다. 카르타의 쿨리발리 사람들과 동맹을 맺었으니, 통디옹 부대를 일으켜서 페울족을 덮치는 게 더 낫지 않겠는가? 동시에 미신적인 공포가 엄습했더랬다. 만사는 알파 세이두 코나테의 예언이 있고 나서 그 뒤를 잇는 티에코로의 말들을 떠올렸다.

"평소의 전쟁이 아닙니다. 그 신이 아마두 하마디 부부가 수행하는 전쟁마다 그를 돕고 있지요……."

자칫하면 그도 이슬람으로 개종했으리라. 하지만 신하들이 분노하리라는 생각에 자제하고 있었다. 그가 티에코로에게 말을 붙였다.

"언제 떠날 건가?"

티에코로가 생각에 잠겼다.

"몇 주 뒤면 우기가 끝날 겁니다. 졸리바강이 더는 범람하지 않을 테죠. 그때쯤 길을 떠나겠습니다."

그리오들의 수장 역시 다 몽종이 티에코로에게 보여주는 총애에 질투심을 느끼며, 결혼을 코앞에 둔 남자가 신부와 헤어지기 싫은 기색이 저리도 없나 왕과 마찬가지로 궁금해했다. 숫처녀의 다정한 허벅지 사이에 가능한 한 오래 머무르기를 그 누군들 바라지 않겠는가? 바로 거기에 밝혀내야 할 비밀이 있었다. 남자를 망치자면 여자 문제만큼 좋은 게 없는 법. 티에코로는 여자들이 좋아하는 남자였다.

티에티기 바냉티에니는, 맹수가 낯선 먹잇감을 놓고 그러듯이, 냄새를 맡아가며 이리 살피고 저리 살펴봤다. 저 남자는 누구인가? 그는 무엇을 원하는가? 그가 이슬람으로 개종한 이면에는 무엇이 숨어 있는가? 신앙은 어디서 멈추는가? 연극과 계산은 어디서 시작되는가? 인간의 맹신으로 살아가기 때문에 인간을 평가하는 데 익숙한 티에티기는 티에코로의 불투명함에 짜증이 났다. 완전히 악하지는 않지만 그렇다고 확실히 선한 것도 아니었다. 끌어당기는 동시에 거슬린다. 난폭한 무관이나 총신처럼, 다 몽종을 둘러싸고, 자신의 영지를 황금과 자패화로 채우고 처소마다 여인들로 채울 생각만 하는 그런 부류가 아니었다. 한마디로, 수수께끼였다.

5

슬픔에도 불구하고 나디에는 잠이 들었더랬다. 그녀가 시간을 짐작해보려고 처소 문턱에 나와 섰다.

어둠이 짙은 밤이었다. 축축했다. 물 폭탄이 쏟아진 뒤였다. 물을 흠씬 들이마신 대지가 이제는 잔뜩 배부른 아이처럼 하늘을 향해 짓누르는 듯한 습기를 내뿜고 있었다. 폭풍우에 시달려 기진한 나무들이 말없이 서 있었다. 그렇게, 티에코로는 약속을 지키지 않았다. 집에 돌아오지 않았다. 그녀가 사랑을 담아 빚었던 갈레트가 가득한 박 그릇들이 입구의 어둠 속에 잠겨 있었고, 그녀의 버려짐을 상징적으로 보여줬다. 일종의 격렬한 분노가, 치명적 광기가 그녀를 사로잡았다. 자칫하면, 남편을 상대로 싸움을 하는 아낙네처럼 그를 찾아 나설 뻔했다. 하지만 티에코로는 그녀의 남편이 아니었다. 그녀에게는 그에 대한 어떠한 권리도 없었다.

　등에 업힌 아와 니아가 자면서 낑낑댔다. 허리를 돌려 아이를 앞으로 안아 들고, 거칠게 품에 꼭 껴안았다. 적어도 이 아이는 그녀의 것이었다. 그 누구도 두 사람을 떼어놓지 못하리라. 자신이 무슨 짓을 하는지 별다른 의식 없이 뜰로 나섰고, 그러자 벌거벗은 발이 진흙탕 속에 푹푹 빠지면서 발을 빼낼 때마다 가볍게 쩍쩍 소리가 났다. 그녀는 똑바로 앞을 향해 걸었고, 어느 결엔가 보니 영지 밖이었다. 거리는 어둠에 잠겼고, 혼령들이 서로 속살거리며 주고받는 질문들만 들려왔다.

　"이런 시간에 애까지 데리고 어디를 가는 거지?"

　"디오세니캉디앙의 딸 아니야?"

　사람들이 나디에를 그렇게 부르지 않은 지 이미 오래되었다. 세구에서 쳐들어온 통디옹들이 마을에 불을 놓고 가족을 흩어놓고 죽여버린 뒤로는. 갑자기 과거가 되살아났다. 아, 세구에서 오는 거라면 그 어떤 것도 그녀에게 좋을 리가 없구나! 티에코로의 길과 교차하자마자 그걸 깨달았어야 했는데. 그녀는 발길 가는 대로 오른쪽으로 돌아, 어쩌면 그녀의 상상이 빚어낸 것일지도 모르는, 짐승들의 눈동자가 번쩍이는 골목을 따라 내려갔다. 하지만 무섭지 않았다. 보이지 않는 존재들의 세계는 살아 있는 자들의 세계보다 더 무시무시한 그 어떤 것도 숨기고 있지 않았으며, 그 세계에서는 도끼날에 배가 갈려 죽은 아버지와 어머니를 다시 볼 수 있을 테니까. 그녀는 도시의 남쪽 성문 앞에 도착했고, 그 성문은 졸리바강이 아니라 관목 숲과 물을 머금고 어둠에 잠겨 있는 기장밭을 향해 나 있었다. 이제 세구 주위로는 온통 거대한 피난민 캠프가 펼쳐졌는데, 마시나, 프메, 세베라, 사로 그리고 퐁도리에서 밀려 들어오는 밤바라인 전부를 도시의 성곽 안에 수용할 수 없어서였다. 유목민 페울족의 가옥처럼 짚으로 지은 가옥들과 급하게 진흙을 빚어 만든 사변형의 가옥들, 나아가 나뭇가지들을 얽어 만든 오두막집들이 뒤엉켜 있었다. 세구에서는 정말 흔하지 않은 일인데, 부랑배 무리가 그 빈민굴을 떠나 부유한 주민들의 저택을 공격했다. 지난주에 부도덕한 피가 공동체의 땅을 더럽히지 않게 그런 부랑배 둘을 도시 입구에서 처형했더랬다.

마호가니 나무들 아래에서 남자들의 윤곽이 드러났지만, 그들은 밤에 아이를 업고 배회하는 여자를 보고 깜짝 놀라 뒷걸음질을 쳤다.

나디에는 세구와 자신 사이의 거리를 최대한 멀리 떨어뜨려놓으려는 욕망에 자극받아 똑바로 앞을 향해 걸었다. 세구, 불의와 배신의 피난처. 두 발이 진흙탕 속에서 찰박거렸다. 젖은 풀들이 다리를 할퀴었다. 가느다란 비가 내리기 시작하더니, 거센 바람이 일어 그녀를 몰아댔다.

잠시 나디에는 나무 아래에서 몸을 웅크렸다. 희뿌연 수증기가 하늘의 잉크빛과 뒤섞이기 시작하자, 몸을 일으켜 다시 걸었다. 차츰차츰 밭에서 움직이는 남녀들의 모습이 보였다. 우각호에서는 사람들이 벼를 심었다. 저쪽에서는 기장에 낫질을 했다. 또 저기에서는 여자들이 진흙으로 빚은 화덕 주위에서 분주하게 움직이며 카리테 열매의 씨를 구웠다. 안쪽으로 물러앉은 곳에는 가축의 털처럼 어두운 가옥 지붕들이 보였다. 그래, 삶의 맛은 과일의 맛과 같을 수 있다! 애달파라, 그녀에게는 전혀 그렇지가 않았다.

그녀는 우물과 맞닥뜨렸다. 우물 입구는 둥그렜고, 반쯤 마른 가지들을 서로 얽어서 그 주위에 둘러놓았다. 처음에는 목을 축일 생각만 했다. 비록 날이 선선했지만, 여러 시간 전부터 계속해서 걸어온 데다가 입안의 침이 혀에 한 겹 발라놓은 씁쓸한 연고 같았다. 그런데 기다란 다 밧줄에 매달아놓은 염소 가죽 물주머니를 끌어 올리려고 몸을 숙이자, 아른거리는 물이 보였다. 마치 그녀를 부르듯 선선한 기운이 얼굴에 확 끼쳤고, 통북투에 살 때 시가가 들려줬던 이야기가 떠올랐다.

"어머니가 우물에 몸을 던졌어요! 우물에 몸을 던졌다고요!"

가냘픈 몸. 결혼해도 될 나이에 이른 소녀처럼 봉긋 솟은 젖가슴. 나지막한 동산처럼 부풀어 오른 배. 하지만 그녀는 놀림감이 될 아이는 남겨놓지 않으리라. 연약하고 상처받기 쉬운 어린 딸을 몸에 꼭 붙이고 있었으니. 그녀는 아와 니아를 등에서 떼어내어 앞으로 돌려 양 젖가슴 사이에 꼭 품고서 그 잠든 얼굴을 열렬히 들여다봤다. 둘 다 곧 혼령들의 세계에서 다시 만나리라. 보나 마나 이런 끝맺음에 충격을 받은 가족이 그녀를 위해 제물을 대폭 늘릴 테고, 그녀는 호의로 되갚고자 가족의 행복을 위해 일하리라.

그녀는 다시금 우물 위로 몸을 기울였다. 이 시기에는 수면까지 거리가 멀지 않았다. 물이 움직이며 흙벽을 따라서 가볍게 찰싹이는 게 보였고, 그 선선함이 숨결처럼 향기롭게 감쌌다.

나디에는 나뭇가지 난간을 넘었다. 삶의 본능이 잠시, 맹렬히 일었다. 자신의 몸과 맞닿은 티에코로의 몸이, 둘이 사랑을 나눌 때의 그의 땀 냄새가, 아이들의 맑은 웃음소리가, 강렬한 태양이 떠올랐다. 나디에가 나뭇가지에 매달렸다. 하지만 나뭇가지 난간은 그녀의 무게로 흔들리다가 서서히 기울었다. 파뉴가 걸리는 바람에 잠깐씩 멈칫거리며 검은 물로 떨어지는 순간, 체념이 차올랐다. 그녀가 원했다. 그녀가 원했다. 그녀는 아와 니아를 부둥켜안았다.

나디에를 찾기 위한 수색대가 꾸려졌다.

40여 명의 남자들이 말에 올랐고, 사방으로 내달렸다. 삶을 끝내려는 생각에 마호가니 나무에 머리를 박으려고 달려갔던 티에코로는 어머니의 돌봄을 받으며, 가장 유능한 주물사들에 둘러싸인 채, 자기 처소에서 착란을 일으켰다. 영지의 여자들 모두 입도 뻥긋하지 않았다. 모두가 자신이 관련 있다고 느꼈다. 모두가 자신에게 책임이 있다고 느꼈다. 나디에가 기장을 빻고 있을 때 미소 한번 건넸더라면, 저녁 먹고 나서 다 같이 둘러앉은 자리에서 말 한번 붙여봤더라면 그렇게 사라져버리는 비극을 막기에 충분했을지도 모른다. 연대의 몸짓을 보였더라면 절망으로부터 그녀를 보호하기에 충분했을지도 모른다. 그런데 그녀들 중 그 누구도 말 한마디 건네지 않았더랬다.

세구에서는 이야기들이 무성했다. 그처럼 트라오레 집안사람들이 급사, 실종, 온갖 종류의 불행으로 충격을 받다니, 대체 그 집안에 뭐가 있는 걸까? 그들과 왕래하며 지내던 사람들은 그들에게 등을 돌려야 하는 게 아닌가 곱씹었다. 그들과 왕래하며 지내지 않았던 사람들은 늘 그들과 거리를 두었던 것에 대해 기뻐했다. 대부분의 사람들은 나디에를 알지 못했건만, 그녀에 대해 온갖 있음 직하지 않은 이야기들을 떠들어댔다. 통북투 출신의 무어 여자라더라, 티에코로를 따라오려고 고향도 가족도 버린 제네 출신의 모로코 여자라더라. 대체로는 그녀를 불쌍히 여겼다. 그렇게 극단으로 치달은 사랑이 염려스러운 감정으로 보이긴 했다. 여자들이 이제 자신의 반려가 첩실을 두거나 다시 정실을 맞이하는 걸 용납하지 않는다면 어찌 되겠는가?

그 소식은 만사의 궁에까지 들어갔고, 티에코로에게 보내기로 했던 수누 사로 공주가 그 소식을 불쾌하게 여겼다. 첩실이 떠났다고 나무에 냅다 머리를 박는 남자와 결혼을 해야 할까? 그녀는 어머니를 만나러 갔고, 어머니 생각도 다르지 않았다. 하지만 어떻게 할까? 예물은 이미 받아버렸다. 결혼식 날도 받아놓았다. 두 여자는 그 수완이 절대 동나는 법이 없는 티에티기 바냉티에니를 들어오게 했다. 세 사람은 궁궐의 접객실에 틀어박혀 어느 오후 내내 논의를 거듭했다.

그러는 동안, 날이 저물 무렵, 나디에를 찾아오라고 보낸 수색대 일부가 파부구 마을에 도착했다.

마을이 온통 술렁거렸다. 우물에서 낯선 젊은 여인의 시신과, 더 잔인하게도 몇 개월짜리 여아의 시신을 끌어 올렸기 때문이었다. 점술사는 끔찍스러운 재앙이 닥칠 거라고 예언을 했다. 그건 우선은 페울족에 의해, 그다음은 보다 더 끔찍한 무리에 의해 지역이 파괴될 거라는 전조였다.

그랬다. 신들과 조상들이 밤바라인들을 버렸다. 수색대를 이끌었던 티에폴로가 땅으로 내려 나디에 곁에 무릎을 꿇었다. 모습이 변할 정도로 물에 오래 머무르지 않았기에, 얼굴에는 평온함과 평소의 다정함이 가득했다. 그는 몇 개월 전 티에코로에게 아버지의 죽음을 알리러 갔을 때, 어떻게 그녀를 알게 됐던가를 떠올렸다. 그가 막 감옥에서 풀려나, 구타와 상처로 힘들어할 때였다. 그녀가 곁에 쭈그리고 앉더니, 능숙한 손길로 이파리 고약을 만들어 상처에 붙여줬더랬다. 그러면서 그에게 물었다.

"아파요?"

그러고는 그의 머리를 손으로 받쳐주면서 미지근하고 쓴 탕약을 마시게 했다.

"이게 뭔가요?"

그녀가 미소를 지었다.

"자요……. 호기심도 많지! 여자들이 자기들만의 비밀을 털어놓을 거라고 생각해요?"

이제 그녀는 죽었다. 감히 스스로 목숨을 끊는 일을 벌였다. 가장 고약한 행위를 저질렀다. 그녀의 영혼에는 무슨 일이 일어나게 되는 걸까? 딸아이의 영혼에는? 그는 그녀의 마지막 몇 시간을, 그 고통과 외로움과 두려움의 극치를 상상해보려고 애썼다. 죄를 지었다. 그들 모두 그랬다. 티에코로만이 아니었다.

그의 등 뒤에서 파부구 마을의 수장이 질문했다.

"아는 여자요? 당신네 아내들 중 한 명이오?"

그가 고개를 들었다.

"예, 형의 아내입니다."

그녀가 죄악 중의 죄악, 자신의 목숨을 해치는 죄악을 저질렀기 때문에 그 누구도 탈 없이 그녀를 만질 수 없었다. 대사제 주물사가 급하게 묘혈 파는 인부 둘을 지목했다. 그들이 짚자리로 그녀를 둘둘 말더니, 마을의 경작지에서 먼 곳에 파묻으러 갔다.

6

"네 머리는 어째 나귀 꼬리보다도 더 단단하냐⋯⋯."

"그런 게 아니야. 나는 읽는 법만 배우고 싶어. 내가 왜 너희 신을 찬양하는 노래까지 불러야 하는 거지? 나의 신도 아닌데⋯⋯."

그러고는 시가가 서판과 필기도구를 챙겨서 일어나려는 시늉을 했지만, 시디 모하메드가 그를 붙잡았다.

"차 한잔할래?"

그가 다시 앉으면서 뿌루퉁한 표정으로 또 캐물었다.

"설명해봐. 내가 왜 코란을 갖고 읽는 법을 배워야 하지?"

시디 모하메드가 눈을 들어 하늘을 봤다.

"신성모독 좀 하지 마, 응?"

그러고는 논쟁을 돌연 중단시키고, 차를 준비하라는 명령을 내리러 갔다. 시디 모하메드는 페스에 있는 필랄라 지구에 살았고,

마구 제조공이었다. 그는 자신의 조상들이 야쿠브 엘만수르 시대
에 노예로 이 지역에 들어왔다는 사실을 알고 있었고, 아마도 모
시* 출신일 거라고 생각했다. 매일 아침 시가가 자신의 상점 앞을
지나 엘케탄 시장으로 향하는 모습을 지겹게 본 끝에 그에게 말
을 걸게 되었고, 우정으로 엮이게 되었다. 부자는 아니었지만 노
동의 결실로 편안하게 살았고, 공들여 제작하고 모자이크로 장식
한 벽돌로 지은 보기 좋은 이층집에 거주했는데, 뜰과 포석이 깔
린 주랑이 있었다. 시가에게 시디 모하메드와의 우정은 소중했
다. 사실 그는 자신의 삶을 시디 모하메드와 만나기 전의 삶과 그
이후의 삶, 이렇게 둘로 나누었다.

시가가 차를 마시고 나자, 일어섰다.

"돌아가봐야 해……"

시디 모하메드가 어깨를 으쓱했다. 자신의 친구는 일에 악착스
럽게 매달리고, 수도사의 삶과 다를 바 없는 생활을 영위하고 있
는데, 그로서는 정말로 이해가 되지 않았다. 소용없으리라는 것
을 알기에 다른 소리는 하지 않고, 뷔르누**를 집어 들고 함께 길
로 나가, 바브 엘마흐루크 성문까지 배웅했다.

1812년경의 도시 페스는 그 찬란함의 정점에 도달한 걸로 보

---

*   현 부르키나파소 지역의 부족.

**   큰 케이프가 달린 외투.

였다. 야쿠브 벤 아브드 엘마크 엘므리니가 건설한 페스 지드와, 페스강 유역의 경사를 따라서 펼쳐진 페스 엘발리, 이렇게 구별되는 두 도심으로 이루어졌다. 처음부터 시가는 이 보석 같은 도시 앞에서 감탄해대느라 어찌할 바를 몰랐다. 대번에 상대성이라는 말의 의미를 이해했으니, 그의 눈에는 세상에서 가장 아름다운 도시인 세구가 촌락에 지나지 않음을 깨달았다. 대리석 기념물, 석조 궁전, 능, 메데르사***, 복잡하게 세워진 기둥들 위에 교묘하게 얹어놓은 기와지붕을 자랑하며 서로 기발함과 조화로움을 다투는 이슬람 성원, 투명하고 진귀한 재료로 만들어진 수반이 있는 정원들. 활엽수가 무성한 공원 한가운데에 있는 카라윈 대학은 세공된 동판과 도안들과 글자로 뒤덮인 열여덟 개의 대문을 활짝 열어놓았다. 그 팔각형의 둥근 지붕, 기둥머리, 아치형 회랑의 둥근 천장, 대문의 장식 띠들은 과연 인간의 재능일지를 의심하게 만들 정도인 천재성의 세련된 발현이었다. 시가는 깊은 열등감을 느끼며 아랍인, 베르베르인, 에스파냐인, 개종한 유대인, 수단 출신 흑인 학생들이 대학교의 출입문들로 몰려가는 걸 지켜봤고, 교육이 발휘할 수 있는 매혹을 이해했다. 어느 날 용감하게 파티오까지 들어가서 금색, 자주색, 터키옥색, 사파이어색, 에메랄드색 등 다양한 색채가 벽에 꽃처럼 피어난 모습을 감상했다.

*** 이슬람 종교학교.

시가가 주인에게 가봐야 해서, 시가와 시디 모하메드는 바브 엘마흐루크 성문 근처에서 헤어졌다. 시가의 고용주는 페스 지드의 왕궁에서 멀지 않은 곳에, 메리닌드 왕조 시대로 거슬러 올라가는 화려한 저택에 살고 있었다. 통북투의 압달라의 친척이자 지금 시가의 주인인 물레 이드리스는 확실히 페스에서 가장 부유한 사람들 축에 끼었다. 그는 직조 작업실들, 그러니까 비단을 짜거나 여성복의 허리띠나 술탄의 호위 행렬에 등장하는 깃발의 재료가 되는 돋을무늬 천을 짜는 작업실을 여럿 소유하고 있었다. 또한 식탁보나 쿠션 용도의 천에 장식 수를 놓는 수많은 자수장인들을 고용했고, 그 보배들은 전부 다 카이스리아의 시장들에서 팔려나갔다……. 엄격한 모습의 신자였지만, 그렇다고 돈에 집착하지 않는 건 아니었고, 또한 매년 아주 젊은 여인들을 아내로 맞지 않는 것도 아니었다. 그는 시가를 부당하게 대우하지는 않았지만 호의는 없었고, 오히려 말 속에서 자신도 모르는 새에 일종의 멸시가 뚫고 나왔다.

시가가 문짝에 조각이 되어 있는 문을 지나 집 안으로 들어가, 중앙 파티오 한가운데를 차지하고 있는 마졸리카 타일을 붙여놓은 수반을 따라 걸어갔다. 물레 이드리스는 그를 이제나저제나 기다렸던 듯, 1층의 방 하나에서 후다닥 나오더니 소리쳐 불렀다.

그는, 초췌해 보이고 볕에 그을린 얼굴색에 의복은 사막의 다갈색 먼지로 뒤덮인 걸로 봐서 카라반 상인임이 분명한 아랍인

두 명과 이야기를 나누고 있었다. 그가 평소에는 보기 힘든 친절을 보이며 말했다.

"앉게나, 아흐메드, 어서."

시가는 살짝 궁금증을 느끼며 주인의 말을 따랐다. 잠시 하인이 녹차 잔과 싱싱한 대추야자를 돌렸다. 그러더니 물레 이드리스가 침묵을 깼다.

"여기 계신 우리의 두 친우분들은 세구 너의 집에서 오신 분들이다. 네게 보내는 전갈을 갖고 오셨어. 알라의 뜻이 이루어지기를. 아흐메드, 아버지가 돌아가셨다는구나."

시가는 무슨 말을 해야 할지 몰랐고, 심지어 슬픔을 느끼는지조차도 의심스러웠다. 세구는 얼마나 동떨어진 곳인가! 게다가 자신에 대한 관심은 전혀 없이 티에코로의 하인인 듯 취급했던 두지카에 대해 대단한 애정을 느꼈던 적이 없었다. 그러다가 니아의 슬픔과 가족이 겪을 혼란에 생각이 미쳤고, 감정이 차올랐다. 물레 이드리스가 여전히 호의를 보이며 말을 이어갔다.

"세구로 돌아가고 싶나? 필요한 경비와 말을 네가 쓸 수 있게 마련해주마."

시가가 어깨를 으쓱이더니 중얼거렸다.

"무슨 소용이 있을까요? 제 생각에는, 사십제도 여행에 걸린 시간을 고려해보면 지금쯤 거행될 텐데……."

"그래도 어쩌면 네 어머니는 네가 위로해주면 좋아하시지 않을까?"

네 어머니라고? 니아는 새어머니 중 최고이긴 했지만, 어머니
는 아니었다. 시가가 고개를 저었다. 그러고는 곧 자기 방으로 올
라가겠다며 양해를 구했다. 그러니까 두지카가 죽었구나! 시가는
두지카가 자신이 능력을 펼쳐 보이는 걸 기다리지 않고 그렇게
일찍 가버렸다는 사실에 분노가 일었다. 기껏해야 사생아로 간주
되던 그 아들이 얼마만 한 가치가 있는지, 그는 이제 결코 알지 못
하리라. 마음 그득히 쓸쓸함이 솟구쳤다.

페스에서 그는 사회적 구분의 잔혹함을 발견했더랬다. 물론 세
구에도 귀족, 장인 그리고 노예가 있었다. 그리고 저마다 자기 계
급 내에서 혼인을 했다. 하지만 그가 보기에, 서로가 서로를 멸시
하지는 않았다. 통북투에서도 아르마와 울레마들의 오만함에 충
격을 받긴 했지만, 그 도시도 페스에는 비교가 될 수 없었다. 이
도시는 서로에게 적대적인 사회적 집단들의 집적으로 이루어졌
으며, 그 집단들은 서로를 권력으로부터 밀어냈다. 쇼르파*는 빌
딘**을 증오했고, 빌딘은 쇼르파와 함께 서민을 경멸했고, 서민 또
한 여러 분파로 나뉘었다. 타지인, 흑인과 베르베르인 사이의 혼
혈, 흑인의 자리는 서민보다도 또 훨씬 뒤쪽이었다. 시가는 통북

---

* 귀족.
** 개종한 유대인의 후손.

투 시절만 해도 명확하지 않던 인종이라는 개념을 알게 되었다. 그는 흑인이어서 자동으로 멸시당하고 노예 징집병들과 동일시되었는데, 술탄 물레 이스마일이 1세기 전에 아랍인, 베르베르인, 터키인, 기독교인 등을 마음대로 휘두를 수 있었던 건 사실 그들 덕분이었다. 시가는 시디 모하메드를 만나기 전까지는 친구가 한 명도 없었다. 물레 이드리스의 집을 제외하고는 남의 집 문턱을 넘어가보지 못했다. 미소를 교환해보지 못했다. 술을 나누지 못했다. 바로 그런 이유로 밤바라 남자가, 세구의 아들이 무엇을 할 수 있는지를 입증하려는 격렬한 열정에 사로잡혔다. 우선 읽는 법을 배워야 했다. 그리고 쓰는 법도. 그다음에는 그 모든 경이로운 기술을 전수받아 지식을 들고 고국으로 돌아가야 했다. 시가는 매일 그 굼뜬 손으로 글씨를 연습했을 뿐만 아니라, 벽돌장인, 유약벽돌장인, 석고세공장인, 가구세공장인, 등제조장인과 그들이 금속을 세공해서 만든 걸작을 관찰했다. 물레 이드리스와의 친분을 이용해 올라드 슬라위라는 유명한 가문의 가죽장인 집에서 몇 달 머물며 모로코가죽의 복잡한 제작 과정에 입문했다. 세구에는 황소도 암소도 양도 염소도 부족하지 않다……. 그러니 그 모든 작업이 가능하지 않을까? 누군가 문을 두드렸다. 물레 이드리스의 첫 번째 부인 마리암이었는데, 가끔씩은 도도하긴 했지만, 늘 그에게 후한 친절을 보여줬더랬다.

"아버지가 돌아가셨다면서? 알라의 뜻이 이루어지기를. 혼자 슬픔에 빠져 있지 말고 비올라 연주 들으러 와요…….."

시가는 그 말에 따랐다. 사실 페스에서 연주되는 음악을 좋아한 적은 거의 없지만, 여주인의 마음 씀씀이가 느껴져서였다. 여주인을 따라, 집을 빙 둘러 난 지붕 덮인 발코니를 지나, 아치와 주랑으로 장식된 널찍한 회랑으로 둘러싸인 파티오로 나갔다. 비올라 연주자는 중앙 수반 근처에 서 있었다. 베일로 감싼 집안의 여자들이 이미 나와 있었고, 대추야자와 꿀과 사탕수수 설탕으로 만든 당과가 돌았다.

얼굴색은 검으나 머리카락은 황갈색 곱슬머리인 어떤 어린 소년이 시가 앞에 버티고 서서, 이가 다 보이게 활짝 웃으며 편지를 내밀었다. 시가가 편지를 펼쳐 힘겹게 해독했다.

눈이 멀었어요? 내가 당신을 사랑하는 게 안 보여요?

어안이 벙벙해진 시가가 아이를 뚫어져라 바라봤고, 아이는 더욱더 활짝 웃더니 달아나버렸다.

시가는 새벽부터 엘케탄 시장에서 일했는데, 주인은 압달라가 통북투에서 보내주는 원사로 무명천을 제작하여, 엘케탄 시장에 소유하고 있는 상점을 통해 판매했다. 그건 간단한 일이 아니었다. 가장 아름다운 직물들이 돋보이도록 상품을 진열하고, 호객 행위를 통해 손님들의 관심을 끌고, 그들과 흥정하고, 거래를 성사시켜야 한다. 단 1분도 자기를 위해 쓸 수 없다! 다행히도 세마린 사거리에서 그리 멀지 않은 곳에 점포를 갖고 있는 시디 모하메드가 녹차를, 가끔은 레몬 조각과 함께 마시는 찐득거리는 찌꺼기가 가라앉은 진한 커피를 보내줬다. 시가는 상점을 대신 봐줄 사람도 없는데 팽개쳐두고 — 이번 한 번뿐이니 — 사내애를 쫓아갔는데, 갈대로 만든 햇빛 가리개들이 쳐진 골목길은 벌써부터 복잡했지만, 아이는 요리조리 잘도 빠져나갔다. 사내애는 마치 놀이를 하듯 잡아보라는 명백한 의도를 갖고 뛰었다. 아이는 가죽신 상점, 보석 상점, 새 사냥 전문점으로 들어가거나 혹은 지나가는 사람들의 뷔르누를 두 손으로 움켜쥐었다. 아이가 갑자기 멈춰 섰고, 시가가 아이의 목덜미를 잡았다.

"이게 무슨 말이지? 무슨 의미냐고?"

아이는 진지한 표정이 되더니, 고양이의 눈처럼 금갈색인 두 눈으로 시가를 응시하다가 입을 열었다.

"우리 누나예요. 우리 누나 파티마……."

시가가 기겁을 하며 주위를 두리번거렸다.

"네 누나라고? 어디 있는데?"

아이가 빠르게 말을 쏟아냈다.

"오늘 밤 아저씨 친구 시디 모하메드를 데리고 우리 집으로 오세요. 누나 야스민이 결혼하는 날이거든요. 사람들로 북적일 테니, 두 분이 낯선 사람들이라는 건 눈치채지 못할 거예요……."

그러더니 주소를 던져주고 달아나버렸다.

잠시 시가는 얼간이처럼 두 팔을 늘어뜨리고 가만히 선 채로 고개를 돌려 좌우를 살폈다. 그러다가 서두르는 바람에, 염소 가죽 물주머니를 옆구리에 끼고 나르던 물 배달꾼 두셋을 자빠뜨릴 뻔해가면서, 시디 모하메드네로 달렸다. 시디 모하메드는 술탄 가족이 사용할 마구에 마지막 손질을 하는 중이었다. 그는 이 분야에서 최고의 장인으로 알려져 있었으니까. 시가가 그에게 자신이 받았던 쪽지를 내밀고는 뜻밖에 겪게 된 일을 헐떡거리며 이야기해줬다. 상대방은 놀란 것 같지 않았고 그저 이렇게 반응했다.

"그래, 너무 이르지는 않군!"

페스에 머무른 뒤로 시가는 공창의 창녀들하고만 관계를 맺었더랬다. 자신의 피부 색깔 때문에 여자에게 푸대접받기에는 자존심이 너무 셌다. 바브 엘샤리아 성문에서 멀지 않은 곳에 거주하는 창녀 두셋이 기꺼이 그를 맞아줬다. 그는 거기에서 자신의 밑에서 몸을 활처럼 휘며 신음을 흘리는 여자를 거의 바라보지 않고서 쾌락만 취했다. 낯설고 적대적이다시피 한 이 도시에서 어떤 젊은 여인이 부유하고 교양 있고 잘생기고 자신감 넘치는 남자들이 수도 없이 많은데도 자신을 주목했음을 갑자기 깨달았고, 그에 대해 무릎을 꿇고 감사를 표할 수 있었다면 좋았으리라. 그 미지의 여인은 어떻게 생겼을까? 눈은 어떨까? 미소는 어떨까? 그러는 동안 시디 모하메드는 곱슬곱슬한 더벅머리를 긁어댔다.

"이 주소는 여기서 멀지 않은, 제카크 에르루만이네. 그리고 이 성을 보니, 중매사 자이다 라흐바비야의 딸이겠는데. 물론 사생 아지. 중매사에게는 결혼할 권리가 없거든."

시가는 페스의 은밀한 풍습에 대해 아는 게 거의 없어서, 그런 말이 시가에게는 전부 다 아무런 의미가 없었다. 그에게 중요한 건, 미지의 여인이 그를 사랑하고 그에게 그걸 말할 담대함을 가 졌다는 게 전부였다. 마침내 시디 모하메드가 쪽지를 돌려주면서 말했다.

"멋을 좀 부려봐. 6시쯤에 여기로 와서 나랑 보자."

시가가 보낸 그날 하루를 묘사할 수 있을까? 그는 구름을 타고 둥둥 떠다녔다. 가장 말도 안 되는 계획들을 쌓아 올렸다. 잊었다 고 생각하고 있던 세구의 오래된 노래들을 불러댔다. "어떤 여자 가 나를 사랑해! 나를 사랑해! 나를! 나를!"이라고 외치며, 세상 전체를 증인으로 삼을 수 있었더라면 좋았으리라.

잠시 불안감이 스쳐 갔다. 만약 못생겼거나 나이가 많거나 꼽 추인 여자라면? 재빨리 그런 불안감을 쫓아버렸다.

오후가 한창일 때 상점을 닫았다. 겨울이 막바지에 달했다. 가 난한 사람들은 거친 모직물로 만든 뷔르누로 몸을 감쌌고, 반면 에 멋쟁이들은 유럽에서 수입한 직물로 만든 의복을 입고 머리에 는 어두운 붉은색 전통모를 쓰고, 그 주위에 두툼하게 터번을 두 번 두른 모습으로 뽐내며 돌아다녔다. 아이들로 말하자면, 강렬한 색깔의 모직물로 몸을 감쌌고, 여자애들은 집 안에 붙잡혀서 어머니 곁에 있었지만, 서판을 옆구리에 끼고 무리 지어 다니는 어린 사내애들 모습은 여기저기에서 보였다. 시가는 목욕탕에 가기로 결정했다. 그가 재미 들린, 생활의 자질구레한 요소였다. 냉실에서 온실로 옮겨 가면 능숙한 손길로 씻겨주며, 그다음에 세번째 욕실로 들어가면 기분 좋게 다 같이 섞여 앉아 땀을 흘리는데, 이곳에서는 보일러 연료인 말린 똥 냄새가 진동하는 가운데 가난한 자도 부유한 자와 더는 구별이 되지 않으니, 그저 황홀할 뿐이었다! 가끔은 카라윈 대학 학생들이 낭송을 시작했다.

"오, 페스여, 사람들은 바로 네게서 갖은 아름다움을 빼앗으려 드는구나. 우리를 쉬게 하는 건 너의 미풍인가, 아니면 그냥 미풍인가? 흘러가는 건 너의 투명하고 차가운 물인가, 아니면 그저 은인가? 네 영토는 온갖 인간 집단이, 시장들이, 길들이 누비는 대지로구나."

매한가지로, 벌거벗어서 가까워진 모르는 사람들끼리 대화를 나눴다. 하지만 시가는 이번만은 꾸물거리지 않았다. 약속 시간에 늦을까 봐 너무 걱정이 되어서였다. 의복에 어떤 신경도 쓰지 않던 그가 이번에는 최대한 우아하게 차려입었다. 짙은 푸른색 소매가 달린 짧은 상의에 고운 천으로 만든 셔츠, 밤색 카프탄, 검은색 자수로 장식한 같은 색상의 뷔르누. 그가 방에서 나오자 하녀들에게 명령을 내리고 있던 마리암이 외쳤다.

"어머나! 어디 가요?"

그녀는 그가 당황하는 걸 보며 미소를 지었다. 자기 방으로 뛰어가더니 곧 다시 나왔고, 그에게 향수를 뿌려줬다.

페스에서는 결혼이 작은 일이 아니었다. 예물이 세구에서와 같은 중요성을 갖고 있지는 않지만, 어쨌든 선물들이 넘쳐흘렀으니, 두카 금화, 수가 잔뜩 놓인 여러 필의 비단 혹은 아마포, 최고의 세공사들이 선조 세공을 한 금과 특히 은으로 만든 팔찌와 목걸이가 지천이었다. 시디 모하메드와 시가가 수수께끼 같은 인물인 자이다 라흐바비야의 저택에 도착했을 때, 연회가 막 시작된 참이었다. 파티오와 1층은 남자들로 가득했고, 여자들은 아직도 2층에 있었다. 대기 중에 나팔과 비올라, 웃음과 시인들의 찬가 소리가 가득했다.

이 자이다라는 여성의 저택은 얼마나 아름다운가! 중매사라는 그녀의 직업은, 시디 모하메드가 틀리지 않았다면, 엄청나게 벌어들이는 게 분명했다. 거대한 면적의 파티오. 1층과 2층 사이의 중2층. 기하학적 문양이 사선으로 배열된 회랑 난간. 흰 대리석 포석들과 섬세하게 돋을새김한 꽃 모양 원형 장식으로 꾸민 상인방. 그 누구도 초대 손님 가운데 시디와 모하메드가 등장한 것에 놀라지 않았다. 사실 남자들이 잔뜩 모여 이렇게 웃고 떠드니, 고양이라도 자기 새끼들을 알아보지 못했을 거다. 곧 자이다 라흐바비야가 모습을 드러냈는데, 중매사라는 자격 덕분에 얼굴을 내놓고 남자를 만날 권리가 있었다. 아랍인의 피가 아주 살짝 섞인 장신의 흑인 여성으로 두 눈이 번쩍였고, 한마디로 제법 무시무시했다. 진하게 화장을 했고 아주 짧은 검은 머리카락을 여러 가지 은제 장신구로 꾸몄다. 큼직한 손발은 헤나로 물들여 푸르스름했고, 몸에서는 달콤한 동시에 자극적인 박하 향과 섞인 후추 향이 났다. 그녀가 시가의 두 눈을 응시하자, 시가의 심장이 쪼그라들었다. 저 무시무시한 어머니는 그가 온 이유를 알까? 촌뜨기 끌어내듯 그를 끌어내려는 게 아닐까? 아니면 더 안 좋게, 공개적으로 호통을 치려는 걸까? 변론 삼아 무슨 말을 할까? 하지만 자이다는 무거운 짐을 싣고 강을 따라 내려가는 통목선처럼 멈춰서지 않았고, 벌써 저만치 가고 있었다. 어떤 면에서는 연회의 진정한 여왕은 그녀였고, 시가도 그 사실을 깨달았다. 그녀의 딸도, 사위도, 사위의 부모도 전혀 아니었다. 그녀가 막 파티오에 자리 잡은 악단에게 두카 금화를 여봐란듯이 나눠줬다. 그녀가 손뼉을 치자 하녀들이 양고기와 쿠스쿠스가 담긴 쟁반을 날랐다. 그녀가 춤 스텝을 살짝 밟았다. 갑자기 어떤 손이 시가의 손에 포개졌다. 가장 근사한 옷을 차려입고 머리는 정성스럽게 빗어서 옆 가르마를 탄 소년이 아침에 자기에게 접근했던 그 소년임을 알아봤다. 소년은 가느다란 손가락을 입술에 갖다 대더니 따라오라는 손짓을 했다.

시가에게 사랑은 우기를 알리는 첫비와 같았다. 건기가 길게 끝없이 이어졌다. 대지는 쩍쩍 갈라지거나 풀풀 흙먼지만 날린다. 풀은 적갈색으로 변한다. 나무들은 더 이상 어쩔 수 없을 정도로 바싹 말랐다. 그러다가 들판 위로 점점 비구름이 쌓인다. 곧 비구름이 찢어진다. 벌거벗은 아이들이 밖으로 뛰어나가, 여전히 성기면서 뜨거운 빗방울을 뿌리는 첫비를 맞는다. 그러고 나면 모든 것이, 쌀도 기장도 호박도 쑥쑥 자란다. 물고기들은 통발을 채운다. 목동들은 가축에게 물을 먹인다. 파티마 없이 그가 어찌 살 수 있었을까?

시가는 밤에 잠에서 깨면 그런 질문을 스스로에게 던졌다. 시장에서 일하는 낮에도, 읽기 수업 중에도, 목욕탕에서도, 식사하는 동안에도, 그녀는 그를 떠나지 않았다. 게다가 그는 더 이상 그 어떤 것에도 의욕이 없었다. 음식에도. 술에도. 일에도. 처음으로, 물레 이드리스가 상점 관리에 대해 질책을 해야 했고, 마리암은 그의 방이 난장판이라고 불평을 했다. 시디 모하메드로 말하자면, 시가가 절대로 읽는 법을 깨치지 못할 거라고 대놓고 말했다. 파티마는 시가가 가끔 꿈꿨던 여자들과 어떤 면에서도 닮지 않았다. 어머니나 남동생처럼 피부는 검었지만, 머리카락은 비단결 같았고 두 눈은 회색이었다. 엉덩이와 가슴이 겨우 봉긋 솟았을까 싶은 가녀린 몸이었다. 그렇게 보잘것없을 정도로 한 줌이나 될까 싶은 몸뚱어리에서 어떻게 그다지도 엄청난 희열을 끌어 널 수 있을까? 하지만 시가가 전에 물리도록 올라탔던 풍만한 여자들은 그에게 그 모든 즐거움을 안겨준 적이 한 번도 없었더랬다. 이번에는 마음의 쾌락이란 건 사실이다. 영혼의 쾌락. 시가는 파티마의 이야기를 듣는 게 절대 질리지 않았다.

"에스바 시장에 가죽신을 사려고 갔죠. 옆구리에 꾸러미를 끼고 집으로 가는 길로 들어섰는데. 그러다가 당신을 봤어……."

"날 봤고 날 사랑했다라. 어떻게 그러지? 이유가 뭐지?"

"슬픈 기색이었다니까. 외로운 표정이었기 때문이죠."

이야기가 이 지점에 이를 때마다 매번 시가는 파티마를 입맞춤으로 뒤덮었다.

이 광경에는 딱 한 군데 그늘이 졌다. 파티마의 밀회에 동정적인 친구가 엘안달루에 있는 자기 집을 밀회 장소로 제공한다는 것.

파티마가 어머니에 대한 공포 속에서 살아가고 있어서였다.

자이다 라흐바비야의 조상은 술탄 물레 압달라 시대에, 페스를 황폐화시킨 대지진이 발생했던 해에 노예로 모로코로 끌려왔다. 자이다의 조상은 자신이 성을 따온 가문이기도 한 파시라는 오래된 가문에서 신부가 신혼집으로 출발할 때 입을 옷을 장만하는 일을 담당했더랬다. 그러다가 그 일이 전문직이 되었고, 봄과 더불어 결혼식이 돌아오기를 기다리는 동안에는 자수 놓는 일을 가외로 했다. 중매사의 특권은 어머니로부터 딸에게로 이어졌다. 나아가 중매사들은 신생아를 처음 외부에 내보이는 일을 주관했고, 할례식 때에는 그녀들만 알고 있는 전례문을 외웠다. 물레 슬리만의 치하인 현재, 전부 다 흑인 노예의 후손으로 이루어진 중매사 '조합'에는 일곱 명의 우두머리들이 있었고, 그중 자이다가 가장 막강했다. 자이다는 부유했다. 그녀는 수많은 보석을 소유하고 있어서, 신부를 치장해줄 게 전혀 없는 가족들에게 비싼 값으로 대여했다. 그녀는 술탄과 알고 지냈고, 궁궐에도 종종 초대받아 들어갔다. 그녀가 페스 엘발리 골목을 지나갈 때면, 모두가 그녀를 알아보았고, 그녀의 이름을 부르며 인사를 보냈다.

시가가 파티마에게 물었다.

"뭘 두려워하는데? 내가 네 짝이 되기에는 너무 비천하다고 여길까 봐? 나도 세구의 귀족 아들이고, 만약 네 어머니가 원한다면 가족이 황금을 실은 카라반을 보내줄 수 있어."

파티마가 거세게 고개를 저었다.

"어머니가 알면 안 돼요. 절대로, 절대로."

그런데 시가는 모두의 면전에서 그 사랑을 소리쳐 알리고 싶었다. 아이들도 갖고 싶었다. 친구 시디 모하메드네에서 아주 가까운, 필랄라 지구에 있는 예쁜 집에서 살림을 차리고 싶었다. 왜 그런 게 그에게는 금지되는가?

시가는 쌓아놓은 무명 원단들이 무너지지 않게 손보고 있지만, 이번에도 생각은 계속 삼각형을 그리며 오가고 있었다. 왜 파티마는 그를 어머니에게 소개하기를 거부하는가? 그가 흑인이라서? 그건 말도 안 된다. 그녀 역시 마찬가지로 검으니까. 그가 엉터리 이슬람 신도라서? 그 경우라면, 하루에 다섯 차례씩 아부 엘하산 성원에 가서 엎어질 용의가 얼마든지 있었다. 그가 비렁뱅이라고 여기기 때문일까? 그 경우라면, 그 반대임을 증명하기 위해 파 디에모고에게 전갈을 보내리라. 갑자기 향수 향이, 박하 향이 섞인 야릇한 후추 향이 후각을 강타했고, 동시에 아랍어의 거친 자음을 관능적으로 부드럽게 발음하는 살짝 허스키한 목소리가 들려왔다. "이런, 당신을 되찾기까지 시간이 꽤 걸렸네!"

시가가 몸을 통째로 돌렸고, 그러고는 글자 그대로 기절하거나 혹은 걸음아 날 살려라 달아날 뻔했다. 묵직한 검은 내리닫이 옷을 입고, 독특한 베일로 얼굴을 반쯤 가리고, 머리카락에 둥근 금속편을 잔뜩 단 자이다가, 자이다 라흐바비야 본인이, 파티마의 어머니가 그의 앞에 서 있는 게 아닌가. 그는 공포에 질려 손에 들고 있던 무명천 조각을 떨어뜨렸고, 그러자 그녀가 가슴이 들썩일 정도로 목청껏 시원하게 웃어댔다.

"내가 그렇게나 강렬한 인상을 주나?"

시가는 어린아이가 아니었다. 그게 화가 난 어머니가 딸에게 구애하는 남자에게 말을 건네는 방식이 아님이 확연히 느껴졌다. 그건 유혹하려는 시도에 가까웠다. 문란하게 사는 수많은 여자들이 그를 이런 식으로 뜯어보고, 그의 몸무게가 어느 정도일지 가늠해보고, 그의 음경의 크기를 짐작해보려고 들었더랬다. 그래서 그의 불안이 더 커졌다. 그가 중얼거렸다.

"뭘 찾으십니까?"

"어머, 모르나 봐. 저번에 내 딸 결혼식에서 너무 빨리 사라졌더라니. 내가 당신을 찾았을 땐, 휘리릭, 이미 사라졌더라고……. 그 뒤로 당신을 찾아내기 위해서 갖은 수단을 다 동원했지."

시가는 자신이 얼간이 같다는 끔찍스러운 느낌에도 불구하고, 다시 한번 똑같은 말을 했다.

"무얼 찾는지 말씀하세요. 만족하실 수 있게 애를 써보지요……."

자이다가 닿을 정도로 가까이 다가왔다.

"분명 당신은 그럴 거야. 내 주소는 이미 알지. 오늘 밤에 기다리고 있겠어……."

7

　몇 명이나 되는 남자들이 모녀와 동시에 사랑을 나누고 각각의 품속에서 그만큼의 쾌락을 느껴봤을까?

　물론 동일한 쾌락은 아니었다. 시가는 파티마를 떠나 돌아갈 때면, 자신이 보석장인의 손에 들린 보석처럼 그 관계에 의해 다듬어지고 조탁된 듯 보다 행복하고 가뿐하다고 느꼈다. 자이다의 침상에서 몸을 빼낼 때면, 자신을 증오하고 그녀를 증오했으며 뒤늦게 그녀의 탐욕스러움에 짜증이 나서 으르렁댔다. '계속 그렇게 나아가다간, 내 불알을 잡아 뽑고 말 거야!'

　그는 어머니가 딸과의 관계를 알게 될까 봐, 그리고 딸이 어머니와의 관계를 알게 될까 봐 두려워하며 늘 불안에 잠겨 살았다. 잠을 거의 자지 못하고 정액을 싹 다 소진하니, 피곤하고 주의력이 떨어지고 산만했다. 이제는 물레 이드리스가 늘 그에게 호통을 쳤다. 심지어 어느 날 그를 사무실로 호출했다.

"이거 봐, 자네가 몇 년 전에 여기로 온 뒤로, 난 자네의 일솜씨가 만족스러울 뿐이었어. 그런데 얼마 전부터 표현할 말이 없을 정도로 변했더군. 이게 내 최후통첩일세. 계속 그 모양이면, 자네를 통북투의 압달라에게 돌려보내지 않을 수가 없네."

어떻게 할까? 파티마와 관계를 끊을까? 그럴 수는 없었다. 자이다와 관계를 끊어? 그럴 기운이 없었다.

잠자리에서 발휘하는 그 비범한 자질 말고도, 자이다는 불가사의한 인물이어서였다. 그녀에게는 실제 혹은 상상의 이야기들이 넘쳐났다. 그녀의 말을 믿자면, 그녀를 열렬히 사랑하는 술탄 물레 슬리만은 하렘에 그녀를 잡아두고 싶어 했다. 그녀의 말을 들어보면, 카라윈 대학에 소장된 영양 가죽 수고본에 그녀를 찬양하는 시들이 들어 있었다. 그녀의 말대로라면, 그녀의 초상이 에스파냐의 코르도바 군주의 궁궐에 걸려 있었다. 시가는 아무리 짜증이 날지언정, 그녀가 말하는 걸 듣고 있으면 질리지 않았다. 그는 활짝 벌린 그녀의 허벅지 사이로 다시 몸을 부리면서 너무 웃느라 죽을 것 같았는데, 정사의 앞부분은 늘 유희의 맛이 났다. 어떻게 할까?

딸을 결혼시키는 부유한 상인에게 돈을무늬 천을 배달하고 멜라*에서 돌아오는 길에, 랄라 미나 공원에 들어가 앉았다. 몇 걸음 떨어진 곳에서 어떤 어릿광대가 탬버린 반주로 사랑 노래를 부르고 있었다. 좀 더 멀리에서 두 명의 비렁뱅이가 원숭이들에게 낡은 붉은색 헝겊을 두르고 춤을 추게 했다. 익숙한 광경이라 시가는 전혀 관심을 두지 않았다. 갑자기, 가난뱅이처럼 싸구려 외투를 입고 귀덮개도 달리지 않은 전통모를 쓴 노인 하나가 옆자리에 앉았다. 그가 코담뱃갑을 내밀었지만 시가는 손짓으로 사양했고, 그러자 노인은 자기 코에 갖다 대고 잠깐 들이마신 뒤 이런 지적을 했다.

"젊은이, 참말로 불행한 표정이로군!"

시가가 한숨을 쉬었다. 사람들은 고뇌가 너무 깊은 순간에는 처음 본 아무에게나 속마음을 털어놓게 된다는 건 잘 알려진 사실이다. 시가 역시 이 법칙에서 벗어나지 않았고, 대번에 속을 비워냈다. 그가 입을 다물자 노인이 고개를 끄덕였다.

"청춘이란 얼마나 아름다운지! 나도 지금 자네가 보고 있다시피 이렇게 젊음을 잃기 전에는 비슷한 상황을 겪었거든. 마라케시의 작은아버지 집에 있을 때였는데……."

시가는 속마음을 털어놓고 만 자신을 책망하면서, 그 따분한 이야기를 중단시켜야겠다는 결심이 서서 이미 몸을 일으키고 난 뒤였는데, 노인이 그를 붙잡았다.

"도망가. 자네가 할 수 있는 전부일세, 그게!"

---

* 페스의 유대인 지구.

시가가 다시 자리에 앉았다.

"도망가라고요. 그러면 파티마는요?"

"납치해. 데려가라고……. 어머니와 자네 사이에 사하라사막을 둬……."

그 제안의 실행에는 제법 배짱이 필요했다! 동시에 시가는 노인이 자신이 감히 표현하지 못했던 생각을 대놓고 말했을 뿐임을 깨달았다. 그가 중얼댔다.

"떠나라고요? 아직 다 배우지 못했는데."

노인이 웃었다.

"죽음이 찾으러 왔는데 '기다려요, 아직 다 배우지 못했어요'라고 말할 만한 인물일세그려."

시가는 두 손으로 머리를 감싸 쥐었다. 떠난다! 세구로 돌아간다. 하지만 파티마가 그를 따라나설까? 그러지 않겠다면 정말로 납치해야 하는 걸까? 그러자면 이 낯선 도시에 공모자가 있어야 했다. 그가 반박을 해보려고 노인을 향해 몸을 돌렸다. 사라지고 없었다. 그제야 그렇게 변장을 하고 그가 가야 할 길을 가르쳐준 사람은 바로 조상임을 깨달았고, 삽시간에 마음이 고요해졌다.

그가 일어섰다. 이제 페스를 떠나야 할 때가 되니, 자신이 얼마나 이 도시를 사랑하는지를 깨달았다. 그는 통북투에는 애착을 느낀 적이 없었지만, 페스는 여자처럼 그의 핏속으로 침투했다. 어디에서든지 그리움을 간직하리라. 그는 붉은 첨탑이 있는 옛 사원 앞을 지나 부 즐루드 공원을 가로질러, 페스 엘발리로 천천히 돌아갔다. 초보적인 수라트를 암송하는 아이들 목소리가 들렸다. 도시 전체가 줄줄이 이어지는 도도한 산들이 내려다보는 아래, 그 발치에 펼쳐져 있었다. 그는 이곳에서 보낸 시간을 제대로 활용했는가? 이 도시의 종교를 공유하지 않았으므로, 아마도 그 내밀한 삶으로부터 배제되었으리라. 그는 도시의 사원에 들어가 엎드리지 않았다. 종교학교에도 출입하지 않았다. 전 세계에서, 특히 안달루시아에서 오는 하디스 주해가들의 강연을 들으려고 카라윈 대학의 문턱을 넘어 군중에 섞여본 적도 없었다.

시가는 파티마를 다시 보러 갔다가 울고 있는 파티마를 발견했다. 어머니에게 또 맞았단다. 시가가 그녀에게 마구 입맞춤을 퍼부었다. 그러고는 물리도록 쾌락을 안겨주면서, 우선은 상황을 살피기로 결심했다. 그녀가 그를 따라나서겠다고 할까? 하지만 아직 열다섯도 되지 않은 파티마는 아이일 뿐이었다. 사랑을 고백하기 위해 남자에게 대신 편지를 써 보내게 할 수는 있었다. 그런 행위는 로맨틱한 동시에 비뚤어진 특징을 보여줬는데, 그런 건 그녀 나이에 어울리는 거였다. 하지만 그 사실로부터 그녀에게 더 많이 요구해도 된다고 하면, 그건 비약이다! 그로부터 그녀가 독자적으로 자신의 삶을 꾸려갈 수 있기를 바라는 건 비약이다!

시가는 홀로 움직이기로 결정하고 빠르게 계획을 세웠다. 통북

투의 압달라, 그다음에는 물레 이드리스를 위해 일한 지 여러 해
가 지났지만, 먹여주고 재워줬기 때문에 급료를 전혀 받지 않았
더랬다. 그러니까 그 체납된 급료를 받아내야 했다. 그들의 도움
으로 무명천, 금사 장식 비단, 돈을무늬 천, 그리고 자수 옷감들을
카라반에 실어야 했다. 세상이 변했다. 세구에서도, 이슬람 신도
가 아닌 사람들도 그런 새로운 물품들을 구입하려고 들 거다. 여
자들은 그런 유행에 넘어가겠지. 커다란 상점을 열 테다. 옷감 말
고도 통북투의 소금과 콜라 열매를 중개하리라. 무두질 작업장을
열면 더 좋으리라.

그러기 위해서는 뭐가 필요한가? 수조와 구덩이를 팔 수 있는
넓은 야외 공간. 세구에는 장소라면 부족하지 않다. 졸리바강은
풍부한 물을 제공하리라. 태양은 건조 작업을 할 테고. 페스가 이
슬람권의 모든 국가에 수출하는 노란색 혹은 흰색의 부드러운 가
죽신을 세구에서도 만들 수 있으리라. 시가는 수십 명의 가랑케*
를 부리는 자신의 모습이 눈에 선했다. 귀족의 아들인 자신이 품
위를 떨어뜨려가며 직접 가죽을 다룰 수는 없으니까. 아, 모두에
게 '우물에 몸을 던진 여자의 아들'에게 어떤 능력이 있는지를 보
여주리라!

벌써부터 자신이 갖게 될 황금과 자패화 자루를 세느라고 머릿

---

* 밤바라의 가죽장인.

속이 분주하던 시가는 어느 결에 쇼드로니에 종교학교와 그 보잘 것없는 첨탑 가까이에 와 있었고, 두 발은 주민들이 아무 데나 마구 버리는 쓰레기 더미를 딛고 있었다. 그는 걸음을 재촉해서 시디 모하메드의 상점으로 갔다. 그는 안장을 주문하러 온 고객과 한창 대화 중이었는데, 고객은 여자에 대해 말할 때처럼 자신의 순종 말에 대해 말했다. 시가는 초조함을 숨겼다. 그 고약한 수다쟁이가 마침내 떠나가자, 시가는 불쑥 자신의 결심을 알렸다. 긴 침묵이 흐르고 난 뒤, 시디 모하메드가 입장을 내놓았다.

"자이다는 교활한 여자야. 심지어 여자라는 이름을 가진 가장 영리한 피조물이라고까지 말하겠어. 그 여자 딸을 데리고 네가 사라지면, 그 여자는 2 더하기 2는 4라는 걸 알겠지. 술탄을 부추길 테고, 세구로 향하는 모든 여행객과 카라반을 다 잡아들일 거야. 넌 이틀도 안 되어 발에 쇠고랑을 차고, 다시 여기로 돌아오게 될걸."

반대 의견이 적절치 않은 건 아니었다. 시가는 낙심해서 시디 모하메드를 응시했다.

"뭐 다른 생각 있어?"

툭하면 머리를 긁어대는 시디가 이번에도 머리를 벅벅 긁어댔다. 이 교활한 남자는 교양 없어 보이는 태도 아래 꾀주머니를 숨기고 있었다. 마침내 그의 입에서 말이 떨어졌다.

"다른 길이 있잖아. 다른 길로 가야 한다고……."

시가가 눈을 크게 떴다.

"다른 길이라고? 다른 길들을 알아, 넌?"

시디 모하메드는 천천히 차를 따라, 찻잔의 절반 정도를 조금씩 마시고 나서 말을 꺼냈다.

"바다."

"바다? 페스 어디에 바다가 보이디?"

시디 모하메드가 너무 어리석어서 실망이라는 듯 한숨을 쉬었다.

"페스에는 바다가 없지. 하지만 여기서 몇 킬로미터 떨어진 곳에, 케니트라* 근처에는 있지. 그리고 거기 작은아버지가 계셔⋯⋯. 거기라면 널 세상 어디로든 데려다줄 배들을 찾을 수 있어."

시가는 종종걸음으로 물레 이드리스의 저택으로 돌아갔다.

석회 바른 하얀 벽을 어둠으로 물들이는 저녁이 되면, 주민들은 **알라 아크바르**를 외치는 무에진의 낭랑한 외침에 따라 하루의 마지막 기도를 위해 집 안으로 들어갈 때까지 광장에 모이기를 좋아했다. 아몬드, 박하, 옥수수 장수들은 밤이 되기 전까지의 시간을 활용하려고 했고, 각 성문에서는 공인 이야기꾼들이 페스 건립에 대해 노래했다. 시가는 길을 돌아 바브 엘기사까지 갔는데, 그곳에서는 매일 어떤 시인이 아부 압달라 엘마길리의 시를

* 모로코의 도시.

경건한 분위기의 군중 앞에서 낭송했다. "오, 페스여! 알라신이 물기로 그대의 대지를 되살리시길. 신께서 풍부한 구름이 쏟는 비로 그대를 적시기를. 오, 이 세상의 천국이여! 찬란하고 놀라운 전경으로 힘스*를 능가하는 그대여……."

낭송을 듣는 시가의 뺨이 눈물로 덮였다. 그는 떠나리라. 다시 길을 나서리라! 하지만 역시 자신의 나약함에 대해서도 눈물을 흘렸으니, 자정이 되면 자이다의 잠자리를 찾아 다시 뛰어가리라는 것을 알고 있어서였다.

시가는 전날부터 처박혀 있던 세탁장에서 나왔다. 계산상 그의 친구들, 아니 시디 모하메드의 친구들이 곧 도착할 터였다. 그 일을 성공시켰을까? 이 계획의 성공을 가로막는 주요 걸림돌은 파티마 본인임을 알고 있었다. 그녀가 겁을 먹고 불안에 떨 테고, 그들을 따라나서기를 거부할 텐데! 시가는 주변에 주물사가 있었다면 일을 확실히 해두기 위해 얼마라도 지불했을 거다.

그때까지는 모든 게 잘 굴러갔다. 물레 이드리스는 왕족의 도도함으로 줘야 할 임금을 지불했고, 그러고는 한 손으로 준 걸 다른 손으로 거두어 갔으니, 그에게 최상의 물품들을 넘기겠노라고 약속했다. 사실대로 말하자면, 더 이상 마음에 들게 업무를 보지

---

* 시리아의 도시.

않는 사내가 먼저 알아서 나가는 게 만족스러운 듯했다. 그의 아내 마리암만이 놀랐다.

"압달라하고는 이야기가 된 건가요?"

시가는 자이다에게 자신의 계획을 숨길 수 있었으니, 매일 밤 그녀에게 극도로 격렬한 애무를 있는 대로 쏟아부었고, 그렇게 모든 불신을 잠재웠다. 시디 모하메드와 그의 친구들은 파티마가 코란 학교에서 돌아오는 길에 납치하기로 했다. 결혼 전에 보쌈을 흉내 내는 관습이 완전히 사라진 게 아니니, 그 누구도 끼어들어 저지할 생각은 하지 못하리라. 그러고 나서, 그 작은 무리는 렘타의 올리브 나무 아래 묶여 있는 말들에 올라타고, 바브 엘기사 성문을 통해 빠져나올 거다. 아이들 장난처럼 간단하다!

하지만 시가는 겁이 났다. 그는 자이다가 못 할 짓이 없다고 생각했다. 그를 찾아내어 그가 저지른 배신에 대한 벌을 내리기 위해서라면, 온갖 수단을 동원할 수 있었다. 그녀가 살아 있는 한, 절대 마음 편히 쉴 수 없으리라. 10여 개의 수원과 더불어 페스에 흐르는 물을 공급하는 페스강까지 걸어갔다. 반대편 강가에는 지금으로서는 끝나가는 겨울의 회색빛 하늘을 배경으로, 꽃도 피지 않았고 열매도 맺지 않은 오렌지 나무들이 서 있는 과수원이 있었다. 그러다가 다시 세탁장으로 돌아가 바닥에 쭈그리고 앉았다. 자칫하면 그의 정연했던 삶에 이다지도 무질서를 던져준 사랑을 저주할 판이었다. 동시에 이러한 무질서만이 삶에 의미를 부여함도 알고 있었다. 이렇게 그는 세구로 돌아가게 되었다. 그곳에서는 어떤 변화들을 마주하게 될까? 아버지는 돌아가셨다. 티에코로는 제네에서 돌아왔을까? 시가는 형에 대한 원망이 아직 무뎌지지 않았음을 느꼈다. 그 얼간이는 분에 넘치는 여자를 소유했다! 나디에를 생각하면 시가의 마음은 다정함으로 가득 찼다. 시가는 장식끈장인들이 금사와 은사, 그리고 금속사를 넣어서 같이 짜는 돋을무늬 천을 그녀를 위해 주문했더랬다. 정실이든 아니든, 그는 그녀에게 경의를 표하고 싶었다!

길에서 말발굽 소리가 들린 것 같아서 급하게 나가봤다. 도살장에서 오는, 물품을 잔뜩 실은 나귀들을 몰고 가는 몰이꾼 무리일 뿐이었다. 다시 세탁장 안으로 들어갔고, 애를 태우다 지친 나머지 자리를 펴고 잠을 청했다. 감정이 요동치는 상황에 놓인지라, 그 오랜 악몽들이 다시 시가의 머릿속을 장악했다. 그래서 두 눈을 감자마자 물을 뚝뚝 흘리는 어머니의 시신이 나타나 우물 곁에 자리 잡았다.

가냘픈 몸. 결혼해도 될 나이에 이른 소녀처럼 봉긋 솟은 젖가슴. 나지막한 동산처럼 부풀어 오른 배. 동정심과 두려움에 사로잡힌 채 둘러선 여자들. 하지만 이번에는 배경이 바뀌어 있었다. 두지카의 영지가 아니라 비에 흠뻑 젖은 장소로, 반짝이는 이파리를 매단 나무들이 여기저기 서 있었다. 주위에 나뭇가지를 엮어 둘러놓은 우물 입구가 크게 아가리를 벌리고 있었고, 쭈그려

앉은 주물사가 대지를 향해 분노하지 말고 계속 결실을 맺게 해 달라고 애원했다.

"이 고약한 불모의 죽음이 그대를 우리로부터 돌려세우는 일이 없기를!"

시가가 구경꾼들 틈에 섞여 있다가 앞으로 나아갔다. 그의 눈에 들어온 시신은 하나가 아니었다. 둘이었다. 여자가 둘이었다. 가냘픈 젊은 여자 둘과 그 둘 사이에 어린 여자 아기가 누워 있었다. 시가가 맨 앞줄로 가려고 팔꿈치로 밀어댔지만, 마치 일부러 그러는 듯 둥그런 원은 집요하게 그를 밀어냈다. 그래서 두 여자의 얼굴도 아이의 얼굴도 구별할 수 없었고, 오로지 아이의 통통한 두 발과 진줏빛 발톱만 보았다. 아이의 죽음보다 더 부조리한 게 뭐가 있겠는가? 무르익은 열매가 되기 전에 떨어지는 풋열매보다?

"왜 스스로 목숨을 끊었대요?"

그에 대해 아는 사람이 아무도 없었다. 두 여자는 사랑이 지나친 그 위험한 여자들 부류에 속했다. 사회생활의 규칙보다도 자신의 감정을 더 우위에 놓는.

"두 여자 중 누가 함께 아이를 데려간 거죠?"

"잘했지, 뭐. 여자애는 영원히 어머니에게 속하니까."

중얼거리는 여자들의 목소리가 잦아들었다. 시가는 더 세게 팔꿈치로 밀어댔고, 뒤집힌 입술 아래 드러난 새하얀 이와 둥그런 뺨을 알아보았다. 나디에. 나디에였다. 공포의 비명이 그의 목구멍 안쪽에 걸려버렸다. 그러다가 천천히 꿈틀거리며 기어 올라와, 가로막는 목젖을 넘어 터져 나왔다. 나디에. 나디에였다. 그가 무기력하게 고통스러워하다가 몸을 일으키자, 어떤 손이 그를 흔들었다. 눈을 떴지만 짙은 인영만 눈에 들어왔다. 웃음소리들이 솟구쳤다.

"이런, 희한한 방식으로 아내를 맞아들이는군!"

남자들이 목청껏 웃어댔다.

그 인영이 사라지고, 시디 모하메드와 모직물 모자를 쓴 몇몇 남자들의 장난기 가득한 얼굴들이 나타났다. 시가가 신음을 흘렸다.

"죽었어, 그녀가 죽었어!"

남자들이 왁자하게 웃어댔다.

"천만에, 죽지 않았어……."

그러고는 남자들이 비켜나며, 봇짐처럼 이불로 둘둘 말아 형체가 불분명하고, 여전히 겁에 질린 상태지만 기뻐 어쩔 줄 모르는 파티마에게 자리를 내주었다.

그 인영들이 사라지기까지, 그건 꿈이었을 뿐임을 깨닫고 다시 현실에 발 딛기까지 잠시 시간이 필요했다. 어쨌든 그 인상이 너무 강해, 모든 기쁨을 지워버리고 불길한 전조처럼 떠돌았다. 시가는 남자들과 특히 파티마의 나무라는 시선을 받으며 브랜디를 큰 잔으로 따라 마셨다.

시디 모하메드와 그의 친구들이 듀럼밀 갈레트와 올리브, 양파를 싸 왔다. 다 함께 식사를 했다.

됐다. 이제 계획의 1부는 성공했다. 이제 2부가 남았다. 배를 타고 세부강까지, 그다음에는 대서양까지 거슬러 올라가야 했다. 신도들의 지휘관이란 호칭을 스스로에게 부여한 술탄 아부 이난이 그곳에 전함을 띄운 이래, 그 항로는 수많은 선박들이 누비고 다녔다. 대서양으로 말하자면, 몇몇 사람들이 바다가 오가는 선박의 돛들로 새까맣다고 단언했는데, 그 선박들은 사방팔방을 향해서, 에스파냐를 향해서, 그리고 아프리카 해안을 따라서, 사람들 말로는 졸리바강 하구까지도 갔다.

시가는 파티마와 단둘이 남게 됐지만 기대했던 기쁨을 느끼지 못했다. 꿈의 기억이 여전히 그를 뒤흔들었다. 마치 나디에의 혼령이 보이지 않는 존재들의 나라로 깊숙이 들어가기 전에, 자신을 사랑했던 사람들에게 작별 인사를 건네고 싶었던 것 같았다. 게다가 파티마는 삶을 헤쳐나가면서 손을 잡아줘야만 하는 어린 소녀일 뿐이었고, 시가는 그 사실을 퍼뜩 깨달았다. 지금 파티마는 벌써 동생 알리를 그리워했다.

"가여운 것, 이제 내가 없으니 누구랑 놀까? 기도를 드리는 것도 잊어먹을 텐데. 당신처럼, 아흐메드, 그 애도 엉터리 이슬람 신도라니까…… 당신은 영원의 불에서 타게 될 거야."

바다를 본 적 없는 사람은 바다를 발견하게 되면, 심장에 커다란 타격을 받는다. 바다 냄새를 맡으면 호흡이 멈춘다. 눈앞에 펼쳐진 거대한 수의(壽衣) 앞에서, 즉각 무한과 죽음을 가늠한다. 시가는 통북투로 가는 길에 데보 호수를 보았기에 놀라지 않으리라고 생각했다. 웬걸! 그의 두 눈이 수평선을 살폈다. 저 회색빛 곡선 너머에 무엇이 있을까? 아마도 아랍인들처럼 피부색이 연하거나 에스파냐인들처럼 피부색이 하얗고, 피부가 검은 사람들을 경멸하는 또 다른 사람들이 사는 나라들이 있을 거다. 시가는 검은 피부는 사람을 따돌림당하게 만든다는 걸 깨칠 기회를 가졌더랬다. 왜지? 그 질문을 아무리 머릿속에서 이리 굴리고 저리 굴려봐도 소용없었고, 막연히라도 답을 찾지 못했다. 밤바라인들도 다른 민족만큼 강하고, 자존심 세고, 창의적이었다. 그게 단지 종교 때문만일까? 만약 그런 거라면, 반항 정신으로라도 자신의 신들과 조상들에게 집착하리라. 아무리 난관이 닥치더라도, 계속 술을 마시고 물신숭배자로 남으리라. 파티마와 시가는 케니트라에서 살레까지 갔는데, 에스파냐인들과 기름, 가죽, 양모, 곡물을 교역하느라 활기찬 항구였던 살레는 이제 커다란 회색빛 돌무덤과 흡사했다. 두 사람은 강 건너편의 라바트는 노예 상인들로 우글거린다고 들었기에 피하고, 모하메디아에서 내렸다.

시가는 파티마를 여인숙에 남겨뒀다. 아침부터 울고 있어서였다. 그녀는 갑자기 사치스러운 혼수, 가구, 개인 시중을 들 노예

하녀 등 자신이 꿈꾸던 결혼이 되지 못하리라는 걸 깨달았다. 시가가 세구에 가서 그런 걸 다 주겠노라고 여러 번 말했지만 아무런 소용이 없었고, 그는 세구의 방코 벽돌로 지은 영지와 박 그릇과 짚자리, 그리고 세련되지 못한 의복을 그녀가 어떤 눈으로 볼지 자문하기 시작했다. 그래, 그들은 페스 사람들의 그런 물질적 자산을 소유하지는 않았다! 그는 한숨을 내쉬며 부두로 향했다. 낮은 지붕을 인 창고마다 밀 혹은 쌀 포대와 대추야자와 올리브 바구니가 쌓여 있었다. 또한 상반신을 벗은 남자들이 푸른색 유약을 바른 '페카린'이라고 불리는 도자기들을 조심스럽게 짚으로 포장하고 있었다.

시디 모하메드의 친구들은 거짓말을 하지 않았다. 대양은 선박들로 뒤덮였고, 선박의 선원들이 물을 펑펑 써가면서 갑판을 청소하고 있었다. 시가가 밧줄 더미에 앉아 있는 어떤 흑인을 발견하고, 자신의 계획을 설명했다. 그에게서 나온 답이라고는 머리를 한 대 치는 게 전부였다.

"미쳤군. 어떤 배도 거기까지는 안 가요. 세네갈강 하구보다 더 멀리까지 가서 거기서부터 내륙으로 들어가겠다는 거 아니오? 왜 카라반을 택하지 않았소?"

시가가 쌀쌀맞게 말했다.

"그건 내가 알아서 할 일이고. 남쪽으로 가는 배를 혹시 알고 있소?"

선원이 겉모습이 상당히 형편없어 보이는 쌍돛 범선을 가리켰다.

알바르 누녜스 선장은 안달루시아에서 태어나 아프리카 해안을 누비고 다니며 노예무역을 경험했지만, 그 빌어먹을 영국인들이 모든 노예무역선을 조사하게 된 뒤로는 보다 합법적인 무역으로 업종을 전환했다. 그는 풍채가 근사하며 페스풍으로 옷을 입고 완벽한 아랍어로 의사 표현을 하는 흑인을 놀라서 바라봤다.

"이렇게 당신 나라에서 먼 곳에서 뭘 하고 있소? 이야기해봐요……."

하지만 시가는 자신에 대해 말하고 싶은 생각이 조금도 없다. 그저 자신의 요청 사항을 설명했다. 그는 세네갈강 혹은 감비아강의 하구까지 데려다주는 비용을 지불할 준비가 되어 있었다. 알바르 누녜스는 물고 있던 파이프를 입에서 뗐다.

"몇 년 전만 해도, 이 지역에서 당신의 자유는 보장받지 못했을 거요. 이제는 모든 게 변했으니까. 내가 여기 와 있는 건 오로지 해손(海損) 때문이오. 사실 난 팜유를 찾으러 보니*로 가는 길이라오. 그런데 황금 가루를 갖고 있다고?"

시가는 부두로 이어주는 사다리에서 단번에 뛰어내렸다. 그래,

---

* 현 나이지리아의 니제르 삼각주 근처에 있는 도시.

신들과 조상들은 그를 버리지 않았다! 모하메디아에 도착하자마자, 선박과 그렇게 고약한 녀석은 아닌 듯한 선장을 발견했으니. 이 일을 축하하려고 선술집으로 들어갔고, 볕에 탄 아랍인, 흰 피부의 에스파냐인, 흑인, 창백한 낯빛의 유대인 등 온갖 피부색의 남자들이 브랜디, 럼, 포도주, 진 등 일상의 근심을 잊게 해주는 술을 홀짝거리고 있었다. 얼굴을 내놓은 분칠한 여자들도 몇 명 있었다. 시가가 탁자에 자리 잡고 파이프에 불을 붙이는데, 어떤 남자가 급하게 다가왔다.

"장바티스트! 세상에, 모두가 자네가 죽은 줄 알고 자네 때문에 눈물을 흘리고 있다고……."

이 말에 기분 나쁜 놀라움을 느꼈지만, 아무런 감정도 내비치지 않으려고 애쓰면서 손으로 탁자를 쳤다.

"난 장바티스트가 아니오. 그래도 한잔 사리다!"

남자가 자리를 잡았다. 그는 당황스러운 듯했고, 자기 이야기를 꺼냈다. 그의 고용주 이지도르 뒤샤텔은 카보베르데를 거대한 시험 재배지로 탈바꿈시키고 싶어 하는 완전히 정신 나간 프랑스인인데, 그는 주인과 함께 꽃씨들, 오렌지 나무와 레몬 나무의 싹, 나무딸기 모종을 찾아서 베니 과르발 지역으로 가는 길이었다. 그는 고레에서 장바티스트라는 이름의 밤바라 출신 노예를 알게 됐는데, 시가와 똑 닮았다. 시가가 어깨를 으쓱했다.

"장바티스트라! 이슬람 신도들은 우리에게 그들의 이름을 붙이죠. 기독교인들도 마찬가지고. 그 장바티스트라는 사람의 아버지가 준 이름은 뭐랍디까? 혹시 아시오?"

남자가 모른다는 시늉을 했다.

"탈라였던 것 같은데. 살라였던가……."

시가가 그에게로 몸을 기울이며 열심히 물었다.

"나바, 혹시 나바가 아니었소?"

8

나바는 따갑게 내리쬐는 햇볕을 맞으며, 형의 생각이 나비의 날개처럼 다정하게 어루만지듯 자신의 얼굴 주위를 날아다니다가 이마에 내려앉는 걸 느꼈다. 그가 마코냐*를 담은 파이프를 빨았다. 몇 차례 연기를 내뿜고 나자, 그의 혼령이 가벼워지고 성겨지더니 몸에서 떨어져 나가 사건과 사람을 만나러 갔다.

아버지의 혼령이 몸에서 떨어져 나올 때도 그렇게 만났더랬고, 아버지의 혼령이 보이지 않는 존재들의 세계로 깊숙이 들어가기 전에 잠시 함께 길을 갔더랬다. 마찬가지로, 그는 지금 가족이 고통을 겪고 있음을 알았다. 하지만 누구를 위해 울고 있는지는 알지 못했다. 모든 것이 우물 주위에서 벌어졌다. 가녀린 형체. 우기

---

* 브라질에서 사용하는 포르투갈어로 '마리화나'를 뜻한다.

의 흠씬 젖은 대지.

다시 파이프를 빨면서 그는 어떤 형이 자기를 생각하는지 짐작해봤다.

제일 사랑하는 장남 티에코로는 아니었다. 그의 혼령은 고통의 맨 밑바닥에서 정처 없이 헤매느라 아무 생각도 하지 못했다. 티에폴로도 아니었다. 그와 함께하지 않고 지나간 날은 없었으니까. 그렇다면 시가, 노예의 아들, 늘 살짝 겉돌았던, '우물에 몸을 던진 여자의 아들'임에 틀림없었다. 그는 어디 있지? 세구는 아니었다. 나바는 바람이 불어 더욱더 드높게 출렁이는 대양의 물로 가로막힌 장벽을 느꼈다.

그의 머리 위 짙은 초록 잎사귀 속에서 열매가, 오렌지가 맺혔다. 그저께 자신이 관리하는 정원에 갔었다. 열매가 아직은 잎사귀와 구별이 되지 않았다. 그러다가 오늘 갑자기 오렌지색 태양이 여럿 떴다. 그래, 이곳의 토양은 기름지고 비옥했다. 여인처럼 그저 아이를 배고 낳으려고만 들었다. 나바는 일어서서 주위를 둘러보았다. 울창한 숲이 연보랏빛 꽃 너울을 쓰고 있는 사탕수수밭에 자리를 내어줬다. 저 멀리, 거리와 열기로 인해, 점묘법으로 그린 것 같은 '샤파다'*의 윤곽과 막자로 두드린 것처럼 꼭대기가 납작한 산들이 보였다. 나바는 머리 위로 팔을 들어 조심스

---

* 포르투갈어로 '벌판, 평지, 평야'를 뜻한다.

럽게 오렌지를 꼭 하나만 땄다. 다음 날 수확하러 다시 올 것이다.

브라질 북동부에 위치한 도시 헤시피에서 멀지 않으며 페르남부쿠 지방에 위치한 이 파젠다**의 소유주 마누엘 이그나시오 다 쿠냐는 사탕수수 농사를 짓는 노예들이 이미 충분했기에 나바를 구입하지는 않았지만, 젊은 나고 여자 아요델레는 구입해서 데리고 있었다. 세르탕***에서 목축을 시도하며 반항적인 노예들을 두려워하지 않는 어떤 네덜란드인이 무더기로 노예들을 사 갈 때 나바도 같이 팔렸다. 하지만 신기하게도 몇 달 뒤 식사 시간에 그가 마누엘의 파젠다에 모습을 나타냈고, 그동안 로마나라는 세례명을 받은 나고 여자에게로 곧장 걸어갔다. 마누엘은 미신을 믿는 데다가 아내의 충고까지 작용해서 로마나를 건드리는 일을 단번에 그치긴 했지만, 어쨌든 그는 로마나를 좋아해서 아이까지 배게 한 상태였다.

세르탕에서는 무슨 일이 있었던 걸까? 나바는 그에 대해 한마디도 하지 않았다. 실제로 그는 거의 말을 하지 않았으니까. 그는 커다란 밀짚모자를 쓰고, 무릎까지 오는 무명 바지를 입고, 헐렁한 작업복을 걸치고, 입에는 마코냐 파이프를 문 모습으로 오갔다. 노예들은 그가 미쳤으며 마법사 같은 구석이 있고, 악하지는

**　　커피 또는 사탕수수 플랜테이션 농장.
***　브라질 북동부의 반건조 지역 오지.

않지만 해로운 힘들을 풀어놓을 수 있다고 말했다. 그는 식물에 대한 비범한 지식을 갖고 있었기에, 사람들은 배가 부풀어 오른 아이가 있거나 곪아가는 상처가 난 여자가 있거나 생식기에 병이 난 남자가 있으면, 그의 의견을 구했다. 나바는 광인이라는 평판의 보호막 뒤에서 자기 좋을 대로 행동했다. 사탕수수밭과 사탕수수 압착실의 동쪽에 사방형으로 땅을 일구어 채마밭과 과실수 정원으로 바꾸어놓았다. 거기에서는 토마토, 가지, 홍당무, 양배추, 파파야, 오렌지, 레몬 등 온갖 식물이 자라났다. 그는 그 땅이 그의 땅이 아님을 안다는 듯이, 매번 수확을 할 때마다 세뇨라*를 위해 베란다 아래에 넘치게 담은 바구니 두 개를 갖다 놓았다. 나머지는 아요델레가 헤시피에 가서 내다 팔았는데, 그곳에서는 신선 식품이 늘 부족하여 포르투갈을 떠난 선박들이 도착하기만 목을 뽑고 기다렸다. 게다가 나폴레옹의 침공으로 혼란이 빚어지자, 포르투갈의 주앙 6세가 왕실과 함께 리우로 피신했고, 그 뒤로 식료품이 전부 다 그곳으로 빠져나갔다.

그가 없던 새 아무 일도 일어나지 않았고, 그녀가 몇 달 동안 저택에서 잔 일이 없었단 듯이, 그녀가 품은 아이가 마누엘의 아이가 아니라는 듯이 그가 다시 아요델레를 데려갔다. 그 일을 놓고 노예들 사이에 말이 끊이지 않았다. 첫째 애가 혼혈이라는 사실

---

*   여주인.

이, 그 애가 그 뒤로 자신의 씨를 심어서 얻은 검둥이 아가들과 완전히 다르다는 것이 보이지 않는가? 아요델레는 주인의 창녀 노릇을 했으면서 존중받을 만한 여자인 척 굴며, 심지어 바이아**에 존재하는 조직을 본떠 파젠다에 '흑인의 희구와 구원의 주 예수' 단체를 만드는 일에 나서기까지 했으니, 그래서도 그들은 아요델레를 싫어했다. 여자들은 특히 가차 없었다.

나바는 사탕수수밭을 가로질러 정원과 저택으로 통하는 오솔길로 접어들었다. 낮은 언덕 정상에 자리한 저택에는 마누엘과 그의 아내 로자, 그리고 매독이 남편의 목숨을 앗아 간 뒤 함께 살게 된 로자의 동생 에우제니아, 무려 열다섯 남짓한 적자들과 서자들, 사춘기도 넘기지 못한 검둥이 여자아이라면 사족을 못 쓰는 바람에 성당에서 쫓겨난 사제, 즉 파드리 한 명, 그리고 아이들에게 글씨 쓰는 법을 가르치기 위해 리우에서 온 학교 선생 한 명이 살고 있었다. 나바는 이번 계절에 처음으로 수확한 오렌지를 아요델레에게 보여주는 일을 가만히 기다릴 수가 없었다. 대지의 뜨거운 음부 깊숙이 파고들었던 씨앗이 말없이 고된 노동 끝에, 드디어 부모의 초조함 앞에 모습을 드러낸 갓난아기처럼, 토실토실하고 흠 없는 모습으로 나타나는 그 유일한 순간을 그녀와 나눠야만 했다.

** 페르남부쿠와 이웃한 주(州).

마누엘의 저택은 호화롭다고 할 수 있었다. 석조건물로, 기와를 덮은 지붕에 다락까지 딸린 이층집이었다. 1층에는, 바닥에 상당히 아름다운 오뷔송 융단이 깔려 있고 비단 커튼의 색깔 때문에 노란색 거실이라고 부르는 응접실이 하나 있었고, 그보다 작은 규모로 녹색 응접실과 에우제니아와 로자가 가끔 뚱땅거리는 피아노가 있어서 음악실이라고 부르거나 혹은 나전 상감이 된 중국풍 소파가 놓여 있어서 기분에 따라서는 중국 거실이라고도 부르는 푸른색 응접실, 그렇게 응접실이 두 개 더 있었다. 또 마누엘과 친분이 있는 플랜테이션 농장주들이 마누엘과 대화를 나누는 당구실이 하나 있었고, 샹들리에로 장식이 된 커다란 식탁 둘레에 아주 소박하게 간이 의자와 나무 의자를 배치한 널따란 식당이 있었다. 현관에는 흰색과 검은색 타일을 붙여 장식했고, 그런 식의 타일 장식은 벽의 중간까지 이어졌다. 나무 계단을 올라가면 2층의 침실로 이어졌고, 다시 아주 가파른 사다리를 올라가면 마누엘이 총애하는 여자 노예들이 취침하는 다락방이 나왔다. 하지만 자카란다 목재로 만든 가구와 청동 조각상과 융단의 고급스러움에도 불구하고, 그 모든 것에는 지저분한 느낌이, 아마도 열대기후의 왕성한 생명력에서 기인한 것일 텐데, 그런 느낌이 있었다. 분뇨 통은 계단 밑에 감춰놓고 사용하다가 꽉 차면 노예가 비웠다. 수녀복 같은 검은색 드레스를 입고 반짝이는 머리는 올려서 빗을 꽂고 그 빗에 역시 검은색인 베일을 달아서 길게 늘어뜨리고 또 역시 같은 색깔의 숄로 어깨를 감싼 모습으로 로자와 에우제니아가 유령처럼 돌아다니는 각양각색의 방에서 어린 노예들이 하루 종일 허브를 태워댔지만, 그래도 사방에 배어버린 분뇨 냄새는 허브 향 밑에서 떠돌았다. 노예들은 마누엘이 여자 둘 모두와 잔다고 단언했는데, 두 여자의 얼굴에 어린 음울하고 괴로워하는 표정이 그렇게 설명됐다.

아요델레는 아이들에게 잔뜩 둘러싸인 채 부엌에 있었고, 나바는 그 틈에 끼어 있는 자기 자식들을 알아봤다. 벌써부터 공기 중에 떠도는 냄새로 알 수 있듯이 파모냐*를 만들고 있던 그녀가 발소리에 고개를 들었다. 나바가 미치지 않았음을 아요델레보다 더 잘 아는 사람은 없었다. 그의 정신에 깃든 선량함과 영리함과 관대함을 아요델레보다 더 잘 아는 사람도 없었다. 나바는 그녀의 삶에서 평온한 힘, 그녀의 정열이 휘몰려가서 부딪는 방파제였다. 그가 오루 프레투**에서 온 천연 금괴 같은 오렌지를 보여주자, 그녀가 미소를 건네며 물었다.

"올해에는 수확이 좋을까?"

그가 고개를 끄덕였다. 그녀가 끈질기게 물었다.

"덕분에 돈을 많이 벌 수 있을까?"

---

*　옥수수 케이크.
**　브라질 남쪽에 위치한 도시.

이번에는 그가 미소를 지었다.

"그런 계산은 왜 하는데, 이야*? 신들이 우리를 위해 대신 하시게 내버려둘 수는 없어?"

그녀는 비난을 받아치는 대신 말을 이어갔다.

"주인에게 하루 빼달라고 해서 헤시피에 갔다 오려고……."

아이들이 그녀가 정신을 딴 데 파는 틈을 타서 이미 사탕수수 시럽으로 끈적거리는 손가락으로 반죽을 찔러대고 있어서, 그녀가 아이들을 내쫓았다.

노예 신분, 그건 사람을 만신창이 혹은 야수로 바꾸어놓는다. 가족의 품에서 강제로 떨어져 나왔을 때 미처 열여섯이 안 되었으니, 지금 그녀는 스물이 채 넘지 않았다. 그런데도 그녀의 마음은 그녀를 세상에 낳아준 어머니보다도 더 늙었고, 심지어 할머니보다도 더 늙은 노파의 마음이었다. 그녀의 마음은 쓸쓸했다. 수액 채취꾼이 고무나무 숲에서 추출 도구로 구멍을 내면 눈물을 흘리는 나무, 고무나무와 같았다. 나바가 없었다면, 아마도 그녀는 미쳤거나 스스로에 대한 증오와 경멸 속에서 아이를 배야 하는 일에 진력이 나서 목숨을 끊고 말았을 거다. 그는 아무 말 없이도 그녀가 희생자일 뿐임을 알려줬고, 그 사랑이 그녀를 살게 했다. 하지만 남자의 사랑만으로는 충분하지 않았다. 그 이외의 나

* 요루바어로 '어머니'를 뜻한다.

머지 전부가 여전히 문제였다. 우선 너무 아름다워서 증오스러울 정도인 이 고장. 짙은 푸른색의 하늘에 도전하는 대왕야자수들. 호수에는 꽃을 매달고 무성하게 자라나는 수생식물들, 투명한 초록 잎의 연꽃들과 핏빛의 찢긴 꽃부리를 매단 난초들. 그리고 사람들. 한편엔 무기력에 절어 알아서 기는 노예들. 다른 한편엔 매독균에 파먹히며 기다란 손톱으로 상처를 긁어대고 딱지를 뜯어대는 주인들.

하지만 얼마 전부터 아요델레는 희망을 품게 됐다. 헤시피와 바이아의 노예들이 아프리카로 돌아가기 위해 조직한 노예해방 단체에 대한 소문을 들었더랬다. 노예들은 가냐도르**와 해방된 흑인과 혼혈의 도움을 받는 한편, 자신들이 모은 돈을 부어가며 기금을 구축했다. 그들 중 한 명이 주인이 자유를 돌려주는 대가로 요구하는 액수의 절반에 해당하는 금액을 적립하면, 단체의 회원 전체로부터 몸값을 지원받았다. 그러고 나면 자신과 가족을 위한 포르투갈 여권을 획득하려고 애를 썼는데, 그 일은 온갖 종류의 뇌물과 뒷거래 없이는 이루어지지 않았다. 상당수의 가족이 이런 식으로 고향으로 돌아갔고, 베냉만의 여러 항구도시, 특히 우이다에 자리 잡았다. 아요델레는 나바의 과일과 채소를 팔아서 생긴 돈을 한 푼 한 푼 모았고, 가냐도르인 조제와 접촉을 해뒀다.

** 돈벌이를 하는 흑인들.

이제 거래를 성사시킬 일만 남았다.

헤시피라는 도시는 항구, 나아가 해안의 입구를 보호해주고 있는 바위들에게 그 이름을 빚졌다. 이 도시는 프랑스인, 그다음 네덜란드인의 수중에 들어갔다가, 마지막에는 16세기에 도시를 건립한 포르투갈인의 손에 떨어졌다. 도시를 차례로 점령했던 국가들이 제각각 이곳에 자신의 모습을 약간씩 남겨놔서, 각기 다른 양식을 표방하는 건물들이 나란히 서 있었다.

아요델레는 나구 테두 지구를 향해 걸었다.

초가지붕의 흙집들이 집안별로 끼리끼리 모여 있어서 베냉만에 위치한 이페 또는 오요, 케투에 와 있다고 쉽게 착각할 정도였다. 거기, 도시의 측면에 대부분 나고족이지만 하우사족, 반투족, 해방 노예, 혼혈이 뒤섞인 흑인만의 거주지가 있었는데, 그들은 양철 땜질꾼, 도기장이, 물지게꾼, 가마꾼, 석탄 장수 등 온갖 직업을 가졌으며, 그곳의 여자들은 사거리에 쭈그려 앉아서 당과와 과일과 채소를 팔았다. 벌거벗거나 누더기를 걸친 아이들이 길이 파헤쳐지고 진흙탕인 거리에 우글거렸다. 공기 중에는 무슨 요리를 하든 듬뿍 사용하는 팜유 말고도 고추와 후추 냄새가 떠돌았다.

가냐도르 조제의 가옥은 아름답게 꾸미려는 눈물겨운 노력으로 다른 집들 사이에서 튀었다. 그 집 역시 흙집이었지만 세 칸짜리이고 베란다도 갖췄다. 첫 번째 방은 상점이었다. 가냐도르 조제는 석탄 장사를 했으니까. 두 번째는 포르투갈풍으로 등받이에 레이스를 씌우고 리본으로 묶어놓은 의자 두 개와 소파 하나가 놓인 응접실이었다. 세 번째는 모기장이 설치된 침대가 놓인 침실이었다. 조제 본인도 몹시 독특한 인물로, 오요 출신의 나고인이었다. 지나치게 아름다웠기에 포르투갈인들에게 여자 대용이 되었고, 결국 본인도 그들의 악에 전염되고 말았다. 그래서 엉덩이를 살랑거리며 계집애처럼 꾸민 사내애들 무리에 둘러싸여 살았다. 동시에 그 덕분에 돈을 벌 수 있어서 반(半)자유인처럼 살 수 있었다. 그를 본 사람들은 그가 하도 가녀리고 레이스로 휘감고 있는 데다가 목과 귀에 장신구와 펜던트를 걸고 차고 있어서 남자라는 성을 부여하기까지 머뭇거렸다. 가냐도르 조제는 눈 주위를 아이섀도로 검게 칠했는데, 스스로 자신의 타락을 의식하고 있었기에, 마음에 품은 슬픔과 백인들에 대한 증오가 그 아름다운 두 눈에 어린 고통으로 드러났다.

조제는 반쯤 벌거벗고서 그의 손톱을 갈고 있던 사내애 둘을 내쫓고, 아요델레에게 의자를 권했다. 둘 다 같은 도시 출신인지라, 그녀가 걱정스럽게 물었다.

"그곳 소식 들은 거 있어?"

조제가 한숨을 내쉬었다.

"선박에 올라가서 선장과 얘기를 해봤지. 모든 게 나쁘게만 흘러가더라고."

아요델레의 이가 증오로 앙다물렸다.

"언제 이 모든 일이 끝이 날까? 언제나 되어야 우리 편이 백인들을 바다로 밀어낼 수 있을까?"

조제가 고개를 저었다.

"그런 게 아니야. 게다가 영국이 노예무역을 폐지하기까지 했잖아. 그게 아니라, 지금 위험은 북쪽에서 온다고……."

"북쪽?"

"응. 페울족이 우리네 도시들을 침략했어. 불을 지르고. 우리네 여인들과 아이들을 죽이고 있다고……."

아요델레는 충격으로 입을 헤벌리고 가만히 있다가 외쳤다.

"페울족이라고? 언제나 우리 이웃이지 않았어?"

"이슬람! 너도 알잖아. 지금 그들은 이슬람으로 개종했잖아. 그러더니 우리 모두를 검과 불로 개종시킬 임무가 자기네에게 있다고 생각해. 지하드, 그걸 지하드라고 부르고."

잠시 동안 침묵이 자리했다. 드디어 조제가 다시 말을 이었다.

"자, 네 일 얘기나 하자. 노예해방 단체가 수락했어……."

아요델레는 엄청난 행복감이 몰려들어서 한마디 말도, 감사의 말조차 입 밖으로 낼 수가 없었다.

"그런데 몇 사람이 이의 제기를 했어. 네 남편이 세구 출신의 밤바라인이라고. 그가 베냉만으로 널 따라가려고 한다는 게 확실해……?"

아요델레가 어깨를 으쓱했다.

"세구든 베냉이든 아프리카 아닌가? 그게 중요한 거 아냐? 이 지옥의 땅을 떠나는 거!"

그 말에 대해 조제는 손동작만으로 완벽한 의사를 전달했다.

당시, 극복하기 힘든 장애를 극복하고 베냉만의 항구를 향해 출범하는 선박에 올라타는 데 성공한 가족 수는 10여 가족에 이르렀다. 조제는 그런 일이 자신에게는 영원히 금지되어 있음을 알고 있었다. 포르투갈인들이 그의 핏속에 주입한 그 악을 지닌 채 가족들 가운데로 돌아간다면, 그의 가족이, 공동체가, 아버지가, 어머니가, 남자 형제들과 여자 형제들이 어떻게 반응을 할까? 보나 마나 그에게 돌을 던지리라! 보나 마나 그가 인간들이 밟는 대지를 더럽히지 못하게 그의 사지를 네거리에 던지리라! 그는 더는 나고인이 아니었다. 그는 더는 인간이 아니었다. 그는 만신창이에 변태 호모에 불과했다.

그동안 나바는, 조국에 대한 실망에도 불구하고 혜시피를 떠나지 않은 네덜란드인 이안 스히퍼르, 아요델레의 단골에게 수확한 과일을 배달하러 갔다. 이안 스히퍼르는 크루스가에 살았는데, 그가 거주하는 높이 올라간 석조건물에는 창문마다 나무 덧창이 달려 있었다. 매번 그렇듯이 나바는 지붕 없는 뗏목들과 대형 돛을 단 범선들이 즐비한 광경에 홀렸다. 그는 한참을 바다와 마주했는데, 처음엔 잔잔해 보이던 바다가 느닷없이 날뛰며 몸을 둥글게 말면 수 미터 높이에 달하는 파도가 일었다. 그가 다시 길을 가는데, 어떤 남자가 다가왔다. 키가 큰 흑인으로, 머리를 바투 깎고 펄럭이는 흰색의 긴 내리닫이 옷을 입고 있었다. 그가 좌우를 살피더니 종이를 내밀었고, 나바가 펼쳐보니 아랍 글자가 연달아 적혀 있었다. 흑인이 조용히 말했다.

"알라신이 당신을 부르고 있소, 형제. 오늘 저녁 푼당으로 와서 우리와 함께 기도합시다……."

광기가 노예와 가냐도르 혹은 해방 노예들로 이루어진 페르남부쿠의 흑인들 사이에서 무거운 공물을 걷어 가고 있었다. 그래서 나바는 그 이상한 남자에게 전혀 신경을 쓰지 않고, 종이를 접어 작업복 안에 집어넣었다.

나바는 아요델레가 자신을 데리러 오라고 부탁했기에 조제의 집으로 갔고, 그곳에 도착해보니 두 사람은 카샤샤* 한 잔을 앞에 두고 열띤 대화를 나누는 중이었다. 조제는 상대방에게 최근에 발생한 바이아의 폭동에 대해 알려주던 참이었다. 폭동 계획은 정말 영리하게 짜놓았다. 경찰과 군대의 주의를 흩어놓고 그들을 병영 밖으로 끌어내기 위해, 반란 노예들이 도시의 여러 군데에 화재를 일으키기로 되어 있었다. 그러고는 혼란을 틈타서 숙영지를 공격하여 무기를 탈취한 뒤 포르투갈인들을 학살할 예정이었

---

*   사탕수수로 만든 독주.

다. 일단 도시를 장악하고 나면, 내륙의 파젠다에서 일하는 노예들을 합류시킬 생각이었다. 최후의 순간에 발생한 단 한 번의 밀고가 이 근사한 계획을 망쳐놓고 말았다.

조제가 목소리를 낮췄다.

"그 모든 일을 모의한 게 이슬람 신도들이라고 그러데. 그리고 그자들은 가톨릭을 믿는 아프리카인들도 역시 전부 다 죽일 생각이었다데……"

아요델레가 어깨를 으쓱했다.

"가톨릭이라. 우리가 언제 그런 적이 있나? 우린 그저 그런 척할 뿐이지……"

가냐도르 조제가 웃었다. 하지만 그들 둘 다 똑같은 불안감을 느꼈다. '이슬람 신도'인 노예가 '가톨릭 신도'인 노예를 학살할 계획이었다니. 그것이야말로 아프리카 대륙의 반목이 노예들의 세계로 이식되었다는 신호가 아니겠는가? 그런데 유일한 적, 그건 주인, 포르투갈인, 백인이 아닌가?

나바는 그날 밤 몹시 잠을 설쳤다.

무의식으로 빠져들려고 할 때마다 어머니 니아의 얼굴이 눈물에 젖은 모습으로 나타났고, 그 뒤를 이어 헤시피의 거리에서 그에게 접근했던 처음 본 남자의 얼굴이 피를 뒤집어쓰고 이마에 상처가 벌어진 모습으로 나타났다. 그가 일어나려고 하면 보이지 않는 손들이 그를 바닥에 눌러댔고, 그 손들이 가차 없이 살을 파고들었다. 그러다가 마침내 입안에 재 맛이 가득한 채 잠에서 깼고, 센잘라*에 붙어 있는 뜰로 나가 마코냐 파이프를 잠깐 빨았다. 하지만 그날 밤에는 긴장을 풀어주는 마법 같은 효능을 가진 마리화나도 먹히지 않았다. 위험이, 윤곽이 분명하게 구별이 되지 않는 형체와 흡사한 위험이 다가오고 있었고, 그는 그걸 느꼈다.

그는 오열과 채찍 휘두르는 소리를 들었다. 죽음의 검은 독수리 냄새도 맡았다.

그가 거기 앉아서 어두운 밤을 응시하고 있는데, 둘째 아들 카요데가 옆에 다가왔다. 아버지를 숭배하는 아주 다정한 소년이었다. 아이는 대뜸 이야기를 졸랐고, 나바는 아이를 무릎에 앉혔다. 그는 많은 노예들이 분개하든 말든 아요델레가 아이들 이름을 요루바식으로 짓게 내버려뒀지만, 아이들을 대할 때만은 밤바라어로 말했다. 그가 수루쿠가 저지른 무궁무진한 일 중에 하나를 끄집어내어 이야기를 시작했다.

"수루쿠가 우물에 빠졌단다. 떨어지다가 혹시 이가 깨진 건 아닌지 알고 싶었어. 하지만 추락하면서 너무나 얼이 빠져버리는 바람에 손을 똥구멍에 넣었단다. '오, 이런.' 수루쿠가 소리 질렀어. '이가 하나도 안 남았잖아!'"

---

* 노예가 사는 가옥.

아이가 깔깔대며 웃다가 물었다.

"말을 몇 개나 하는 거예요, 바바**?"

나바가 어둠 속에서 웃었다.

"세 개를 말한다고 할 수 있지. 두 개는 내 마음의 말, 밤바라 말과 요루바 말. 세 번째 말은 우리의 노예 신분에 딸려 온 말, 포르투갈 말."

아이가 잠시 생각하더니 또 물었다.

"그럼 난, 난 몇 가지 말을 할까요?"

나바가 까끌까끌한 머리카락으로 덮인 아이의 작은 머리통을 쓰다듬었다.

"넌 네 마음의 말들만 하기를 바란다……."

그러고는 아이를 흔들어주다가 짚자리로 데리고 갔다.

"그만 자렴……."

센잘라는 다진 흙바닥에 두 칸으로 되어 있었다. 아요델레가 나바가 벌어다 준 돈 전부를 한 푼 한 푼 저축하기 때문에 집에는 최소한의 필수품만 있었다. 부엌살림들, 그러니까 사용한 티가 나는 거무스름한 팬과 냄비 등 이것저것을 넣어두라고 나바가 만들어준 찬장 하나와 식탁 하나, 그 발치에 놓인 빗자루 하나. 두 번째 방에는 원주민에게서 구입한 해먹 몇 개와 짚자리 몇 개.

** 요루바어로 '아빠'를 뜻한다.

아요델레는 막내 바바툰데를 데리고 해먹에서 자고 있었다. 다른 해먹은 장남인 아비올라, 마누엘의 아들이 차지했다. 나바는 발끝으로 걸어서 물러나려다가, 연기가 나는 등잔 불빛에 아비올라 역시 아직 자고 있지 않다는 걸 알아차렸다. 그가 다가가서 다정하게 말했다.

"이런, 오늘 밤에는 가족 전부가 커피를 마셨나 보다!"

아이가 눈을 감았다. 나바를 증오했기 때문이었다. 어머니가 노예이고 자신도 반은 흑인임을 떠올리게 하는 흑인 형제들을 증오했다. 조르지라는 세례명을 사용할 수 있다면 좋았을 텐데, 그에게 아비올라라는 이름을 붙여줬으니, 그 이름을 증오했다. 조르지 다 쿠냐. 왜냐하면 그는 주인의 아들이었으니까. 왜 주인의 다른 아들들과 함께 저택에서 살지 못하는가? 왜 잘 휘는 나무줄기로 골조를 만들고 흙을 발라 말린 이런 집에 살라고 강요하는가? 게다가 아프리카로, 인육을 게걸스럽게 뜯어먹지 않으면 인간이 가축처럼 팔리는 그 야만의 땅으로 돌아간다는 말도 들었다. 절대로, 절대로 안 돼! 온 힘을 다해 그 계획에 맞서리라.

나바는 채근하지 않았다. 아비올라의 감정을 알기 때문이었다.

아요델레와 그 문제에 대해 의논하고 싶은 적이 여러 번이었지만, 그녀를 아프게 할까 봐 두려웠다. 마누엘과의 관계로 이미 충분히 고통받지 않았는가? 게다가 아이는 식물과 같다. 많은 사랑을 기울이면 결국에는 반듯하게, 태양을 향해 똑바르게 자라난다.

나바는 다시 음울하기 짝이 없는 센잘라의 형체들로 인해 일정하게 얼룩진 어둠 속으로 나갔다. 아무 소리도 들리지 않았다. 압착기의 사탕수수즙에서 풍기는 내음, 바람에 실려 온 그 다디단 내음, 사탕수수에 짓밟혀도 길들여지지 않는 대지의 내음, 그 야생의 내음. 저기 빵나무 꼭대기에 앉아 있는 저 검은 형체는 뭘까?

죽음인가?

죽음의 검은 독수리인가?

9

마누엘이 고개를 돌리는데, 어린 대화 상대자를 더 잘 가늠해 보려는 듯 눈썹을 찌푸리고 있었다. 피부가 상당히 검은 혼혈로, 구불거리는 아름다운 머리카락과 훗날 관능적으로 보일 살짝 연보랏빛이 도는 커다란 입술을 지녔지만, 그 입술이 지금은 두려움으로 떨렸다. 그가 다그쳤다.

"지금 이야기하는 게 확실해?"

아이가 고개를 숙였다.

"절 믿지 못하겠으면 집을 뒤지라고 시키세요. 제가 말씀드린 종이가 나올 겁니다. 그자는 이슬람 신도이고 바이아의 이슬람 신도들과 알고 지내요."

다른 자가 문제가 된 거라면, 마누엘은 그런 고발 정도는 어깨 한 번 으쓱하고 치워버렸을 거다. 그의 파젠다에서 일하는 노예들은 아침, 점심, 저녁에 기도를 드렸고, 로사리오와 살베 레지나에도 주인을 따라 참여했고, 초에 불을 붙였으며, 축성받은 종려나무들을 태웠고, "나는 신성한 십자가를 믿습니다!"를 열성적으로 따라 했다.

하지만 바로 나바, 그가 아직도 욕정을 느끼는 여자를 빼앗아 간 놈이 걸려 있었다. 그래서 중얼거렸다.

"가서 페이토르*를 찾아오너라……."

아이가 꼼짝도 않자 마누엘이 호통을 쳤다.

"아니, 내 말 못 들었어?"

아이가 털썩 무릎을 꿇었다.

"제가 진실을 말한 거면, 저를 곁에 두시겠어요? 전 주인님 아들입니다. 왜 저를 곁에 두지 않으시는 거죠?"

마누엘은 놀랐고, 살짝 으쓱한 기분도 들었다. 아이가 전적으로 어머니 편이라고 생각해왔더랬다. 그가 확답을 줬다.

"물론이지, 물론이야. 네 자리는 여기다……."

아이가 달려 나갔다.

마누엘 이그나시오 다 쿠냐는 포르투갈의 한 세대를 대표하는 인물이었다. 반도의 4분의 1밖에 안 되는 그 지역이 자신에게는 너무 협소하다고 생각해서 아시아로, 마데이라와 카보베르데제

---

* 농장 관리인.

도로 이주했던 진정한 모험가 집안 출신으로, 처음 페르남부쿠로 흘러 들어왔을 때에는 수확한 사탕수수를 압착기 소유주에게 가져다주던 일개 농부였지만, 그 뒤 부를 쌓았다. 현재 그는 헤시피로 생활 기반을 옮기고, 이곳 농장은 신임하는 사람에게 관리를 맡기려는 계획을 생각 중이었다. 그가 아비올라의 말에 마음이 몹시 혼란스러워져서 아내를 보러 2층에 올라갔는데, 그녀는 베고 있는 인도산 수입 베개만큼이나 노르스름한 안색으로 침대에서 쉬는 중이었다. 그녀가 주의 깊게 남편의 말을 들었고, 그러는 동안 축성받은 메달과 성(聖) 유골함 펜던트들과 스카풀라리오로 가득한 가슴팍에서 심장이 기쁨으로 날뛰었다. 드디어 아요델레에게 복수할 기회를 잡았다.

"그 남자일 리가 없어요. 그 사람은 유순한 미치광이일 뿐인데요. 여자지, 여자야. 그 여자는 하루에 다섯 번이나 자리를 비우기도 하더라고요. 마녀 집회에 가는 거라니까……."

마누엘은 질투하는 여자가 만들어낸 신통치 않은 이야기임을 간파했지만, 바이아에서 최근에 벌어진 사건이 있은 뒤라서, 그러니까 최근 몇 년간 발생한 가장 완벽하게 준비된 폭동 중 하나가 이슬람 신도들에 의해 계획됐던 만큼 아무리 신중을 기해도 지나치지 않았다. 다시 1층으로 내려갔고, 손에 밀짚모자를 든 페이토르와 맞닥뜨렸다. 페이토르 조아킹은 그를 위해 지옥에라도 대신 갈 그의 심복이며, 실제로 파젠다 운영을 맡고 있었다. 그는 주인의 말을 어안이 벙벙해서 듣고는 이의를 제기했다.

"그자가 이슬람 신도일 리가 없어요. 마법사라면 모를까. 게다가 아무에게도 말을 하지 않는데, 어떻게 폭동을 꾸민답니까?"

그러더니 두 남자가 서로 바라봤다. 페이토르 역시 아요델레에게 불만이 있었으니, 어느 날 저녁 그녀의 가슴을 문댔다가 뺨을 맞았더랬다. 두 남자는 말은 하지 않았지만 서로를 이해했다. 조아킹이 센잘라를 향해 내려갔다.

나바가 거주하는 가옥을 수색한 결과, 아랍어로 뒤덮인 종이 한 장과 동일한 글자들이 적힌 나뭇잎들이 발견됐다.

페이토르는 세 명의 건장한 노예들을 달고서 나바를 체포하러 갔고, 과수원에서 입에 마코냐 파이프를 물고 있는 나바를 발견했다. 그는 아무런 저항도 하지 않고 순순히 발에 족쇄를 채우게 됐다.

그 소식이 파젠다에 퍼지자, 사람들이 망연자실했다. 모두가 나바가 누명을 썼다는 데 의견이 일치했고, 나바가 어떻게 이 사람을 치료해줬는지, 또 저 사람의 고통을 덜어줬는지를 떠올렸다. 하지만 모두 아요델레는 비난했다. 그 여자가 문제야! 그 여자가 바이아의 사람들과 연결해서, 진정한 목적이 노예해방에 있는 '흑인의 회구와 구원의 주 예수' 단체를 하나에서 열까지 다 조직하려고 하지 않았던가? 그녀가 헤시피의 노예해방 단체들과 함께 음모를 꾸미는 게 아닌가? 10여 명의 남녀가 페이토르 혹은 마누엘 본인을 만나러 가서, 아요델레가 99개의 나무 구슬을 엮고 그 끝은 커다란 구슬로 마감한 이슬람의 묵주를 굴리고, 흙먼지에 코를 처박는 모습을 봤노라고 십자가에 대고 맹세했다.

페이토르와 마누엘은 그런 밀고에 개의치 말자는 데 의견을 모았다. 나바의 체포는 심각한 문제를 야기했다. 노예가 아니어서였다. 비록 그가 파젠다에서 살고는 있지만, 적어도 마누엘의 노예는 아니었다. 그렇다면 자유인으로 봐야 하나? 그것도 아닌 것이, 제대로 값을 치르고 그를 구입했으며 세르탕 어딘가에 존재하고 있는 네덜란드인이 구매자로 존재했으니까. 그렇다면 탈주노예인가? 그 경우라면, 왜 마누엘은 그토록 오랜 세월 동안 그가자신의 땅에 기거하는 걸 묵인했는가? 그 모든 것이 해결하기엔너무 복잡해서 나바를 저택에 딸린 지하에 가둬두고, 다음 날 아침에 헤시피로 호송해 가기만을 기다렸다.

그 모든 일이 벌어지는 동안, 아요델레는 파젠다에 없었다. 쉬는 날인 일요일이었다. 성당에서 미사가 끝나자마자, 늘 돈벌이에 악착스럽던 그녀인지라, 황소가 끄는 수레에 채소와 오렌지바구니를 가득 싣고서 이웃 파젠다들을 돌며 과채를 팔려고 떠나고 없었다. 그러고는 카피바리지강의 맑은 물을 만나자 아이들의누더기를 빨려고 잠시 멈췄더랬는데, 그 강은 그곳을 지나 들판을 구불구불 누비며 흘러가다 베베리비강과 만나서 헤시피 전역에 물을 대주었다. 아요델레가 집에 돌아와보니 집은 텅 비었고, 아이들은 울고 있었다. 어떤 이웃 여자가 불쌍히 여겨 소식을 알려줬다.

아요델레는 저택으로 미친년처럼 뛰었고, 베란다 아래 걸어놓은 해먹에 앉아 있는 마누엘 앞에 몸을 던졌다.

그가 자신에게 그토록 맞섰던 여자가 발치에서 눈물을 흘리는 모습을 보며 말했다.

"이봐, 나도 어쩔 수 없어. 네 자식이 직접 밀고했다니까. 게다가 증거도 나왔고."

아요델레가 바닥에서 데굴데굴 굴렀다.

"주인님, 차라리 저를 가지세요. 원하는 게 그거잖아요!"

그 말에 마누엘이 화가 났다. 사실 그가 복수가 아니라 정의를 구현한다는 말로 들리지는 않았으니까. 그의 태도가 냉랭해졌다.

"매질을 당하고 싶은가?"

그녀가 애원하다 고개를 들어 그를 보자, 그는 그녀의 제안을 이용하지 않은 자신이 얼마나 멍청한가, 라고 생각했다.

"그렇다면 그의 변호를 준비할 수 있게 헤시피로 내려가는 걸 허락해주세요."

그는 웃음을 터뜨릴 뻔했다. 노예가, 포르투갈 말도 겨우 하는 정도인 깜둥이 년 주제에 왕실의 법정에서 주장을 펼 작정이라고? 그가 어깨를 으쓱하더니 말했다.

"악마에게나 가보든지!"

나바의 소송은 출렁이는 분위기에서 진행됐다.

10여 년 전부터 노예와 해방된 아프리카인들의 폭동이 바이아에서도 헤시피에서도, 그리고 내륙의 파젠다에서도 줄줄이 발생했다. 그로 인해 여론이 갈렸다. 브라질인 대부분에게 그런 폭동은 흑인의 잔인하고 비뚤어진 감정의 표출일 뿐이었다. 다른 사람들에게는 비인간적인 주인에 대한 정당한 보복일 뿐이었다. 끝으로 한 줌이나 될까 싶은 지식인과 자유주의자들에게 그건 억압당하는 자들이 자유의 박탈에 맞서 벌이는 고귀한 시위였다. 사실 베냉만에서 벌어지는 전쟁과 소요의 결과 죄수들이 대거 도착하면서 노예들의 반항심에 새로운 힘을 부여하게 됐는데, 그 노예들은 대체로 이슬람 신도로서, 선박이 도착할 때마다 같은 종교를 믿는 사람들이 이루어낸 전진과 정복에 관한 소식을 들을 수 있어서였다.

금상첨화 격으로 앤틸리스제도의 어떤 섬, 그러니까 생도맹그에서 노예들이 무기를 탈취해, 프랑스인에 맞서 해방전쟁을 벌였다는 소식이 막 전해지지 않았는가? 대번에 '덩치만 큰 무해한 애어른'으로 흑인을 바라보는 모든 이론들이 무너졌다. 그들의 냄새가 사제에게도 신자에게도 불편을 끼치지 않게 성당 뒤쪽에 몰아넣은 그 순진한 이들, 그들이 이렇게 합창했다.

신과 함께 잠자리에 듭니다, 신과 함께 일어납니다

신과 성령의 은총과 함께

죽게 된다면 저를 밝혀주소서

성삼위일체의 횃불로

그 순진한 이들, 그 '덩치만 큰 애어른들'이 갑자기 주인에게 공포를 불러일으켰다.

나바가 죄수에게 입히는 거친 무명천 셔츠와 남경목면 바지를 입고 법정에 나타났는데, 자기 주변에서 벌어지고 있는 일에 대해 아무것도 이해하지 못하는 듯했다.

성서를 내밀며 거기에 대고 맹세하라고 했지만 그는 침묵을 지켰다. "너는 이슬람 신도인가?"라는 질문에는 그저 웃기만 했다. 가톨릭의 묵주와 이슬람의 묵주 사이에서 선택하라고 주자, 꼼짝도 하지 않았다. 성 군디살부스 드 아마란트의 그림과 아랍의 서예 사이에서도 마찬가지였다. 게다가 바이아의 이슬람 신도나 말레스*와 그 어떤 관계든 관계를 맺는 건 불가능했으니, 나바가 그 도시에 발을 들여놓은 적은 단 한 번도 없었다. 그와 그의 아들들이 할례를 했는지 알아보겠다고 성기를 검사하기까지 했다. 물론 할례를 했다. 하지만 그건 그저 아프리카의 관습이었다. 궁여지책

---

* 대부분 이슬람 신도인 하우사나 그 밖의 다른 종족에 속하는 노예들을 그렇게 불렀다.

으로 판사들은 흑마술 사건으로 소송의 방향을 틀었는데, 그에 대한 증언들은 아주 불리했다. 그런데 나바가 스스로를 변호하지 않았다면, 그건 그가 자신의 머리가 걸린 일이라는 걸 이해하지 못해서가 아니었다. 지쳤기 때문이었다. 그를 가족과 헤어지게 만든 그 치명적인 사냥 이래로, 그는 더는 그 무엇에도 의욕이 없었다. 과일과 식물, 아요델레, 아들들마저도 그에게 삶의 의욕을 되돌려주지는 못했다. 세구의 흙, 강물이 낮아지고 강둑에 굴이 촘촘히 박히는 시기에 졸리바강에서 풍겨오는 냄새, 어머니가 만들어주는 바오바브 잎 소스를 곁들인 토, 대낮에 숲에 놓는 불이 그리웠다. 예전에 생루이에서 자연스레 죽으려고 했더랬다. 사람들이 그를 살려냈다. 이제 그로서는 더는 어찌할 수 없었다. 아요델레를 생각하면 약간의 가책을 느꼈다. 그러다가도 그녀가 아직 젊고 예쁘다는 생각을 했다. 어떤 남자가 위로해주겠지. 아들들, 올루페미, 카요데, 바바툰데, 특히 두지카가 세상을 떠난 뒤 태어났으며 조상의 환생인 바바툰데*를 생각할 때만 살아볼까 싶은 생각이 들었다. 하지만 노예인 아버지가 무슨 소용이 있는가? 그가 자식들에게 어떤 본보기를 제시할 수 있는가? 바바툰데의 손을 잡고 사자를 잡기 위한 활사냥에 그 애를 결코 데려가지 못하리라.

---

*　요루바어로, '아빠가 돌아왔다'라는 뜻이다.

황갈색 광채가 도는 누런 사자

인간의 재물은 버려두고

자유롭게 살아가는 것들을 먹이로 삼네……

결코 그 아이를 카라모코로 만들지 못하리라. 그런데 살아서 무엇 하랴?

자유 없이 살아서 무엇 하랴? 스스로에 대한 자부심도 없이? 죽는 게 낫다. 소송이 진행되는 동안 가냐도르 조제가 손 놓고 가만히 있지는 않았다. 그가 자신이 소속된 해방 단체를 들쑤셔서, 관용을 베풀어달라고 간청하는 탄원서를 리우에 있는 주앙 6세에게 보내게 했다. 불행히도 그 편지는 또 다른 폭동이 발각된 직후에 왕에게 도달했다. 안토니오와 발타자르가 주도한 폭동이었는데, 그 둘은 프란시스쿠 다스 샤가스의 노예로서 둘 다 하우사족이었다. 그들이 살던 가옥을 수색한 결과, 화살을 만들기 위한 400개의 화살촉과 활 제작에 쓰이는 밧줄, 총, 권총들이 발견됐다. 그래서 주앙 6세는 법정에 최고의 엄혹성을 주문했고, 저녁 9시 이후로 길거리나 주인의 영지 바깥에서 만나는 노예는 전부 다 감옥에 가두고 100대의 채찍질에 처하라고 명령했다.

아요델레는 그런 모든 사건들을 전혀 모르고 마지막 순간까지 희망을 간직했다. 나바와 함께 산 몇 년간의 세월에 대한 기억이 머릿속에서 지나가고 또 지나갔다. 그가 고레의 중앙 노예 집하장에 오렌지로 가득한 가방을 멘 채 다가왔던 그날부터 세르탕으로 사라졌다가 마누엘의 파젠다에 다시 나타날 때까지. 그때 그는 바가지를 엎어놓은 듯한 배에 시선을 주지 않았다. 그저 그녀에게 미소를 보냈고, 수건을 펼치면서 노르스름한 분홍빛의 구아바 두 개를 보여줬다. 그러더니 그녀를 위해서 사탕수수밭 경계에 집을 지었다.

그녀의 치욕을 덮었던 나바.

그녀가 자기 자신과 화해하게 해줬던 나바.

법정 안은 더웠다. 판사들은 그녀가 아무것도 이해하지 못하는 언어를, 마누엘과 페이토르는 아프리카 단어가 섞인 방언을 사용했는데, 그 언어와는 전혀 닮지 않은 배운 자들의 포르투갈어를 말했다. 그녀는 나바의 얼굴을 알아볼 수 없었고, 두 사람이 등받이 의자, 벤치, 방청객, 사제, 판사들을 사이에 두고 갈라져 있는 상황에서 그건 마치 벌써 그를 잃어버린 것 같았다.

어떤 순간엔가 옆에 있던 가냐도르 조제가 그녀의 팔을 붙들었고, 그래서 판결이 떨어졌다는 걸 알았다. 두 사람은 그림자를 드리워주는 나무가 아주 드물어서 햇볕에 달아오른 거리로 나섰다.

말할 게 아무것도 없었다.

두 사람은 어디로 가는가? 그녀가 산투 안토니우 다리에서 무너졌다. 마지막 한 방울 기운이 다할 때까지 버텼던 동물이 그러듯이 아주 조용히, 거의 슬그머니 땅바닥으로 미끄러졌다. 가끔 파젠다에서 남자나 여자가 신음 한번 내지 않고 그렇게 무너졌다. 마침 산타 카사 지 미제리코르지아 병원이 멀지 않은 곳이어서, 가냐도르 조제와 친구들이 아요델레를 병원까지 옮겼다.

말할 게 아무것도 없었다. 할 게 아무것도 없었다. 마술사, 아니 이슬람 신도가, 마술사든 이슬람 신도든 그런 건 중요치 않은데, 사형을 언도받았다. 신의 가장 큰 영광을 위해.

흑인 한 명이 사형을 언도받았다. 백인들의 가장 큰 평화를 위해.

오랫동안 아요델레에게 삶은 긴 사각형 푸른 하늘과 멜리사의 맛, 간혹 자락요법 때문에 팔에서 느껴지는 고통, 수녀들이 쓰는 커다란 바닷새와 흡사한 하얀색 모자들이었다. 그러던 어느 날, 아이들의 얼굴을 알아보았다. 올루페미. 카요데. 바바툰데. 아비올라는 어디 있지? 그때에서야 기억이 났고, 울었다.

더는 살아갈 이유가 없는데 삶을 다시 배우기. 미래가 없는데 내일을 얘기하기. 더는 낮이 없는데 해가 뜨는 걸 보기. 어느 날 아침, 조아킹 신부라는 사제 한 명이 그녀를 보러 왔는데, 불우한 사람들, 이단자들과 함께하는 데에서 만족을 느끼는 그런 광신도 중 한 명이었다. 아요델레는 그 신부를 만나고 자신이 저지른 잘못에 대해 참회를 하게 되었다. 곧 아요델레는 로마나라는 이름으로만 불리게 되었다. 곧 그녀는 영세를 받았다.

그녀는 첫 영성체 때 환영을 보았다. 하늘이 살짝 열리면서 아기 예수를 품에 안고 있는 성모마리아가 그녀에게 장미를 던졌다. 조아킹 신부와 수녀들은 몹시 만족스러워했다.

마침내 아요델레는 병원을 떠나도 될 정도로 건강해졌다. 그제야 조아킹 신부와 수녀들이 그녀에게 소식을 전했다. 가십란에 오르내린 페치세이루*의 반려인 그녀는 브라질에서 기피 인물로 판결이 나서, 세 아이와 함께 아프리카로 추방하라는 선고가 떨어졌다.

그녀가 승선한 선박인 아미자지호는 코브라스섬의 돌출부에 닻을 내렸더랬다. 그 선박에는 로마나 말고도, 바이아에서 한 번 이상 유혈 사태를 일으켰던 말레스들과 돈으로 해방과 여권을 살 수 있었던 흑인 가족들이 올라탔다. 갑판에는 몸뚱어리, 짐 가방, 봇짐, 술병, 악기, 새장 등 온갖 가난한 삶의 짐짝들이 뒤죽박죽 쌓였다. 수녀들이 가냐도르 조제의 죄악을 혐오하여, 그에게서 아이들을 빼앗아 어머니가 앓는 동안 산타 카사 고아원에 넣어버렸더랬다. 그 아이들이 브라질 해안을, 장식 술처럼 늘어진 종려나무의 짙은 초록색 잎사귀들과 대조를 이루는 황금빛 해변을 지켜봤다. 아직 너무 어린 바바툰데를 제외하고 모두 마음이 슬픔으로 미어졌다. 아버지는 어디에 있는가? 누가 어머니를 바꾸어놓았는가? 아이들은 야윈 얼굴에 온통 검은색으로 휘감고 하느님 이야기만 하는 저 엄격한 여자에게서 더는 자신들의 어머니를 알아볼 수 없었다.

* 브라질어로 '마법사'를 뜻한다.

10

평범한 인간의 눈에는 보이지 않는 죽음의 검은 독수리가 영지의 나무 위에 내려앉더니 날개를 퍼덕였다. 지쳤다. 바람과 물보라에 맞서 싸우면서 너른 대양의 상공을 날아왔고, 그 뒤로는 그의 짐작에 성마르고 난폭한 수많은 생명체들이 우글거리는 빽빽한 숲 위를 날아왔다. 마침내 발아래로 황갈색 모래밭이 내려다보였고 이제 여행의 끝이 가까워졌음을 깨달았다. 그러더니 세구의 장벽이 모습을 드러냈다.

그에게는 완수해야 할 임무가 있었다. 나바가 집에서 멀리 떨어진 곳에서 죽었다. 낯선 땅에서 쉬고 있는 그의 육신이 장례 의식을 누리지 못했다. 그래서 나바의 영혼이 남자 아기의 몸을 빌려 환생하지 못하거나, 혹은 수호 조상이 되었다가 곧바로 신이 되지 못할 위험이 있다고, 그렇게 그의 영혼이 저주받은 영혼들이 떠도는 그 황량한 황야에서 앞으로도 오랫동안 떠돌게 될지도 모른다고 가족에게 알리는 게 적절했다. 검은 독수리가 깃털을 매끈하게 쓰다듬고 호흡을 가다듬었다. 그러고는 주위를 둘러봤다.

아침이었다. 태양이 여인들의 첫 번째 막자질 소리에 곧 응답하겠지만, 아직은 하늘 저편에서 졸고 있었다. 개인채들은 서로에게 바싹 기댄 채 오들오들 떨고 있었다. 하지만 벌써 닭들이 꼬꼬댁거리고 양들이 매애거렸으며, 사방 터진 부엌의 처마 아래에서는 흰 소용돌이를 일으키며 연기가 올라갔다. 여자 노예들이 조식인 죽을 준비하기 시작했고, 남자들은 목욕채로 갔다가 돌에 대고 농기구를 갈며 밭에 나갈 준비를 했다. 검은 독수리는 이런 활기를, 파젠다의 풍경과는 너무나 다른 활기를 호기심을 갖고 지켜봤는데, 파젠다에서는 해가 뜨기 훨씬 전부터 황소가 끄는 수레들이 굴대가 돌며 내는, 마음을 에는 신음 소리를 앞세운 채, 누더기를 걸친 남자들을 싣고 압착소를 향해 올라갔다. 그곳에서는 땅을 일구는 일이 실추였다. 이곳에서는 사람들이 삶에 필요한 소출만을 땅에 요구했다. 풍경 역시 달랐다. 그곳의 풍경은 포르투갈인들이 그들의 신을 숭배하기 위해 세운 성당처럼 사치스럽고 괴상망측했다. 이곳에서는 헐벗은지라 풀도 동물의 털처럼 종종 짤막하지만 조화롭다. 검은 독수리가 나지막한 가지에서 훌쩍 날아올라, 두지카 가족과 가까운 철물장인 주물사 쿠마레의 가옥 앞에 자리 잡았다. 그 계산은 적절했으니, 쿠마레가 오늘 하루가 어떨지 짐작해보려고 나왔다가, 나뭇잎 사이에 웅크리고 있는 그 날짐승을 역시나 알아보았다.

쿠마레는 얼마 전부터 두지카의 아들 중 한 명과 연관된 조상들의 의지가 그 실현의 끝에 이르렀음을 알았다. 어느 날 점술판 위에 자패화들을 던졌는데, 그런 경고가 나왔더랬다. 하지만 그가 조상들에게 간청해봤자 소용없었고, 그는 그 이상의 것은 알아내지 못했더랬다. 검은 독수리의 방문은 모든 것이 완결됐음을 의미했다. 그는 자신의 가옥으로 돌아갔고, 보이지 않는 존재들의 말에 자신을 더 열어놓기 위해 뿌리 식물을 씹었다. 그러고는 바가지에서 말린 기장 줄기 세 개를 집어 들었다. 검은 독수리가 있던 나무 발치로 다시 돌아가 땅에 그것들을 심고서 거기에 귀를 갖다 붙이고 지시를 기다렸다. 곧 지시가 떨어졌다. 그의 머리 위에 있는 검은 독수리는 이미 눈을 감은 뒤였다. 그는 이제 하루 종일 쉴 참이었다. 쿠마레가 다시 자신의 개인채로 돌아갔다. 첫째 아내가 죽이 든 바가지를 건네려고 다가왔지만 손짓 한 번으로 물러서게 한 뒤, 날씨가 선선해서 유럽에서 들어온 담요를 이미 몸에 두르고 있었던지라, 그길로 영지 바깥으로 나갔다.

세구는 변하는 중이었다. 그 원인이 어디에 있을까? 상인들이 몰려 들어와서, 예전에는 귀하고 비쌌지만 이제는 일상이 된 상품을 팔아서 그런 걸까? 이슬람풍 내리닫이 옷, 카프탄, 장화, 유럽산 피륙, 모로코의 실내장식용 가구, 메카에서 들어오는 벽걸이 천과 장식 융단……. 질병이 악화되는 것을 멈추게 할 수 없는 것처럼 세구를 갉아먹는 건 이슬람이었다. 아, 페울족은 더 바싹 다가들려고 할 필요가 없었다. 그들의 숨결이 이미 모든 것에서 악취가 풍기게 만들어버렸다! 그들의 지하드도 더는 필요 없다! 사방에 이슬람 성원이 있고, 그 첨탑에서는 무에진이 뻔뻔하게 불경스러운 외침을 내지른다. 사방에 바싹 깎은 머리통들. 시장마다 사람들이 앞다퉈 부적과 호신 가루를 사며, 그 조악한 싸구려들은 아랍 글자로 덮여 있는데, 그 때문에 더 우월한 것으로 간주된다. 그리고 새로운 신앙에 대해 아무런 조처도 취하지 않는 만사!

쿠마레는 이제 디에모고가 책임지고 있는 고(故) 두지카의 영지로 들어갔다. 디에모고에게 흰색 수탉과 역시 흰색인 양을 청하고, 나바의 탯줄을 어느 나무 아래에 묻었는지 파악해야 했다. 디에모고가 그때까지 휴경지로 놔두었던 가문의 땅을 개간하러 떠나는 일군의 노예들과 대화를 나누고 있다가 주물사에게 불안한 시선을 던졌다. 어떤 새로운 재앙이 그를 이리로 데려오는가?

그건 가족이 이미 극심한 고통을 겪었기 때문이다. 나디에가 죽은 뒤로, 노인처럼 허약해지고 병약해진 티에코로는 개인채 밖으로 나오지 않았다. 그의 약혼녀였던 수누 사로 공주는 모욕을 당했다고 느껴서, 왕실의 그리오를 통해 이미 받은 예물과 선물을 돌려보냈다. 그래서 만사가 이슬람 군주국인 소코토로 파견하는 사절의 지위도 다른 사람에게 부여되었다. 또한 최근의 비극과 아들의 좌절로 타격을 받은 니아 역시 건강이 좋지 않았다. 야위고 헬쑥한 얼굴로 오가며 어떤 것에도 무관심해 보였고, 그녀의 지휘가 없으니 살림살이가 되는대로 흘러갔다. 왜냐하면 다른 아내들은 두지카의 바라 무소에게 늘 복종해왔기 때문에 의지가 되지 않았으니까. 디에모고가 쿠마레에게 다가가자, 쿠마레가 그를 한옆으로 데리고 가서 짤막하게 소식을 전했다.

"조상들이 사자를 보냈소. 두지카의 아들 중 한 명이 내 도움을 필요로 하는군⋯⋯."

디에모고가 떨었다.

"티에코로요?"

쿠마레가 차갑게 그를 바라봤다.

"스스로에게 너무 무거울 비밀을 알려고 하지 말게. 하얀 수탉 한 마리와 얼룩 없는 양 한 마리, 그리고 콜라 열매 열 개가 필요한데⋯⋯. 그걸 전부 밤이 되기 전에 내 영지로 가져다 놓으라고 시키게."

그러더니 의식에 필요한 나무를 찾으러 가버렸다. 그가 영지의 저 안쪽을 향해 가느라 개인채 앞을 지나가는데, 분주한 표정으로 노예들이 들락거리고 있었다. 막 심장 부위에 격렬한 통증이 일어나 의식을 잃고 쓰러져버린 니아의 거처였다. 속으로 쿠마레는 모성애의 힘에, 혼령과의 교류를 통해 알 수 있는 지식에 버금

가는 그 본능에 감탄했다.

　다른 아내들과 노예, 여자들에 둘러싸인 니아가 눈을 감고 자리에 누워 있었다. 간간이 짐승처럼 헐떡거렸다. 치유사 둘이 그녀의 이마에 잎사귀를 찧어 만든 찜질 팩을 올려놓고, 세정제로 사지를 비벼대거나 혹은 입술 사이로 물약을 약간이라도 흘려 넣으려고 애를 썼다. 구석에서는 점술사 두 명이 각자의 자패화와 콜라 열매를 놀리고 있었다. 그들은 쿠마레, 자타가 공인하는 대가의 모습을 보고 공손하게 일어났고, 그중 한 명이 중얼거렸다.
　"도와주십시오, 코모티기……."
　쿠마레가 마음을 놓게 하는 어조로 말했다.
　"목숨이 위태롭지 않다……."
　그러더니 환자 곁에 쭈그리고 앉았다.
　그는 니아가 과부가 된 뒤로 무엇 때문에 고통을 받는지 모두 알고 있었다. 가족회의에서 두지카의 아내들을 분배할 때, 니아가 존경한 적이 없으며 자기 아들들, 특히 티에코로의 이익에 반하는, 이런 짐작이 틀렸든 맞았든 간에, 그런 적으로 간주하는 디에모고에게 니아를 주기로 결정 내렸다. 그 뒤로 니아는 매사에 디에모고에게 복종하고 따라야만 했다. 그에게 자기 몸을 주기를 거부할 수도 없었다. 게다가 이런 온갖 근심 말고도, 그녀는 나바의 죽음에 대해 신비롭게도 알게 되었다! 쿠마레는 그녀의 고통을 덜어주기 위해 조상들을 상대로 그녀를 위해 중재에 나서기로 결심했다. 어쨌든 지금 당장은 염소 뿔 안에서 가루를 꺼내어 그녀의 콧구멍 안에 넣었다. 적어도 꿈 없는 잠을 자리라.

그러고는 다시 밖으로 나갔다. 영지 저 안쪽에, 말들이 목축장에서 앞발로 땅을 차고 있는 곳 근처에 일군의 나무들이 우뚝 솟아 있었고, 그 가운데 다른 나무들보다 월등히 큰 바오바브 나무를 새들이 뒤덮고 있었다. 쿠마레가 기도문을 중얼거리며 그 주위를 세 번 돌았다. 아니다, 탯줄은 저기 있지 않았다. 그러자 어디선가 백로가 나타나 땅을 스치듯 날다가 화살처럼 대기 중으로 솟구치더니, 거기에서 몇 미터 떨어진 곳에, 영지의 벽에 등을 기대듯 안정되게 서 있는 타마린드 나무에 가서 앉았다. 쿠마레는 신들과 조상들의 사신에게 인사를 보냈다.

니아는 하루 종일 잠을 잤다. 유년기의 잠처럼 깊은 잠. 그녀가 다시 눈을 뜨자, 결코 떨쳐낼 수 없을 존재처럼 조용하나 온전한 고통이 다시 찾아들었다.

그녀의 아들 나바가 죽었다. 그 죽음의 장소와 정황은 몰랐지만 그걸 느꼈다. 아가였던 나바가, 늘 형의 뒤를 쫓는 아이였던 나바가 다시 눈앞에 보인다. 그러고는 사냥꾼 나바가. 티에폴로가 아이를 데리고 숲으로 갈 때면 그녀의 심장이 떨린다. 종종 그들은 숲에서 몇 주고 머무른다. 그러다가 어느 날 호각 소리가 그들의 귀가를 알려온다. 아직도 뜨거운 기운이 올라오는 짐승들, 영양, 가젤, 멧돼지 등을 분해해서, 그 머리와 다리들은 화살촉을 만들어준 쿠마레네로 보내고, 그녀는 상징적인 부분, 동물의 등을 받는다. 그런 시간들이 더는 존재하지 않았다. 그런 시간들이 다시는 존재하지 않으리라. 어떤 흙이 아들의 몸을 덮고 있는지 알지 못한다는 건 어머니에게 얼마만 한 고통인가! 그녀가 옆으로 돌아눕자, 그녀를 돌보던 여자들이 부산을 떨었다!

"닭 수프 좀 드실래요?"

"바, 좀 주물러드릴게요."

"바, 좀 괜찮으세요?"

그녀가 그렇다는 몸짓을 했다. 그 순간, 디에모고가 들어왔고, 모두 물러났다. 디에모고와 니아는 서로 좋아한 적이 없었으니, 디에모고는 니아가 두지카에게 너무 많은 영향을 미친다고 생각했더랬다. 가족회의가 두 사람을 남편과 아내로 만들었다면, 그건 바로 그런 긴장을 해소하고, 두 사람이 어쩔 수 없이 개별적 특성을 잊고 가족만, 가문만 생각하게 만들려는 의도였다. 하지만 그때까지 두 사람은 접촉을 최소화해서, 디에모고는 너무 심각하게 그녀에게 모욕감을 주는 걸 피하기 위해서만 그녀와 밤을 보냈다.

그런데 그가 그녀에 대해 사랑과 흡사한 동정심이 가득 차오르는 걸 느꼈다. 아직도 아름다웠다, 니아는. 음폴리오*를 토템으로 삼는 쿨리발리 가문 특유의 오만함을 풍기는 미인. 그가 그녀의 이마에 손을 얹었다.

"기분이 좀 어떤가?"

그녀가 살짝 미소를 지었다.

"아직 갈 때는 아닌가 봐요, 코케. 내일, 드실 죽을 만들어드리죠……."

그녀는 그를 늘 적처럼 받아들였기에, 그런 다정함은 그에게 익숙하지 않았더랬다. 그가 그녀의 몸을 욕정을 품고 본 건 어쩌면 그게 처음이리라. 아직도 단단한 가슴. 풍만한 엉덩이. 파뉴 아래로 드러나는 길쭉한 허벅지. 형의 소유물이었던 그 모든 것이 이제 그에게 넘어왔다. 이제는 그가 주인이기 때문이었다. 토지. 재물. 가축. 노예. 평소에는 자부심을 몰랐던 그의 심장이 부풀어 올랐고, 도취감이 욕망과 뒤섞여 그를 엄습했다.

이제 밤이 짙었다. 놀이의 끝을 알리는 잠을 밀어내려는 아이의 울음소리를 빼면, 영지의 온갖 소리가 멈추었다. 아주 멀리서 탐탐 소리가 울렸다. 디에모고가 음경이 펄떡거려 놀라며 니아에게 다가갔다. 마치 다른 사람이 그의 피부 안으로 흘러 들어와서 그의 심장과 성기를 장악한 것만 같았다. 그가 몸을 눕히며 속삭

---

* 졸리바강의 물고기.

였다.

"당신 곁에서 자도 되지. 남자의 열기가 제일 좋은 약이잖아."

그녀가 그를 향해 돌아눕더니, 한 번도 보여준 적 없는 자연스러움으로 자신을 열었다. 그가 살짝 수줍어하며 그녀의 가슴을 쓰다듬었고, 기대감으로 가득한 가슴이 불타는 듯 뜨겁다는 걸 발견했다. 그러고는 그녀 안으로 들어갔다.

그렇게 그날 밤, 쿠마레 덕분에 나바의 떠돌던 영혼이 어머니의 배 속으로 되돌아가는 길을 되찾았다.

(2권으로 이어집니다.)

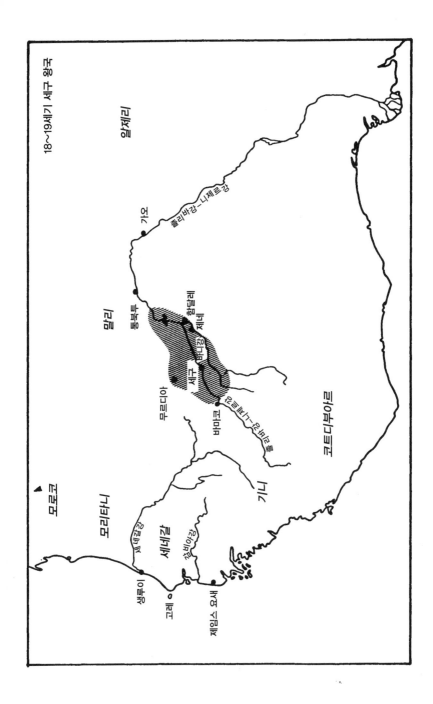

18~19세기 세구 왕국

알제리

모로코

모리타니

세네갈

기니

코트디부아르

말리

생루이

고레

제임스 요새

세네갈강

감비아강

세구 (니제르강)

통북투

젠네

함들레

바마코

밤바라~세네갈 물줄기

졸리바강~니제르강

가오

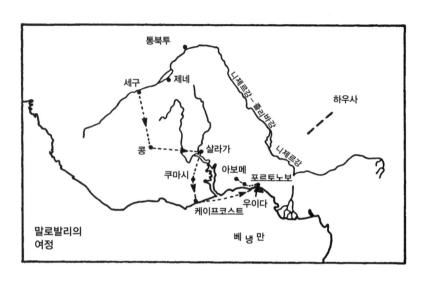

세구

제네

통북투

나제르강─훌리바강

하우사

세구

콩

살라가

니제르강

쿠마시

아보메

포르토노보

케이프코스트

우이다

말로발리의
여정

베 냉 만

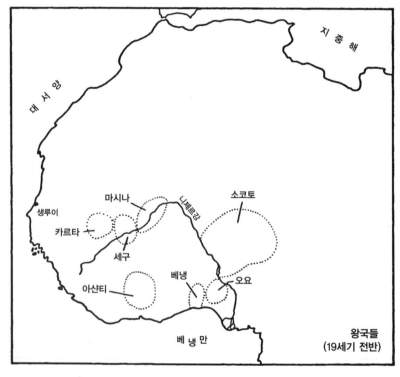

지 중 해

대 서 양

마시나

나제르강

소코토

생루이

카르타

세구

아샨티

베냉

오요

베 냉 만

왕국들
(19세기 전반)

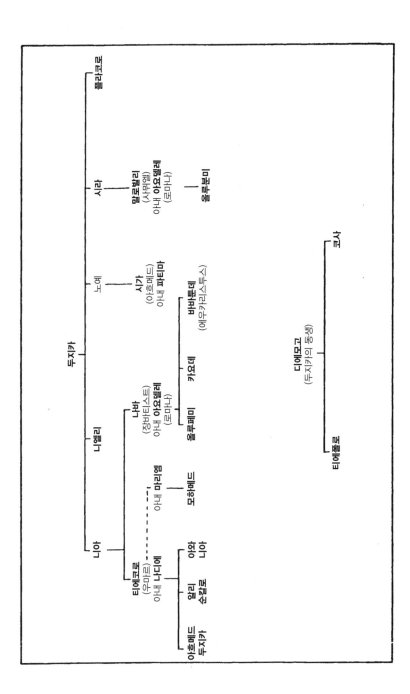

두지카

플라코로

시라
　말로발리
　(사무엘)
　아내 아요벨레
　(로마나)
　올루분미

노에
　시가
　(이흘메드)
　아내 파티마
　바바툰데
　(에우카리스투스)
　카요데
　올루페미

니엘리
　나바
　(장바티스트)
　아내 아요벨레
　(로마나)

니아
　모하메드
　아내 마리엠
　티에코로
　(우마르)
　아내 나디에
　아와
　니아
　알리
　순칼로
　이흘메드
　두지카

디에모고
(두지카의 동생)

　쿠사

　티에콜로

은행나무세계문학 에세 • 5
세구: 흙의 장벽 1

1판 1쇄 발행 2022년 5월 30일

지은이·마리즈 콩데
옮긴이·정혜용
펴낸이·주연선

(주)은행나무
04035 서울특별시 마포구 양화로11길 54
전화·02)3143-0651~3 ┃ 팩스·02)3143-0654
신고번호·제 1997—000168호(1997. 12. 12)
www.ehbook.co.kr
ehbook@ehbook.co.kr

ISBN 979-11-6737-176-8 (04800)
ISBN 979-11-6737-117-1 (세트)